A ÉGALEMENT ÉCRIT CHEZ REBELLE ÉDITIONS

ALSORVAMPRED

1 - Le deuil de l'ignorance

2 - La quête des origines

3 - Les vérités révélées

Dépôt légal : Mai 2014

ISBN : 978-2-36538-251-9

Rebelle Éditions

29 avenue des Guineberts

03100 Montluçon

www.rebelleeditions.com

Chloé
DELALANDRE

ALSORVAMPRED

1 - Le deuil de l'ignorance

Rebelle

À mon père qui m'a,
bien malgré lui, mis la plume entre les mains,
et à mon homme qui a fait de l'impensable une réalité.

PROLOGUE

La pièce était plongée dans une atmosphère sépulcrale. Seuls la lueur des flammes et le crépitement du bois qui se consumait dans l'âtre de la cheminée venaient interrompre le silence et l'obscurité. Derrière le bureau impérial trônait un fauteuil de bonne facture. Sa position, face au feu, ne permettait de voir que son haut dossier et ses deux accoudoirs. Soudain, des bruits de pas lents et cadencés vinrent s'ajouter aux caprices de l'embrasement qui redoublait dans le foyer.

— Je t'écoute !

Ces paroles s'élevaient du fauteuil. L'apparition, sur l'accoudoir de droite, d'un bras vêtu de noir qui s'achevait par une main d'une extrême pâleur, prolongée d'une baguette blanchâtre, confirma que quelqu'un y était effectivement installé.

— Nous sommes arrivés trop tard, monsieur, répondit une voix mal assurée en provenance du visiteur tapi dans l'ombre. Elle était déjà morte, précisa-t-il.

Les longs doigts de l'homme installé dans le fauteuil se crispèrent avec fureur tandis qu'un silence de mort s'installait.

— Ils vont payer ! s'exclama-t-il alors qu'il guidait les flammes dans une danse morbide du bout de sa baguette.

— J'ai pensé que vous aimeriez récupérer ceci, monsieur, ajouta prudemment son interlocuteur en lui tendant un long et fin morceau de bois clair.

L'homme assis dans le fauteuil effectua un infime mouvement du poignet. La petite baguette s'éleva dans les airs, traversa la pièce et s'échoua dans sa main demeurée libre.

— Merci, souffla-t-il en refermant ses doigts dessus. Qu'il ne reste aucun témoin ni aucune trace de notre intervention, ajouta-t-il avant de lui faire signe de sortir.

Un hurlement exempt de toute trace d'humanité s'éleva alors dans la nuit.

CHAPITRE 1

Un nouveau décor

L'été s'installait paisiblement, et Emily Delatre, qui venait d'obtenir sa Licence d'histoire de l'art, s'apprêtait à quitter sa vie d'étudiante pour celle de jeune femme active. Son adolescence avait été semée d'épisodes difficiles et désagréables, elle nourrissait donc beaucoup d'espoir dans cette nouvelle aventure.

Son désir de passer à autre chose était accentué par un évènement récent, sa rencontre avec un jeune homme prénommé David. Elle s'imaginait déjà trouver un job sympa et s'installer avec lui dans un petit appartement.

D'une nature plutôt solitaire, Emy – diminutif par lequel elle préférait se faire appeler – était amoureuse pour la première fois, ou du moins elle croyait l'être. Des projets tous plus attrayants les uns que les autres emplissaient sa tête. Elle était simplement heureuse. Dans ses rêves d'avenir, la jeune fille avait cependant oublié une chose. Pour commencer une vie à deux, il faut justement être deux et David n'avait pas du tout les mêmes plans qu'elle. Emy avait brusquement compris, et avec une certaine douleur, que pour lui la fin de l'année scolaire rimait avec la fin de leur histoire.

Les larmes coulèrent à flots durant plusieurs semaines. Elle vivait son premier chagrin d'amour, et comme toutes les jeunes filles délaissées, il lui sembla que tout son petit monde s'écroulait.

Puis, à mesure que l'été avançait, les crises de pleurs s'espacèrent, jusqu'au jour où elle décréta que les garçons n'en valaient pas la peine, et qu'elle était aussi bien toute seule. Malgré toute sa détermination, elle avait cependant du mal à s'en persuader et elle se laissa peu à peu envahir par une mélancolie latente.

Vers la mi-août, Emy décida de faire un petit bilan de la situation. Ses projets à court terme étaient réduits à néant, et après réflexion, plus rien ne la retenait dans cette grande ville du sud qui l'avait vue grandir. Cet endroit, qui lui était apparu accueillant et protecteur durant toutes ces années, lui semblait tout à coup étranger. Elle décida donc d'accepter l'invitation de sa meilleure amie, Alice.

Après avoir réglé les quelques démarches administratives inévitables, Emy fit ses valises et prit un billet pour le premier train à destination de la Normandie où son amie était partie s'installer quelques années auparavant.

Le voyage lui parut finalement beaucoup moins long que ce qu'elle avait imaginé. Les paysages avaient d'abord défilé, sans qu'elle y prête une attention particulière. Puis, après plusieurs heures, elle avait remarqué que le ciel s'était assombri, que l'architecture des bâtisses avait changé et que la végétation était devenue plus dense. Une voix hachée en provenance des haut-parleurs lui annonça son arrivée à destination.

Le train s'arrêta le long d'un quai pratiquement vide, mais Alice l'attendait. Malgré des mois de séparation, Emy ne la trouva pas changée. Certes ses cheveux étaient plus courts, mais toujours d'un noir corbeau qui faisait ressortir ses magnifiques yeux pétillants de malice. Dès sa descente du wagon, un large sourire illumina le visage de son amie. Alice s'avança les bras grands ouverts pour l'enlacer en lui souhaitant la bienvenue.

Le lendemain, Emy se réveilla doucement. La nuit avait été un peu trop courte à son goût. Son amie l'avait, bien évidemment, accueillie chez elle en lui précisant qu'elle pouvait y rester le temps qu'elle désirait. C'était très gentil de sa part, mais du coup, la soirée avait été chargée en bavardages et elles ne s'étaient endormies que très tard. Malgré cela, Alice paraissait tout à fait reposée, voire légèrement excitée lorsqu'elle entra dans la chambre où dormait la jeune fille.

— Allez Emy ! Debout ! lança-t-elle sans retenue.

— Bonjour, Alice, tu as l'air en forme, ce matin.

— Oh ! Pardon ! Bonjour, ma belle, as-tu bien dormi ?

— Oui, merci, mais à vrai dire…

Elle n'eut pas le loisir de finir sa phrase, car son amie lui coupa la parole :

— Allez, lève-toi ! J'ai quelque chose d'important à te montrer !

Elle se demanda ce qui pouvait être si urgent pour qu'Alice ne la laisse pas émerger tranquillement.

— Qu'est-ce que c'est ? T'es sûre que ça ne peut pas attendre un peu ?

— Non, ça ne peut pas attendre, et c'est une surprise !

— Comment ça une surprise ? Tu sais bien que je n'aime pas trop ça.

— Ne sois pas rabat-joie… Habille-toi et suis-moi !

L'espace d'une seconde, Emy pensa qu'elle pourrait l'inonder de questions pour deviner de quoi il s'agissait. Mais, en l'observant, elle comprit que toutes celles qu'elle poserait resteraient sans réponse. Elle se prépara donc en vitesse et suivit son amie en silence.

Le trajet en voiture fut très court, ce qui était préférable vu l'état d'excitation d'Alice. Quelques minutes supplémentaires auraient certainement suffi à son implosion.

Dès leur arrivée sur la petite place du centre-ville, Alice sembla moins stressée. Elle trouva sans difficulté un emplacement pour garer sa voiture, une Mini Cooper rouge vif flambant neuve. Le moteur tout juste coupé, elle descendit à toute vitesse du véhicule, et Emy s'empressa de lui emboîter le pas.

— Nous y voilà ! s'exclama-t-elle en stoppant net sur le bord du trottoir.

Ces paroles étaient prononcées avec fierté et accompagnées d'un large sourire, mais Emy ne comprit pas de quoi il retournait.

Alice s'élança alors pour traverser la rue en direction de la boutique située juste en face d'elles. La jeune fille commença à réaliser, avec une grande part d'incrédulité.

— Ne me dis pas que…

— Et si, je l'ai achetée !

Les yeux écarquillés, Emy resta bouche bée. Son amie l'avait souvent étonnée, mais là, force était de constater qu'elle y était allée fort.

Alice sortit un trousseau de clés de la poche de son manteau puis ouvrit la porte vitrée. Une fois dans les murs, elle se lança dans une visite guidée des lieux agrémentée de commentaires sur chaque recoin. Elle anticipa les éventuelles interrogations de son amie en allant jusqu'à les formuler et y apporter instantanément les réponses.

Au bout de quelques minutes, elle s'arrêta brusquement.

— Voilà, tu sais tout ! Qu'en penses-tu ? Tu es partante ? lança-t-elle d'une seule traite.

Emy se demanda s'il s'agissait réellement d'une question, mais rien n'était moins sûr. Elle resta donc muette. Alice en profita pour reprendre la parole.

— Avec tes connaissances en arts, les salles de ventes ne te résisteront pas et ton goût pour la décoration est si naturel ! Moi, je m'occuperai de gérer le côté administratif et mes parents nous offrent le financement.

— L'idée est séduisante, mais tu ne crois pas que nous sommes un peu jeunes pour nous lancer dans une telle aventure ? Sans parler du fait que nous manquons d'expérience, répliqua-t-elle sur la réserve.

— Foutaises ! Nous sommes complémentaires, et nous avons l'envie et la motivation, ça ne peut que fonctionner !

Bien que toujours sur la réserve, l'enthousiasme d'Alice était tel qu'il contamina Emy qui ne put qu'acquiescer.

— Super ! Alors nous voilà associées !

* * *

Il s'était écoulé approximativement deux mois entre cette première journée et ce matin-là. Emy avait mis cette période à profit pour leur constituer un réseau de fournisseurs fiables, et ainsi remplir la réserve d'articles tantôt incontournables, tantôt originaux, tandis qu'Alice s'était chargée de boucler tous les détails d'ordre administratif. Elle se réveilla avec un enthousiasme inhabituel et démesuré. Après quelques étirements, dignes du plus maladroit des chats, elle se dirigea jusqu'à la fenêtre de la chambre du petit appartement dans lequel elle avait emménagé depuis peu, afin d'en ouvrir les rideaux. Comme chaque jour ces dernières semaines, la rue était plongée dans la pénombre et une brume dense occupait les lieux. À sa grande surprise, cela n'entama pas sa bonne humeur ; elle tourna les talons, traversa l'appartement et atteignit la cafetière en un temps record. Elle avait une fois encore oublié de la programmer avant d'aller se coucher. Elle appuya donc sur le bouton de mise en route et, afin de ne pas se mettre en retard, elle décida d'en profiter pour se rendre à la salle de bains.

En entrant dans la pièce, elle alluma les lumières qui entouraient le miroir, moins agressives que celles du plafonnier, et constata alors que son visage affichait une expression qu'elle n'avait plus observée depuis longtemps. Elle eut l'impression de revoir un vieil ami, plutôt discret et cependant bien installé. Il trônait au beau milieu de son visage. Emy se mit alors à fouiller dans sa mémoire à la recherche de ce qui avait pu provoquer son retour. Certes son amie s'était attelée à cette tâche depuis son arrivée ici à Louverville, mais jusqu'à aujourd'hui elle n'avait pas ressenti la moindre amélioration. Ce sourire qu'elle voyait dans le reflet signifiait-il qu'Alice avait réussi ?

Soudain on frappa. Elle sursauta et sortit brusquement de ses pensées.

— Emy ? s'écria joyeusement son amie de derrière la porte de l'appartement.

— J'arrive tout de suite ! lui répondit-elle de sa petite voix encore à demi endormie.

Elle sortit de la salle de bains en vitesse pour aller lui ouvrir.

— Alors qu'est-ce que tu fabriques, tu n'es pas prête ?

— Si si, accorde-moi encore quelques minutes.

— OK, mais dépêche-toi, nous ne devons pas être en retard !

— Ne t'inquiète pas.

Emy avait répondu sur un ton désinvolte, bien qu'elle sût qu'Alice avait raison. Il s'agissait d'un grand jour pour elles. Le rendez-vous à ne pas manquer. Après plusieurs semaines de travaux, le jour d'ouverture était enfin arrivé. Aux yeux d'Emy, la boutique était celle de son amie puisqu'elle en avait eu l'idée et qu'elle avait financé et mené à bien ce projet ; mais de son côté, Alice insistait sur le fait que ce lieu leur appartenait à toutes les deux.

La jeune fille pénétra dans l'appartement, referma la porte derrière elle, puis s'installa dans la cuisine, les mains appuyées sur le dos d'une des chaises.

— Il n'était pas utile que tu viennes me chercher, nous nous serions retrouvées directement à la boutique, c'est à deux pas d'ici !

— Je suis d'accord pour les prochaines fois, mais aujourd'hui c'est différent…

— Un café ? Je viens de le faire couler.

— Non merci. Je suis suffisamment excitée comme ça.

— Comme tu voudras.

Emy finit de se préparer en vitesse, puis elle avala sa tasse d'une seule traite avant de donner le signal du départ.

— On est parties !

Lorsqu'elles arrivèrent devant la boutique, la brume était toujours aussi dense et les premiers rayons du soleil menaient une bataille sans doute perdue d'avance. La lueur des lampadaires encore allumés complétait cette ambiance à la limite de l'irréel, mais tellement sereine. Les rideaux de fer des autres commerces de la place se levaient les uns après les autres. Leurs propriétaires étaient tous curieux de voir celui de leur boutique de décoration en faire de même pour la première fois.

Alice s'activa pour allumer toutes les lampes qu'elle avait dispersées un peu partout. De son côté, Emy disparut quelques secondes dans l'arrière-boutique pour mettre un peu de musique. À son retour, elle vit son amie retourner la petite pancarte installée sur la porte vitrée indiquant aux futurs passants que le magasin était « ouvert ».

— Et voilà ! Nous n'avons plus qu'à attendre les clients ! lança-t-elle avec un large sourire.

La tempête était terminée, Alice s'était calmée. La jeune femme joyeuse aux yeux pétillants avait repris le dessus. Elle inclina légèrement la tête sur le côté avant de s'avancer lentement en direction d'Emy. Redevenue elle-même, Alice venait de remarquer l'expression inhabituelle sur le visage de son amie. Cette dernière, qui était postée derrière le comptoir, se sentit immédiatement gênée en s'apercevant de son attitude. Elle s'examina, croyant un instant que quelque chose sur elle n'allait pas. Mais ne trouvant rien de suspect, elle l'interpella avec une légère inquiétude dans la voix.

— Qu'y a-t-il ?

Son amie se tenait face à elle à présent, mais elle ne lui répondit pas.

— Bah, dis-moi ! Tu sais que ce genre de situations me met très mal à l'aise ! S'il te plaît !

— Emily !

Alice ne l'appelait que très rarement par son prénom, et cela n'était pas pour la rassurer. Après quelques secondes d'un silence qui n'arrangeait rien au malaise de la jeune fille, elle enchaîna.

— Dis-moi ? Tu ne me cacherais pas quelque chose ?

— Bien sûr que non ! répliqua-t-elle aussi sec, légèrement offusquée que son amie puisse penser cela.

— Mais alors… C'est quoi ce petit sourire sur tes lèvres ? Serais-tu de bonne humeur ?

— Heu… oui… enfin… je crois…

— Tu crois ! Tu veux rire ! T'as vu ta tête !

Emy, qui n'aimait pas devenir le centre d'attention, sentit la température de son corps s'élever brusquement. Heureusement, elles n'étaient que toutes les deux. Son amie ne s'arrêtait pas de parler et Emy sentait ses joues la brûler de plus en plus. Elle pensa qu'elles devaient être écarlates maintenant.

— Comment ai-je pu passer à côté ? Mieux vaut tard que jamais comme on dit. Mais quand même, j'ai été mauvaise sur ce coup-là, enchaîna-t-elle avant de se raviser lorsqu'elle remarqua que son monologue mettait son amie de plus en plus mal à l'aise. Bon, j'arrête. Je ne vais pas t'embêter davantage. Tu sais, je suis vraiment ravie et soulagée de voir que tu vas mieux, conclut-elle.

Ces dernières paroles permirent à Emy de se détendre un peu. La chaleur qui l'avait envahie s'estompa lentement et ses joues reprirent leur couleur rose pâle.

— Je te remercie, soupira-t-elle.

Elle était visiblement soulagée qu'Alice ne s'attarde pas plus sur son état, ce genre de situation l'avait toujours embarrassée. Elle avait pour habitude de faire son maximum pour que l'on ne la remarque pas trop.

— Bon, on se met au travail ! reprit son amie d'un ton joyeux.

— Par quoi veux-tu commencer ?

— J'aimerais bien que nous finissions de ranger les livres anciens. Il n'y a rien de plus déprimant qu'une bibliothèque vide !

— Tu as raison. Je vais chercher l'escabeau dans la réserve, je reviens tout de suite.

Quelques minutes plus tard, le carillon retentit, annonçant la première visite. Emy était au pied de l'escabeau où se tenait Alice, les bras chargés de livres qui attendaient qu'on leur trouve un emplacement. Elles tournèrent la tête au même instant. Une jeune femme venait de franchir le pas-de-porte.

— Bonjour, mesdemoiselles !

— Bonjour, madame ! répondirent-elles de concert.

— Vous pouvez m'appeler Christine, leur indiqua-t-elle un petit sourire aux lèvres.

— Alors, bonjour, Christine ! répliqua Alice. Pouvons-nous vous aider ?

— En fait, je suis votre voisine, la fleuriste, et je venais pour me présenter et vous souhaiter la bienvenue.

Emy s'avança vers elle pour lui serrer la main.

— Enchantée, Christine, je suis Emy et voici Alice, indiqua-t-elle en se retournant vers son amie qui descendait les marches une à une.

Une fois parvenue au sol, elle s'avança à son tour pour la saluer.

— C'est une charmante attention, nous sommes ravies de vous rencontrer.

— Votre boutique est très jolie, vous avez beaucoup de goût.

— C'est très gentil. Est-ce que quelque chose vous tente ?

— Sans aucun doute, mais ce sera pour une autre fois. Je passais juste en coup de vent. Il faut que je retourne à mon magasin.

— Évidemment. Merci de votre visite et à très bientôt, j'espère.

— Oui à bientôt, bonne journée !

— Au revoir Christine !

À la seconde où la fleuriste disparut de leur champ de vision, les deux jeunes filles se regardèrent avec un petit sourire.

— Elle a l'air sympa !

— Espérons qu'ils le seront tous. Allez, je remonte !

La matinée s'écoula à toute vitesse. Les visites s'enchaînèrent, entre curieux et premiers vrais clients. Lorsque le clocher sonna midi, la caisse était déjà bien remplie. Les filles décidèrent d'aller déjeuner. Manteau sur le dos, Emy sortit la première et attendit sur le trottoir qu'Alice ferme la porte à clé.

— Où allons-nous ?

— Il y a un petit resto sympa à deux rues d'ici, tu vas adorer !

Quel que soit l'endroit où elles se trouvaient, Alice savait toujours où se rendre pour bien manger. À croire qu'elle connaissait toutes les bonnes tables du pays.

Parvenant devant le restaurant, Emy découvrit une très jolie bâtisse. Comme toutes les autres constructions du quartier, sa façade était principalement faite de colombages, typiques de la région, cependant celle-ci paraissait légèrement plus ancienne que ses plus proches voisines. Alice et Emy entrèrent par une lourde porte en bois située juste en dessous d'une vieille enseigne sur laquelle il était inscrit « La Marmite de Marguerite ». Le lieu était chaleureux et décoré avec goût. Une jeune fille s'avança vers elles pour les accueillir.

— Bonjour, mesdemoiselles, une table pour deux personnes ? demanda-t-elle avec un large sourire.

— S'il vous plaît, répondit Alice.

Après les avoir débarrassées de leurs manteaux, elle les accompagna jusqu'à une petite table située au fond de la salle. Pendant qu'elles s'installaient, la serveuse déposa les menus avant de se retirer en précisant qu'elle reviendrait dans quelques minutes pour prendre leur commande. Plusieurs tables étaient déjà occupées, et les clients se présentaient les uns après les autres. Alice observait son amie. Un petit sourire au coin des lèvres trahissait son amusement.

— C'est dingue le monde qui vient déjeuner ici ! Ça doit être une excellente adresse !

— Une des meilleures de la région.

— Pourquoi suis-je étonnée ? Ça te ressemble tellement !

Et elles se mirent à rire de bon cœur.

La serveuse revint comme prévu et lorsqu'elle s'éloigna de la table Emy prit l'initiative d'engager la conversation en questionnant son amie sur sa soirée de la veille. En plus de satisfaire sa curiosité, elle espérait ainsi éviter qu'elle ne redevienne le centre d'intérêt avec son étrange bonne humeur du jour qui semblait être le parfait sujet à remettre sur le tapis à tout instant. Elles furent rapidement servies, et à la grande satisfaction d'Emy, sa technique fonctionna à merveille : Alice était intarissable, elles ne changèrent pas une seule fois de sujet et une heure et demie plus tard, le repas était terminé. Une fois l'addition réglée, alors qu'elles s'apprêtaient à quitter la table pour récupérer leurs affaires, Emy remarqua l'hésitation de son amie.

— Qu'est-ce qui t'arrive ? lui demanda-t-elle.

Alice venait d'apercevoir une femme qui se tenait, depuis peu, au bout du comptoir. Plutôt petite et frêle, arborant une longue chevelure brune, elle devait avoir une quarantaine d'années. Elle discutait avec la serveuse qui s'était occupée d'elles. Ce qui retenait tout particulièrement l'attention de la jeune fille, c'était l'expression du visage de cette inconnue. Elle semblait soucieuse.

— On croirait que tu as vu un fantôme.

— C'est presque ça. Tu vois la femme là-bas au bout du comptoir ?

— Euh… oui, tu la connais ?

— Pas personnellement, mais je sais qui elle est. D'ailleurs, presque tout le monde ici le sait. Elle s'appelle Marguerite Duclos, c'est la propriétaire du restaurant.

— Rien d'étonnant à ce qu'elle se trouve ici alors !

— E bien si, justement. On ne la voit que très rarement. Je peux t'assurer que je suis venue un paquet de fois déjeuner ou dîner dans son restaurant, et je ne l'y avais encore jamais vue.

Effectivement, tous les clients attablés semblaient, eux aussi, étonnés de sa présence.

— Je me demande pourquoi elle est là aujourd'hui.

Emy n'accorda pas beaucoup d'intérêt à la scène qui était en train de se jouer, elle prit la direction du hall et son amie lui emboîta le pas. Juste avant qu'elles arrivent à son niveau, Mme Duclos interrompit sa conversation avec la jeune serveuse.

— Le repas vous a-t-il satisfait, mesdemoiselles ? leur demanda-t-elle.

— Tout à fait, madame… répondit Emy en voyant son amie troublée par la situation.

— Oh ! Je suis confuse. Je me présente, Marguerite Duclos, propriétaire de cet établissement.

— Emily Delatre, et voici mon amie Alice Montrouge, que vous connaissez sans doute puisque c'est une de vos fidèles clientes.

— Oui, effectivement. Par contre, je ne crois pas vous avoir déjà rencontrée dans notre charmante petite ville.

— Cela n'a rien d'étonnant, je ne m'y suis installée que très récemment. Et j'avoue que je ne suis pas beaucoup sortie pour le moment.

Emy avait remarqué que depuis le début de leur échange, Marguerite Duclos ne l'avait pas quittée des yeux. Mais son regard ne la gênait en aucune façon, car il était empli de tendresse et de gentillesse. Mme Duclos finit par sortir un petit calepin d'un des tiroirs du comptoir. Au bout de quelques secondes, elle déchira la page sur laquelle elle venait de griffonner, et la glissa vers Emy.

— Passez prendre le thé à la maison. Je suis sûre que nous aurons des tas de choses à nous dire.

Un peu surprise, mais flattée, Emy accepta l'invitation en ramassant le morceau de papier, et après avoir récupéré leurs affaires, les filles reprirent la direction de la boutique.

Sur le chemin du retour, elles n'abordèrent, ni l'une ni l'autre cet épisode.

L'après-midi se déroula à toute vitesse, tout comme la matinée. Emy avait entrepris d'effectuer du rangement dans la réserve. « Cela devrait nous permettre de nous y retrouver plus facilement », avait-elle dit. De son côté, Alice s'occupait des clients, aussi bien que si elle avait de nombreuses années d'expérience. Lorsque Emy eut terminé, elle revint derrière le comptoir avec quelques bougies et autres accessoires à mettre en rayon. Son regard s'attarda sur la rue : la luminosité y avait nettement diminué, maintenant. Elle regarda alors la pendule, il n'était pourtant que 17 h.

— Il fait drôlement sombre, tu ne trouves pas ? lança-t-elle à son amie.

— C'est normal, tu as vu le brouillard qu'il y a aujourd'hui, sans compter que nous sommes à la mi-octobre, les jours raccourcissent.

— Tu as raison, c'est juste que c'est très différent de ce que j'ai connu jusqu'à présent. Mais je vais m'y habituer.

— En tout cas, ça n'entame pas ta bonne humeur !

Emy n'avait pas imaginé une seule seconde que le fait de parler de météo permettrait à son amie de remettre ce sujet sur le tapis. Elle eut à peine le temps de se demander comment elle allait pouvoir détourner la conversation, qu'un évènement extérieur vint à son secours : le carillon de la porte d'entrée. Alice lui glissa doucement à l'oreille : « Nous en reparlerons plus tard ». Elle répondit par un petit soupir de soulagement tout juste audible. Elle avait un répit. Peut-être de quelques minutes seulement, mais c'était toujours ça de gagné.

Un couple venait de franchir le seuil de la boutique. Lui, plutôt grand, cheveux bruns, légèrement poivre et sel. Son regard était franc et doux à la fois. Il était très élégant. Il devait avoir environ trente-cinq ans. Un bel homme. À ses côtés, une femme, d'une beauté… parfaite. Elle était pratiquement aussi grande que son compagnon. Une longue chevelure dont la couleur rappelait celle des blés, un teint semblable à celui d'une poupée de porcelaine. Il aurait été extrêmement difficile de lui attribuer un âge. Emy était fascinée par l'harmonie que dégageait ce couple et, aussi bizarre que cela puisse paraître, il lui semblait que l'ambiance avait changé depuis leur arrivée.

— Oh ! Quelle bonne surprise ! s'exclama son amie apparemment enchantée de les voir.

— Bonjour, Alice ! répliquèrent-ils en chœur de leurs voix douces et limpides qui s'accordaient à merveille.

Le couple gardait une certaine distance avec les deux jeunes filles, ce qui à l'évidence ne surprenait et ne gênait pas le moins du monde Alice.

— Je suis vraiment ravie que vous ayez pris le temps de venir découvrir notre boutique, ajouta-t-elle avec un large sourire aux lèvres.

De son côté, Emy avait remarqué qu'ils la regardaient avec insistance, ce qui étrangement ne la mettait pas mal à l'aise. Par contre, elle hésitait sur la façon d'interpréter l'expression qu'elle lisait sur leur visage. Elle pensait y déceler de l'étonnement, mais vu que cette hypothèse était a priori sans fondement, elle opta, finalement, pour de la curiosité. Alice s'en rendit compte à son tour. Elle se tourna alors vers elle et lui attrapa la main pour la faire approcher.

— Excusez-moi, je manque à tous mes devoirs. Je vous présente mon amie qui se trouve être également mon associée, Emy. Elle est venue s'installer depuis peu dans notre petite ville.

— Enchanté, Emy, sois la bienvenue. Je suis Léopold Dussy, et voici mon épouse Mathilde.

— Ravie de faire ta connaissance, enchaîna-t-elle de son timbre mélodieux.

— Tout le plaisir est pour moi, répondit Emy d'une toute petite voix.

Elle avait agrémenté sa réplique de son plus beau sourire, bien qu'elle songeât qu'il devait sembler bien fade à côté du leur.

— Je vous laisse découvrir tranquillement notre boutique, rétorqua Alice en balayant l'espace de son bras.

Le couple commença alors à naviguer entre les meubles et autres bibelots exposés. Emy comptait se précipiter sur son amie pour l'inonder de questions, lorsqu'elle s'aperçut que cette dernière l'avait déjà attrapée pour la tirer vers la réserve.

— Alors ça, c'est trop génial !

— Euh… Tu peux m'expliquer ? Parce que là, je suis un peu larguée.

— Oui, excuse-moi ! Lui, c'est Léopold, digne descendant de la famille Dussy, l'une des plus anciennes de la région, cela dit en passant, et Mathilde, son épouse. Ils vivent dans la demeure familiale, en dehors de la ville. Personne ne sait où elle se trouve réellement, mais on dit qu'il s'agirait d'un immense château. Ils ont deux enfants, Alexandre, qui doit avoir vingt-cinq ans maintenant, il est juste « splendide » et Scarlette, un peu plus jeune, vingt-deux ans je crois, c'est la même au féminin. Son petit ami, Emeric, vit également avec eux, mais je ne saurais dire depuis combien de temps. On les voit rarement en ville, et plutôt en fin de journée. Je crois qu'ils n'aiment pas trop la foule, mais tout le monde les connaît. Les gens sont partagés à leur sujet, mais de manière générale, ils sont plutôt appréciés. C'est ce truc qu'ils dégagent. Il faut avouer que c'est assez troublant, un peu flippant même au début.

Passionnée par son histoire, elle ne remarquait pas que les Dussy les observaient, alors Emy l'interrompit gentiment.

— OK, je commence à comprendre, mais je crois que nous devrions y retourner avant que notre absence n'apparaisse comme suspecte.

— Tu as raison !

Elles rejoignirent le comptoir pendant que les Dussy terminaient leur tour de la boutique. Emy entreprit d'analyser mentalement les informations que son amie venait de lui donner. Il lui paraissait improbable que ce couple puisse avoir des enfants âgés de vingt-deux et vingt-cinq ans.

— Alice, lui chuchota-t-elle à l'oreille. Ils ne sont pas un peu jeunes pour avoir des enfants d'une vingtaine d'années ?

— Ne dis pas n'importe quoi ! Ils doivent avoir l'âge de mes parents.

Comment Alice peut-elle penser une seule seconde que les Dussy ont le même âge que ses parents ? C'est tout simplement impossible, songea Emy. Mais elle décida de ne pas insister étant donné que son amie paraissait excessivement agacée par sa remarque, et que les Dussy s'approchaient d'elles à présent.

— C'est vraiment charmant, vous avez un goût exquis, dit Mathilde Dussy une fois arrivée à proximité des filles.

— Merci beaucoup, rétorqua Alice. Est-ce que quelque chose vous intéresse ?

Bien que cette question fût, à l'évidence, destinée à son épouse, ce fut Léopold Dussy qui s'attela à y répondre.

— Vous plaisantez, si on l'écoute, elle est prête à tout acheter !

Ses paroles furent instantanément suivies par leurs rires, tout en retenue, qui s'accordaient aussi naturellement que leurs voix.

L'atmosphère était détendue. Emy constata avec une certaine satisfaction que malgré le récit que son amie venait de lui faire, elle n'était absolument pas mal à l'aise et qu'au contraire leur compagnie lui était agréable. Le seul détail qui la gênait légèrement, c'était le regard de Mathilde Dussy, ou plutôt son insistance. La jeune fille ne comprenait pas ce qui pouvait susciter, en elle, un tel intérêt.

— Bon, en réalité, nous devons revoir la décoration de plusieurs pièces et nous souhaiterions vous passer commande de quelques petites choses, ajouta-t-il rapidement.

— Je vous écoute, lança aussitôt Alice, un large sourire aux lèvres.

Pendant que son amie prenait note de chaque article énuméré par les Dussy, Emy consultait leur stock sur l'ordinateur afin d'inventorier ce qu'elles devraient commander. Les « quelques petites choses », comme avait si bien dit Léopold Dussy, s'étaient transformées en une longue liste de meubles et d'objets divers, et il devint très vite évident qu'il faudrait un peu de temps aux deux jeunes filles pour tout regrouper. Ainsi elles se mirent d'accord avec le couple sur un délai de trois jours qui semblait raisonnable pour les deux parties. Léopold Dussy conclut donc qu'il repasserait ce vendredi en fin d'après-midi. De son côté, son épouse était visiblement ravie, et Emy remarqua que, bien qu'elle aurait juré cela impossible quelques minutes auparavant, son visage irradiait encore plus.

Avant qu'ils ne quittent la boutique, Emy sentit à nouveau le regard insistant de Mathilde Dussy se poser sur elle. La porte tout juste refermée, elle se demanda si elle ne venait pas de rêver. Peut-être avait-elle été victime d'un mirage ? Mais le bon de commande sur lequel était apposée leur signature lui confirma que tout ceci était bien réel.

— Alors là ! J'hallucine ! s'écria Alice. T'y crois, toi ? Une commande aussi importante dès notre premier jour ?

— C'est vrai que c'est inespéré. *Et presque aussi incroyable que ceux qui viennent de la passer*, pensa Emy.

— Et t'as vu ?

— Quoi ?

— Eh bien, ce truc étrange qu'ils dégagent !

— Oui, c'est vrai, ils sont... intéressants.

— Intéressants ! C'est le seul mot qui te vient ! Eh bien, moi, la première fois que je les ai rencontrés, j'ai eu la frousse. D'ailleurs cela se produit encore certaines fois. Je ne sais pas trop comment l'expliquer, mais ils ont ce côté... comment dire... inquiétant. Tu ne trouves pas ?

— C'est vrai qu'ils sont... différents. Mais ils sont plutôt sympathiques.

— Toi, t'es vraiment bizarre parfois.

Alice regarda alors sa montre. L'heure de fermeture était largement dépassée.

— OK, c'est bon pour aujourd'hui, nous verrons tout ça demain.

— Je suis bien d'accord avec toi, cette journée m'a épuisée.

Elles éteignirent toutes les lumières et baissèrent le rideau de fer avant de fermer la porte de la boutique pour la nuit.

Emy refusa gentiment qu'Alice la raccompagne, elle ressentait le besoin de marcher. Elle déposa une bise sur chacune de ses joues en lui souhaitant une bonne soirée, et la regarda monter dans sa voiture puis s'éloigner dans le brouillard.

La rue, vidée de ses passants, était devenue très calme. Emy fut envahie par un sentiment de plénitude. Les yeux à demi ouverts, elle inspira une grande bouffée de l'air frais. Une légère brise la fit frissonner, elle se blottit dans son long manteau noir et se mit en route.

Sur le court trajet qui la ramenait à son appartement, elle repensa aux évènements de cette journée peu ordinaire. Elle était partagée, car ce qu'elle avait ressenti en voyant les Dussy n'avait rien de rationnel.

Est-il possible de dégager une telle... comment dire ? Je ne trouve pas de mot... Et puis, il y a eu ces regards. Qu'est-ce qu'ils voulaient dire ? Qu'y aurait-il chez moi qui pourrait attiser la curiosité d'une personne telle que Mathilde Dussy ? Peut-être les ai-je mal interprétés ? Et ce midi, au restaurant ? Bien sûr, la proposition de Madame Duclos me flatte, mais je ne comprends pas pourquoi elle n'a invité que moi ?

Toutes ces questions se bousculaient dans son esprit sans qu'elle puisse y trouver le moindre début de réponse.

Une fois chez elle, Emy commença par prendre une douche rapide et enfiler une tenue confortable. Puis elle fit réchauffer un plat tout prêt au micro-ondes, avant de s'installer dans le canapé et d'allumer la télé pour suivre les informations en avalant son dîner. Rien de passionnant ne s'était produit aujourd'hui. Elle se fit tout de même la remarque que, ces dernières semaines, les disparitions et crimes en tout genre s'étaient multipliés.

À la fin du journal télévisé, son assiette n'était pas terminée, mais n'ayant plus faim elle se rendit à la cuisine, fit la vaisselle et mit de l'eau à bouillir. Son infusion servie, elle retourna s'asseoir, genoux contre la poitrine, et pour se réchauffer, elle s'enveloppa dans la couverture laissée là la veille au soir. De sa main libre, elle attrapa la télécommande et se mit à chercher un programme digne d'intérêt. Sans trop savoir pourquoi, Emy s'arrêta sur la chaîne documentaire, le sujet de l'émission portait sur les mythes et légendes. Toutes sortes de créatures, tantôt célestes, tantôt démoniaques, se mirent alors à défiler sous ses yeux.

Le générique de fin la sortit du demi-sommeil dans lequel elle avait sombré quelques instants auparavant. Emy réalisa alors qu'il était grand temps pour elle d'aller se coucher. Les idées encore embrouillées, elle éteignit la télé et les lumières avant de rejoindre son lit. Elle se glissa rapidement sous la couette et ses yeux se fermèrent aussitôt.

CHAPITRE 2

La rencontre

Emy tremblait de tout son être… ne contrôlait plus rien… Des perles de sueur glissaient le long de son cou et de sa colonne vertébrale. Ses joues, sa poitrine, ses jambes… chaque centimètre carré de son corps semblait se consumer. Sa respiration était difficile, hésitante… Elle étouffait. Au milieu de ce chaos, elle ressentait l'étrange impression de ne pas être seule. Qui était avec elle ? Ami… Ennemi… Elle cherchait la force d'ouvrir les yeux pour s'en assurer, mais ses paupières étaient lourdes… très lourdes… trop lourdes… elle échouait une nouvelle fois. Elle était désemparée. Il n'était pourtant pas question de baisser les bras. Elle ne se laisserait pas mourir sans réagir… Elle prit une grande inspiration qui lui arracha les poumons, rassembla le peu de force qui lui restait et poussa un hurlement.

Ses yeux s'ouvrirent brusquement, son regard balaya la pièce dans laquelle elle se trouvait… sa chambre. Assise sur le lit, encore secouée, elle regarda son corps, palpa son visage, ses bras, ses cuisses… elle était entière… tout allait bien. Un peu fiévreuse, mais rien de comparable à ce qu'elle venait de ressentir…

— Toujours ce cauchemar ! soupira-t-elle, agacée.

Depuis plusieurs années, ses nuits se terminaient régulièrement de cette manière. Au début, elle n'y avait pas prêté attention. D'un naturel peureux, elle était sujette aux mauvais rêves. Cependant, un jour elle prit conscience qu'au fil des ans, la fréquence de ses cauchemars n'avait pas évolué, elle n'en faisait ni plus ni moins, mais c'était toujours le même. Il avait pris le pas sur tous les autres. Il était devenu le seul, l'unique ! C'est à ce moment qu'elle avait entrepris d'en comprendre la signification. Recherches sur Internet, lectures sur le sujet… Elle était même allée jusqu'à consulter une spécialiste. Cela n'avait rien donné. Elle avait donc fini par abdiquer, mais sans pour autant s'y habituer.

Son regard se tourna vers le radio-réveil. Il était 6 h. Trop tôt pour aller travailler, mais trop tard pour se rendormir. Elle décida de se lever.

En préparant son petit-déjeuner, satisfaite d'en avoir le temps pour une fois, elle tenta de remettre ses idées en ordre.

Quel jour sommes-nous déjà ? Ah oui ! Comment ai-je pu l'oublier ?

Effectivement, il avait fallu au moins son fameux cauchemar pour que son esprit fasse l'impasse, ne serait-ce qu'une seconde, sur un évènement aussi important. Aujourd'hui, c'était vendredi, jour de la livraison de la commande des Dussy !

Depuis leur dernière visite, Alice n'avait pas arrêté de la sermonner. Dès le lendemain, elle y avait eu droit, « Nous n'avons que trois jours ! », puis le surlendemain, « Nous n'avons plus que deux jours ! », le tout asséné plusieurs fois dans la journée, et avec une voix de plus en plus stressée. Emy osait à peine imaginer l'état dans lequel elle allait la trouver en arrivant ce matin.

En attendant, elle décida de profiter de ce moment de calme entre deux tempêtes. Une fois repue et la cuisine rangée, il lui restait encore largement le temps de se préparer. Faisant concurrence à une future mariée, elle se pomponna bien plus que nécessaire. Non pas que cela lui était désagréable habituellement, mais elle avait toujours tendance à se lever au dernier moment, ce qui ne laissait pas beaucoup de place aux « trucs de filles ».

Quand elle sortit de la salle de bains, la pendule du salon indiquait 8 h 20, elle pouvait donc se rendre tranquillement à pied jusqu'à la boutique. Elle prit écharpe, manteau et sac à main avant de quitter son appartement. Elle descendit l'escalier, poussa la lourde porte de l'immeuble qui se referma juste derrière elle, pour se retrouver sur le trottoir en plein brouillard. Elle réalisa alors qu'elle n'avait même pas pris le temps de regarder par la fenêtre ce matin. Sa tenue était malgré tout parfaitement adaptée. Elle se mit donc immédiatement en route.

Quand elle déboucha sur la place, son amie était en train d'ouvrir la porte vitrée de la boutique. Elle accéléra le pas pour la rejoindre.

— Hello ma belle ! lui glissa-t-elle doucement derrière l'oreille.

— Salut Emy ! lui répondit-elle, visiblement nettement moins anxieuse que la veille.

— As-tu passé une bonne soirée ? enchaîna Emy tandis qu'elles entraient.

— Hum... assez, oui ! Je suis sortie boire un verre avec des copines. C'est vraiment dommage que tu n'aies pas voulu venir, on a bien rigolé. Et en plus, on a rencontré des mecs assez mignons, ce qui ne gâche rien !

— Et alors ?

— Oh... pas grand-chose. Je suis rentrée tôt, car il me fallait une bonne nuit de sommeil pour être d'attaque aujourd'hui. Il nous reste pas mal de boulot pour la livraison de ce soir.

— Ne t'en fais pas, tout sera prêt à temps.

— J'en suis sûre, et tu sais pourquoi ? Parce qu'on s'y remet de suite !

Emy comprit que, malgré son calme apparent, le sujet restait stressant pour son amie. D'ailleurs, tout juste débarrassée de ses affaires, Alice reprit le bon de commande afin de le pointer une énième fois. Dès que l'heure le permettrait, elle rappellerait également le fournisseur pour vérifier qu'il n'ait rien oublié. Une commande devait être livrée en fin de matinée.

De son côté, vu qu'il restait plusieurs objets à emballer, Emy s'était installée dans l'arrière-boutique pour s'atteler à cette tâche. De là où elle se trouvait, personne ne pouvait la voir, alors qu'elle, par un heureux hasard de jeux de miroir, avait vue sur la porte et sur une grande partie de la boutique. Cela lui permettait d'observer les allées et venues. Emy, curieuse par nature, s'amusait beaucoup de la situation. Elle levait la tête à chaque chant du carillon, puis une fois sa curiosité satisfaite, se remettait aussitôt au boulot.

Ce matin-là, elles eurent plus de visites que les jours précédents. Emy n'y voyait que du positif, car au-delà des ventes réalisées qui remplissaient la caisse, cela occupait tellement son amie qu'elle n'avait plus le temps de s'angoisser.

En milieu de matinée, bénéficiant d'un moment de répit, Alice la rejoignit.

— Et si on en profitait pour se boire un petit quelque chose ?

— Bonne idée. J'ai bien envie d'un thé.

— Et moi d'un café, enchaîna Alice.

— J'y vais ! Expresso sans sucre comme d'habitude ? lui demanda Emy en attrapant son manteau.

— Oui, merci, il va falloir que nous investissions, ce serait quand même plus pratique d'avoir une cafetière et une bouilloire ici !

— Tu sais, moi ça ne me dérange pas. En plus, ça me donne l'occasion de prendre l'air. Je n'en ai pas pour longtemps. À tout de suite !

Emy fit à son tour sonner le carillon de la porte en sortant, et une fois dehors, elle constata que le brouillard s'était éclipsé au profit d'une épaisse couverture de nuages gris clair. Malgré cette météo peu propice aux balades, la place était bondée. La brasserie se trouvait de l'autre côté. Elle traversa en observant discrètement la population qui l'entourait. Une femme, arborant un sourire béat, poussait un landau en prononçant des gazouillis. Une jeune mère sans doute. De l'autre côté, installé autour d'un banc, un groupe de jeunes. Emy pensa que pour être présents à cette heure de la journée ils devaient sûrement sécher les cours. Puis, un peu plus loin, un homme en costume marchait d'un pas précipité, téléphone portable à la main. Il semblait terriblement stressé.

C'est surprenant de croiser des personnes si différentes en un même lieu et en un si petit laps de temps, pensa-t-elle amusée.

En entrant dans la brasserie, elle ouvrit rapidement son manteau. Il y faisait chaud et elle ne s'attendait pas à un tel contraste avec l'extérieur. Sans plus tarder, elle se dirigea vers le bar.

— Bonjour, Emy ! lui lança une petite voix familière.

C'était Cécile, la fille du patron qui venait donner un coup de main de temps en temps quand elle n'allait pas au lycée.

— Bonjour, Cécile, tu n'as pas cours ce matin ?

— De la journée en fait, il y a beaucoup de profs absents, une épidémie de grippe apparemment.

La réponse de Cécile lui fit revoir son analyse un peu précipitée sur les raisons de la présence du groupe de jeunes.

— Qu'est-ce que j'te sers ?

— Comme d'habitude. Expresso sans sucre et thé vert nature sans sucre. Le tout à emporter, s'il te plaît.

— Tout de suite !

Le regard d'Emy se porta sur des petites affiches qui étaient posées en tas sur le comptoir : « Venez découvrir votre avenir ! ».

— C'est une jeune femme qui vient de les déposer, lui précisa Cécile.

Le scepticisme d'Emy dut se lire sur son visage, car elle ajouta aussitôt :

— Elle avait l'air sérieuse, tu sais. Si j'ai bien compris, sa spécialité c'est de lire l'avenir dans les lignes de la main. Est-ce que tu iras ?

— Je ne pense pas. Je ne crois pas trop à tous ces trucs-là.

— Avec mes copines, on compte y aller dès ce soir, ça nous intrigue.

Brusquement, une voix rauque s'immisça dans la conversation.

— Arrête d'embêter les clients avec ces bêtises !

Le ton ironique contrastait avec le personnage. Un homme imposant, grand et large d'épaules, le visage en grande partie caché par une barbe épaisse. Cette image d'ours mal léché était également ébranlée par son regard. Et dans le cas présent, il ne laissait paraître que l'infinie tendresse qu'il avait à l'égard de sa progéniture.

— Oh ! Mais elle ne m'embête pas du tout… répliqua Emy, sourire aux lèvres en se retournant vers lui. Bonjour, Michel ! Comment vas-tu ?

— Bonjour, Emy. Je vais bien, comme toujours. Mais c'est plutôt à toi qu'il faut demander ça. Comment débutent les affaires ?

— Plutôt très bien. D'ailleurs, ce n'est pas que je m'ennuie, mais je dois y retourner. Nous sommes en train de finir de préparer une grosse commande, expliqua-t-elle en attrapant les gobelets tout chauds posés devant elle. Vous le mettrez sur notre note.

— Pas de soucis, sauve-toi !

— À bientôt !

De retour à la boutique, Emy trouva son amie pendue au téléphone. Les quelques mots qu'elle intercepta lui permirent de comprendre qu'Alice tentait de guider le livreur. En déposant les boissons sur le comptoir, elle constata que la voyante était passée par là également.

— Ah ! Ce n'est pas possible ! Comment expliques-tu que de nos jours un livreur ne soit pas équipé d'un GPS digne de ce nom ?

Alice venait de raccrocher, visiblement très agacée. Emy n'essaya même pas de répondre à sa question, qui à bien y réfléchir n'en était pas une. À la place, elle décida de lui tendre son café en arborant un léger sourire.

— T'as raison ! Je ne devrais pas m'énerver pour si peu. Après tout, ce n'est pas grave, l'important c'est qu'il finisse par se pointer.

Voyant que la bonne humeur de son amie était revenue, le sourire d'Emy s'élargit. Après toutes ces années d'amitié, elle était toujours stupéfaite par la capacité d'Alice à faire les questions et les réponses. Emy avait vraiment du mal à comprendre ça, d'autant que de son côté, elle n'était pas une grande bavarde.

— Oh ! Il faut que je te dise, j'ai eu une visite intéressante en ton absence, lui lança son amie persuadée d'attiser sa curiosité.

— Euh… voyons… ne serait-ce pas une femme…

L'enthousiasme d'Alice diminua légèrement. Emy, amusée, continua.

— … dotée de pouvoirs…

Cette fois, le regard d'Alice devint suspicieux, mais Emy était trop contente de son effet, elle ne s'arrêta pas là.

— … surnaturels…

Maintenant, Alice était totalement ébahie, jusqu'à ce qu'elle s'aperçoive qu'Emy avait accompagné ce dernier mot d'un large sourire.

— Évidemment… tu as vu les affichettes ! s'exclama-t-elle, amusée, en attrapant la première de la pile.

— Je te sens… soulagée…

— Agacée, tu veux dire ! Moi qui pensais tenir un scoop !

Et elles partirent dans un fou rire. La jeune fille savait qu'elle pouvait facilement piéger son amie sur ce terrain. Elle avait constaté à plusieurs reprises qu'Alice croyait à tout ce qui est du domaine du surnaturel. D'ailleurs, lorsqu'elle était arrivée à Louverville, plusieurs évènements lui étaient apparus « bizarres » et du coup elle les avait identifiés comme étant de cette nature. Mais ne croyant pas tellement à tout ça, Emy ne s'y était pas trop intéressée, d'autant que son amie ne semblait absolument pas effrayée, mais plutôt intriguée. Maintenant qu'elle se trouvait ici, elle comprenait mieux et reconnaissait volontiers que l'endroit s'y prêtait. Des vieilles bâtisses, des ruelles étroites et sombres, un brouillard quasi permanent… tout une atmosphère en somme.

— Tu m'accompagnes ? lui demanda soudain Alice.

— Où ça ? répliqua-t-elle encore quelque peu perdue dans ses pensées.

— Chez cette voyante.

Emy songea tout d'abord à refuser, puis une petite voix intérieure se fît entendre : *Alice sera très déçue, et après tout, ça ne te coûtera rien de l'accompagner, alors si ça peut lui faire plaisir…*

— Si tu veux, mais juste pour te soutenir. Son amie acquiesça. Quand souhaites-tu y aller ?

— Pourquoi pas ce soir, si on ne termine pas trop tard ?

Emy n'avait rien prévu de particulier, et il était peut-être temps pour elle de rompre la monotonie de ses soirées de solitude.

— Ça m'va !

À l'arrivée du livreur, Alice alla à sa rencontre pendant qu'Emy ressortait le bon de commande afin qu'elles puissent s'assurer que tous les articles seraient bien présents.

— Bonjour, mesdemoiselles !

— Bonjour, monsieur, lancèrent-elles d'une seule voix.

— Vous avez finalement trouvé sans trop de difficultés, enchaîna Alice.

— Oui, c'est vous que j'ai eue au téléphone ? lui demanda-t-il. Je vous remercie, car sans vos indications, je crois que je tournerais encore. Toutes les rues se ressemblent par ici ! Je vous décharge tout ça où ?

— Il y a une petite allée sur le côté du magasin, elle donne sur la réserve. Vous n'avez qu'à vous y garer en marche arrière.

— Très bien.

Il ressortit sans plus attendre. Après une brève discussion, les deux jeunes femmes décidèrent qu'Emy resterait dans la boutique pendant qu'Alice superviserait le déchargement.

Une demi-heure avait dû s'écouler lorsqu'elle revint, le sourire aux lèvres.

— Ça y est ! Nous avons tous les articles pour la commande des Dussy.

— Parfait ! Tu vas pouvoir te détendre un peu maintenant.

— C'est vrai que je suis soulagée, mais attendons ce soir avant de crier victoire.

— Comment crois-tu qu'ils vont emmener tout ça chez eux ?

— Ne t'inquiète pas, Léopold Dussy nous a indiqué qu'il s'en débrouillait. Il avait certainement déjà son idée.

— Si tu le dis…

— Avec un peu de chance, son fils viendra lui donner un coup de main. Non pas qu'il m'intéresse, mais pour toi en revanche… précisa-t-elle en arborant un petit sourire malicieux.

— Arrête avec ça ! Tu sais parfaitement que les mecs, c'est la dernière de mes préoccupations en ce moment.

— Il faudra bien que tu t'y remettes un jour ! De toute façon, Alexandre Dussy ce n'est que pour le plaisir des yeux, alors…

— Comment ça ? Tu ne m'avais pas dit qu'il était célibataire ?

— Célibataire, oui ! Mais il n'est pas pour autant abordable. Je peux t'assurer qu'un paquet des filles qui étaient à la fac avec moi se sont cassé les dents en essayant de l'accrocher. À croire qu'il n'y en a pas une dans la région qui soit assez bien pour lui ! Donc, même si je ne doute pas de ton charme, il y a peu de chance que…

— De toute façon, ça ne m'intéresse pas, la coupa-t-elle.

Loin d'être vexée, Alice semblait surtout amusée par cette réaction. Elle leva les bras en signe de rémission, et retourna vaquer à ses occupations.

Bien que la réplique d'Emy fut effectivement le reflet de ce qu'elle ressentait, la remarque de son amie l'intrigua. Elle hésita donc entre deux attitudes : soit elle questionnait Alice afin d'assouvir sa curiosité, au risque que, trop heureuse de ce qu'elle aurait provoqué, elle ne la lâche plus ; soit elle abandonnait provisoirement le sujet en attendant de trouver un autre moment, et surtout un moyen plus discret, d'en apprendre davantage. Ne se sentant pas prête à supporter les assauts de son amie, elle choisit la seconde option.

La luminosité avait franchement baissé lorsqu'une grosse berline noire aux vitres teintées se gara devant la boutique. Les deux jeunes filles échangèrent un regard éloquent. Après une brève pause déjeuner, la boutique n'avait pas désempli. Elles n'allaient certainement pas s'en plaindre, mais du coup, elles n'avaient pas vu passer l'après-midi et ne s'étaient pas rendu compte de l'heure. Leur supposition ne tarda pas à se confirmer : Léopold

Dussy sortit de la voiture, mais elles constatèrent, non sans une légère déception, qu'il était seul.

— Bonsoir, mesdemoiselles ! lança-t-il de sa voix mélodieuse.

— Bonsoir, monsieur Dussy ! répondirent-elles en chœur.

Emy remarqua que derrière son sourire commercial son amie n'était pas très à l'aise. En tout cas, nettement moins qu'elle. Elle décida donc de prendre la direction des opérations et d'engager la conversation avant qu'un silence gênant ne s'installe entre eux.

— Comment allez-vous ? lui demanda-t-elle simplement.

— Très bien. Je vous remercie. Et vous ? Les affaires débutent-elles comme vous l'espériez ?

— Bien mieux, en réalité, lui répondit-elle avec sincérité. Sans compter que nous avons eu une belle commande en début de semaine ! ajouta-t-elle, une pointe d'ironie dans la voix.

Emy ne prit pas la peine de tourner la tête vers son amie pour vérifier, mais elle savait qu'Alice était surprise, et même certainement un peu inquiète, de la voir se risquer sur ce terrain avec leur client le plus important. Cela dit, Emy s'en étonnait elle-même ! Très à l'aise, elle venait de lancer cette réplique tout naturellement. Est-ce pour cela que Léopold Dussy réagit aussi bien ? Nul autre que lui ne pourrait l'assurer. En tout cas, son rire à la fois spontané et contrôlé envahit alors la boutique...

— J'adore ! proclama-t-il.

Alice se détendit aussitôt, et Emy se mit à sourire de la façon la plus distinguée qu'il lui était possible avant de reprendre le fil de la conversation.

— Votre commande est prête, comme convenu. Nous avons tout regroupé dans l'arrière-boutique.

— C'est parfait !

— Cependant… ça représente un volume important… je crains que…

Les propos d'Emy transpiraient d'hésitation, mais cela n'empêcha pas M. Dussy d'en comprendre le sens. Voyant qu'elle ne parvenait pas à formuler sa question, il l'interrompit poliment.

— Oh non ! dit-il en tournant la tête vers l'extérieur, je ne compte pas emmener tout cela dans ma voiture. Les garçons seront là d'une minute à l'autre, ça nous laisse le temps de régler la partie administrative.

La réponse de Léopold Dussy ébranla Emy. *Qu'entend-il par « Les garçons » ? Parle-t-il de son fils ?* La perspective d'une rencontre imminente avec le jeune homme l'angoissait, et la description que lui avait faite son amie n'y était pas étrangère. Sans contrôle, sans explication rationnelle, elle sentit une boule se former au creux de son estomac… Elle était déstabilisée… Alice s'en aperçut rapidement et prit la relève auprès de leur client qui, malgré un air interloqué, eut la délicatesse de faire comme s'il n'avait rien remarqué.

Pendant qu'ils s'affairaient, Emy fit mine de passer à autre chose en rangeant quelques bricoles dans les tiroirs du comptoir. Elle s'appliquait à masquer son anxiété naissante. Passablement agacée par sa réaction, elle se mit à se réprimander intérieurement. *Je suis vraiment stupide ! M'angoisser pour si peu ! Après tout, ce n'est qu'un garçon !*

Elle commençait tout juste à se convaincre, lorsqu'elle entendit un bruit de moteur, qui se coupa quelques secondes plus tard. Elle leva la tête en direction de la vitrine pour constater qu'un véhicule venait de se garer devant la boutique. Il ne lui restait que peu de temps pour se ressaisir, elle baissa donc les yeux vers le comptoir et prit une profonde inspiration…

— Ah ! Nous n'attendions plus que vous ! lança Léopold Dussy aux deux jeunes hommes qui venaient de franchir le seuil.

Alors que l'un d'entre eux fermait délicatement la porte vitrée, le second s'avança, sourire aux lèvres.

— Nous avons eu du mal à décider qui de nous deux prendrait le volant !

Emy l'observa discrètement. Il était très beau, mais sans aucune comparaison avec l'image qu'elle s'en était faite.

Quelle idiote ! Je suis stupide de m'être stressée pour si peu, ce n'est qu'un beau mec, rien de plus ! songea-t-elle soulagée.

Puis, elle se tourna furtivement vers son amie afin qu'elle puisse constater son apaisement. Mais le regard qu'elles échangèrent n'eut pas l'effet escompté. Alice n'était pas convaincue, bien au contraire. Elle attendait quelque chose. Et Emy ne comprit pas tout de suite de quoi il s'agissait, ou plutôt de qui…

— Et bien sûr, c'est toi qui as gagné, mon fils ! enchaîna fièrement M. Dussy.

À cet instant, le second jeune homme, qui jusqu'à présent était en partie caché par le premier, se tourna lentement. Emy n'eut même pas le temps de le détailler, car son regard se fixa au sien et, en une fraction de seconde, elle fut pétrifiée. Son corps se trouva envahi par une chaleur intense. Les battements de son cœur et son flux sanguin s'accéléraient. Elle sentit une immense compression sur ses poumons qui l'empêchait de respirer normalement. Tous ses sens se déréglaient, les uns après les autres, et d'une façon si brutale... Elle s'engouffrait inexorablement dans les yeux de cet inconnu, en restant immobile… paralysée… hypnotisée…

Le temps venait de s'arrêter.

Puis soudain, elle se retrouva dans l'obscurité, et le sol se déroba sous ses pieds.

— Emy ! Emy ! Tu m'entends ?

C'était la voix d'Alice, paniquée, qui résonnait. D'instinct, Emy voulut la rassurer, lui dire de ne pas s'inquiéter, qu'elle allait bien. Mais l'état second dans lequel elle se trouvait rendait toute action impossible. Elle avait beau entendre ce qui se passait autour d'elle, elle ne pouvait pas réagir.

— Ce n'est rien, Alice, ne vous inquiétez pas. Auriez-vous l'amabilité de lui apporter un verre d'eau fraîche, s'il vous plaît ?

Emy reconnut la voix de Léopold Dussy et, si elle avait pu, elle l'aurait remercié de son intervention. Une nouvelle voix se fit entendre. Aussi mélodieuse que la précédente, et pourtant très différente. Emy ne la connaissait pas, mais étrangement, elle lui parut familière.

— Léo… Je… Je ne comprends pas…

— Moi non plus. À ma connaissance, c'est impossible.

— Mais alors ?

— Il doit y avoir une autre explication.

— Je suis vraiment désolé…

— Non, Alex ! Tu n'as pas à être désolé. Quoi qu'il se soit passé, ce n'est pas de ta faute.

Cet échange n'a pas de sens ! Y a-t-il des mots que j'ai manqués ? Après tout, vu mon état c'est plausible, pensa Emy qui ne comprenait rien à ce qu'elle venait d'entendre.

— Voilà, j'espère que... que ce sera utile.

Alice revenait, elle s'installa aux côtés de son amie.

— Bien sûr, merci.

La présence de Léopold Dussy qui parlait d'une voix calme et posée apaisait Emy. Elle sentit alors la douce fraîcheur du verre se déposer sur ses lèvres, puis celle de l'eau s'écouler dans sa gorge, la ramenant à la réalité. Elle ouvrit lentement les yeux et regarda autour d'elle. Elle était pratiquement allongée sur le sol, et quelque chose s'était glissé sous sa nuque, rendant la position confortable. Un petit coup d'œil sur le côté lui révéla qu'il s'agissait du bras de Léopold Dussy. Elle redressa légèrement la tête. Quatre paires d'yeux la fixaient et, à l'exception de celle de son amie, elles étaient toutes dénuées d'inquiétude.

— Je vais bien, lui dit-elle d'une petite voix dans l'espoir de la rassurer.

— Tu m'as fait une de ces peurs ! s'exclama son amie en se jetant à son cou.

Mais le bras resté libre de Léopold Dussy s'interposa délicatement.

— Je suis navré, Alice, mais il vaut mieux lui laisser de l'espace pour respirer.

— Oh, pardon.

Emy tenta de se relever, mais son attention fut une nouvelle fois détournée par la voix qu'elle avait découverte quelques instants auparavant.

— Je crois que… tu ne devrais pas… te lever aussi vite… Emy…

Elle était d'une douceur et d'une clarté incomparable à tout ce qui lui avait été donné d'entendre jusqu'à aujourd'hui.

— Alexandre à raison, enchaîna Alice, la ramenant soudain dans la réalité.

— Mais… que m'est-il arrivé au juste ? demanda-t-elle.

— Vous avez perdu connaissance, lui répondit Léopold Dussy, avant d'ajouter, devant l'inquiétude qui naissait sur le visage d'Emy, mais juste quelques secondes. Je ne suis pas spécialiste en la matière, mais je pencherais pour une petite hypoglycémie. Avez-vous suffisamment déjeuné à midi ?

— Ah ! Tu vois, je te l'avais bien dit ! lança Alice sur un ton de réprimande maternelle.

Pour toute réponse, Emy leva les yeux au ciel avant de se tourner vers Léopold Dussy. Elle n'avait jamais été sujette à ce type de crises, bien qu'il lui soit arrivé régulièrement d'oublier de manger. Aussi, ignorait-elle l'effet que cela produisait, mais elle était persuadée que ce devait être différent de ce qu'elle venait de subir. Sans compter que depuis qu'elle avait retrouvé ses esprits, elle ne ressentait aucune sensation de faiblesse. Au contraire, même ! L'explication de Léopold Dussy ne tenait pas la route. Au fond, Emy savait qu'il s'agissait d'autre chose. Mais comment aurait-elle pu mettre des mots sur ce qu'elle ne comprenait pas elle-même ? Elle décida donc de se contenter de cette version… du moins pour le moment.

— Vous avez certainement raison, monsieur Dussy.

Ces quelques mots à peine prononcés, Emy eut le sentiment qu'un regard se posait sur elle avec insistance. Une part d'elle avait cette étrange certitude de savoir de qui il émanait, alors que l'autre refusait cette possibilité…

— Je vous présente toutes mes excuses, déclara-t-elle en se relevant.

— Il n'y a aucune raison, répondit Léopold Dussy.

— Oh que si ! Je suis terriblement gênée…

— Il ne faut pas. Vraiment pas...

— En tout cas, je vous remercie, conclut-elle.

M. Dussy acquiesça poliment de la tête.

— Bon, et si nous reprenions, enchaîna-t-elle. Où en étions-nous déjà ?

— Aux présentations, répondit Léopold Dussy. Alice, Emy, je vous présente Emeric, mon gendre, et Alexandre, mon fils.

— Salut les filles ! lança joyeusement le premier.

— Emeric ! Voyons ! le reprit son beau-père, gêné.

— Salut Emeric ! rétorquèrent-elles.

Le sourire qui accompagna leur réplique remit immédiatement Léopold Dussy à l'aise. Puis, ce fut au tour d'Alexandre de s'adresser aux filles, mais de manière bien plus posée, et en s'adressant à elles l'une après l'autre :

— Bonsoir, Alice, je suis ravi de te revoir.

Visiblement troublée, elle ne fut pas en mesure de répondre, mais réussit malgré tout à afficher un sourire de circonstance. Puis, Alexandre se tourna vers Emy, en s'approchant légèrement. À cette distance, elle pouvait sentir son parfum, mélange subtil d'arômes fruités qu'elle avait du mal à identifier. Alors que son attention était monopolisée par cet exercice, elle ne perçut brusquement plus aucune odeur, comme si toutes ses facultés s'étaient réorientées sur un autre de ses sens. La vue. Les yeux d'Alexandre venaient de se fixer aux siens, leur couleur était plus que troublante, ni vraiment bleue ni vraiment verte.

— Emy… je suis enchanté de faire ta connaissance.

À nouveau, les facultés d'Emy se réorientèrent, mais pour stimuler son ouïe cette fois-ci. Et elle se demanda si cette mélodie, d'une clarté et d'une douceur inédites à son oreille, pouvait réellement n'être qu'une voix. Elle réalisa que, prononcés de cette façon, les mots avaient pris une ampleur démesurée. Au point de prendre un tout autre sens. Malheureusement, il lui était impossible de le déchiffrer.

— Il en va de même pour moi, et j'espère avoir le plaisir de te revoir… dans des circonstances plus propices.

Quoi ? Qui a parlé ? Ça ne peut pas être moi ! Je serais bien incapable de prononcer ne serait-ce qu'un seul mot face à lui. Alors toute une phrase, autant dire que c'est impossible ! Et en plus, on croirait que c'est de la drague ! N'importe quoi ! Je deviens folle ou quoi ? Et maintenant, tout le monde va rigoler ! Lui le premier ! Quelle journée ! J'aurais mieux fait de rester couchée.

Ses divagations mentales furent de très courte durée, car Alexandre lui répondit instantanément.

— Nous avons donc le même souhait...

Emy crut qu'elle avait été victime d'une hallucination auditive, mais le regard qu'il posait sur elle et le sourire qu'il arborait lui firent réaliser qu'elle n'avait pas rêvé.

Après ces quelques secondes de pur bonheur, elle se mit à ressentir un tout autre sentiment : la gêne. Car elle venait de prendre conscience que, pendant le court instant que dura leur échange si particulier, elle avait totalement oublié qu'ils n'étaient pas seuls. Elle s'empressa de regarder autour d'elle afin de mesurer la température ambiante. À sa grande surprise, personne ne semblait s'être intéressé à leur conversation. Alice et Emeric, qui s'étaient éloignés sans qu'elle s'en aperçoive, discutaient tranquillement à l'autre extrémité de la pièce. Et vu la distance à laquelle ils se trouvaient, il était improbable qu'ils aient entendu quelque chose. Léopold Dussy, qui se tenait à leurs côtés, participait aussi à l'échange, mais l'expression de son visage laissait penser qu'il était ailleurs.

En effet, à l'inverse des deux autres, et malgré l'éloignement, il paraissait avoir tout suivi. Et le plus surprenant résidait dans son attitude. Elle donnait l'impression que Léopold Dussy désapprouvait totalement ce qui venait de se passer entre Emy et son fils. En tout cas, ce fut ce qu'Emy pensa lorsqu'elle intercepta le regard réprobateur qu'il lançait à son fils, mais le temps que le sien fasse l'aller-retour entre les deux hommes, et il avait totalement disparu. À la place, Léopold Dussy arborait de nouveau son sourire si parfait. Emy se demanda s'il s'était rendu compte qu'elle avait perçu son expression précédente. Elle s'apprêtait à demander des éclaircissements sur ce qu'elle venait de voir à Alexandre qui, de son côté, ne semblait absolument pas déstabilisé par la réaction de son père, mais il ne lui en laissa pas l'opportunité. Il se dirigeait déjà d'un pas décidé vers les autres.

— Les garçons, allons charger tout cela dans la camionnette, lança M. Dussy plus souriant que jamais.

— La réserve est ouverte, nous vous rejoignons dans deux minutes, précisa Alice avant qu'ils aient quitté les lieux.

La boutique était tout à coup très silencieuse, ce qui permit à Emy de se repasser le film des évènements qui venaient de se produire afin de comprendre ce qui avait motivé la réaction de Léopold Dussy.

— Alors ? Comment te sens-tu ? lui demanda doucement son amie qui s'était rapprochée d'elle.

Emy n'était pas surprise par la question, mais elle n'était pas certaine de la réponse qu'elle devait y apporter.

— Euh… Bien, merci, répondit-elle un peu hésitante.

— Tu es sûre ? Parce que si tu ne te sens pas bien, tu n'as qu'à rentrer chez toi. Tu as tout de même perdu connaissance.

Emy était soulagée de constater que son amie n'avait apparemment pas entendu la conversation qu'elle venait d'avoir avec Alexandre, sinon, la connaissant, elle aurait sans nul doute abordé le sujet.

— Oui, oui. Ne t'inquiète pas, je vais très bien.

— Super ! Alors, on y va.

Alice prit la direction de la réserve, et Emy lui emboîta le pas. Elle avait le cœur légèrement serré à l'idée de se retrouver, une nouvelle fois, dans la même pièce qu'Alexandre.

En arrivant devant la porte, elle manqua de peu de bousculer son amie qui venait de stopper net devant elle.

— Au fait ! s'exclama Alice en se retournant. Comment tu le trouves ?

— Qui ça ? répondit-elle machinalement, prise au dépourvu.

— Bah ! Alexandre, le fils de monsieur Dussy. Ne me dis pas que tu ne l'as pas regardé. Je ne te croirais pas.

Et pourtant, en écho aux paroles de son amie, Emy réalisa qu'effectivement elle ne l'avait même pas regardé. Elle avait humé son parfum qui avait fini par l'envoûter. Elle s'était également perdue dans les profondeurs de son regard captivant. Elle venait de vivre un moment d'une rare intensité, mais elle était incapable de le décrire physiquement. Il était, évidemment, inenvisageable de dire la vérité à Alice qui, de toute façon, ne la croirait pas. Elle arriva donc à la conclusion qu'elle n'avait pas d'autre choix que de lui sortir une quelconque banalité.

— Il est vraiment très beau, répondit-elle avec un petit sourire en coin.

La réaction d'Alice ne se fit pas attendre. Son visage reflétait sa stupéfaction, et Emy comprit qu'elle n'avait pas donné le change avec cette réponse.

— C'est tout ? Attends, tu viens de rencontrer l'un des mecs..., que dis-je, LE mec le plus stupéfiant qui soit ! Et toi, tout ce que tu trouves à dire, c'est « Il est vraiment très beau ». T'es sûre que ça va ?

— Mais oui, je vais bien. Je t'assure. Excuse-moi, tu as raison. C'est juste que… je ne suis pas sûre que ce soit le bon moment et le bon endroit pour parler de ça. Je te rappelle qu'il est juste à côté et qu'il nous attend d'ailleurs.

— Effectivement, vu comme ça ! Mais nous en reparlerons plus tard, rétorqua-t-elle en se retournant.

À sa grande surprise, Emy ne s'était pas trop mal débrouillée, à croire qu'elle devenait habile à ce petit jeu. Même si elle était fière de sa pirouette, elle trouva déroutant que son amie abandonne la partie aussi facilement, même avec la promesse de réattaquer le sujet ultérieurement.

Elle commençait tout juste à se mettre en condition pour sa seconde rencontre avec Alexandre, lorsqu'elle se rendit compte qu'Alice était en fait nettement plus perspicace que ce qu'elle avait cru. Un quart de seconde avant d'ouvrir la porte, sans même se donner la peine de se retourner, elle ajouta :

— Il faudra quand même que tu m'expliques comment tu as fait… car il ne t'a pas quittée des yeux.

Emy se demanda alors comment elle allait pouvoir expliquer à son amie un évènement qu'elle ne comprenait pas elle-même. Elle était totalement déstabilisée par cette intervention. Et tandis qu'elle essayait de remettre de l'ordre dans son esprit empreint aux doutes, Alice ouvrit la porte de la réserve.

— Alors, messieurs, est-ce que tout se passe bien ?

— Parfaitement bien, nous venons juste de terminer le chargement.

— Ce n'est pas vrai ! Mais comment avez-vous…

— Oh ! Vous savez, lorsque ces deux-là se lancent un défi, force est d'admettre qu'ils sont très efficaces.

Emy se tenait dans l'entrebâillement de la porte, et l'échange entre son amie et Léopold Dussy la sortit de ses réflexions. Son regard se posa aussitôt sur Alexandre qui se trouvait à quelques mètres de là, au pied de la camionnette. Elle espérait profiter de cette courte distance pour l'observer enfin, mais les yeux du jeune homme ne tardèrent pas à se fixer aux siens, lui faisant une nouvelle fois perdre tous ses moyens. Elle bouillait intérieurement.

Ne faut-il pas être bête pour se laisser distraire à ce point par un simple regard ! pensa-t-elle, agacée par sa réaction.

À cet instant, elle décida qu'il était plus que temps de reprendre le contrôle. Elle ferma les yeux et secoua très légèrement la tête afin de rompre le lien qu'Alexandre venait de tisser entre eux. Puis, en faisant totalement abstraction du fait qu'il la voyait agir, elle s'appliqua à le détailler. Elle réalisa qu'il était, sans aucun doute, l'être vivant le plus magnifique qu'il lui ait été donné de contempler. Il dégageait autant de force que de douceur. Objectivement parlant, on aurait pu le décrire comme un très beau jeune homme, plutôt grand et visiblement assez musclé, mais Emy se sentait dépourvue de vocabulaire face à une silhouette d'une telle harmonie. Ses cheveux couleur jais accentuaient la douce pâleur de son teint et faisaient ressortir ses yeux bleu glacier. La jeune fille était en train de vivre cet instant de pure contemplation depuis à peine quelques secondes, qu'il fut interrompu. Alexandre se trouvait déjà à ses côtés.

— Emy ? l'interpella-t-il de sa douce voix mélodieuse.

Elle évitait soigneusement de croiser son regard, de peur de se retrouver piégée, mais elle percevait de la tristesse dans l'intonation de sa voix. Et la simple idée qu'elle puisse en être la cause directe ou indirecte lui était insupportable. Elle releva alors lentement la tête et ses yeux rencontrèrent les siens. Ils lui confirmèrent ce qu'elle craignait.

— Qu'y a-t-il ? lui demanda-t-elle d'une voix teintée d'inquiétude.

À peine avait-elle prononcé ces mots qu'elle vit l'expression de son visage angélique se modifier. La tristesse demeurait, mais se teintait d'un autre sentiment qu'Emy n'était pas certaine de déchiffrer.

— Mais… Emy… Comment… comment fais-tu ? lui demanda-t-il interloqué.

Elle ne s'était pas trompée. C'était bien de l'incompréhension qu'elle lisait sur ses traits. Cependant, le fait d'avoir réussi à décrypter cette émotion ne l'aidait pas vraiment. Emy nageait elle-même dans l'inconnu le plus total. Son esprit n'était envahi que de questions. Elle se retrouvait donc dans l'impossibilité de lui apporter une quelconque réponse. Et bientôt, l'intervention du père d'Alexandre stoppa net ses tergiversations.

— Alex ! Nous devons partir.

Derrière la douceur et la courtoisie qui caractérisaient les prises de parole de Léopold Dussy, transparaissait cette fois la volonté d'être entendu, et surtout obéi. Son ordre était soutenu par le même regard réprobateur qu'il avait lancé à son fils peu de temps auparavant dans la boutique. Une nouvelle fois, Emy n'en comprit pas la cause. Mais de toute évidence ce n'était pas le cas d'Alexandre qui, en plus d'en avoir saisi le sens, devait l'approuver puisqu'il s'était éloigné avant même qu'elle ne s'en aperçoive, et se trouvait aux côtés de son père, prêt à partir.

— Bon, nous allons prendre congé et vous souhaiter une bonne soirée.

— Merci monsieur Dussy. Bonne soirée à vous également. Vous saluerez votre charmante épouse pour nous, répondit poliment Alice.

— Je n'y manquerai pas.

Le pétillant Emeric ne put s'empêcher de lancer une nouvelle petite phrase qui agaça légèrement son beau-père, c'était à se demander s'il ne le faisait pas un peu exprès.

— Salut, les filles, à bientôt ! Toujours le sourire aux lèvres il enchaîna. Alex ! C'est moi qui conduis cette fois !

Ce dernier, apparemment indifférent, acquiesça.

La prise de parole de son amie, en leur nom à toutes les deux, convenait parfaitement à Emy. Elle était encore perturbée par ce qui venait de se passer et ne se sentait pas capable de formuler une phrase digne de ce nom. Léopold Dussy s'approcha de son fils qui restait également silencieux, il l'accompagna jusqu'à la porte de la camionnette et lui glissa quelques mots à l'oreille avant de rejoindre sa voiture. Emy était trop loin pour entendre ce qu'il lui avait dit, mais elle fut rassurée par le sourire qu'Alexandre rendit à son père. Puis, elles regardèrent les deux véhicules qui s'éloignaient dans la rue.

— Et voilà ! Sacrée journée, n'est-ce pas ?

— À qui le dis-tu ! Et elle n'est pas encore terminée !

— On peut repousser notre sortie si tu as besoin de te reposer.

— C'est inutile.

— Je comprendrais après ce qui t'est arrivé aujourd'hui.

Alice ne croyait pas si bien dire, car au-delà de son malaise Emy était surtout totalement chamboulée par les échanges qu'elle avait eus avec Alexandre. Normalement, elle aurait accepté la proposition de son amie et serait rentrée chez elle pour se reposer, mais elle ne se sentait pas capable d'affronter une soirée toute seule à ruminer dans son appartement.

— Je vais bien. Et je crois que ça ne me fera pas de mal de sortir. Comment veux-tu qu'on s'organise ?

— Eh bien, vu l'heure, nous allons fermer la boutique maintenant. Claire et Aurélie doivent me rejoindre à la maison vers 20 h et j'ai réservé une table à La Marmite de Marguerite pour 20 h 30. On passe te prendre chez toi, si tu veux.

— Ne vous embêtez pas, je vous retrouve directement au restaurant.

— Comme tu voudras.

Elles fermèrent alors la réserve et la boutique avant de rentrer, chacune de leur côté, pour se préparer. La journée promettait de se finir sur une note de détente.

Le bureau était invariablement plongé dans cette atmosphère sinistre, mais cette fois l'homme à la baguette blanche se tenait debout, face à la cheminée. Toujours vêtu de noir, le manche du fin morceau de bois se détachait nettement du reste de son habillement. L'objet patientait sagement dans l'étui de cuir fixé à la ceinture au niveau de sa hanche. Sa main droite encerclait un verre globe à moitié rempli d'un liquide sombre et épais. Il cessa d'en faire tourner le contenu lorsqu'il entendit le bruit du pas lent et cadencé qu'il attendait.

— Il paraît que tu voulais me dire quelque chose ? demanda-t-il sans préambule.

— Oui, monsieur, répondit l'homme masqué par l'obscurité.

— Alors, vas-y !

— Une jeune fille s'est installée en ville depuis peu, monsieur. Et certaines personnes racontent que… Mais il s'interrompit, certainement pour réfléchir à la meilleure façon de présenter les choses.

— Eh bien, que racontent-elles ? s'impatienta l'hôte.

— Elles racontent qu'elle serait sa fille, acheva-t-il.

— Intéressant… Improbable, mais intéressant. Et toi, qu'en penses-tu ?

— Il n'a jamais été question d'un enfant, monsieur.

— En effet, mais cela ne prouve rien. Renseigne-toi auprès de personnes fiables et tente d'en apprendre davantage sur cette fille.

— Oui, monsieur, répondit-il avant de s'éclipser.

L'homme vêtu de noir posa son verre sur le manteau de la cheminée, puis il fit quelques pas pour atteindre la vitrine qui se trouvait au fond à droite de la pièce. Elle était pleine de baguettes de formes, de tailles et de couleurs différentes. Après quelques secondes durant lesquelles il resta figé devant, il en caressa la vitre de ses longs doigts rachitiques.

CHAPITRE 3

La divination

Emy était prête à sortir. Habillée, maquillée, parfumée, elle avait déployé tout un arsenal pour ne pas trop dénoter à côté des copines d'Alice qui étaient d'ordinaire assez sophistiquées. Elle avait choisi de porter une petite robe noire qu'elle venait de s'offrir. Cette tenue, distinguée et sobre, lui éviterait de se faire trop remarquer.

Une soirée entre filles, voilà ce qu'il me faut pour ne pas ruminer sur les derniers évènements, pensa-t-elle au moment de partir.

Elle prit alors soin de tout éteindre et quitta son appartement. En sortant de son immeuble, elle fut surprise par l'obscurité qui régnait dans la rue, et ce malgré les lampadaires qui tentaient de la rompre par endroit, mais leur lumière trop faiblarde n'y changeait pas grand-chose. Toutefois, celui situé juste en face attira son attention. Une moto à l'allure sportive stationnait dans la faible tache lumineuse qu'il projetait sur le sol, et une silhouette familière y était adossée. Sans la moindre hésitation, elle décida de traverser. Le claquement des talons de ses escarpins sur le bitume résonnait dans la nuit. Mais Emy entendait surtout les battements de son cœur qui s'intensifiaient dans sa poitrine à mesure qu'elle approchait.

— Alexandre ? s'étonna-t-elle une fois arrivée. Mais que fais-tu ici ?

Bien qu'elle l'ait tout de suite reconnu, prononcer son prénom à voix haute donnait vie à ce qu'elle croyait n'être qu'une illusion.

— Je t'attendais.

— Mais… tu… tu attends depuis longtemps ?

— Ça n'a pas d'importance. Il fallait absolument que je te voie ce soir, ajouta-t-il en plongeant son regard dans le sien.

Alexandre était plus troublant que jamais et Emy avait bien du mal à garder les idées claires.

— À vrai dire, je n'ai pas vraiment le temps… j'ai rendez-vous dans quelques minutes… tenta-t-elle de lui expliquer maladroitement, bien trop perturbée par la situation.

— Oui, c'est évident, répliqua-t-il en la toisant. Et si je peux me permettre, tu es magnifique.

Les joues d'Emy s'empourprèrent. Elle qui croyait que sa tenue l'empêcherait de se faire remarquer. C'était loupé.

— Merci, c'est gentil, réussit-elle malgré tout à formuler, au comble de la gêne.

— Puis-je t'accompagner ?

— Je ne suis pas sûre que… que ma tenue soit compatible avec un trajet sur cet engin, répondit-elle en jetant un bref regard en direction de la moto.

— Oh, non ! Ce ne serait effectivement pas une bonne idée. En fait, je pensais plutôt t'escorter à pied. Mais je pourrais t'emmener faire une balade une prochaine fois, si tu en as envie.

— C'est d'accord, lui répondit-elle flattée.

— Alors, mettons-nous en route, dit-il en lui proposant l'un de ses bras.

Alexandre faisait preuve d'une rare prévenance compte tenu de son âge, mais Emy jugeait cela plutôt charmant, et elle accepta son bras sans hésiter. Ils commencèrent à avancer en direction de la petite place qui se trouvait au bout de la rue. Elle se demandait comment elle allait bien pouvoir lui poser toutes les questions qui lui brûlaient les lèvres sans le faire fuir. Mais à son grand soulagement, c'est lui qui engagea la conversation.

— Tu as eu une journée éprouvante, n'est-ce pas ?

— On peut le dire.

— Et malgré cela, tu sors ce soir.

— Ce n'est qu'une simple soirée entre filles, se défendit-elle. J'avais promis à Alice que je l'accompagnerais chez cette voyante qui s'est installée pour quelques jours. Et puis, je ne me voyais pas rester chez moi toute seule avec toutes ces ques… elle s'interrompit en réalisant qu'elle en avait déjà trop dit.

— Toutes ces questions, termina-t-il à sa place. Je comprends.

Emy était estomaquée par la réaction d'Alexandre qui faisait preuve d'un flegme déroutant. Un peu comme s'il savait à l'avance ce qu'elle s'apprêtait à lui dire.

— Ce n'était pas un reproche, reprit-il sans lui laisser le loisir de répliquer. Je trouve même cela très bien que tu te mettes enfin à sortir un peu.

— C'est vrai que je suis plutôt casanière, je ne suis pas très à l'aise lorsqu'il y a beaucoup de monde. Mais d'où tiens-tu cette information ?

— Louverville est une petite ville. Tout se sait !

— On dirait bien, soupira-t-elle. D'ailleurs à ma connaissance, tu n'es pas meilleur que moi sur ce terrain.

— Tu n'as pas tout à fait tort, répliqua-t-il en souriant amusé par sa répartie. Puis il s'arrêta, se tourna vers elle et, avant de continuer, saisit ses mains entre les siennes qui étaient gantées. Il ne faut pas croire tout ce que les gens racontent sur moi. Tu apprendras à me connaître.

Emy le regarda, subjuguée, incapable de répondre quoi que ce soit. Puis il se remit dans le sens de la marche et lui proposa une nouvelle fois son bras qu'elle s'empressa de saisir, comme si cela lui permettait de s'assurer qu'elle n'était pas en train de rêver.

— Alors comme ça tu vas consulter une voyante ce soir ? reprit-il tandis qu'ils avançaient de nouveau en direction du restaurant.

— Pas vraiment, en fait je ne fais qu'accompagner Alice.

— Quel dommage ! Tu sais, Joséphine est très douée, elle pourrait certainement t'apprendre beaucoup.

— Tu la connais ? Tu l'as déjà consultée ?

— Oui, je la connais et non, je ne l'ai jamais consultée.

— Ah bon ! Mais pourquoi ?

— En fait, ce type de don ne fonctionne pas avec tout le monde. Et il s'avère justement que je ne suis pas un bon sujet. C'est comme ça.

— Mais… Emy cherchait ses mots, elle était totalement perdue, tout se bousculait dans son esprit.

— Nous arrêterons là l'interrogatoire pour ce soir, la coupa-t-il.

— Excuse-moi, je t'embête avec mes questions.

— Pas du tout, mais nous sommes arrivés.

Effectivement, ils se trouvaient en face du restaurant. Emy n'avait pas vu le temps passer en sa compagnie, elle était d'ailleurs déçue que la route fût si courte entre ici et son appartement.

— Et je crois que tu es attendue, ajouta-t-il en regardant la fenêtre derrière laquelle se trouvaient Alice, Claire et Aurélie à la limite de l'hystérie.

— Oh non ! Qu'est-ce que je vais bien pouvoir leur raconter pour éviter qu'elles me harcèlent toute la soirée ?

— Tu n'as qu'à leur dire que nous nous sommes rencontrés par hasard juste avant que tu arrives ici.

— Bonne idée, ça devrait limiter les hostilités.

— Vas-tu en avoir encore besoin, ou puis-je le récupérer ?

— Pardon ?

— Mon bras…

Les joues en feu, Emy se confondit en excuses et libéra, à contrecœur, le bras d'Alexandre.

— Je crois qu'il est temps que tu ailles rejoindre tes amies, elles s'impatientent !

— J'y vais, mais avant j'ai une dernière question…

— Je t'écoute.

— Pourquoi ce soir ?

— Comment ça ?

— Tout à l'heure, tu as dit « Il fallait absolument que je te voie ce soir »…

— Ah, parce que je m'en vais.

En entendant ces paroles, les yeux d'Emy s'écarquillèrent, remplis de désarroi. Alexandre s'en aperçut et poursuivit sur sa lancée pour préciser ce qu'il venait de dire.

— Je dois m'absenter quelques jours, et je tenais absolument à te revoir avant de partir.

— D'accord, et…

Soulagée, mais hésitante, elle ne fut pas en mesure de terminer sa phrase.

— Je ne sais pas exactement quand je rentrerai. Je reviendrai te voir dès que possible. Je crois que nous avons encore beaucoup de choses à nous dire. Allez, file, tes copines trépignent d'impatience ! Et passe une bonne soirée.

— Je vais tout faire pour, merci de m'avoir accompagnée. Bon voyage et à bientôt !

Emy n'osa pas s'avancer pour l'embrasser, même si ça n'avait été que sur la joue, et il ne fit pas non plus le moindre mouvement en ce sens. Elle traversa alors la rue en direction du restaurant d'où ses amies lui faisaient des signes qu'elles estimaient certainement être discrets. Puis, lorsqu'elle atteignit la porte d'entrée, elle se retourna dans l'espoir de le trouver à l'endroit où elle venait de le quitter, mais sa déception fut à la hauteur de sa surprise, il était déjà parti. Dépitée et triste, elle entra.

— Bonsoir ma belle ! Alors, comme ça, on se fait accompagner ?

Alice était venue l'accueillir dans le hall d'entrée, certainement trop impatiente pour attendre une seconde de plus.

— Tu parles d'Alexandre, je suppose. En fait, je l'ai croisé juste avant d'arriver ici.

Emy faisait son maximum pour être convaincante, et la déception qu'elle venait de vivre lui facilitait les choses.

— Ah bon ! Quel dommage ! Je croyais que tu allais nous raconter une histoire romantique. Du genre « Il m'attendait en bas de chez moi et il a insisté pour m'accompagner jusqu'ici »…

Alice lança ces mots ironiquement, sans imaginer à quel point elle était proche de la réalité. Emy dut se forcer pour ne pas se mettre à sourire, et cette fois ce fut la tristesse provoquée par l'annonce de l'absence d'Alexandre durant plusieurs jours qui l'y aida.

Après qu'elle eût donné son manteau à la serveuse, elle suivit son amie jusqu'à la table où Claire et Aurélie étaient déjà installées. Sur le chemin, elle aperçut Cécile, la fille du propriétaire de la brasserie, attablée avec ses amis. Elle les salua d'un petit signe de la main. L'ambiance n'avait rien à voir avec celle qui régnait lors de sa précédente venue. Le restaurant vivait, pour quelques jours, dans l'univers de Joséphine, la voyante. La salle avait donc été décorée pour la circonstance. Des nappes bleu nuit recouvraient les tables, des bougies de formes et de tailles différentes étaient disposées un peu partout. Des boules de cristal et de très jolies cartes de tarot agrémentaient le dessus du buffet qui se trouvait à quelques mètres de là. Tout y était ! D'ailleurs, Emy remarqua un vieux grimoire posé sur un pupitre près du bar. Mais elle n'eut pas le loisir de s'en approcher pour regarder de quoi il s'agissait.

— Alors ?

— Raconte, et avec tous les détails…

Claire et Aurélie s'étaient levées et lui avaient chacune attrapé un bras pour l'escorter jusqu'à sa place. L'impatience leur brûlait les lèvres.

— Ne vous emballez pas, les filles, elle l'a juste rencontré en arrivant ici, leur expliqua Alice.

— Oh non ! s'exclamèrent-elles de concert.

— Et moi qui croyais que tu allais nous faire mourir d'envie…

— Enfin, il avait tout de même l'air d'être sous le charme. Et puis, quand je le croise, il me salue, mais il ne m'accompagne jamais, précisa Claire.

— C'est vrai ça ! Tu sais, Emy, j'ai vraiment l'impression que tu lui plais.

— Tu crois ? répliqua-t-elle perplexe.

— En tout cas, je ne l'avais encore jamais vu regarder une fille de cette façon-là.

— Ça, c'est vrai ! renchérirent Claire et Aurélie.

— Tente ta chance la prochaine fois, lui glissa Alice. Bon, on commande !

Les filles se mirent toutes d'accord pour prendre le menu spécial intitulé « Prédiction ». La serveuse leur apporta alors les apéritifs d'une couleur bleu nuit surprenante.

— Santé, amitié… et amour, déclara Alice en levant son verre et en adressant un clin d'œil à son amie.

— Alors, qui est partante pour une consultation ? lança Claire.

— Moi, répondit Aurélie.

— Moi aussi, renchérit Alice.

Emy resta silencieuse. En fait, elle hésitait. À l'origine, elle était venue seulement pour accompagner son amie, mais elle repensait à ce qu'Alexandre lui avait dit sur le chemin : « Joséphine est très douée, elle pourrait certainement t'apprendre beaucoup ».

— Moi également, finit-elle par répliquer.

— Ah bon ? s'étonna Alice, très surprise par sa réponse. Je croyais que tu voulais juste nous accompagner.

— J'ai changé d'avis. Réflexion faite, je pense que c'est toi qui as raison.

— À la bonne heure ! Alors, allons nous inscrire !

Alice se leva et les filles l'imitèrent aussitôt. Une fois rendue devant le pupitre, elle fut la première à inscrire son nom sur la page à laquelle était ouvert le vieux grimoire. Claire et Aurélie lui succédèrent sans s'attarder, mais Emy procéda différemment. Tandis que ses amies retournaient s'asseoir, elle prit le temps de détailler le manuscrit. Il semblait avoir des siècles, et le signe qui se trouvait sur la couverture lui rappelait quelque chose. Il était très abîmé, mais elle réussit malgré tout à reconnaître un pentagramme, un croissant de lune et une chauve-souris, le tout entouré d'un cercle doré. La jeune fille avait la certitude de l'avoir déjà vu quelque part, mais sa mémoire lui faisait défaut. Elle nota son nom en dessous de celui d'Aurélie, puis retourna auprès de ses amies.

Le dîner était déjà bien avancé lorsque la serveuse signala à Alice que son tour était arrivé. Son absence fut de courte durée et elle réapparut le sourire aux lèvres, visiblement ravie de son entrevue avec la voyante. Claire et Aurélie lui succédèrent l'une après l'autre, et réapparurent tout autant satisfaites.

Avant la première consultation, les filles s'étaient mises d'accord pour ne rien dévoiler de ce qu'elles allaient apprendre, tant qu'elles n'étaient pas toutes passées. Emy, qui était la seule de la table à ne pas avoir rencontré Joséphine, partit donc vers l'inconnu le moment venu. La serveuse lui indiqua d'emprunter la porte au fond de la salle où ses amies avaient disparu peu de temps auparavant. Sans hésiter une seconde, elle l'ouvrit et découvrit une petite pièce circulaire au milieu de laquelle s'élevait un escalier de pierre en colimaçon. Elle monta lentement en faisant attention de ne pas trébucher avec ses escarpins, et une fois sur le palier, elle entendit quelqu'un l'appeler.

— Entrez, Emily !

La voix venait de s'échapper par l'entrebâillement d'une porte située à quelques pas sur la droite. Emy s'approcha jusqu'à poser sa main sur la poignée et poussa doucement le battant. La pièce était plongée dans une obscurité que seule la lueur de nombreuses bougies venait perturber. Ses yeux mirent quelques secondes à s'y habituer. Elle distingua alors une silhouette féminine assise au fond derrière une table ronde.

— Installez-vous, lui indiqua la voyante en désignant le fauteuil situé juste en face d'elle.

Emy s'avança prudemment. Elle n'était plus tout à fait sûre d'avoir fait le bon choix en venant ici, et ne se souvenait plus vraiment des raisons qui l'avaient poussée à changer d'avis.

— Bonsoir, dit-elle timidement une fois assise.

— Bonsoir, Emily, je m'appelle Joséphine. Puis-je connaître les raisons qui vous amènent à me consulter ?

— En fait, je l'ignore moi-même…

La réponse d'Emy n'était pas tout à fait juste. Car une question la rongeait depuis toujours : d'où venait-elle ? Orpheline de père et de mère, n'ayant jamais connu ses grands-parents ni d'un côté ni de l'autre, elle ignorait tout de ses origines. Cet état de fait créait une profonde blessure qu'elle ne désespérait pas de voir s'amenuiser un jour. Pour autant, elle ne souhaita pas aborder ce sujet avec cette inconnue.

— Hum… pas de but précis… intéressant. Puis-je voir vos mains s'il vous plaît ?

— Bien sûr, répondit-elle en les lui tendant sans hésitation.

— Vous êtes nerveuse, constata la voyante en lui saisissant les mains.

En effet, Emy ne s'en était pas aperçue, mais ses mains tremblaient. Sans doute la manifestation physique du trouble intérieur qu'elle ressentait en cet instant.

— Détendez-vous... ça va bien se passer, lui assura Joséphine.

Bien décidée à ne pas la faire mentir, Emy prit une profonde inspiration, pour tenter de retrouver son calme. Son récent tête-à-tête avec Alexandre lui revint alors en mémoire. Et avec, le souvenir de ce qui l'avait incitée à venir ici.

Apaisée, elle posa son regard sur Joséphine qui observait ses deux paumes avec une extrême attention. Mais l'expression qu'elle lut sur son visage ne la rassura pas.

— Bon, soupira la voyante. Voyez-vous un inconvénient à ce que je vous tire les cartes ? lui demanda-t-elle en libérant ses mains.

— Aucun, mais je croyais que votre spécialité était les lignes de la main.

— Effectivement, mais dans votre cas… je crois que la cartomancie serait plus… adaptée, lui répondit-elle l'air un peu gêné.

— D'accord, que dois-je faire ?

— Je vais seulement vous demander de couper le jeu, lui indiqua-t-elle en le glissant devant elle.

Emy s'exécuta.

— Et maintenant, découvrons ensemble ce qu'elles ont à nous apprendre…

Le visage de la voyante prit des expressions aussi différentes qu'inquiétantes : la surprise, l'étonnement. Emy crut même y voir de la peur, mais elle garda le silence.

Une fois toutes les cartes disposées devant elle, Joséphine reprit la parole.

— Eh bien, je suis navrée, mais je ne vais pas pouvoir vous dire grand-chose.

— Ah bon ! Mais pourquoi ? s'étonna Emy.

— Les cartes ne sont pas claires du tout. En fait, il y a même une totale incohérence. Cela ne m'était jamais arrivé auparavant.

Emy repensa aux paroles d'Alexandre. Il lui avait dit que la voyance ne fonctionnait pas avec tout le monde et que lui-même n'était pas « un bon sujet » selon ses propres termes. L'idée qu'elle fut dans la même situation lui traversa alors l'esprit.

— J'ai entendu dire que l'art divinatoire pouvait s'avérer inefficace avec certaines personnes. Peut-être suis-je dans ce cas ?

— Est-ce que quelque chose de précis vous invite à penser cela ?

— Non. J'essaie juste de rationaliser.

— Oh ! Mais vous savez, dans ce domaine, rien n'est rationnel, répliqua-t-elle tandis qu'elle rangeait déjà ses cartes.

— Bon, je vais rejoindre mes amies alors, déclara Emy quelque peu déçue. Je vous remercie de m'avoir reçue.

— De rien, je vous souhaite une excellente soirée.

Emy s'était déjà levée et s'apprêtait à quitter la pièce lorsqu'elle entendit Joséphine ajouter ces quelques mots :

— Parfois, on en apprend bien plus sur son avenir en découvrant ses origines qu'en consultant une voyante aussi douée soit-elle… Au revoir, Emy.

Interloquée par ces paroles, elle se retourna. Le fauteuil occupé par la voyante l'instant d'avant était désormais vide. D'ailleurs, tous les signes de sa présence avaient soudain disparu. Un peu comme si elle venait de rêver cette rencontre. Troublée par cette idée, Emy quitta les lieux avec davantage de questions à l'esprit que lors de son arrivée.

La fin de la soirée fut rythmée par les récits de chacune des filles, expliquant ce que la voyante leur avait prédit. Alice devait rencontrer dans un avenir proche son prince charmant et filer le parfait amour, Claire allait trouver le job de ses rêves qui l'amènerait à voyager aux quatre coins du globe, et Aurélie deviendrait une mère au foyer modèle tout comme sa maman qu'elle adulait. Alors, quand ce fut le tour d'Emy, elle décida, tout comme ses amies venaient de le faire, d'inventer une jolie histoire. Au fond, elles savaient toutes les quatre qu'aucune d'entre elles n'avait dit la vérité. La première, parce qu'elle refusait d'attribuer trop de crédit à une mauvaise prédiction, la seconde, car elle souhaitait forcer le destin vers ce dont elle avait toujours rêvé, et la troisième, pour éviter de rendre ses copines trop jalouses. Mais Emy était la seule à qui Joséphine n'avait rien pu prédire, elle était donc de fait l'unique à avoir tout inventé dans le simple but ne pas paraître bizarre aux yeux de ses amies.

Le lendemain, il faisait un soleil radieux, et même si la température ne décollait pas, les clients étaient au rendez-vous. Depuis l'ouverture, la boutique ne désemplissait pas. Les deux jeunes filles eurent à peine le temps de manger un petit quelque chose, et encore moins celui d'échanger leurs impressions sur la soirée de la veille. Ce n'est qu'en fin d'après-midi, juste avant la fermeture en fait, qu'elles purent se poser un instant pour discuter.

— Je suis lessivée ! expira Alice en se laissant tomber dans un fauteuil.

— C'est normal, c'était une dure journée.

— Tu n'as pas l'air très en forme toi non plus, est-ce que tout va bien ?

— À vrai dire, je ne sais pas ce qui m'arrive. Ça ira sans doute mieux demain après une bonne nuit de sommeil.

— OK, alors je ne te propose pas de sortir avec nous ce soir.

— Non, je te remercie. Je préfère passer une soirée tranquille chez moi. Qu'est-ce que vous avez prévu ?

— Oh, rien de très exceptionnel. Un groupe de rock du coin joue ce soir à L'Éclipse, il paraît que leur musique est sympa. On va aller écouter ça en buvant un verre.

Malgré ses efforts pour décrire cette sortie comme tout à fait banale, Alice ne réussit pas à masquer son impatience.

— Si tu veux, rentre chez toi maintenant pour te préparer, je fermerai la boutique.

— T'es sûre ? Ça ne te dérange pas ?

— Pas du tout, vas-y et embrasse les filles de ma part.

— Merci, t'es vraiment géniale ! Je t'appelle demain, sans faute, indiqua-t-elle tandis qu'elle attrapait déjà son manteau et se précipitait vers la sortie.

— Bonne soirée !

Une fois rentrée chez elle, Emy prit un bain pour se détendre, puis elle revêtit l'une de ses tenues les plus confortables. Malgré cela, elle se sentait toujours aux prises avec une intense fatigue. Elle doutait qu'une bonne nuit suffise à l'apaiser, d'autant qu'un immense sentiment de vide intérieur, semblable à celui qu'elle aurait ressenti si on lui avait ôté une partie d'elle-même, s'ajoutait à cela.

Elle s'était couchée depuis peu avec l'espoir de trouver rapidement le sommeil quand soudain un détail de la soirée de la veille lui revint en mémoire. Ses amies et elle avaient inscrit leur nom dans un vieux grimoire dont le signe qui ornait la couverture lui avait donné une impression de déjà-vu. Emy ne parvenait toujours pas à se souvenir d'où venait ce sentiment. Par contre, elle réalisait seulement maintenant qu'en redescendant de son entretien avec Joséphine, le grimoire et le pupitre sur lequel il était posé avaient eux aussi disparu.

Cette soirée avait vraiment été très étrange. Trop étrange. D'ailleurs, Emy trouvait que beaucoup de choses l'étaient depuis son installation à Louverville. Et plus encore depuis l'ouverture de la boutique. D'abord sa rencontre avec Mme Duclos, puis celle avec la famille Dussy, et maintenant Joséphine…

Elle cherchait à donner un ordre et un sens à tous les éléments emmagasinés dans son esprit ces derniers jours, un peu comme elle l'aurait fait avec les pièces d'un puzzle, mais la fatigue l'emporta sans qu'elle y parvienne.

Le dimanche matin, après une longue nuit très agitée, Emy se réveilla dans le même état second que la veille. Le vide intérieur qu'elle ressentait paraissait même s'être accentué. Elle se leva sans grande conviction. L'esprit plus que jamais en proie aux multiples interrogations qui la tourmentaient et qui l'avaient accompagnée durant son sommeil. Comme la faim ne se faisait pas sentir, elle se prépara juste un petit café en se promettant de se rattraper dès que son estomac serait plus coopératif.

En milieu de matinée, la sonnerie du téléphone la fit sortir de sa léthargie. Alice venait aux nouvelles. Emy prit soin de peser ses mots et de contrôler, autant que possible, sa voix afin de ne pas trop l'inquiéter. Mais son amie ne fut pas dupe, et elle lui posa un ultimatum. Si le lendemain matin, lorsqu'elle la rappellerait, elle n'allait pas nettement mieux, elle lui prendrait aussitôt un rendez-vous chez son médecin, et l'y emmènerait sans faute. Emy lui donna son accord de principe, bien qu'à l'évidence son amie s'en serait passé, puis elle lui assura qu'il ne serait pas nécessaire d'en arriver là, et qu'une journée de repos suivie d'une bonne nuit de sommeil supplémentaire la remettraient d'aplomb.

Après avoir raccroché, elle se demanda pourquoi elle venait de dire une chose pareille ! Emy n'avait absolument aucune idée de ce qui se produisait dans son corps en ce moment. Elle n'était jamais malade. Et le terme « jamais » correspondait parfaitement à la réalité vu qu'elle ne se remémorait pas un seul souvenir d'une quelconque maladie qu'elle aurait contractée un jour, même pendant son enfance. D'ailleurs, quand Emy ne comprenait pas pourquoi elle n'était jamais souffrante à l'inverse de ses camarades de classe, sa tante Rose qui s'était occupée d'elle à la mort de ses parents lui disait toujours « Mon trésor, tu as déjà subi une terrible épreuve avec la perte de tes parents, alors aujourd'hui ton ange gardien est là pour te protéger des maladies ».

À côté du téléphone se trouvait le petit papier que lui avait glissé Marguerite Duclos, et sur lequel était noté, en plus d'une adresse et d'un numéro de fixe, qu'elle l'attendait ce lundi vers 14 h. Elle hésita un instant, puis décida que si son état ne s'améliorait pas, elle appellerait le lendemain matin pour se décommander.

Sans tarder, elle rejoignit le canapé du salon pour y somnoler en regardant la télévision. La journée se déroula lentement, très lentement, jusqu'à ce qu'elle estime qu'il était l'heure d'aller se coucher.

CHAPITRE 4

Le Révium

À l'aube, un rayon de soleil réchauffa le visage d'Emy. Elle ouvrit les yeux avec une sensation étrange, semblable à une renaissance. Le néant qui l'habitait et son épuisement de ces deux derniers jours s'étaient évanouis durant la nuit. Aussi ravie qu'étonnée par ce brusque changement d'état, elle décida de se lever sans attendre. En posant les pieds par terre, une légère fébrilité se fit sentir et lui rappela qu'elle n'avait pratiquement rien mangé la veille. Un bon petit-déjeuner arrangerait cela rapidement.

Après avoir repris des forces, s'être lavée et habillée, elle prit l'initiative d'appeler Alice pour la rassurer et lui faire oublier son idée de visite chez le médecin. La voix encore à demi endormie de son amie lorsqu'elle décrocha lui fit réaliser qu'il était peut-être un peu trop tôt. Cependant, Alice ne lui en tint pas rigueur, trop contente de constater qu'elle allait nettement mieux, et elle l'invita même à venir passer l'après-midi en sa compagnie. Invitation qu'Emy refusa gentiment en lui rappelant qu'elle avait déjà un engagement.

Leur conversation terminée, elle composa le numéro d'une compagnie de taxi pour en réserver un qui l'emmènerait chez Marguerite Duclos en début d'après-midi. Emy était impatiente de découvrir ce qui l'avait poussée à la convier chez elle, alors qu'elle avait la réputation d'être particulièrement sélective dans le choix de ses fréquentations, et extrêmement distante avec ses clients, même les plus fidèles.

Une fois apprêtée, elle décida de profiter de l'exceptionnelle accalmie et du temps qu'il lui restait avant de partir pour aller faire quelques courses qui donneraient enfin tout leur sens au réfrigérateur et aux placards de la cuisine.

Quelques heures plus tard, la grisaille avait déjà repris ses droits et le ciel devenait de plus en plus menaçant, mais heureusement, Emy n'eut pas à attendre longtemps en bas de son immeuble l'arrivée du taxi. Elle s'installa rapidement à l'arrière du véhicule. Quelques minutes de plus à l'extérieur et elle se serait retrouvée sous des trombes d'eau.

— Bonjour, ma'm'selle ! Un peu plus et vous vous faisiez tremper, lâcha le chauffeur en la regardant dans le rétroviseur.

— Bonjour. Oui, en effet vous arrivez à temps ! lui répondit-elle en voyant l'eau s'écouler le long de la vitre.

— Alors, où allons-nous ?

— À cette adresse, s'il vous plaît, indiqua-t-elle en lui tendant le morceau de papier sur lequel elle était notée.

— OK, veuillez attacher votre ceinture ma'm'selle.

— C'est fait.

— Alors, on est parti !

Ils entamèrent la traversée de la ville et, comme tout chauffeur de taxi digne de ce nom, il commença à lui raconter des anecdotes sur ses courses. Poliment, Emy fit mine de s'y intéresser sans pour autant quitter la route des yeux. Le lundi, Louverville tournait au ralenti. La plupart des commerces étaient fermés, les rideaux de fer baissés et les trottoirs désertés par les badauds. Le centre-ville montrait un tout autre visage. Environ quinze minutes après leur départ, ils dépassèrent le panneau de sortie de la ville et le paysage changea brutalement. Des étendues de terre parsemées de rares bosquets de verdure et entrecoupées de quelques haies champêtres s'étalaient à perte de vue. Emy aimait ce paysage lorsqu'il se parait de vert, de jaune d'or et de bleu à la belle saison, mais nettement moins à cette époque de l'année où les champs agricoles se ressemblaient tous. Lorsqu'ils approchèrent de l'orée du bois, la voiture ralentit l'allure avant de s'engouffrer dans une petite route située sur la droite. Les arbres commençaient à perdre leurs feuilles, mais malgré cela il faisait très sombre. Au bout de plusieurs mètres, le taxi s'immobilisa devant un grand portail en bois. Le chauffeur s'apprêtait à descendre pour sonner lorsque l'un des battants se mit lentement en mouvement. Un homme vêtu d'un trois-pièces noir et d'une chemise blanche, et qui tenait dans sa main gauche un grand parapluie noir, lui aussi, s'avança et ouvrit la portière à Emy.

— Mes hommages, mademoiselle Delatre.

— Bonjour, monsieur… ? répondit-elle, surprise par cet accueil.

— Georges, mademoiselle.

Elle descendit, se mit à l'abri à ses côtés, puis le suivit alors qu'il se dirigeait vers le conducteur.

— Tenez, monsieur, cela devrait suffire pour régler la course.

Le chauffeur ouvrit de grands yeux en découvrant le billet que l'homme venait de lui glisser.

— Oh, mais c'est bien tr…

Mais il ne lui laissa pas le loisir de finir.

— Alors, c'est parfait, nous sommes d'accord. Je vous souhaite une excellente journée.

Emy ne comprenait pas grand-chose à ce qui venait de se passer, mais estimant que cela n'avait pas une grande importance, elle ne releva pas. Après que le taxi se soit éloigné, Georges l'invita à prendre place à bord de ce qui ressemblait fort à une voiturette de golf, puis il en fit le tour pour s'installer au volant. Le véhicule s'élança alors sur la longue allée bordée de platanes. Ces derniers avaient revêtu leur manteau d'automne aux couleurs chatoyantes et, vu leur taille et leur hauteur, ils devaient être là depuis de très nombreuses années. Mais malgré ce magnifique tableau, Emy avait bien du mal à détacher son regard de Georges, qui de son côté restait impassible.

À la sortie d'une légère courbe, ils débouchèrent dans un grand parc arboré aux parterres symétriques et aux pelouses impeccablement tondues. Quelques mètres plus loin, Emy aperçut une grande maison typiquement normande faite d'un élégant mélange de colombages et de briques. Plus ils s'en approchaient, et plus elle lui semblait immense. La voiturette s'arrêta juste au pied d'un grand escalier en pierre. Georges se rendit rapidement aux côtés de la jeune fille pour l'abriter de la pluie tandis qu'elle descendait du véhicule. Ils gravirent ensemble les nombreuses marches jusqu'à une grande porte en bois.

— Bonjour, mademoiselle Delatre.

Emy vit une femme dont la chevelure blanche, coiffée en un chignon strict, laissait entrevoir un âge avancé. Elle était de petite taille, souriante, et tout comme Georges, elle était habillée de manière tout à fait classique. Un tailleur jupe noir assorti d'un chemisier blanc.

— Bonjour, madame... ? répondit Emy une nouvelle fois un peu mal à l'aise.

— Marthe, mademoiselle, soyez la bienvenue dans la demeure des Duclos, dit-elle en accompagnant ses paroles d'un mouvement du bras qui l'invitait à entrer.

Le hall était immense. L'escalier en pierre blanche qui permettait d'accéder aux étages donnait le vertige, et d'innombrables portes se succédaient le long des murs. Emy baissa les yeux vers le sol, il était constitué d'une multitude de pavés grisâtres balayés par le temps qui auraient eu sans doute de nombreuses histoires à raconter s'ils avaient été capables de parler.

Elle se retourna dans l'intention de remercier l'homme qui l'avait accueillie et accompagnée jusqu'ici, mais il avait déjà disparu. Elle emboîta donc immédiatement le pas à Marthe qui venait de l'inviter à la suivre en direction de l'une des portes. Elles entrèrent dans un petit salon chaleureux, meublé et décoré avec beaucoup de goût, un peu comme le restaurant.

— Installez-vous confortablement, madame Duclos sera là dans un instant.

— Je vous remercie, Marthe, lui répondit-elle timidement, peu coutumière de ce genre de pratiques.

Marthe sortit discrètement par une seconde porte, et la pièce se trouva alors plongée dans un silence que seuls le crépitement du bois et le souffle des flammes dans la cheminée venaient interrompre. Encore un peu engourdie par le froid, Emy s'en approcha pour bénéficier de l'agréable chaleur qui s'en dégageait. Et tandis qu'elle se demandait pourquoi elle avait accepté l'invitation de la propriétaire de cette impressionnante demeure, un grincement attira son attention. Marguerite Duclos venait d'entrer par la porte principale.

— Quelle joie de t'accueillir dans ma demeure, sois la bienvenue, déclara-t-elle.

— Merci à vous de me recevoir, répondit poliment Emy, bien que légèrement étonnée par l'enthousiasme de son hôte.

— Assieds-toi donc. Que puis-je t'offrir à boire ? Un café, un thé… ?

— Je veux bien un thé, merci.

— Marthe, vous voudrez bien nous apporter deux thés, s'il vous plaît.

Emy ne s'était pas aperçue qu'elle était de nouveau dans la pièce, et la femme repartit aussi discrètement qu'elle était venue.

— Alors, dis-moi, depuis quand es-tu en ville ?

— Je suis arrivée il y a un peu plus de deux mois maintenant.

— Ce n'est pas vrai ?

Marthe rentra et déposa un petit plateau sur la table basse.

— Merci, vous pouvez disposer, précisa-t-elle avant de reprendre le fil de la conversation. Mais pourquoi ne t'es-tu pas manifestée plus tôt ? s'étonna-t-elle en versant le thé dans les tasses en porcelaine ancienne qui venaient d'être apportées.

— Euh… excusez-moi, madame Duclos… Je ne voudrais surtout pas… être impolie… ou vous offenser… mais je n'avais jamais entendu parler de vous avant que mon amie Alice m'emmène déjeuner dans votre restaurant.

— Ah ! Je vois.

— J'ai d'ailleurs été très surprise lorsque vous m'avez invitée.

— Attends une minute… Peux-tu me dire précisément ce que tu sais de tes parents ?

— Malheureusement pas grand-chose… Ils sont morts tous les deux, répondit-elle d'une voix remplie de tristesse.

— Je suis désolée de raviver d'aussi mauvais souvenirs, mais il est indispensable que tu m'expliques exactement ce que tu as appris.

— Eh bien… Ma mère est décédée peu de temps après l'accouchement, et mon père dans un accident de voiture en venant à la maternité.

— Et ensuite, qui s'est occupé de toi ?

— Ma tante Rose, la sœur de mon père. Elle m'a élevée comme sa propre fille. Mais elle est tombée gravement malade l'année dernière et m'a quittée en quelques mois seulement. J'étais sa seule famille, et inversement. Je n'ai jamais connu mes grands-parents. Rose m'a légué tout ce qu'elle possédait, et comme j'étais majeure, j'ai décidé de me débrouiller sans l'aide de personne. J'ai terminé mes études puis je suis partie rejoindre ma seule véritable amie, Alice. Plus rien ne me retenait là-bas.

— D'accord, j'ai donc énormément de choses à t'apprendre.

— Comment ça ?

— Tout d'abord, tu dois admettre le fait que tu n'appartiens pas au monde dans lequel tu as grandi.

Emy ne saisissait absolument pas ce que Marguerite Duclos tentait de lui faire comprendre. Cette immense demeure, le personnel de maison et les indications que son amie lui avait données l'autre jour au restaurant laissaient penser que les Duclos étaient une famille aisée. Peut-être était-ce cela que Mme Duclos sous-entendait en disant qu'elle n'appartenait pas au monde dans lequel elle avait grandi ? Il est vrai que le trois-pièces qu'elles habitaient avec sa tante n'était pas à proprement parler un palace, mais il avait été, jusqu'à il n'y a encore pas si longtemps, sa maison, son refuge.

— As-tu déjà ressenti un profond bien-être dans un lieu ou en compagnie d'une personne ?

Emy pensa immédiatement à sa rencontre avec les Dussy, et tout particulièrement à Alexandre, mais il lui sembla plus judicieux de ne pas en parler.

— Je ne crois pas…

— Nous y voilà ! Jusqu'à présent, tu ne sais ni d'où tu viens ni qui tu es. Si tu le souhaites, je peux t'aider.

Emy, qui avait depuis toujours cherché à connaître ses origines, était extrêmement intriguée par les propos tenus par Marguerite Duclos et son intérêt devait transparaître puisqu'elle enchaîna aussitôt.

— Pour cela, tu vas devoir me faire confiance et faire preuve d'ouverture d'esprit. Emy acquiesça d'un signe de tête. Très bien, alors, suis-moi.

L'hôtesse des lieux se leva, et la jeune fille l'imita. Elles se dirigèrent vers la seconde porte située à l'autre bout de la pièce. Une fois le seuil franchi, Emy ne sut plus où donner de la tête. L'espace dans lequel elles se tenaient était impressionnant. Les murs circulaires étaient constitués, presque en totalité, d'étagères sur lesquelles se trouvait une quantité innombrable de livres tous plus vieux et plus beaux les uns que les autres. Au milieu de cette gigantesque bibliothèque étaient installées quelques petites tables, très certainement destinées à la consultation de ces ouvrages. Sur le côté des fauteuils Club usés par le temps invitaient les visiteurs à une lecture apaisante. Sans la moindre hésitation, Marguerite Duclos fit glisser l'échelle de plusieurs centimètres le long des étagères avant d'y monter pour retirer un livre qui paraissait terriblement lourd. Elle le déposa sur l'une des tables et invita Emy, qui n'avait pas encore osé bouger, à la rejoindre.

— Installe-toi, ma belle ! Je pense que le moment est venu. Je pourrais t'apprendre de nombreuses choses, mais rien ne vaut l'expérience du Révium.

En observant la couverture usée de l'ouvrage qu'elle venait de déposer devant elle, Emy constata que ce mot « Révium », qui lui était totalement inconnu, en était le titre. Et vu l'épaisseur de la tranche, elle songea que de nombreuses semaines se passeraient avant qu'elle puisse en voir le bout.

— Vous ne croyez pas qu'il serait plus rapide que vous me racontiez ce que vous savez ?

Marguerite Duclos ne répondit pas à sa question, mais un large sourire se dessina sur son visage. Elle ouvrit le livre à l'endroit où se trouvait un ruban à l'extrémité effilochée qui faisait office de marque-page et qui se situait à l'exact milieu de l'ouvrage. La page de gauche était totalement vierge et sur celle de droite il était inscrit juste quelques mots.

— Emy, tu dois lire cette phrase à voix haute, lui expliqua Marguerite Duclos en désignant l'inscription. Et surtout, rappelle-toi que tu n'as aucune raison d'avoir peur, tu ne risques absolument rien.

La jeune fille ne saisissait pas l'utilité de cette démarche, mais elle se sentait en confiance et décida donc de s'exécuter sans attendre.

— À travers… le temps et l'espace... que je puisse… remonter le fil… jusqu'aux origines… de mon histoire… sans laisser de trace.

À peine avait-elle terminé de prononcer ces mots qu'elle fut comme happée par le livre et, sans comprendre comment cela avait pu se produire, elle se retrouva dans son appartement. Le sol était jonché de cartons et une odeur de peinture fraîche envahissait la pièce. Elle jeta un coup d'œil au journal posé sur la table de la cuisine, il était daté du 1er septembre dernier, le jour de son emménagement. Un bruit sourd qui provenait de la chambre attira son attention. Elle s'avança alors doucement en direction de la porte quand soudain elle vit surgir quelqu'un hors de la pièce. La collision semblait inévitable. Et pourtant, elle ne se produisit pas. Emy était estomaquée, car non seulement la personne venait littéralement de la traverser de part en part, mais en plus il s'agissait d'elle. Bien qu'elle ne sache absolument pas comment cela fut possible, elle se rendit rapidement compte qu'elle était bel et bien présente à la fois en chair et en os, et en tant que simple spectatrice.

Une seconde plus tard, elle fut propulsée dans un autre lieu, familier lui aussi, le campus où elle avait étudié. À quelques mètres, elle se reconnut. Des larmes coulaient le long de ses joues pâles tandis qu'elle était assise sur un banc en compagnie de David. Elle se souvenait parfaitement de cette journée, et de la douleur qu'elle avait ressentie à cet instant ainsi que les jours qui avaient suivi, mais toute cette souffrance n'existait plus à présent.

Au fur et à mesure que les scènes se succédèrent, elle réalisa que ce qu'elle visualisait n'était autre que le film de sa vie qui défilait à l'envers. Ou du moins certaines parties.

Son cœur se serra lorsqu'elle se vit bébé dans les bras d'une infirmière, elle espérait tant apercevoir ses parents… Mais en une fraction de seconde, elle changea de décor. Elle se retrouva dans un salon qui lui était totalement inconnu et tandis qu'elle balayait la pièce vide du regard, trois personnes apparemment en grande discussion y entrèrent.

— Tu ne peux pas faire ça, ma chérie.

— Je n'ai pas le choix mère, c'est pour votre bien à tous.

Emy reconnut de suite la jeune femme, de taille moyenne, fine avec une longue chevelure cuivrée : c'était elle qui lui avait donné la vie. Elle conclut donc que les deux autres personnes devaient être ses grands-parents maternels. Elle ne les avait jamais connus, eux non plus.

— Éléonore, nous devons rester unis. Bien que Grégory ne soit qu'un simple humain, il fait partie de notre famille maintenant.

— Mère, je ne doute ni de votre amour à mon égard, ni du respect et de l'affection que vous portez à Grégory, mais ce que j'ai vu ne permet aucune autre interprétation. Nous n'avons pas le choix. Nous devons partir.

— Claude, je t'en prie, fais quelque chose ! s'exclama-t-elle d'une voix aiguë.

— France, ma chérie, calme-toi. Éléonore, es-tu certaine d'avoir bien analysé tous les détails ? Nous pourrions demander de l'aide. Les Duclos sont des sorciers très puissants, je suis sûr qu'ils trouveront un moyen de nous protéger.

— Je suis au moins aussi triste que vous, mais c'est la seule solution.

Emy restait immobile, totalement ébahie par ce qu'elle venait d'entendre. Avait-elle bien compris ? Était-elle en train de rêver ? Les paroles prononcées par sa mère et ses grands-parents résonnaient sans fin dans sa tête.

Puis elle changea à nouveau de tableau pour cette fois assister à un moment d'une intense émotion. Une tendre discussion entre son père et sa mère.

— Nous n'appartenons pas au même monde, comment…

— Mon ange, ne doute jamais de l'amour que je te porte. Aussi importantes que soient nos différences, rien n'est insurmontable tant que nous sommes ensemble.

La jeune fille comprit qu'elle n'avait entendu qu'une toute petite partie de la conversation, mais cela avait suffi à la bouleverser. Sa vue était embrumée, ses jambes tremblaient, et déjà elle se sentit repartir loin, très loin…

Quand elle rouvrit les yeux, elle était revenue dans la bibliothèque. Marguerite Duclos était là, assise juste en face d'elle.

— Comment te sens-tu ?

— Bien… Je crois… répondit-elle un peu hésitante. Mais que m'est-il arrivé au juste ? Et combien de temps s'est-il écoulé ?

— Doucement, doucement, une chose après l'autre. Tout d'abord, il est tout à fait normal d'être quelque peu désorienté lorsqu'on utilise le Révium, surtout la première fois.

L'étonnement dans le regard d'Emy incita Marguerite Duclos à continuer son explication.

— Comme tu as dû le constater, il te permet de revivre certains moments de ton passé, ou plus exactement des instants qui ont influé d'une manière ou d'une autre sur le cours de ton existence.

La jeune fille était perplexe, car si le Révium mettait en évidence les épisodes importants de la vie, comment était-il possible que la perte de ses parents n'en fasse pas partie ?

— Madame Duclos, êtes-vous certaine que cela est fiable ?

— Indiscutablement. Pourquoi me poses-tu cette question ?

— Eh bien… j'ai vu beaucoup de choses, certaines très surprenantes d'ailleurs, mais… je n'ai pas vu mes… enfin la…

— La disparition de tes parents, compléta doucement Marguerite Duclos, telle une évidence. Tu n'es pas prête, Emy. Ce que je ne t'ai pas encore indiqué, c'est que le Révium évoque uniquement les évènements pour lesquels tu es en mesure de gérer les émotions qu'ils provoquent chez toi. Tu pourras de nouveau le consulter dans quelque temps. En attendant, peux-tu me dire ce que tu as appris ?

Emy repensa aux différentes scènes auxquelles elle avait assisté avant de prendre la mesure des informations qu'elle venait de recevoir.

— Je ne suis pas tout à fait sûre d'avoir correctement interprété ce que j'ai vu…

— Dis toujours !

— D'accord, alors dans ce cas vous seriez…

Elle se refusait à croire qu'elle était sur le point de dire une chose pareille, mais elle poursuivit.

— … enfin tous les membres de votre famille seraient…

— Des sorciers, termina Marguerite Duclos avec un sourire lumineux.

En observant sa réaction, Emy fut à la fois soulagée de ne pas être prise pour une folle, mais totalement effrayée par cette révélation.

— Mais c'est impossible ! s'exclama-t-elle en se levant.

— Je t'assure que ça l'est, répliqua Marguerite Duclos. Les sorciers existent et vivent parmi les humains, précisa-t-elle.

Tandis qu'elle faisait les cent pas, Emy prit conscience que cette affirmation invraisemblable ne lui paraissait pas si délirante. Et c'est sans doute cela qui était le plus déroutant. Elle se sentait soulagée d'un poids. Un peu comme si quelqu'un venait de lui avouer une vérité cachée qu'elle soupçonnait depuis toujours.

— Et moi, reprit-elle les yeux rivés au mur. Est-ce que j'en suis une ? lui demanda-t-elle hésitante.

— Je ne sais pas. Ce n'est pas aussi simple te concernant vu que ton père était humain, lui répondit-elle.

Emy lui faisait de nouveau face à présent, mais il lui était encore impossible de soutenir son regard.

— Mais tu sais, je suis une sorcière depuis ma naissance, reprit Marguerite Duclos. Et crois-moi, ce n'est pas si terrible, ajouta-t-elle en souriant pour détendre l'atmosphère.

Jusqu'ici, Emy n'avait pas réalisé que sa remarque aurait pu offenser son hôte. Et elle fut soulagée en relevant la tête de constater qu'il n'en était rien.

— La réalité du monde dans lequel nous vivons ne ressemble pas à l'image que tu en avais jusqu'à aujourd'hui, lui précisa-t-elle.

— Que dois-je comprendre ?

— Tout simplement que les mythes et les légendes sont, pour partie, bien réels. Nous constituons ce que les humains appellent le monde du surnaturel.

— Mais, si je ne suis ni une humaine ni une sorcière… que suis-je alors ?

— Je ne sais pas ce que tu as vu exactement, mais il est indispensable que tu retiennes le fait que tes parents étaient très différents l'un de l'autre. Éléonore était la digne héritière d'une puissante lignée de sorciers appelés « prédicteurs ». Note que chez les sorciers, il existe, comme chez les humains, de nombreux peuples, ainsi les prédicteurs possèdent la faculté de voir l'avenir, et surtout ils ont le pouvoir de le modifier. En général ce sont les femmes les plus puissantes, tu devrais donc être en mesure de développer des aptitudes intéressantes. Cependant, ton père était un humain et je dois reconnaître que j'ignore quel impact cela aura eu.

Emy avait encore du mal à réaliser, mais elle demeurait extrêmement attentive au moindre mot prononcé par Marguerite Duclos. Cependant, elle ne savait pas trop quoi en penser et encore moins quoi y répondre.

— J'espère que je ne t'ai pas effrayée, normalement tu aurais dû connaître tout cela depuis déjà bien longtemps.

— Non, non, ça va. Il faut juste que je me fasse à cette idée. Je crois que je vais sans doute avoir besoin d'un peu de temps. Je ne m'attendais pas à cela en venant ici aujourd'hui.

— Il me semble indispensable de rattraper au plus vite ton retard et surtout de mesurer l'étendue de tes capacités. Ma fille a eu l'un des meilleurs professeurs qui soient, je suis certaine qu'il accepterait de s'occuper de toi. Si tu es d'accord bien sûr.

Emy avait les idées embrumées. Tout ce qu'elle venait d'apprendre paraissait totalement fou ! Les sorciers et la magie n'existaient pas dans le monde réel. En même temps, elle qui s'était toujours sentie si différente des autres trouvait dans ces révélations une explication logique à cette désagréable sensation. Perdue, tiraillée entre ces deux sentiments contradictoires, elle décida de lui faire confiance, pour la plus grande joie de son hôtesse. Mme Duclos estima ensuite que l'après-midi avait été suffisamment éprouvant et qu'il était temps pour Emy de rentrer se reposer. Elle s'occuperait d'organiser les séances de travail avec le professeur Lombas dès que possible.

De retour dans le hall, alors que la jeune fille s'apprêtait à quitter les lieux, Marguerite Duclos l'interpella sur un ton nettement plus grave.

— Emy, je sais que ce ne sera pas évident, mais maintenant que tu connais la vérité, tu en deviens également garante. Par sécurité, je te demande de n'en parler à personne.

— Même pas à Alice ?

— Alice est une humaine, elle ne doit pas savoir.

— Comment vais-je pouvoir lui cacher une chose pareille ?

— Je suis sûre que tu y arriveras très bien.

— Mais gérer cela toute seule… n'y a-t-il qu'avec vous que je peux en parler ?

— Non, bien sûr que non. Tu t'apercevras rapidement que nous sommes assez nombreux.

— Mais comment puis-je savoir ?

— Ne t'inquiète pas, avec le temps, tout cela deviendra naturel.

Jusqu'à cet instant, Emy n'avait pas pris la mesure de la tâche qui l'attendait, devoir mentir jour après jour à sa meilleure amie, peser chaque mot qu'elle prononcerait. En quelques heures, sa vie venait de prendre un nouveau tour, tout avait changé. L'inquiétude avait gagné son esprit, et elle se demandait si elle réussirait.

— Nous pouvons y aller, mademoiselle Delatre, lui indiqua Georges qui était arrivé dans le hall sans qu'Emy s'en aperçoive.

— Mais… mais comment faites-vous ?

Marguerite Duclos et Georges ne lui répondirent que par un sourire complice qui ne l'aida pas à comprendre.

— Georges va te raccompagner chez toi, tu as besoin de te reposer. Nous nous reverrons très bientôt.

Le trajet du retour parut extrêmement court, en partie parce qu'Emy était plongée dans ses pensées, mais surtout parce que Georges conduisait très vite. Cependant, elle se sentait en sécurité, et le grand confort qu'offrait la Mercedes accentuait ce sentiment. Il la déposa au pied de son immeuble et ne redémarra le véhicule qu'après avoir vu la porte d'entrée se refermer derrière elle.

Emy était encore absorbée par le remue-ménage qui se déroulait dans son esprit lorsqu'elle atteignit le palier, et ce fut sans doute pour cela qu'elle ne s'aperçut pas immédiatement que quelqu'un l'attendait.

— Bonsoir Emy !

Elle reconnut sans la moindre once d'hésitation cette voix mélodieuse.

— Alexandre ! Quelle bonne surprise ! répliqua-t-elle, pleine d'enthousiasme.

Elle avait eu tellement peur de ne jamais le revoir, et si la raison et la timidité ne l'avaient pas emporté, elle se serait très probablement précipitée vers lui.

— Je n'espérais pas à un tel accueil, ajouta-t-il avec un sourire ravageur.

Emy se mit à rougir instantanément. Troublée par sa réplique, elle demeura muette et immobile bien trop longtemps pour que cela passe inaperçu.

— Tu ne comptes pas rentrer chez toi ?

— Si, si, bien sûr, répondit-elle en cherchant désespérément les clés de son appartement dans le bazar de son sac à main. Ah les voilà ! s'exclama-t-elle en brandissant son petit trousseau brillant.

Elle ouvrit la porte, déposa son sac sur le petit guéridon de l'entrée et accrocha son manteau avant de se rendre compte qu'Alexandre n'avait pas bougé d'un millimètre.

— Quelque chose ne va pas ? lui demanda-t-elle.

— Tu ne m'as pas invité à entrer, répondit-il simplement.

— Oh, excuse-moi ! Entre, je t'en prie. Je suis désolée pour le désordre, mais je n'ai pas eu le temps de ranger.

— Ne t'excuse pas, c'est parfait.

— Tu es vraiment trop gentil. Je peux t'offrir quelque chose à boire ?

— Non, je te remercie.

— Tu es sûr ?

— Certain, mais ne te gêne surtout pas pour moi, sers-toi, et peut-être devrais-tu aussi manger quelque chose, vu l'heure tardive.

Elle leva les yeux vers la pendule pour s'apercevoir qu'il était déjà presque 21 heures.

— Et toi, tu ne veux rien ?

— J'ai déjà dîné, merci. Mais j'insiste pour que tu manges, je ne voudrais pas que tu fasses un nouveau malaise, dit-il en souriant.

Légèrement gênée par le petit pic qu'il venait de lui lancer en faisant référence à leur première rencontre, elle se dirigea vers la cuisine pour se préparer un sandwich.

— Comment s'est passé ton week-end, tu as l'air épuisée ?

— Je dois avouer qu'il a été plutôt fatigant.

— Raconte-moi.

— Eh bien, après ton départ, j'ai rejoint mes amies dans le restaurant et… j'ai suivi ton conseil… je suis allée voir Joséphine. Malheureusement, elle n'a pas été en mesure de me prédire quoi que soit. Il semble que sur ce point, je sois comme toi.

Alexandre ne répondit rien, mais parut perplexe.

— Je pense tout de même que tu avais raison à son sujet, elle a réellement un don… Toujours est-il que nous avons passé une agréable soirée.

Emy continua son récit tandis que le jeune homme la regardait avec attention en prenant soin de ne pas l'interrompre. Elle évitait d'utiliser des mots ou expressions qui auraient pu trahir le secret dont elle était devenue l'une des gardiennes.

— Samedi, je suis juste allée travailler à la boutique, Alice m'a bien proposé de sortir, mais comme je ne me sentais pas très en forme, j'ai préféré rentrer pour me reposer. Ce qui a d'ailleurs constitué la totalité de mon planning du lendemain.

Emy enchaîna directement sans s'attarder sur son état fébrile de samedi et dimanche. Elle se sentait déjà suffisamment ridicule d'avoir eu un malaise inexplicable dans la boutique, face à lui.

— Et ce matin, sans savoir pourquoi, je me suis réveillée en pleine forme, je me suis donc rendue chez madame Duclos… Ouille !

Emy venait de s'entailler très légèrement le doigt avec un couteau, elle était tellement concentrée sur ce qu'elle disait pour ne pas faire d'impair, qu'elle n'avait plus d'attention disponible pour la préparation de son en-cas.

— Ça va ? Tu ne t'es pas fait trop mal ? s'inquiéta-t-il en s'approchant prudemment.

— Ce n'est rien qu'une petite coupure, mais il faut que je mette quelque chose dessus pour que ça s'arrête de saigner. Peux-tu aller me chercher la trousse de secours dans le placard de l'entrée s'il te plaît ?

À peine venait-elle de terminer sa phrase qu'Alexandre était de retour à ses côtés, la petite trousse entre les mains. Il en sortit de quoi nettoyer et panser son doigt.

— Eh bien, quelle efficacité !

Pour toute réponse, Alexandre esquissa un petit sourire en coin.

— Tu as effectivement eu un week-end chargé, enchaîna-t-il sans transition. Je n'ai pas choisi le meilleur moment pour te laisser toute seule, lui dit-il tandis qu'il soignait sa blessure.

Ses gestes étaient aussi doux que sa voix. Et Emy se surprit à imaginer ses mains caressant son corps avec la même délicatesse.

— Et voilà, c'est fini ! lança-t-il soudain, la sortant de sa rêverie.

— Merci.

— Je suppose que tu as consulté le Révium, déclara-t-il avec un naturel déconcertant, tandis qu'il rangeait et refermait la trousse.

— P… pardon ? balbutia-t-elle totalement désarçonnée.

— Chez les Duclos ! J'y ai moi-même déjà eu recours, c'est extrêmement fiable, et dans ta situation j'imagine qu'il t'a été très utile.

Emy, totalement stupéfaite par ce qu'elle venait d'entendre, mit quelques secondes avant de réussir à extirper des bribes de mots de sa bouche.

— Alors… toi… toi aussi… tu… tu n'es pas…

— Humain, termina-t-il, effectivement.

Cette révélation lui fit l'effet d'une bombe. Elle était à la fois bouleversée et soulagée. Bouleversée, car elle avait encore du mal à se faire à l'idée que tout cela était bien réel, mais soulagée d'avoir enfin quelqu'un à qui en parler librement, sans compter la joie immense qu'elle ressentait à la pensée que cette personne fut justement Alexandre Dussy.

Tout devint d'un seul coup plus facile pour Emy qui se mit à lui raconter en détail ce qui lui était arrivé depuis son départ vendredi soir. Elle éprouvait un tel bien-être en sa compagnie qu'elle passa en revue la moindre minute afin que son récit dure le plus longtemps possible, mais elle finit inévitablement par arriver au moment où Georges l'avait déposée devant chez elle et où elle l'avait retrouvé l'attendant sur le palier.

— Bon, je pense qu'il est temps pour moi de te laisser. Tu as besoin de te reposer pour être en forme demain, et il est déjà très tard.

— Tu as sans doute raison, répliqua-t-elle sans conviction.

Alexandre se dirigea alors lentement vers la porte, il était sur le point de sortir lorsque Emy l'interpella vivement.

— Alex ! Je peux t'appeler Alex ?

— Évidemment, lui répondit-il en se retournant pour lui faire face.

— Je voulais juste… te remercier. Lorsque j'ai quitté le manoir des Duclos, j'étais un peu perdue. Je me sentais tellement seule, et l'idée de ne pouvoir en parler avec personne… je suis ravie de le partager avec toi, lui expliqua-t-elle la voix et le regard chargés d'émotion.

— Emy, tu n'imagines pas… commença-t-il avant de s'interrompre.

Son regard bleu glacier se fixa alors au sien. Il était intense, profond et captivant. Emy se laissa happer sans opposer de résistance. L'étrange impression qu'il tentait de lui faire comprendre en silence ce qu'il s'empêchait d'exprimer à voix haute s'immisça dans son esprit. Mais peut-être cherchait-il simplement ses mots.

— Moi aussi, j'en suis ravi, finit-il par déclarer.

Puis, il déposa sur son front un délicat baiser qui la fit frissonner, avant de quitter l'appartement en lui faisant la promesse de se revoir très vite.

CHAPITRE 5

La magiette

Après avoir passé la majeure partie de la journée à répondre aux questions d'Alice, Emy était rodée à l'exercice des explications approximatives qui permettaient de rassasier sa curiosité.

Étonnamment, elle avait accepté sans retenue et sans difficulté sa nouvelle situation. D'ailleurs, elle se sentait nettement mieux dans sa peau, car même si elle avait été à mille lieues d'imaginer ce qui l'attendait, au fond elle s'était toujours sentie différente.

À l'approche de la fermeture de la boutique, elles eurent la visite de Christine, la fleuriste d'à côté, qui était en quête d'un cadeau pour sa belle-mère.

— Vous dites qu'elle est passée vendredi dans la matinée…

— Oui, c'est bien ça, et elle m'a parlé d'un vase de couleur bordeaux.

— Je crois savoir duquel il s'agit ! dit Alice en se dirigeant vers l'une des étagères. Le voilà ! Magnifique n'est-ce pas ? déclara-t-elle en lui présentant.

— Effectivement, ce doit être celui-ci, il ira parfaitement dans son intérieur. Je le prends.

— Alors, c'est parti !

— Pouvez-vous me l'emballer ? demanda-t-elle aimablement une fois revenue au comptoir.

— Bien sûr, répondit Alice avant de solliciter son amie afin qu'elle lui rapporte le papier-cadeau qui se trouvait dans l'arrière-boutique.

À son retour, Emy lui proposa de s'occuper de la réalisation du paquet et s'installa donc un peu à l'écart pour s'atteler à cette tâche.

— Bel engin ! s'exclama la cliente à peine quelques secondes après.

— Je crois que tu as de la visite, lui indiqua son amie sur un ton taquin.

Très concentrée sur ce qu'elle faisait, Emy n'avait pas remarqué qu'une moto venait de se garer sur le trottoir d'en face. Elle leva les yeux en direction de la vitrine pour s'apercevoir qu'il s'agissait de celle d'Alexandre. En tentant de contenir l'immense joie qui l'envahit instantanément, elle répliqua sur un ton qu'elle espérait détaché.

— Tu crois ? Il y a peut-être un problème avec la commande de ses parents, suggéra-t-elle.

Mais Alice qui la connaissait trop bien ne fut pas dupe et ne répliqua même pas à cette navrante tentative de diversion.

— Mais c'est le fils Dussy ! s'étonna Christine à l'instant où il retira son casque. C'est votre petit ami ? demanda-t-elle à Emy.

— Euh… non, juste un ami, lui répondit-elle gênée, bien que flattée que Christine ait tout de suite opté pour cette hypothèse.

— Pour l'instant… précisa Alice, un sourire au coin des lèvres.

— Eh bien, dites-moi, vous n'avez pas choisi le plus moche !

Emy était devenue rouge écarlate cette fois, et ne savait plus où se mettre.

— Tenez ! lança-t-elle en lui tendant son paquet en espérant que cela suffirait à détourner l'attention.

— Je vous remercie.

— C'est nous qui vous remercions de votre visite, répliqua-t-elle impatiente que la fleuriste quitte leur boutique.

— Eh bien, je vais vous laisser en vous souhaitant une excellente fin de journée, mesdemoiselles. Faites attention à vous, Emy.

Ses derniers mots, prononcés d'une voix douce, interpellèrent particulièrement la jeune fille qui se demanda ce que Christine sous-entendait par là.

— Un si joli garçon pourrait vous briser le cœur en un rien de temps, ajouta la fleuriste avant de partir, dissipant ainsi les doutes d'Emy.

Alice, visiblement ravie pour son amie, l'incita à rejoindre Alexandre sans tarder. La jeune fille commença par refuser, en prétextant que ce n'était pas tout à fait l'heure de la fermeture. Mais Alice ne se laissa pas avoir par une si mauvaise excuse, et la flanqua dehors.

Emy passa une agréable soirée chez elle en compagnie d'Alexandre. Au-delà de l'attirance qu'elle ressentait pour lui, le fait de ne pas avoir à mentir ou à faire semblant était très confortable. Leur appartenance au même monde facilitait grandement les échanges. Se sentant d'attaque pour affronter de nouvelles révélations, elle entreprit de le questionner sur ce qui s'était produit lors de leur première rencontre.

— Alex, murmura-t-elle doucement.

Le jeune homme était assis juste à ses côtés sur le canapé, et pour toute réponse il se tourna légèrement dans sa direction. Confortée par cette réaction, Emy continua d'une voix plus audible.

— Le jour où nous nous sommes rencontrés, le malaise que j'ai eu n'était pas dû à une hypoglycémie. Tu le sais. J'aimerais que tu m'expliques ce qui s'est réellement passé.

— Je ne suis pas sûr de te suivre…

— Alex, lorsque j'étais étendue sur le sol, je t'ai entendu parler avec ton père.

— Tu venais de perdre connaissance, tu as dû mal comprendre, lui répondit-il posément.

— Comment peux-tu en être aussi sûr alors que je ne t'ai même pas encore dit ce que j'avais entendu ?

Pour une fois, il semblait légèrement ébranlé par cette réplique, tellement sensée et surtout prononcée avec tant d'aplomb qu'il ne put qu'acquiescer.

— Excuse-moi, vas-y, je t'écoute.

— Tu as demandé à ton père comment c'était possible, avant de t'excuser, comme si tu étais coupable de ce qu'il venait de m'arriver. Sur le moment, je croyais avoir mal compris. Il me paraissait impossible que tu sois, d'une manière ou d'une autre, la source de mon malaise. Mais aujourd'hui, tout est différent, tout me semble possible. Alors s'il te plaît, explique-moi !

— D'accord. En fait, je suis… Comment dire… J'ai certains pouvoirs…

Alexandre pesait ses mots, craignant sans doute de la choquer ou pire encore, de l'effrayer.

— Ne t'inquiète pas pour moi, lui dit-elle en percevant sa retenue. Continue, je crois que je suis prête à tout entendre maintenant, ajouta-t-elle pour l'encourager à reprendre.

— N'en sois pas si sûre, tu n'as découvert qu'une infime partie de notre monde, et certaines choses pourraient être extrêmement difficiles à accepter pour la novice que tu es.

— Je rattraperai mon retard grâce au professeur Lombas, en attendant j'aimerais que tu m'aides à y voir un peu plus clair.

— Comme tu voudras. Je disais donc que je possède certains pouvoirs, dont celui de maîtriser les émotions des humains. Ça peut s'avérer très utile parfois, pour éviter une perte de connaissance due à un trop-plein d'émotions par exemple, précisa-t-il en lui jetant un regard entendu. Mais l'autre jour, lorsque j'ai tenté de l'utiliser sur toi pour réparer ce que je venais de provoquer, ça n'a pas fonctionné.

— Ce que tu venais de provoquer ? reprit-elle. Attends, tu veux dire que c'est notre rencontre qui est à l'origine de mon malaise ?

— Je le pense.

— Mais comment est-ce possible ?

— Tu l'as sans doute remarqué avec mes parents l'autre jour, notre présence fait naître toutes sortes d'émotions chez les personnes que nous approchons : la fascination, la crainte, un certain mal-être le plus souvent. Elles sont parfois si intenses qu'elles peuvent amener à des situations, disons... embarrassantes.

— C'est vrai, reconnu-t-elle pensive. Alice m'a même avoué avoir eu peur lors de sa première rencontre avec tes parents !

Prendre son amie pour témoin évitait à Emy de confesser ce qu'elle avait elle-même ressenti. Une forme de pudeur sans doute.

— Donc, tu t'excusais de ne pas avoir réussi à contrôler ma réaction grâce à ton don, reprit-elle.

— C'est bien ça.

— Mais tu viens de me dire qu'il ne fonctionnait que sur les humains ! Tu ne pouvais donc rien faire !

— Je le sais maintenant, mais je l'ignorais lorsque je t'ai rencontrée.

— Pourtant, avec ce que m'a dit Marguerite Duclos l'autre jour, j'avais cru comprendre que nous étions censés nous reconnaître les uns les autres...

— Ce n'est pas aussi simple en fait, et surtout ce n'est pas systématique, et puis il ne faut pas oublier que tu es spéciale, puisque ton père était un humain.

— Bien sûr… je crois que j'ai effectivement de grosses lacunes en « science surnaturelle », dit-elle avec ironie. J'avais autre chose à te demander à propos de cette journée…

— Je suis tout ouïe.

— Dans la réserve, tu m'as posé une question à laquelle je n'ai pas eu la possibilité de répondre, tu m'as demandé comment je faisais…

— Effectivement.

— Et encore aujourd'hui je ne saisis pas à quoi tu faisais allusion.

— À un autre de mes pouvoirs, une sorte d'hypnose dont tu sembles réussir à te détacher.

— C'était ça ! Et ce n'est pas normal ?

— Ce n'est pas… commun, dirons-nous.

— Mais tu l'as dit toi-même, je suis spéciale. Crois-tu que ça pourrait avoir un rapport avec la part d'humain qui est en moi ?

— J'en doute. Normalement, mes pouvoirs sont encore plus efficaces sur les humains que sur les sorciers. Mais je ne suis pas le mieux placé pour t'aider à trouver toutes ces réponses, tu en apprendras bien plus avec le professeur Lombas. Bon, il est tard, je crois que tu devrais aller te coucher.

Alexandre restait évasif sur le sujet, ce qui intrigua Emy. Mais il était effectivement très tard, et la fatigue déjà bien avancée la fit renoncer à soulever ce petit détail. Malgré une absence d'enthousiasme certaine, Emy était bien forcée de reconnaître qu'il avait raison et elle accepta de le laisser partir. Il s'éclipsa en quelques secondes, comme il savait si bien le faire, et un désagréable sentiment de solitude s'empara d'elle. Emy avait l'habitude d'être seule, ça ne la dérangeait pas. D'ailleurs, la plupart du temps elle appréciait cela. Mais là, il s'agissait d'autre chose. Ce n'était pas la solitude qui lui pesait sur le cœur, mais le manque. Alexandre lui manquait déjà. Elle décida alors d'aller se réfugier dans son lit dans l'espoir de trouver rapidement le sommeil pour oublier cette absence pesante et reposer son esprit de plus en plus chargé de questions.

Les deux jours suivants défilèrent à toute vitesse. Des journées de travail assez chargées qui avaient manqué de peu de tourner à l'interrogatoire de police avec Alice. Mais Emy s'en était plutôt bien sortie, elle avait réussi à lui apporter des réponses qui permettaient d'apaiser sa curiosité sans pour autant dévoiler le moindre indice sur son secret. Et Alexandre était venu lui rendre visite chaque soir, ce qui avait rendu ses soirées plus agréables que jamais. Une belle relation s'était déjà tissée entre eux au fil des jours. Malgré une indéniable attirance à la limite de la fascination, Emy ne se sentait pas prête à se lancer dans une nouvelle histoire d'amour, et surtout elle avait tellement d'autres choses en tête pour le moment. C'est sans doute pour ces raisons, et bien d'autres encore dont elle n'avait pas tout à fait conscience, qu'elle était ravie du comportement du jeune homme qui s'avérait être charmant, prévenant, mais en rien entreprenant.

Le vendredi en fin d'après-midi, il passa la chercher pour l'emmener chez les Duclos afin d'assister à son premier cours avec le professeur Lombas. Contrairement à la dernière fois, dès que la moto s'arrêta devant le grand portail, il s'ouvrit lentement, comme s'il avait reconnu les visiteurs. L'engin s'élança alors sur le chemin sinueux pour parvenir jusqu'au manoir.

— Vous êtes arrivée, mademoiselle Delatre, lui dit-il après avoir relevé la visière de son casque, une pointe d'ironie dans la voix.

— Merci très cher, répondit Emy sur le même ton accompagné d'un sourire malicieux.

Elle descendit maladroitement de la moto, puis ôta son casque avant de s'avancer vers son pilote.

— Tu ne viens pas avec moi ? s'étonna-t-elle.

— J'ai une petite chose à faire, mais je repasse te chercher dans une heure. Si tu es d'accord.

— Avec plaisir. À tout à l'heure !

Emy le regarda s'éloigner avant de prendre la direction de la porte d'entrée. Sans surprise, Marthe l'attendait. Elle prit son manteau et son sac à main puis l'accompagna dans une grande salle parquetée où elle lui indiqua de patienter. Les murs étaient recouverts de gravures anciennes qui décrivaient principalement des scènes de festivités. Alors qu'elle s'approchait de l'une d'elles, le grincement de la porte la fit sursauter. Un homme de grande taille avec de longs cheveux noir de jais qui retombaient sur de larges épaules s'avança vers elle. Bien qu'impressionnant, tant par son allure que par son regard couleur d'encre, Emy ne ressentit ni crainte ni appréhension. Il tenait dans sa main droite une mallette en cuir râpée qu'il déposa sur le parquet au milieu de la pièce, avant de prendre la parole.

— Bonsoir, Emy, je suis Frédéric Lombas, enchanté de faire votre connaissance, lui dit-il avec un timbre de voix presque aussi usé par le temps que sa mallette.

— Bonsoir, professeur. Merci d'avoir accepté de vous occuper de mon apprentissage, lui répondit-elle d'une voix mal assurée.

— De rien, de rien. Je suis persuadé que vous serez une élève surprenante ! répliqua-t-il.

Puis il laissa un bref silence s'installer avant de reprendre :

— Nous allons avoir beaucoup de travail puisque vous avez un certain retard à rattraper, mais avec un planning chargé je n'ai aucun doute que nous y parviendrons. Il va nous falloir mesurer la nature et l'étendue de vos aptitudes, puis je devrai vous inculquer un minimum de connaissances en histoire de la magie, indispensable à la compréhension de ce qu'est notre monde aujourd'hui. Nous devrons également balayer l'éventail des créatures fantastiques, ou du moins les plus courantes, viendront ensuite l'apprentissage des formules pour jeter ou lever des sorts, et bien sûr, celui de la réalisation des potions, qui s'avèrent souvent très utiles. Mais je vais tout d'abord vous expliquer comment se dérouleront nos séances… Emy ? Y a-t-il un problème ? N'hésitez pas à m'interrompre si je ne suis pas assez clair dans mes explications ou si je vais trop vite.

Le professeur venait de remarquer que l'attention de la jeune fille s'était détournée de lui, mais sans pour autant en comprendre la raison.

— Euh… pro… professeur… vo… votre… commença-t-elle le visage et la voix chargés d'inquiétude.

— Eh bien ?

— Vo… votre mallette..., elle… elle bouge ! finit-elle par lâcher en la désignant d'une main tremblante.

— Oh ! Mille excuses ! Elle s'impatiente.

Mais il est fou, pensa-t-elle en réalisant qu'il parlait de sa vieille mallette râpée comme d'une personne.

— Je vous présente Pénélope, ajouta-t-il en débloquant le loquet de fermeture.

— Ah ! Enfin ! s'exclama une petite voix cristalline.

Emy n'en croyait ni ses yeux ni ses oreilles, elle avait, juste devant elle, une vieille mallette en cuir râpé qui bougeait et qui parlait. Une mallette… vivante !

Comment est-ce possible ? se demanda-t-elle.

— Je suis enchantée de faire ta connaissance, Emy.

— M… moi aussi… Pé… Pénélope, lui répondit-elle avec une diction assez hésitante et sans lâcher des yeux le cuir qui gesticulait sous ses yeux ébahis.

— Je constate que c'est la première fois quc vous rencontrez un objet vivant, lui dit le professeur en remarquant sa stupéfaction.

— Effectiv…

Mais Emy n'eut pas le temps de terminer sa phrase, Pénélope l'interrompit brusquement.

— Frédéric ! Je ne suis pas un objet ! s'écria-t-elle visiblement exaspérée.

— Je t'en prie, ne te vexe pas, j'allais y venir. Donc, Pénélope est une magiette. Les magiettes sont des créatures fantastiques assez rares et qui possèdent une immense connaissance de notre monde. Elles vivent dans le seul but de la partager. Cependant, elles ne peuvent exister qu'en compagnie d'un sorcier ou d'une sorcière. Mais attention, ce sont elles qui le choisissent et non l'inverse, et c'est un grand honneur pour l'un des nôtres d'être choisi.

— Alors ça, c'est extraordinaire ! s'exclama Emy.

— Tu ressembles beaucoup à ta mère, expira calmement la magiette.

— Vous avez connu ma mère ?

— Évidemment, je suis d'ailleurs à l'origine d'une grande partie du savoir qu'elle avait acquis.

— Pénélope, je ne crois pas que ce soit le meilleur moment pour cela. Nous avons beaucoup de travail, indiqua le professeur Lombas avant de reprendre ses explications sur le déroulement des séances de travail.

Emy, qui avait à peu près retrouvé ses esprits, était extrêmement attentive à ce qu'il disait ainsi qu'aux interventions de

Pénélope qui, bien que souvent pertinentes, semblaient trop fréquentes au goût du professeur.

— Pour aujourd'hui, vu l'heure déjà très avancée, nous terminerons par le plus simple des exercices de prédiction, à savoir la vision par le contact. Je vais vous demander d'aller toucher la poignée de la porte et de me dire ce que vous voyez.

La jeune fille était un peu perplexe. Elle avait touché de nombreuses poignées de porte, à de multiples reprises, mais elle n'avait jamais eu la moindre vision. Elle tendit le bras avec une légère appréhension puis se saisit de la poignée.

— Alors ? lui demanda le professeur qui se tenait toujours à l'écart.

— Rien, il ne s'est rien passé, répondit-elle déçue.

— Frédéric, il me semble que tu as oublié de lui dire quelque chose ? l'interpella Pénélope.

— Bien sûr, tu as raison. Emy, pour que vous puissiez avoir vos premières visions conscientes, il faut que vous soyez convaincue de votre état de sorcière prédictrice. L'êtes-vous ? Il n'attendit pas sa réponse, l'expression sur son visage lui suffisait. Alors, concentrez-vous et réessayez.

Emy se retourna vers la porte et se répéta intérieurement : *Je suis une sorcière, je suis une prédictrice, je suis une sorcière, je suis une prédictrice*... jusqu'à ce que son esprit soit totalement envahi par cette seule et unique pensée, puis elle posa la main sur la poignée et se sentit transportée comme elle l'avait été avec le Révium. Instinctivement, elle lâcha prise et fit quelques pas en arrière avant de s'immobiliser à bonne distance de la porte.

— Ah ! s'exclama le professeur. Cette fois ça a fonctionné, dites-moi, qu'avez-vous vu ?

— Eh bien… je ne sais pas trop… répondit-elle, encore sonnée par ce qui venait de lui arriver.

Le professeur Lombas s'approcha jusqu'à se tenir juste derrière elle, puis il posa les mains sur ses épaules et exerça une légère pression.

— Intéressant, intéressant, marmonna-t-il avant de la faire pivoter tout en douceur afin qu'elle se retrouve face à lui. Il lui releva ensuite le menton et reprit la parole.

— Emy, si vous me le permettez, je vais tenter de vous aider à vous souvenir de votre vision. Elle acquiesça d'un infime mouvement de tête. Bon, très bien, alors vous allez fermer les paupières. Parfait. À présent, faites le vide dans votre esprit, ne pensez plus à rien. N'écoutez que le son de ma voix. Et maintenant, concentrez-vous sur l'instant précis où vous avez posé votre main sur la poignée.

Emy eut un léger sursaut d'épaules, son corps frissonna et elle rouvrit les yeux.

— Alex ! s'étonna-t-elle avant de poser son regard sur sa montre pour vérifier. Mais oui, c'est bien Alex que j'ai vu. Il revient me chercher, reprit-elle abasourdie.

— Félicitations, Emy, c'était très réussi pour une première fois.

— Heureusement que j'étais là ! intervint Pénélope sur un ton moqueur.

— C'est vrai, Pénélope, je te remercie, ajouta-t-il en se tournant vers elle. Emy, si cela vous convient, j'aimerais que nous ayons trois séances de travail par semaine.

— Avec plaisir.

— Très bien, donc nous nous verrons les lundis, mercredis et vendredis.

— C'est parfait, répondit-elle très enthousiaste.

Un bruit de moteur attira son attention. Elle tourna la tête en direction de la fenêtre. Une moto venait de se garer.

— Le voilà, comme prévu ! indiqua le professeur en arborant un léger sourire de satisfaction. Pénélope, s'il te plaît.

La magiette se trémoussa, puis un livre, presque aussi râpé qu'elle, en sortit pour s'échouer sur le parquet vitrifié.

— Tenez, reprit le professeur en tendant à Emy l'ouvrage qu'il venait de ramasser. « Le sorcier de A à Z – 1er niveau » vous y trouverez toutes les bases nécessaires pour le bon démarrage de votre apprentissage.

— Merci, j'en prendrai grand soin.

— Je n'en doute pas.

— Au revoir, professeur, et à lundi.

Mais Frédéric Lombas ne répondit pas, il se tenait debout devant la fenêtre, et semblait perdu dans ses pensées.

La jeune fille salua Pénélope avant de prendre la direction de la porte. Elle s'apprêtait à quitter la pièce lorsque le professeur l'interpella.

— Emy ?

— Oui professeur.

— Lors d'une prochaine séance… nous… nous retravaillerons sur cette vision. Une petite chose me… Une petite chose sera à revoir, déclara-t-il évasif.

— Comme vous voudrez, professeur, mais que se passe-t-il ? Il y a un problème ?

— Rien dont vous devez vous soucier aujourd'hui. Je vous expliquerai ça le moment venu.

Une nouvelle fois, Emy passa une agréable soirée en compagnie d'Alexandre. Ils commencèrent ensemble la lecture de l'ouvrage que Frédéric Lombas lui avait remis. D'une manière générale, elle avait l'impression que le jeune homme s'intéressait sincèrement à tout ce qu'elle lui disait et à tout ce qu'elle faisait. Et à sa grande satisfaction, il était aux petits soins avec elle. Ce soir-là, il insista même pour qu'elle mange un vrai repas et non pas qu'elle grignote ce qui lui tombait sous la main comme elle en avait pris l'habitude ces dernières semaines. La relation qui prenait peu à peu vie entre eux la rendait heureuse comme jamais elle ne l'avait été auparavant.

À l'inverse, le lendemain, lorsque Emy raconta sa soirée à son amie Alice, elle fit totalement abstraction de sa seconde visite chez les Duclos. De toute façon, comment pourrait-elle lui expliquer qu'elle s'y rendrait dorénavant trois soirs par semaine ? Il lui parut nettement plus judicieux de passer cela sous silence.

Heureusement, le simple fait de lui dire qu'elle était en compagnie d'Alexandre suffisait à dévier son attention. Alice s'employa durant la quasi-totalité de sa journée à lui donner des conseils de séduction, et lorsqu'elles quittèrent la boutique le soir venu, elle lui souhaita bonne chance pour la soirée comme si elle s'apprêtait à se rendre à un examen.

Le dimanche, Alexandre céda rapidement aux supplications d'Emy qui lui demandait de consacrer cette journée à l'exercice des visions par contact. Et après de nombreuses tentatives plutôt réussies, dont celle avec le combiné téléphonique qu'Emy trouvait hyper pratique puisqu'elle lui permettait de deviner qui l'appellerait, à quel moment précis et pour quelle raison, Alexandre parvint enfin à lui faire entendre raison. Il commençait à se faire tard et elle devait être en forme le lendemain pour son second cours avec le professeur Lombas. Comme le jeune homme s'était engagé à rejoindre son père pour lui apporter son aide, il quitta l'appartement en faisant promettre à Emy de manger quelque chose et de ne pas veiller trop tard. Elle suivit ses conseils, dans les grandes lignes, en se préparant une assiette de pâtes et en allant se coucher juste après une bonne douche. Cependant Emy emmena avec elle le livre que lui avait remis le professeur « Le sorcier de A à Z – 1er niveau » et elle fut tellement captivée par la poursuite de sa lecture qu'elle ne trouva le sommeil que tard dans la nuit.

Le lundi en fin d'après-midi, Alexandre passa la chercher pour l'accompagner à sa seconde leçon. La météo l'avait obligé à changer de moyen de transport. Une pluie dense les escorta jusqu'à la demeure des Duclos, et lorsque la voiture du jeune homme s'arrêta devant le grand escalier, ils virent Georges qui les attendait sous son immense parapluie. Emy s'apprêtait à remercier Alexandre avant qu'il ne reparte, comme la dernière fois, mais il la coupa dans son élan en prenant la parole.

— Je vais venir avec toi aujourd'hui, je dois voir monsieur et madame Duclos.

Elle fut surprise, mais n'osa pas lui demander le motif de ce rendez-vous.

Une fois à l'abri dans l'immense hall d'entrée, le jeune homme ne s'attarda pas, il écouta attentivement les indications de Georges qui lui permettraient de se rendre dans la bibliothèque où il était attendu, avant d'embrasser Emy sur la joue et de s'éclipser. Chaque baiser d'Alexandre, aussi amical et bref fût-il, provoquait toujours la même réaction chez elle, un agréable frisson qui la traversait de part en part.

— Le professeur Lombas vous rejoindra dans quelques minutes, lui dit Georges en l'invitant à se rendre dans la grande salle.

Cette intervention fit sortir Emy de sa rêverie et la ramena à la réalité.

— D'accord. Puis-je vous demander où se trouvent les toilettes, s'il vous plaît ?

— Bien sûr, si vous voulez bien me suivre.

Georges traversa le hall et Emy lui emboîta le pas. Au bout de quelques minutes, ils passèrent devant une porte en bois joliment sculptée qui attira l'attention de la jeune fille. En se remémorant les récentes explications du majordome, Emy l'identifia sans difficulté comme étant celle de la bibliothèque et songea qu'Alexandre devait se trouver juste derrière. L'instant d'après, ils débouchèrent dans un long et sombre couloir qui desservait une multitude de pièces.

— La troisième sur votre droite, mademoiselle, lui indiqua son guide avant de se retirer.

Après l'avoir remercié, Emy chercha à tâtons l'interrupteur, sans succès. Georges étant déjà reparti, elle s'aventura seule dans l'obscurité. La lumière du plafonnier s'alluma automatiquement. Soulagée et rassurée, elle se dirigea vers la porte désignée. Emy ne fut pas réellement étonnée de découvrir derrière celle-ci un vaste et lumineux espace qui ressemblait plus à une salle de bains qu'à des toilettes. Tout ce que lui dévoilait ce manoir depuis sa première visite était magnifique et démesuré.

En ressortant, elle emprunta le couloir et repassa devant la porte qui donnait sur la bibliothèque. Elle s'apprêtait à continuer son chemin lorsqu'une voix familière se fit entendre.

— Ne vous faites aucun souci, je respecterai mon engagement.

Emy l'avait immédiatement reconnue, douce et mélodieuse, il s'agissait de celle d'Alexandre. Et bien que la sagesse et la discrétion l'auraient normalement poussée à poursuivre sa route, elle s'attarda un instant.

— Je vois que nous sommes d'accord, mais n'oublie pas, tu n'as que sept jours pour lui en parler. Passé ce délai, ce sera l'un de nous qui s'en chargera.

— Bon, je dois vous laisser, Emy m'attend.

La dernière voix était celle de Frédéric Lombas, Emy n'en doutait pas. Mais la seconde, également masculine, lui était parfaitement étrangère. À sa connaissance, il n'y avait que trois hommes dans cette pièce, et le seul qu'elle n'avait encore jamais rencontré était M. Duclos, elle conclut donc qu'il s'agissait de la sienne. Des bruits de pas résonnèrent et Emy réalisa qu'il était grand temps pour elle de quitter les lieux. Les battements de son cœur s'accélèrent sous l'effet de l'adrénaline produite par la crainte de se faire surprendre. Ce n'est qu'une fois le seuil de la grande salle franchi et la porte refermée derrière elle qu'ils reprirent un rythme normal.

— Ah, te voilà enfin !

Emy sursauta et se retourna aussitôt pour s'apercevoir que c'était la magiette du professeur Lombas qui, posée au milieu de la pièce, venait de l'interpeller. Un peu gênée, elle ne sut quoi lui répondre, mais heureusement pour elle, Pénélope était bavarde et elle reprit tout de suite la parole.

— Georges m'a bien avertie qu'il t'avait accompagnée jusqu'aux toilettes, mais je commençais à m'inquiéter, que s'est-il passé ?

— Euh, je me suis égarée sur le chemin du retour, lui répondit-elle évasive.

— Ah ! Ça ne m'étonne pas. Ces demeures de sorciers sont tellement grandes, on n'a pas idée de laisser une novice s'y promener toute seule. Bref, j'ai une petite surprise pour toi. Tu es prête ?

La jeune fille était soulagée que Pénélope n'ait pas de doute quant au réel motif de son retard. Et, bien qu'elle ne se soit pas encore totalement faite à l'idée de discuter avec un objet et qu'elle ignorait totalement quel type de surprise pouvait bien lui faire une magiette, elle acquiesça d'un signe de tête.

C'est alors qu'un éclair de lumière jaillit en direction du plafond et projeta une matière solide à ses pieds.

— Et voilà ! Elle est magnifique n'est-ce pas ? Parfaite réplique de celle de ta mère. J'y ai juste apporté quelques améliorations pour la remettre au goût du jour. Elle te plaît ?

Emy s'était penchée pour saisir l'objet entre ses mains… Une baguette ! Incrédulité, joie et surprise se bousculaient dans sa tête. Après tout ce qu'elle avait appris et vécu ces derniers jours, elle aurait dû s'y attendre et pourtant… C'était la première fois qu'elle en voyait une et surtout qu'elle en touchait une… Une baguette, une vraie baguette de sorcier… Sa baguette.

— Vu ta tête, je devine que la réponse est oui. Je sais que je vais un peu vite en besogne, et que tu ne t'en serviras certainement pas avant deux ou trois autres séances, mais j'ai pensé que cela t'aiderait à t'imprégner de ta nouvelle existence.

— Merci, merci mille fois, lui répondit Emy alors qu'elle retrouvait tout juste ses esprits.

— J'aurais dû m'en douter ! s'exclama le professeur Lombas qui venait de franchir le seuil de la porte. Je savais que tu en profiterais pour précipiter les choses.

— Bonsoir professeur. Ne soyez pas trop dur avec elle, elle a juste voulu m'aider.

— Ne t'inquiète pas, de toute façon nous sommes régulièrement en désaccord, la rassura Pénélope.

— Bien, passons. Emy avez-vous commencé à lire l'ouvrage que je vous ai laissé vendredi dernier ?

— Oui, en fait je l'ai même terminé cet après-midi, professeur. D'ailleurs j'ai quelques questions à vous poser.

— Très bien, installons-nous, déclara-t-il en faisant apparaître une table et deux chaises d'un coup de baguette.

Le cours se passa à merveille, le professeur Lombas et Pénélope répondirent à toutes les interrogations que la lecture de l'ouvrage avait suscitées chez Emy. Elle eut ainsi la confirmation qu'en qualité de sorcière, il lui était impossible de périr d'une quelconque affection qui s'avérerait mortelle pour les êtres humains. Elle détailla ensuite les exercices qu'elle avait faits depuis leur première rencontre, puis elle s'exerça de nouveau aux prédictions par contact.

Frédéric Lombas semblait plus que satisfait de ses progrès, il la félicita pour son application et le travail déjà accompli. À la surprise manifeste autant de Pénélope que d'Emy, il reconnut même, au moment où elle s'apprêtait à les quitter, que finalement Pénélope avait eu raison de lui remettre sa baguette aujourd'hui étant donné qu'il comptait lui donner sa première leçon d'utilisation dès leur prochaine séance de travail. Emy fut soulagée que ce petit différend se termine ainsi. Son exemplaire de « L'histoire de la sorcellerie – 1er volume » sous le bras et sa baguette à la main, elle rejoignit Alexandre qui l'attendait dans le hall. Un sentiment mêlé de joie, de satisfaction et même d'une certaine fierté s'immisça alors en elle.

La pleine lune déversait son flot de lumière sur le plancher usé du bureau de l'homme à la baguette blanche. Malgré cela, l'atmosphère n'en demeurait pas moins lugubre. Il se tenait là, immobile, devant l'une des grandes fenêtres dont les rideaux étaient ouverts, cette fois. Ses cheveux mi-longs d'un noir intense étaient impeccablement coiffés, et sa baguette toujours attachée à la ceinture.

— Il s'agit donc bien de sa fille ! dit-il calmement.

— Oui, monsieur. Il n'y a plus de doute possible. Elle s'est même rendue dans le manoir des Duclos, monsieur.

— Comment s'appelle-t-elle déjà ?

— Elle s'appelle Emily, Emily Delatre, monsieur. Il paraît qu'elle lui ressemble beaucoup.

— Emily, répéta l'homme à la baguette blanche. Quel âge a-t-elle ?

— Vingt-deux ans, monsieur.

— Vraiment… A-t-elle les mêmes facultés que sa défunte mère ?

— Je n'en ai pas la certitude, monsieur.

— Eh bien, tâche de le savoir !

— Vous pouvez compter sur moi, monsieur, répondit le second homme avant de quitter la pièce.

Le sinistre habitant des lieux s'approcha de la vitrine. Il en caressa négligemment la surface avant d'immobiliser l'extrémité de sa baguette au-dessus d'une petite étiquette sur laquelle il était écrit « Eléonore Delatre ».

— Tu as donc eu une fille, Léonie, susurra-t-il d'une voix sépulcrale.

CHAPITRE 6

L'aveu

Étant garante depuis peu d'un immense secret, il était du devoir d'Emy de ne pas éveiller le moindre soupçon chez les humains qu'elle côtoyait, et le meilleur moyen de réussir était de faire comme si rien n'avait changé dans sa vie. Elle y parvenait sans aucun problème la majorité du temps avec les personnes qu'elle voyait ponctuellement, mais c'était plus délicat avec son amie Alice, vu qu'elles passaient une grande partie de leurs journées ensemble. La situation devenait de plus en plus difficile à gérer, elle consacrait beaucoup de son temps à l'étude de la magie, et son travail à la boutique s'en ressentait. Heureusement, Alice avait sa propre explication au brusque changement de comportement de sa meilleure amie. Elle répétait sans cesse qu'il était parfaitement normal d'être à ce point étourdie lorsqu'on était amoureuse, et ce, bien qu'Emy insiste sur le fait qu'elle et Alexandre n'étaient que des amis.

Concrètement, ce n'était pas faux. Ils ne s'étaient jamais ni embrassés ni avoué quoi que ce soit l'un à l'autre. Mais au fond, bien qu'Emy ne soit pas en mesure de l'expliquer et encore moins de mettre un mot dessus, elle savait parfaitement que ce qu'il se passait entre eux était bien plus que de l'amitié, voire plus que de l'amour…

Dans son rôle d'équilibriste, Emy ne s'était pas aperçue que la semaine avait filé comme un train à grande vitesse. La boutique fonctionnait à merveille, et les séances de travail avec le professeur Lombas, au cours desquelles elle avait même commencé à apprendre le maniement de la baguette, avaient été plus intéressantes que jamais. Et donc, le samedi soir, elle fut surprise lorsque son amie lui proposa de sortir avec elle.

— Allez, viens avec nous ! Tu verras, ce sera sympa.

— Je suis désolée, mais Alexandre m'attend, nous avons prévu de passer la soirée ensemble, lui répondit-elle en jetant un regard vers la rue où était stationnée sa voiture.

— Ça, je me doute bien qu'il n'est pas là par hasard. Mais ça n'empêche pas, vous n'avez qu'à venir tous les deux.

— C'est gentil, mais pas ce soir, une autre fois. J'y vais, passe une bonne soirée.

— Ouais, c'est ça ! En tout cas, l'amour ne t'a pas rendue plus fêtarde. Dommage... Bonne soirée, conclut Alice avec une légère amertume dans la voix.

Emy se précipita vers la voiture et fit un signe de la main à son amie avant de disparaître derrière la vitre teintée.

— Bonsoir, ma petite sorcière, l'accueillit Alexandre avec douceur.

Autant ravie de se retrouver à ses côtés que gênée par ce qu'il venait de dire, ses joues commencèrent à rosir.

— Bonsoir, Alex, répondit-elle en posant un regard timide sur lui.

— En route, répliqua-t-il le visage illuminé d'un large sourire.

La voiture s'élança en direction de l'appartement d'Emy, et ils restèrent tous les deux silencieux jusqu'à leur arrivée en bas de l'immeuble.

— Tu as environ quinze minutes avant que je t'enlève, déclara-t-il en regardant sa montre.

— P… pardon ?

— Ce soir, tu ne révises pas.

— Mais je croyais que nous allions…

— Tout ce que tu voudras demain, l'interrompit-il. Mais ce soir, je t'emmène dîner. Va te préparer, il ne te reste plus que douze minutes.

Emy manifesta une expression de légère contrariété, mais ne se fit pas prier et se précipita hors du véhicule. Une fois à l'intérieur de son appartement, elle se rendit dans sa chambre, puis dans la salle de bains.

Quelques minutes plus tard, lorsqu'elle en ressortit, elle eut le plaisir de voir qu'Alexandre l'attendait, assis dans le fauteuil du salon.

— Oh ! Tu es… commença-t-il après s'être retourné, mais il laissa sa phrase en suspens.

— J'espère que tu ne m'emmènes pas dans un endroit trop chic, sinon je vais dénoter, répliqua-t-elle pour tenter de cacher son embarras.

— Aucun risque. Tu es splendide.

Cette fois, les joues d'Emy devinrent rouge écarlate. Mais Alexandre avait entièrement raison, elle était magnifique avec son jean slim bleu nuit qui dessinait à merveille la courbe de ses jambes, et son petit haut noir ornementé de quelques brillants. À cela s'ajoutaient sa chevelure cuivrée qui brillait de mille feux et un maquillage léger qui faisait ressortir ses yeux et ses lèvres en illuminant son teint de poupée.

— Vous permettez, mademoiselle Delatre, dit-il sur un ton théâtral en lui présentant son bras.

Emy ignorait à quel endroit ils se rendaient, mais cela lui importait peu. Elle l'aurait suivi n'importe où. La proximité et le confinement de l'habitacle semblaient les troubler presque autant l'un que l'autre. La découverte récente de sa véritable nature avait bouleversé énormément de choses dans son existence, à l'exception de l'attirance qu'elle ressentait pour Alexandre. Elle était tellement concentrée sur sa propre retenue pour éviter de se jeter à son cou tel une jeune fan hystérique qu'elle n'avait pas remarqué à quel point lui aussi devait se contrôler. Lorsqu'il coupa le moteur de la voiture, elle regarda brièvement par la fenêtre. Ils se trouvaient devant le restaurant de Marguerite Duclos, et elle réalisa alors que le trajet lui avait paru encore plus court qu'à l'habitude et que ni l'un ni l'autre n'avait prononcé le moindre mot depuis leur départ.

Avec sa courtoisie habituelle, Alexandre descendit du véhicule, vint lui ouvrir la portière et lui offrit son bras qu'elle accepta sans aucune hésitation. Ils avancèrent en direction du restaurant dans une rue inondée par la luminosité de la lune pratiquement pleine ce soir-là.

— Bonsoir, monsieur Dussy ! lança la jeune fille qui les accueillit.

— Bonsoir, Anaïs, répondit-il poliment, je vous présente Emily Delatre, mais vous vous êtes déjà rencontrées, il me semble.

— En effet. Bonsoir, mademoiselle Delatre, reprit la serveuse qui n'était autre que celle qui s'était occupée d'Alice et Emy lorsqu'elles étaient venues déjeuner quelques jours auparavant.

— Bonsoir, Anaïs, répondit-elle poliment en se surprenant à se demander si cette jeune fille était ou non humaine.

— Votre table est prête, si vous voulez bien me suivre, reprit la serveuse en accompagnant ses paroles d'un geste du bras.

Emy ne s'attendait pas à un tel accueil. Contrairement à ce qu'elle avait entendu dire, Alexandre semblait être un habitué. Ils traversèrent la salle du restaurant d'un bout à l'autre avant qu'Anaïs ouvre une petite porte sur laquelle était apposée une plaque noire avec l'inscription « Privé » en lettres dorées. La pièce dans laquelle ils se retrouvèrent alors avait sans nul doute été décorée pour l'occasion. Le plafond avait disparu, laissant place à un ciel étoilé sous lequel était dressée une magnifique table ornée exclusivement de noir et d'argent. Une multitude de petits cristaux étaient éparpillés autour de deux assiettes à l'aspect laqué et de couverts qui rutilaient. La lueur des bougies du candélabre qui trônait au centre de la table reflétait dans de hauts verres à pied joliment ciselés qui attendaient d'être remplis. Aucun détail n'avait été oublié. Et tandis qu'Emy restait sans voix devant une telle féerie, la serveuse s'éclipsa aussi rapidement que discrètement.

Alexandre s'approcha de l'une des chaises, il la fit glisser sans bruit sur le parquet et l'invita à s'y asseoir. Elle s'avança, les jambes légèrement tremblantes, puis s'installa en prenant soin de ne pas trébucher. Le jeune homme s'inclina lentement vers elle pour la rapprocher doucement de la table. Elle sentit son souffle glacial caresser sa nuque, et se mit à frissonner avant de fermer les yeux pour profiter pleinement de son parfum enivrant.

Lorsqu'elle les rouvrit une seconde plus tard, il était attablé face à elle. Emy avait rêvé des dizaines de fois à ce tête-à-tête depuis leur première rencontre, mais elle n'y était pas pour autant mieux préparée. Muette d'admiration, elle se perdait dans ses yeux qui, à cet instant, étaient d'un magnifique bleu glacier. Et ce n'est qu'au retour d'Anaïs qui apportait déjà le dîner, que le silence fut rompu.

— J'ai pris la liberté de commander pour toi, j'espère que tu ne m'en voudras pas, lui dit-il avec tendresse.

Emy observa avec un grand étonnement l'assiette qu'Anaïs venait de déposer devant elle. Il s'agissait d'un carpaccio de bœuf, l'une de ses entrées préférées.

— Félicitations, tu as vu juste, reconnut-elle.

La serveuse quitta la pièce après avoir servi Alexandre et rempli son verre avec le contenu d'une bouteille qu'elle rapporta avec elle.

— Parfait. Excellent appétit alors, déclara-t-il en versant de l'eau dans celui d'Emy.

Elle le remercia et lui retourna la politesse avant de s'attaquer timidement à son assiette. De son côté, Alexandra s'installa au fond de sa chaise et se mit à l'observer en se désaltérant.

— Tu ne manges pas ? s'enquit-elle au bout d'un instant en le voyant ainsi positionné.

— Si si, bien sûr, répliqua-t-il précipitamment en se rapprochant de la table.

Emy dégusta une nouvelle bouchée de son entrée avant de prendre une grande inspiration pour se donner du courage.

— Alex, l'interpella-t-elle de sa petite voix. Jusqu'à présent, tu n'as pas été très bavard à ton sujet. Il releva légèrement la tête, avala le contenu de sa bouche, mais resta silencieux, attendant la suite. Dis-moi, qu'est-ce que tu fais dans la vie ? À part m'aider pour mes cours de magie bien sûr !

— Oh ! Eh bien, j'épaule mon père, lui répondit-il vaguement.

— D'accord… et peux-tu m'expliquer en quoi cela consiste exactement ?

Avant de prendre la parole, il redressa le buste et posa ses avant-bras sur la table.

— Cela fait plusieurs années maintenant que mon père a pris la succession de mon grand-père, Auguste Dussy, pour diriger l'institution d'accueil de jeunes en difficulté installée au cœur de la demeure familiale. Ma mère l'a immédiatement soutenu et suivi dans ses nouvelles fonctions puis, le moment venu, ma sœur et moi nous sommes joints à eux. Cet établissement a toujours été une affaire de famille.

— Quand tu parles de jeunes en difficulté, que veux-tu dire ?

— Il ne s'agit évidemment pas d'humains, mais de jeunes qui appartiennent à notre monde et qui nécessitent un accompagnement spécifique.

À l'instant même où il termina sa phrase, Anaïs entra avec une petite desserte. Elle débarrassa l'entrée avant de servir le plat principal. En portant son regard sur les assiettes, qui étaient garnies d'une fine tranche de bœuf accompagnée de quelques petits légumes, Emy constata que le jeune homme avait une nouvelle fois vu juste. Pour autant, elle n'y prêta pas une attention particulière, car son esprit était encore focalisé sur la discussion en cours.

— Et donc quels sont vos rôles respectifs ? lui demanda-t-elle dès que la serveuse eut quitté la pièce.

— Notre institution a une vocation tant d'éducation que d'enseignement. Mon père en est le patriarche, en quelque sorte. Il fait régner l'ordre dans l'enceinte de l'établissement tout en apportant aux pensionnaires une épaule solide à laquelle se raccrocher, et une oreille attentive pour se confier si besoin. Il s'agit souvent des jeunes qui se sont retrouvés propulsés dans notre monde sans y avoir été préparés. Déconcertés, ils ont besoin d'obtenir des réponses à leurs nombreuses interrogations. Il leur donne aussi quelques conseils pour les aider à s'orienter et à faire les bons choix pour leur avenir. Et enfin, il se charge d'assurer plusieurs cours, tels que la philosophie et l'histoire de la magie. Ma sœur, Scarlette, enseigne les langues et le développement des aptitudes psychiques, la télépathie ou la télékinésie par exemple. Son compagnon, Emeric, s'occupe principalement des activités physiques. Quant à ma mère, en plus d'étendre son rôle maternel à nos protégés, elle est spécialisée dans les domaines artistiques.

Emy, qui écoutait avec attention les explications d'Alexandre, avait commencé à déguster sa viande. Elle s'avérait extrêmement facile à trancher, la cuisson était parfaite et le goût exquis.

— La cuisson te convient-elle ? lui demanda-t-il.

— Tout à fait, mais dis-moi comment as-tu su ce que j'aimais ?

— Disons que je commence à bien te connaître, répondit-il énigmatique.

La jeune fille resta un peu perplexe, mais son intérêt portait toujours davantage sur le sujet précédent qu'elle remit d'ailleurs rapidement au centre de leur conversation. Alexandre reprit donc son exposé sans se faire prier, il détailla l'environnement de l'institution, le château, le parc, ainsi que l'organisation des cours et des activités diverses. Emy était bien évidemment ravie de pouvoir en apprendre tant sans même avoir besoin d'insister, mais elle était tout de même étonnée par l'attitude du jeune homme habituellement bien moins bavard lorsqu'il s'agissait de parler de lui ou de ses proches. En même temps, son discours avait très nettement dévié, et elle se rendit compte qu'elle ne savait toujours pas ce qu'il faisait au milieu de tout cela.

— Excuse-moi, Alex, l'interrompit-elle. Mais… quelle est ta place dans tout ça ?

— J'enseigne les sciences. Je participe également à certains entraînements physiques lorsque c'est nécessaire, et surtout j'aide mon père à sélectionner nos nouveaux pensionnaires.

Emy n'eut pas le temps d'entamer une réponse puisque Anaïs entra une nouvelle fois. Ils restèrent silencieux pendant qu'elle s'affairait. Et contrairement aux deux précédentes fois, elle ressortit sans déposer quoi que ce soit de nouveau sur la table.

— Je n'ai pas commandé de dessert puisque tu n'apprécies guère le sucré le soir en fin de repas.

— Mais… mais... Comment... comment as-tu su ? l'interrogea-t-elle totalement déstabilisée.

— Dois-je comprendre que je ne me suis pas trompé ?

Emy était abasourdie. Alexandre venait de faire un sans-faute. Elle n'avait pourtant pas le sentiment de s'être livrée au point qu'il puisse connaître ses goûts culinaires avec une telle précision. Peut-être détenait-il une aptitude particulière ? Ou alors, il s'agissait simplement d'un coup de chance. Pour en avoir le cœur net, elle décida de le soumettre à une série de questions.

Visiblement très sûr de lui, Alexandre accepta le défi sans hésiter, et Emy s'accorda un petit moment de réflexion avant de se lancer. Que ce soit sa couleur préférée, le rouge rubis ; son animal de compagnie favori, le chat ; les fleurs qu'elle aimait recevoir en cadeau, des roses ; ses goûts musicaux et tous les sujets sur lesquels elle l'interrogea, il ne fit aucune erreur. Elle n'en revenait pas et n'eut donc pas d'autre possibilité que de se rendre à l'évidence.

— Je dois bien admettre que tu as vu juste sur toute la ligne. Je ne sais pas comment tu fais, mais tu connais parfaitement mes goûts.

Elle était sous le charme… encore plus qu'elle n'aurait pu l'imaginer. Qu'un jeune homme, qui lui était quasiment inconnu, en sache autant sur elle aurait certainement dû l'effrayer, ou du moins l'inquiéter, mais il n'en était rien. Emy était subjuguée par cet être magnifique qui se tenait devant ses yeux, et le lieu dans lequel ils se trouvaient à cet instant ne faisait qu'amplifier encore plus cette fascination.

— Cette soirée est réellement… magique, Alex. C'est parfait. Tout est parfait ! soupira-t-elle sans vraiment s'en rendre compte.

— Je suis ravi que ça te fasse plaisir.

— Puisque tu me connais si bien, ne crois-tu pas qu'il serait légitime que j'en apprenne davantage sur toi ? enchaîna-t-elle, plus décidée que jamais.

Alexandre n'avait pas bougé d'un millimètre, et tandis qu'il la regardait, ou plutôt l'observait, un petit sourire enjôleur se dessina à la commissure de ses lèvres. Bien qu'extrêmement sensible à son charme, Emy ne se laissa perturber qu'un bref instant avant de reprendre très vite la direction de son objectif.

— Alors, dis-moi, Alexandre Dussy, qui es-tu exactement ?

Un silence inattendu s'installa alors entre eux. Le regard d'Emy, qui était ce soir bien déterminée à obtenir des réponses, restait fixé sur le visage d'Alexandre, certainement dans l'espoir d'y déceler le moindre changement qui aurait pu trahir ce qu'il ressentait à cet instant.

— Très bien. Je suis prêt à répondre à toutes tes questions, dans la limite de ce qui m'est autorisé. Mais avant, je dois t'avouer une chose, déclara-t-il.

Emy ne savait ni à quoi s'attendre ni comment réagir. Bien sûr, elle voulait tout connaître de lui, mais les propos qu'il tenait et son brusque changement d'attitude l'inquiétaient. En effet, pour la première fois, la tonalité de sa voix n'était plus douce et mélodieuse, mais hésitante et chargée d'inquiétude, et l'expression de son visage, habituellement angélique, était soudain devenue grave. Que pouvait-il bien avoir de si important à lui avouer ? Et surtout, quel serait l'impact de cet aveu ?

Tandis que son esprit était de nouveau envahi d'interrogations et de doutes, Alexandre l'invita s'asseoir sur le canapé situé près de la cheminée un peu plus loin. Elle le suivit sans chercher à comprendre. Ils s'installèrent l'un à côté de l'autre et il reprit la parole.

— Bien que tu n'aies pas encore étudié les créatures du monde magique, tu sais déjà qu'il n'est pas seulement peuplé de sorciers, dit-il d'une voix plus calme et posée. L'autre jour, quand tu m'as questionné, tu ne comprenais pas pourquoi je n'avais pas senti ta nature de sorcière lors de notre première rencontre, alors que les propos de Marguerite Duclos t'avaient laissé penser que les sorciers se reconnaissaient entre eux. Je t'ai alors indiqué que ce n'était pas systématique.

Emy écoutait attentivement ses explications en prenant grand soin, d'une part de ne pas l'interrompre, et d'autre part d'acquiescer autant de fois que nécessaire pour l'inciter à continuer.

— Il est très important que tu comprennes que depuis la seconde où j'ai posé mon regard sur toi… prononça-t-il en s'appliquant à bien détacher chaque mot, mon seul et unique but a été de te protéger, et c'est d'ailleurs ce que je continuerai à faire tant que tu m'accepteras à tes côtés.

Tant que je t'accepterai à mes côtés ! se répéta intérieurement Emy. *Mais comment peut-il imaginer une fraction de seconde que je pourrais ne plus vouloir de lui à mes côtés ?* Cette question fusa dans son esprit et lui brûla les lèvres, mais elle réussit à se retenir de la poser et attendit patiemment la suite.

C'est alors qu'Alexandre plongea son regard dans le sien. Il avança prudemment la main droite vers son visage. Emy resta figée. Puis, les doigts glacés du jeune homme effleurèrent sa tempe et elle se mit à frissonner.

— Emy… je ne suis pas un sorcier, asséna-t-il.

Pour toute réaction, elle ouvrit de grands yeux de surprise. Alexandre se remit presque immédiatement à parler en un flot continu de mots qu'il s'appliquait à articuler comme si sa propre existence en dépendait.

— J'aimerais que tu comprennes. Je suis doté d'un grand nombre de pouvoirs psychiques, tels que l'hypnose ou la télépathie. Et bien que mon corps ne soit pas particulièrement musclé, je possède une force physique surhumaine. Je peux me métamorphoser en tout un tas d'animaux d'espèces différentes. Je n'ai besoin que de très peu de sommeil.

Il prit alors délicatement le visage d'Emy entre ses paumes avant de continuer sur un rythme plus lent et un ton enveloppant.

— Sens comme ma peau est glacée. Vois comme elle est claire au point de laisser paraître les plus petits vaisseaux sanguins.

Il approcha encore un peu plus son visage. Ses pommettes saillantes ressortaient davantage à cette distance, et son nez si parfaitement taillé frôlait le sien à présent.

— Je peux t'envoûter d'un simple souffle..., murmura-t-il.

Le flot de ses paroles avait de nouveau ralenti, il était presque comme apaisé maintenant, mais le jeune homme continuait irrémédiablement.

— Je n'ai pas besoin de manger, et surtout… je ne dois pas m'exposer au soleil.

Bien que prononcées comme un murmure, ces dernières paroles eurent l'effet d'un électrochoc sur Emy. Son cerveau entra en ébullition.

Il doit y avoir une autre explication, pensa-t-elle.

En essayant d'assembler différemment les pièces du puzzle qu'elle avait récoltées depuis leur première rencontre avec celles qu'il venait de lui fournir, elle espérait trouver une autre explication. Une autre conclusion que celle à laquelle son esprit venait d'aboutir avec une rapidité fulgurante ! Mais elle réalisa que toute tentative était vaine. Elle devait se rendre à l'évidence…

Alexandre n'avait pas bougé d'un millimètre, ses mains entouraient toujours son visage avec douceur et fermeté, comme s'il craignait qu'elle ne lui échappe à tout jamais.

— Emy… souffla-t-il. Je…

— Tu es un VAMPIRE ! lança-t-elle dans un soupir sans même se rendre compte qu'elle venait de prendre la parole et qu'elle l'avait interrompu.

— C'est exact, répondit-il comme un enfant pris en faute.

Elle s'empara de ses mains, les écarta de son visage et, tout en les maintenant, recula légèrement.

— Mais, Emy… tu n'as pas à… Ne sois pas… Je ne te ferai aucun mal, finit-il par dire précipitamment.

Ce ton hésitant qu'il venait d'employer était en total décalage avec sa personnalité et ne lui correspondait pas du tout.

— Alex, dit-elle calmement en observant ses mains pâles et glacées, je n'ai pas…

Elle s'interrompit un instant et releva la tête jusqu'à rencontrer ses yeux qui étaient remplis d'inquiétude. Puis, elle lâcha ses mains et déposa les siennes autour de son visage marbré.

— Je sais que tu ne me feras jamais le moindre mal. Et même si cela n'a rien de rationnel, je ne suis pas effrayée, ajouta-t-elle.

Ces quelques mots rendirent lentement son expression habituelle au regard d'Alexandre.

— J'ai confiance en toi ! conclut-elle avec un léger sourire.

Il n'en fallut pas plus pour que, à la plus grande joie d'Emy, le visage du jeune homme retrouve sa beauté et son rayonnement si particulier.

— Emy… je… ta réaction est aussi merveilleuse que toi, répliqua-t-il à l'évidence totalement sous le charme.

Ces paroles résonnèrent dans sa tête comme une douce berceuse. Elle sentit ses mains se glacer au contact de celles d'Alexandre, puis son regard se figer dans l'abîme de ses yeux… Elle réalisa qu'elle était en train de perdre le contrôle et de sombrer dans une profonde hypnose.

Ressaisis-toi ! lui lança une petite voix intérieure.

Tu peux rompre le lien ! ajouta-t-elle avec un peu plus de ferveur.

Mais Emy ne réagissait pas, elle se sentait tellement bien… sereine… comme portée par un nuage… en compagnie d'un ange…

Mais réagis bon sang ! Tu en as le pouvoir ! s'exclama-t-elle fermement.

Sans trop savoir pourquoi, ces derniers mots eurent l'effet d'un défibrillateur sur Emy qui revint alors instantanément à la réalité. Alexandre était là, face à elle, l'air ébahi. Elle prit quelques secondes pour balayer la pièce du regard, elle n'avait absolument pas changé, toujours aussi féerique.

Je n'ai donc pas rêvé, pensa-t-elle en reposant ses yeux sur l'être sublime qui lui tenait les mains avec tendresse.

— Tu es stupéfiante ! souffla-t-il.

— Pardon ?

— Tu as une nouvelle fois réussi à te dégager de mon pouvoir d'hypnose, c'est réellement… Mais comment fais-tu ?

— À vrai dire, je n'en sais rien, lui répondit-elle avec une légère déception.

— Emy, tu es stupéfiante pour tout un tas d'autres raisons, expliqua-t-il avec douceur. Tu sais, j'ai maintes fois tenté de deviner quelle pourrait être ta réaction le jour où je te dévoilerai ma véritable nature… mais, même en rêve, je n'avais pas osé en imaginer une aussi merveilleuse, lui expliqua-t-il avec tendresse.

Elle sentit ses joues rosir, tant sous l'effet du compliment d'Alexandre que de celui du retour à la réalité. Elle venait d'apprendre qu'il était l'un des êtres les plus dangereux qui soient et elle n'était cependant pas effrayée.

— Je suis vraiment désolé de te l'avoir caché si longtemps, lui avoua-t-il.

— Il ne faut pas. J'en aurais sans doute fait autant à ta place.

Emy était sincère. Elle comprenait parfaitement sa réserve. Après tout, sa réaction était hautement improbable, la peur et la fuite paraissaient nettement plus naturelles pour n'importe quelle personne normalement constituée.

— Était-ce bien de cela dont tu parlais avec le professeur Lombas et monsieur Duclos, l'autre jour ? J'ai involontairement surpris un bout de votre conversation, lui précisa-t-elle en réponse à son air ébahi.

— Ils tenaient à ce que je te dise la vérité le plus vite possible, lui expliqua-t-il.

— J'ai plein de questions à te poser.

— J'imagine. Et j'y répondrai le moment venu, lui répondit-il en arborant un large sourire.

Pour le moment, cette promesse suffisait à Emy.

Au petit matin du dimanche, un timide rayon de soleil qui se faufilait par une fissure des vieux volets de la fenêtre de la chambre d'Emy lui réchauffa le visage. Les idées encore embrouillées par les révélations d'Alexandre faites la veille au soir, elle resta un long moment à observer la poussière qui virevoltait, en tentant de remettre de l'ordre dans ses pensées.

Après lui avoir avoué ce qu'il était en réalité, ils avaient rapidement quitté le restaurant pour rejoindre l'appartement d'Emy. Et malgré les nombreuses interrogations qui se bousculaient dans sa tête à cet instant, elle ne l'avait pas questionné sur sa nature, mais sur l'institution dont il pouvait à présent lui parler plus ouvertement. Il lui avait donc expliqué que tous leurs pensionnaires étaient de jeunes vampires et que son absence de l'autre jour était d'ailleurs due à un aller-retour sur Paris pour tenter de récupérer un couple qui venait d'être transformé.

Le regard de la jeune fille se posa sur son radio-réveil, et elle réalisa qu'il était temps pour elle de se lever si elle ne voulait pas être en retard. Lorsque sa main atteignit le dessus de la couette à l'issue de son étirement quotidien, une texture inhabituelle attira son attention. Elle ouvrit les yeux, et son visage s'illumina en découvrant qu'il s'agissait d'un origami en forme de fleur. Une rose déposée là par Alexandre.

En se rendant à la salle de bains, elle continua à se remémorer la suite des évènements de la veille. Et ce n'est qu'une fois devant le miroir que Emy réalisa qu'elle ne se souvenait pas de la fin de la soirée. Elle avait dû s'endormir dans la voiture sur le chemin du retour, mais ce qui l'inquiétait le plus, c'était qu'elle ne se rappelait pas s'être déshabillée, et pourtant, elle était bien en pyjama ce matin… La conclusion la plus logique était qu'Alexandre l'avait portée jusqu'ici et l'avait couchée, mais cette idée la mettait tellement mal à l'aise qu'elle décida de ne pas y penser pour le moment.

Alice passa la chercher en milieu de matinée à l'heure prévue. Emy la trouva anormalement surexcitée, et malgré son insistance, son amie n'était visiblement pas prête à lui en dévoiler la raison. Sa meilleure amie s'empressa même de lui rappeler que Claire et Aurélie les attendaient déjà chez elle.

Emy s'était engagée à passer la journée en leur compagnie, chose qu'elle n'avait plus faite depuis longtemps. Elles devaient débuter les préparatifs de la fête d'anniversaire d'Alice qui y attachait, comme chaque année, une grande importance. Née un 31 décembre, elle mettait à profit ce double évènement pour organiser une immense fête. Le planning du jour se résumait à la réalisation de la liste des invités et au choix du thème de la soirée. Cela promettait de les occuper jusque tard dans l'après-midi. Alice voulait toujours convier un maximum de personnes et mettre en œuvre des idées absolument délirantes pour la décoration. Ses amies tentaient de la raisonner, ne serait-ce que pour faire tenir les dépenses dans le budget fixé par ses parents, bien qu'il semblait toujours totalement démesuré pour une simple fête d'anniversaire.

Alice rentra directement sa Mini dans le garage de la villa blanche. Emy connaissait bien la propriété des parents de son amie, pour s'y être rendue à maintes reprises et y avoir séjourné au début de son arrivée dans la région, mais elle n'en était pas moins impressionnée chaque fois qu'elle y venait. Il s'agissait d'une grande maison ultra moderne dont la façade d'un blanc immaculé reflétait le moindre petit rayon qui réussissait à percer les nuages. L'intérieur était tout aussi impressionnant. Au rez-de-chaussée, on trouvait une grande pièce à vivre entourée de nombreuses baies vitrées qui offraient une vue imprenable sur le parc et permettaient de bénéficier d'un ensoleillement incomparable. D'ailleurs toutes les pièces étaient spacieuses et lumineuses, mais elles possédaient aussi chacune un style et une décoration bien spécifiques.

Claire et Aurélie les attendaient tranquillement installées dans les canapés devant la cheminée design. Elles jouaient avec la télécommande de la maison : les volets, les lumières… Tout avait dû y passer en l'absence d'Alice.

— Vous vous amusez bien les filles ? lança cette dernière en entrant dans la pièce.

Elles ne les avaient pas entendues approcher, et elles sursautèrent au son de sa voix rieuse.

— Tu nous as fait une de ces peurs ! dirent-elles en chœur sous les gloussements des deux acolytes.

— C'est pas drôle ! Depuis que tu es partie, on cherche à mettre la musique avec cette espèce de… truc, ajouta Claire tandis que les filles continuaient de pouffer de rire.

Alice s'approcha pour saisir la télécommande, appuya sur quelques boutons pour reprendre le contrôle des installations de la villa, et les haut-parleurs diffusèrent un fond musical.

— Merci, dit Aurélie, visiblement soulagée de n'avoir rien fait d'irréparable. Salut, Emy, comment vas-tu ?

— Ça va bien, merci. Et vous ? répondit-elle en les embrassant l'une après l'autre.

— Au top ! On a passé une super soirée hier. Il faut absolument qu'on te raconte !

Emy esquissa un sourire tandis que son esprit vagabondait dans les souvenirs de sa propre soirée de la veille. *Si elles savaient ce qui m'est arrivé hier soir…*

— Et si on discutait de tout ça en préparant les invitations ? répliqua Alice impatiente de commencer. Emy, as-tu pensé à prendre des ciseaux ?

— Oui, bien sûr, ils sont dans mon sac, répondit-elle en le désignant de la main.

Alice fouilla dedans comme s'il s'agissait du sien, avant de se figer.

— Tu trouves ? l'interrogea Emy, surprise qu'elle mette autant de temps à attraper les ciseaux qu'elle avait pourtant posés sur le dessus.

— Oui, oui… répondit Alice en se relevant. Et ça… c'est quoi ? lui demanda-t-elle en arborant un large sourire.

Alice tenait entre les doigts la rose laissée par Alexandre, et tous les regards de posèrent sur Emy.

— Heu… c'est un cadeau.

— D'Alexandre Dussy ! répliquèrent les trois filles d'une même voix.

— Heu… oui, répondit-elle en récupérant la fleur des mains d'Alice.

— Alors, ça y est !

— Vous sortez ensemble ?

— Ohhh ! Il doit embrasser divinement bien, soupira Claire.

— Chut ! Laisse-la parler !

— Je n… Emy faillit dire *Je ne crois pas*, ce qui aurait été la réponse la plus juste étant donné qu'elle ne savait pas trop où ils en étaient tous les deux, et qu'elle ne se souvenait pas de la fin de soirée. Mais pour éviter le flot de questions que cette réponse aurait provoqué, elle se ravisa d'un simple : Non.

— Mais qu'est-ce qu'il attend ? répliqua Claire déçue.

— Bon, ce n'est pas grave, ce n'est que partie remise. Il t'a offert une rose, c'est déjà ça ! Et en plus, ça montre qu'il est terriblement habile de ses mains, ajouta Alice taquine. Allez les filles, au boulot !

La réplique de son amie remémora à Emy qu'elle avait déjà maintes fois songé aux mains d'Alexandre lui prodiguant des caresses toutes plus délectables les unes que les autres. Elle soupira discrètement à cette évocation avant de rejoindre ses amies.

CHAPITRE 7

L'alliance

Le crépuscule était déjà bien avancé lorsque Alice déposa Emy en bas de chez elle. Les filles avaient longuement insisté pour qu'elle reste passer la soirée en leur compagnie, mais elle avait refusé en prétextant qu'elle ne se sentait pas très bien. En réalité, elle ne voulait pas prendre le risque de rater la visite d'Alexandre qu'elle espérait tant. En quittant la voiture, elle souhaita une bonne soirée à son amie, qui la remercia pour l'aide qu'elle lui avait apportée pour l'organisation de son anniversaire.

La rue était plongée dans l'obscurité. La jeune fille regarda les feux arrière de la Mini s'éloigner jusqu'à ce qu'il ne lui soit plus possible de les distinguer dans le brouillard. En fouillant le fond de son sac pour y trouver ses clés, elle renversa la presque totalité de son contenu sur le trottoir humide.

— Et mer… credi, pesta-t-elle.

Elle s'accroupit et commença à ramasser les objets éparpillés sur le sol en les essuyant tant bien que mal avec un mouchoir en papier avant de les ranger.

— Un peu d'aide, mademoiselle ? lui proposa une voix masculine qui lui était totalement inconnue.

Elle leva les yeux et se trouva nez à nez avec un jeune homme qui s'était baissé pour l'aider.

— Ça va aller, merci, répondit-elle un peu sur la défensive sans lui accorder plus d'attention.

— Vraiment, ça me fait plaisir, insista-t-il en lui tendant son blush. Je m'appelle Ludovic, et vous ?

Elle releva légèrement la tête et rencontra son regard. L'air qu'elle respira lui parut tout à coup bien plus froid, voire glacé.

— Emily, répondit-elle sans comprendre où était passée sa méfiance.

Ils terminèrent de récupérer ensemble le contenu du sac à main, puis ils se redressèrent en évitant de peu de se percuter tellement ils étaient proches l'un de l'autre. Emy se rendit compte qu'elle était en présence d'un très beau jeune homme. Plutôt grand, les cheveux blonds, les yeux noisette. Avec son teint pâle, il ressemblait fort à un surfeur qui aurait déserté les plages depuis un peu trop longtemps. Elle pensa qu'il serait tout à fait au goût de son amie Alice.

— Je viens de débarquer en ville, ajouta-t-il avec un large sourire. Et toi, tu vis ici depuis longtemps ?

— Pas tellement. Je suis arrivée au mois d'août dernier.

— Très bien, alors peut-être pourrais-tu me conseiller un endroit sympa où dîner ?

— Oh, il y a plusieurs petits restos sur la place, lui répondit-elle en désignant le bout de la rue. On y mange très bien.

— D'accord, et à tout hasard me ferais-tu le plaisir de m'y accompagner ?

À sa grande surprise, elle réalisa qu'elle aurait certainement répondu « oui » si on lui en avait laissé l'occasion.

— NON ! s'exclama avec détermination une voix familière. Ni ce soir ni aucun autre soir.

Emy, qui avait tout à coup retrouvé ses esprits, fut soulagée de ne plus être seule avec cet inconnu, et encore plus que ce soit Alexandre qui vienne s'immiscer dans ce tête-à-tête.

— Oh ! Désolé, mon frère, je ne savais pas que cette jolie plante était chasse gardée.

— Effectivement, sauf que je ne suis pas ton frère, grogna-t-il en se postant devant Emy.

— Ah ! Je vois. J'aurais dû m'en douter à son odeur. Elle porte ta marque. Tu es un vampred, n'est-ce pas ?

— Et toi qui es-tu ?

— Ça n'a pas d'importance, mais elle, sait-elle ce qu'elle est ?

— Bien sûr que je… commença-t-elle avant d'être brusquement interrompue.

Alexandre venait de tendre son bras droit avec fermeté juste devant elle. Et bien qu'il gardât le regard fixé en direction de Ludovic, elle comprit instantanément que sa tentative de s'avancer pour prendre part à la discussion était une erreur.

— Intéressant… marmonna l'inconnu avec un regard fourbe.

— Nous ne te retenons pas ! l'interrompit Alexandre avec la ferme intention de ne pas lui laisser la liberté de discourir.

La tension qui montait peu à peu entre les deux jeunes hommes était maintenant palpable. Et tandis qu'Emy les observait sans bouger, son regard se posa sur le bras d'Alexandre. À travers sa chemise, elle devina que ses muscles étaient devenus saillants. Il lui sembla même qu'ils avaient doublé de volume. Intriguée, elle baissa les yeux jusqu'à sa main, et découvrit que ses veines grossissaient à vue d'œil, accentuant les marbrures qui tranchaient avec la pâleur de sa peau. Elle risqua un bref regard en direction de son visage dont elle n'apercevait qu'une infime partie, et remarqua que sa mâchoire était crispée. Le phénomène de mutation qu'elle observait devait très probablement envahir la totalité de son corps.

— Ne t'en fais pas, je ne vais pas m'attarder dans le coin. Je n'apprécie guère la « mauvaise compagnie », dit-il en insistant sur les deux derniers mots.

— Ta place n'est pas ici. Va-t'en ! gronda Alexandre en s'avançant d'un pas.

— Je m'en vais… je m'en vais… répliqua l'intrus en reculant. Mais un petit conseil, ajouta-t-il en fixant le jeune homme qui le défiait du regard. À l'avenir, évite de laisser traîner tes affaires si tu ne veux pas te les faire piquer.

À peine avait-il terminé de prononcer le dernier mot de sa phrase qu'il disparut, laissant place à un magnifique corbeau qui s'éloigna d'eux en quelques battements d'ailes.

Confortablement installée dans le canapé du salon, Emy s'empara de la tasse de thé fumante que lui tendait Alexandre. Après la journée parfaitement normale qu'elle avait passée en compagnie de ses amies, les évènements qui venaient de se dérouler lui semblaient absolument irréels et hors du temps. Son état d'esprit n'avait pas cessé de changer depuis le départ d'Alice. Elle avait tout d'abord ressenti de la méfiance envers Ludovic lorsqu'il s'était adressé à elle pour la première fois, et avec le peu de recul qu'elle avait à cet instant, cela lui semblait tout à fait légitime. Après tout, elle s'était retrouvée seule face à un inconnu dans une rue sombre et déserte. Puis ce sentiment s'était évanoui, sans qu'elle n'en comprenne la raison, lorsqu'il lui avait parlé pour la seconde fois, à tel point qu'elle aurait très certainement accepté son invitation si Alexandre n'avait surgi de nulle part pour s'interposer entre eux, en la faisant revenir, du même coup, à la réalité de la situation.

Après la surprenante disparition de Ludovic, Alexandre avait saisi le trousseau de clés qu'elle tenait dans sa main, tout en l'attrapant par le bras avec une douce fermeté, et sans qu'elle n'ait eu le temps de prononcer le moindre mot, ils s'étaient retrouvés à l'intérieur de son appartement. Il l'avait ensuite rapidement installée sur les accueillants coussins du divan avant de se diriger vers la cuisine où il s'était activé en silence.

Bien qu'elle se sente à présent en sécurité, Emy était fébrile. Ses jambes n'étaient plus très sûres et ses paupières lourdes. Elle tenta de se repasser le film des évènements qui venaient de se produire en bas de chez elle. Certaines choses lui échappaient, et surtout, elle avait l'impression que plus elle essayait de s'en souvenir, plus ses idées s'embrouillaient. Malgré tout, elle savait que le moment n'était pas encore venu pour elle de poser les innombrables questions qui, pourtant, la tourmentaient profondément. Elle resta donc là, immobile et silencieuse.

— Est-ce que tu vas bien ? lui demanda Alexandre de sa voix redevenue mélodieuse.

— Ça va, répondit-elle sans grande conviction.

— As-tu froid ? Te sens-tu fatiguée ?

— Oui, admit-elle sans hésitation.

— T'a-t-il embrassée ?

— Pardon ? répliqua-t-elle choquée par cette question qui, surtout dans ce contexte, lui semblait totalement déplacée.

— Emy, c'est très important. Tu dois me dire ce qui s'est exactement passé avant mon arrivée. Elle acquiesça d'un signe de tête. Très bien, alors est-ce qu'il t'a embrassée ?

— Non ! s'exclama-t-elle avec le peu de force qu'il lui restait.

— Parfait, mais s'est-il approché de ton visage d'une façon ou d'une autre ?

Elle prit quelques secondes pour tenter de se remémorer ce qui s'était produit, mais elle avait de plus en plus froid et la fatigue se faisait pressante.

— Est-ce que ça va ? réitéra-t-il à l'évidence soucieux de son état.

— On ne pourrait pas reparler de tout ça plus tard, je suis très fatiguée…

— Non, justement, lui dit-il.

L'inquiétude prononcée qui transparaissait dans le ton de sa voix capta l'attention d'Emy.

— Écoute. J'ai besoin de savoir, c'est très important. S'est-il approché de ton visage ?

— Assez oui, lorsqu'il m'a aidée à ramasser mes affaires, mais…

— D'accord, enchaîna-t-il sans lui laisser la possibilité de terminer sa phrase. À cet instant, est-ce que tu te souviens avoir eu l'impression de respirer un air très froid, peut-être même glacé ?

— Oui, tout à fait, mais comment…

— C'est ce que je craignais. Écoute-moi. Il t'a fait respirer son arôme, c'est pour ça que tu te sens si fatiguée et que tu as froid, si je ne t'en débarrasse pas rapidement, les effets vont s'amplifier jusqu'à ce que tu sois pétrifiée.

Mais Emy avait l'impression de l'être déjà. Elle n'avait toujours pas bougé, et ses mains restaient serrées autour de la tasse de thé qui était devenue tiède.

— Tu dois me laisser faire, et surtout n'opposer aucune résistance.

Bien qu'elle ne soit plus en état de lui répondre, il comprit qu'il avait son aval. Il lui ôta la tasse des mains et la déposa sur la table basse. Puis il glissa un bras sous ses genoux et l'autre derrière son dos avant de l'allonger délicatement sur le divan.

À présent, il était penché au-dessus d'elle, et tandis qu'elle perdait peu à peu le contrôle de son corps, elle vit son visage angélique se rapprocher. Le tendre et doux baiser dont elle avait rêvé des dizaines de fois depuis leur première rencontre ne lui avait jamais paru aussi proche qu'à cet instant. Mais lorsqu'il posa ses lèvres charnues sur les siennes, ces dernières se glacèrent. Emy eut ensuite la sensation que ses poumons se vidaient à une vitesse foudroyante, et plongea dans un état second. Elle ne souffrait pas, mais n'éprouvait pas non plus un réel bien-être. Le vide… Voilà le mot qui aurait pu définir le mieux ce qu'elle ressentait. Et pendant une fraction de seconde, elle crut même qu'elle avait cessé de respirer. Mais avant de paniquer, Emy réalisa qu'elle n'avait plus froid et que chaque partie de son corps avait recouvré son état normal.

Alexandre était là, plus près que jamais, son doux parfum inondait l'air ambiant qu'elle respirait. Elle avait retrouvé ses esprits, et voyait là l'occasion d'assouvir l'un de ses plus profonds désirs. *Comment y résister ?* pensa-t-elle. *Et surtout, pourquoi ne pas succomber ?* Entre rêve… et réalité, la tentation était tellement forte… Trop forte sans doute.

Trempée de sueur et brûlante de fièvre, Emy se sentait de nouveau tellement mal. La douleur trop intense monopolisait toute son énergie de telle sorte qu'il lui était impossible d'ouvrir les yeux. Les bruits qu'elle devinait, les odeurs qui lui parvenaient ne lui suffisaient pas pour identifier le lieu où elle se trouvait. Elle devait voir. Et puis, il y avait cette respiration saccadée et ces mouvements d'air tout près de son corps qui trahissaient une présence. Elle voulait savoir qui était là, à ses côtés. C'est alors qu'une puissante douleur au creux de sa poitrine se manifesta, comme si on y avait enfoncé une tige de métal en fusion. Elle fut brusquement prise de violentes convulsions. Son corps devenu incontrôlable se débattait contre une menace immatérielle en provenance d'une puissante force extérieure. L'instinct de survie sans doute…

— Emy ! Emy ! lança une voix lointaine.

Tandis que deux mains glacées s'étaient saisies de ses bras et que son corps était toujours en plein combat, elle récupéra peu à peu ses esprits, ou du moins une légère conscience qui lui permettait de comprendre ce qui était en train de se passer.

— Emy ! Réveille-toi ! s'exclama une douce voix familière maintenant plus proche.

Elle revint à elle quasi instantanément, et ouvrit les yeux sur le plafond craquelé de sa chambre. À ses côtés, Alexandre venait de desserrer sa prise et apposait l'une de ses paumes glacées sur son front encore incandescent.

— Que… que m'est-il arrivé ? demanda-t-elle, quelque peu désorientée.

— Je crois que tu as fait un cauchemar.

Emy comprit qu'elle avait encore fait ce même songe. Elle se sentit à la fois agacée de subir cet assaut régulier sans trouver le moyen d'y remédier, et quelque peu gênée que cela se soit produit en présence d'Alexandre.

— Comment te sens-tu ? lui demanda-t-il doucement.

— Bien, merci. Quelle heure est-il ?

— Quatre heures.

Elle tourna la tête vers la fenêtre d'où s'échappait un léger rayon de soleil.

— De l'après-midi, précisa-t-il en observant sa réaction.

— Tu veux dire que…

— Nous sommes lundi, tu as dormi plus de vingt heures d'affilée. C'est tout à fait normal après ce qui t'est arrivé hier soir.

— Tu… tu es resté ici tout ce temps ?

— Bien sûr, répondit-il avec douceur.

— Et… qu'est-ce… enfin… euh…

Elle brûlait d'envie de savoir ce qui avait bien pu se passer durant ces longues heures, mais en même temps elle craignait d'apprendre la vérité. Quelle qu'elle soit…

— Tu étais extrêmement faible et je suis resté à tes côtés pour veiller sur toi.

Pour toute réponse, elle se passa les mains sur le visage, partagée entre le soulagement et la gêne qui s'était largement installée.

— Emy ?

— Oui.

— Est-ce que ça t'arrive souvent ?

Elle resta silencieuse. Elle n'était pas sûre de vouloir partir sur ce terrain. Ce cauchemar, son cauchemar, avait toujours été un sujet tabou dont elle n'avait jamais parlé. Pas même à Alice qui était pourtant son amie la plus fidèle.

— Emy, tu étais en transe, insista-t-il.

Ce n'était pas une surprise pour elle, les propos d'Alexandre ne venaient que confirmer ce dont elle se doutait depuis déjà quelque temps, mais elle était bien décidée à ne pas aborder le sujet avec lui, ou du moins pas aujourd'hui.

— Excuse-moi Alex, mais je préfère ne pas en parler… pas maintenant en tout cas.

— Je comprends, mais si comme je le devine, tu fais régulièrement le même cauchemar, je crois que tu devrais le dire au professeur Lombas. Il peut s'agir d'une prédiction.

Elle n'avait pas pensé à cette hypothèse qui, en y réfléchissant, était tout à fait plausible bien que très effrayante. Cependant, elle n'avait pas encore étudié la signification des rêves avec le professeur Lombas. Il existait sûrement des analyses complexes qui permettaient une interprétation qu'elle espérait très différente de ce qu'elle vivait dans son songe. Pour la première fois depuis bien longtemps, elle était pleine d'espoir à l'idée de trouver une solution pour se débarrasser de ce fardeau.

— Tu as sans doute raison, je lui en parlerai.

— Très bien. Maintenant tu dois te lever, il faut que tu aies le temps de te préparer et d'avaler quelque chose avant que nous allions au manoir des Duclos.

Emy entra dans la grande salle avec quelques minutes d'avance sur l'horaire habituel pour son cours de sorcellerie. Elle était suivie de près par Alexandre à qui Georges avait indiqué qu'il devait patienter avec elle. Ils étaient les premiers, mais le professeur Lombas et Pénélope, toujours très ponctuels, ne tarderaient pas à les rejoindre. Cette fois-ci, une grande table joliment sculptée et entourée de sept chaises avait été installée au centre de la pièce.

— Tu sais pourquoi tu dois attendre avec moi aujourd'hui ? lui demanda-t-elle.

— J'imagine que ça doit avoir un rapport avec la révélation que je t'ai faite samedi soir, lui répondit-il en se rapprochant.

Emy repensa à cet instant. Ce moment précieux où il lui avait avoué la vérité. Et même si elle savait que cette démarche lui avait été imposée, d'une certaine manière, elle n'en demeurait pas moins touchante à ses yeux. Depuis, de nombreuses questions sur sa nature de vampire tournaient en boucle dans sa tête. Quand et comment l'était-il devenu ? Qui avait fait de lui ce qu'il était aujourd'hui ? Quelles en étaient les conséquences sur sa vie et sur son quotidien ? Qu'avait-il perdu en même temps que son humanité ? Cela lui manquait-il ? Avait-il des remords ou des regrets de sa précédente existence ? Alexandre lui avait fait la promesse de répondre à toutes ses interrogations lorsqu'il se sentirait prêt. L'était-il à présent ? Pour tenter de s'en assurer, elle plongea son regard émeraude dans le sien qui, à cet instant, s'approchait du bleu lagon. C'est alors que des bruits de pas et un brouhaha en provenance du couloir attirèrent son attention ainsi que celle d'Alexandre. Les deux battants de la grande porte s'ouvrirent à la volée et laissèrent apparaître les silhouettes de cinq personnes. Le professeur Lombas entra en premier avec Pénélope à la main. Il était suivi de près par Léopold Dussy qui avançait avec la même élégance que celle qu'Emy avait observée lors de leurs deux précédentes rencontres. Il était en grande conversation avec un homme qu'elle ne connaissait pas. Ce dernier, de taille moyenne et légèrement enrobé, avait les cheveux clairsemés qui lui donnaient l'impression d'être nettement plus âgé que son voisin. La jeune fille supposa que cet inconnu devait être M. Duclos. Enfin, pour clore la marche, apparut Marguerite Duclos qui, accompagnée de la magnifique Mathilde Dussy, referma la porte derrière eux.

Lorsque Emy osa un bref regard en direction d'Alexandre, elle remarqua qu'il était presque autant surpris qu'elle de voir ce rassemblement.

Le professeur fut le premier à les saluer. Il se dirigea ensuite vers la table sur laquelle il déposa Pénélope avant de débloquer son loquet de fermeture.

— Bonjour, Emy ! s'exclama-t-elle joyeusement.

— Bonjour, Pénélope…

Face à l'absence de réaction d'Alexandre, Emy songea qu'il ne devait pas s'agir de sa première rencontre avec une magiette.

— Je suppose que tu es Alexandre Dussy, enchaîna Pénélope après s'être tournée vers lui.

Il acquiesça d'un signe de tête, visiblement surpris qu'elle connaisse son prénom.

— Enchantée de faire ta connaissance, déclara-t-elle avec solennité.

— Moi aussi, lui répondit-il sur le même ton.

Pendant ce temps, les autres membres du cortège les avaient rejoints. Chacun leur tour, ils saluèrent les deux jeunes gens avant de se diriger vers la table. Marguerite, Mathilde et Léopold avaient tous les trois l'air sincèrement ravis de revoir Emy, bien que leur façon de le montrer divergeait quelque peu. Les Dussy demeuraient très réservés et gardaient une distance raisonnable, contrairement à Marguerite qui se montra nettement plus expansive en serrant Emy dans ses bras. Cette dernière en profita pour lui présenter son époux, Antoine, ce qui la conforta dans son analyse. Alexandre avait saisi la main d'Emy à la seconde même où les portes s'étaient ouvertes, et malgré la présence de ses parents, il ne la lâcha pas.

— Hum hum, puis-je avoir votre attention s'il vous plaît ? intervint le professeur Lombas. Parfait, si vous voulez bien vous asseoir, ajouta-t-il en désignant les chaises disposées de part et d'autre.

Sans même y réfléchir, Emy et Alexandre s'installèrent l'un à côté de l'autre. Puis les parents du jeune homme et les Duclos prirent position autour de la table.

— Très bien, nous allons donc pouvoir commencer, enchaîna-t-il. Les enfants, dit-il en les regardant, vous devez vous demander pourquoi nous sommes tous réunis ici aujourd'hui.

Effectivement, Emy et Alexandre semblaient être les seuls à ignorer le motif de leur présence autour de cette table.

— Eh bien, pour une unique et très simple raison : Emy ! répliqua-t-il en tendant les deux bras dans sa direction. Bon alors d'accord, je sais ce que vous allez me dire, que ce n'était pas nécessaire, que nous avions tous déjà fait votre connaissance, enfin presque tous, précisa-t-il en jetant un regard entendu à Antoine Duclos. Mais nous pensons qu'il était important que nous soyons tous présents à cette séance de travail destinée à aborder un sujet d'une extrême importance…

Alexandre capta l'attention de ses parents, puis celle des Duclos. Emy l'observait dans l'espoir d'être rassurée par sa réaction. Malheureusement, ce ne fut pas le cas, son expression habituellement apaisante reflétait cette fois une certaine inquiétude. Le jeune homme semblait lire dans leurs regards, à tel point qu'il parut rapidement conscient du fait qu'ils étaient tous les quatre du même avis que le professeur. Elle comprit alors qu'elle était la seule à ignorer totalement de quel sujet ils allaient parler ce soir et s'enfonça dans l'incompréhension la plus totale.

Bien sûr, elle brûlait de curiosité. Qu'est-ce qui pouvait être aussi important ? Mais elle était aussi très inquiète. Allait-elle pouvoir absorber une nouvelle révélation ? Serait-elle encore capable de garder le secret s'il ne faisait que s'amplifier au fil du temps ? Toute une foule de questions du même genre se bousculait à cet instant dans sa tête, et elle n'espérait plus qu'une seule chose… trouver enfin des réponses.

— Étant donné que vous avez récemment découvert l'existence des vampires et que vous vous êtes retrouvée dans une situation qui a nécessité l'intervention d'Alexandre, nous avons pensé qu'il était temps de vous expliquer certaines choses...

Emy cherchait quel rapport il pouvait y avoir entre ce qui s'était passé l'autre soir avec le vampire prénommé Ludovic et le sujet d'une extrême importance, comme l'avait défini le professeur quelques minutes avant. À ses yeux, il s'agissait d'un simple incident et elle ne voyait aucun lien possible, mais s'il y avait bien une chose qu'elle avait apprise au cours de ses séances avec le professeur Lombas, c'est qu'il connaissait le monde de la magie aussi bien que le bout de sa baguette. Elle était donc impatiente de découvrir ce qui lui permettrait, elle en était convaincue, d'obtenir des éclaircissements sur le paysage nébuleux qui l'entourait depuis qu'elle avait pris connaissance de ce monde.

Un bruit de froissement de cuir qui lui devenait familier la tira de ses réflexions. La magiette, restée étonnamment silencieuse depuis le début, s'agitait sous le nez du professeur depuis quelques secondes lorsqu'elle projeta un petit médaillon entre ses mains.

— Merci, Pénélope, c'est exactement ce qu'il me fallait, précisa-t-il en prenant soin de ménager sa susceptibilité.

Cependant, elle ne répondit rien et se referma en s'appliquant bien à lisser méticuleusement son cuir. Le professeur ne prêta qu'une attention somme toute relative à sa réaction avant de se lever pour contourner la table et de venir se placer juste à côté d'Emy.

— Avez-vous déjà vu ce symbole ? lui demanda-t-il en posant précautionneusement le médaillon usé par le temps devant elle.

La couleur du métal ternie, les motifs gravés certainement des siècles auparavant, pratiquement effacés à présent, ne lui facilitèrent pas la tâche, mais elle eut une impression de déjà-vu.

— Oui. Enfin, je crois, répondit-elle d'une voix timide.

Emy sentit alors les regards, qui étaient déjà tous braqués sur elle, s'intensifier et bien que cela la rende très mal à l'aise, elle remarqua en faisant un rapide tour de table que tous paraissaient enchantés par la réponse qu'elle venait de donner.

— Très bien, très bien, répéta le professeur sur un ton d'apaisement destiné à faire cesser les chuchotements qui étaient nés autour de la table. Emy, comme vous avez pu le constater, le symbole gravé sur ce médaillon est constitué de trois éléments. Une chauve-souris, un pentagramme et un croissant de lune, chacun ayant une signification particulière.

Le professeur Lombas s'interrompit. Depuis qu'il avait repris la parole, il était reparti lentement en direction de sa chaise, et lorsqu'il passa derrière Marguerite Duclos il remarqua qu'elle voulait intervenir.

— Je t'en prie…

— Merci Frédéric. Te rappelles-tu où tu as vu cet insigne ? lui demanda-t-elle d'une voix quasi maternelle.

— Sur la couverture du grimoire qui se trouvait dans votre restaurant lors de la soirée divination, lui répondit Emy tout en réfléchissant à la façon dont elle pourrait formuler le reste de sa réponse. Mais… je l'avais déjà vu avant, finit-elle par dire.

— Où donc ? répliqua Marguerite Duclos avec une grande curiosité.

— Eh bien… dans l'un de mes rêves.

Les Duclos se tournèrent vers le professeur Lombas qui paraissait intrigué par l'information qu'Emy venait de leur dévoiler.

Seuls les Dussy restèrent impassibles, presque comme si cette réponse était une évidence.

— Peut-être était-ce une forme de prédiction ? lança Antoine Duclos à destination du professeur qui semblait perdu dans ses pensées.

— Ou un souvenir ? ajouta son épouse en le regardant.

— Cela a-t-il une réelle importance ? demanda Alexandre qui n'appréciait guère que l'on parle d'Emy comme si elle n'était pas présente.

— Vous avez raison, Alexandre, répliqua le professeur dont l'esprit était brusquement revenu à la réalité. Donc, je disais, trois symboles, vous aurez sûrement compris que la chauve-souris est celui de nos amis vampires, et le pentagramme celui des sorciers. Avec le croissant de lune, ils représentent l'alliance fondée il y a plusieurs siècles entre nos peuples pour vivre en harmonie : l'Alsorvampred.

La jeune fille, bien que très attentive, ne mesurait pas encore l'ampleur de ce que le professeur s'apprêtait à lui expliquer avec l'appui des deux familles.

— Antoine… finit-il par dire en se rasseyant en silence sur sa chaise.

— Emy, j'imagine que tu commences à te rendre compte que tu appartiens à une espèce, qui malgré sa forte ressemblance physique avec les êtres humains, en est en réalité très éloignée. Nous possédons de nombreuses capacités dont tu fais peu à peu la découverte et l'apprentissage. La majorité d'entre elles a pendant longtemps effrayé les humains à l'époque où nous vivions parmi eux sans prendre la précaution de cacher notre véritable nature. Tu as certainement découvert dans les livres d'histoire que la pratique de la sorcellerie était un crime et que par conséquent, elle était gravement sanctionnée.

Antoine Duclos parlait d'une voix posée, assurée, avec presque autant de prestance que le professeur, mais la grande différence, au-delà de son apparence physique, était l'émotion qui transpirait de ses propos. Il semblait comme habité par une certaine mélancolie.

— Cependant, l'une de nos composantes physiologiques fait que nous n'avons à craindre ni les humains ni leur monde, nous ne sommes pas mortels, ou du moins pas au même titre qu'eux. Nous possédons une immunité naturelle contre leurs maladies, mais nous ne pouvons pas pour autant être considérés comme immortels. Les interventions magiques sont susceptibles de nous rendre malades, voire de nous tuer pour certaines. Mais cela relève en majeure partie d'accidents. Notre espèce n'est donc réellement menacée que par une seule autre, celle des vampires. Ils représentent le plus grand danger de mort pour nous…

Emy, qui buvait ses paroles jusqu'alors sans laisser transparaître la moindre émotion, sursauta en les entendant et, contre toute logique, elle resserra sa prise sur la main d'Alexandre.

— Pour nous autres, enchaîna Léopold Dussy, la situation est très différente, car nous sommes par nature le plus grand prédateur sur Terre, et l'espèce la plus proche de l'immortalité. Les affections des humains et celles des sorciers ne peuvent nous atteindre en rien. Cependant, nous avons un ennemi mortel, un seul, mais contre lequel nous ne possédons aucune arme. Le soleil.

La jeune fille avait reporté toute son attention sur Léopold Dussy qui, malgré la teneur de son discourt, parlait toujours sur cette tonalité si douce à l'oreille.

— Vous aurez sans doute compris le fondement de l'alliance, reprit le professeur.

— L'entraide. Les vampires ne s'attaquent plus aux sorciers. En échange de cette trêve, ces derniers leur offrent une protection contre le soleil.

Emy avait répondu avec une fluidité inattendue et bien inhabituelle.

— C'est l'idée générale, répliqua le professeur amusé par tant de spontanéité.

— Mais alors, l'autre soir, avec le vampire… Je ne comprends pas !

— L'Alsorvampred est une organisation très solide. Elle réunit la plus grande majorité des sorciers et des vampires, mais nous avons aussi quelques opposants. Ils n'accordent pas la moindre confiance aux représentants d'une autre espèce, et surtout ils refusent de respecter les règles fondatrices de l'alliance, comme l'anonymat auprès des humains et l'abolition pure et simple de toute atteinte à leur intégrité physique ou mentale.

Emy semblait enfin saisir l'ampleur de cette révélation. En fait, elle n'avait encore jamais songé au fonctionnement du monde de la magie, sa hiérarchie, ses lois... Mais à bien y réfléchir, il était logique qu'il soit régi par des lois.

— Je vous enseignerai tout cela en temps voulu, mais en attendant, il est important que vous compreniez que nous avons encore des ennemis dont vous devez vous méfier.

— Et vous pensez que le vampire que j'ai croisé l'autre soir en était un ?

— Cela m'en a tout l'air.

— Mais si je comprends bien, ils sont en minorité.

— Effectivement, mais ce n'est pas pour cela que nous devons les sous-estimer. L'histoire nous a prouvé qu'ils avaient les moyens de faire basculer le monde du mauvais côté.

Chacun leur tour et à leur manière, le professeur Lombas et les Duclos insistèrent auprès d'Emy sur l'importance de garder le secret de l'existence du monde de la magie. Les Dussy, quant à eux, lui ressassèrent les règles de sécurité à respecter pour lui éviter de se retrouver en danger de mort comme l'autre soir.

L'heure était déjà très avancée lorsque le professeur décida de mettre fin à cette séance de travail très particulière. Après avoir glissé quelques murmures à l'oreille de leur fils, les Dussy quittèrent la grande salle les premiers, raccompagnés par les propriétaires des lieux. Il ne restait donc plus que les deux jeunes gens en compagnie du professeur et de sa magiette.

— Professeur ! l'interpella-t-elle avant de prendre la direction de la sortie.

— Oui, Emy, je vous écoute.

— Nous n'avons pas entendu Pénélope de la soirée. Est-ce qu'elle va bien ?

— Oui, ne vous inquiétez pas. Nous nous sommes quelque peu disputés avant d'arriver ici ce soir, mais ça va s'arranger.

Emy ne demanda pas plus d'explications. Elle imita Alexandre qui venait de saluer Pénélope et le professeur, puis ils quittèrent la pièce à leur tour.

CHAPITRE 8

Les dismortèbres

Un vent glacial soufflait plus fort que jamais et faisait danser les nombreux arbres centenaires du parc de la propriété des Duclos. À l'une des extrémités de la façade du manoir, deux silhouettes se dessinaient dans la lumière orangée qui s'échappait des hautes fenêtres, et se reflétaient sur la pelouse blanchie par le givre du mois de décembre déjà bien installé. La première, plutôt grande et massive, laissait deviner une longue chevelure qui glissait jusqu'au bas du dos, mais qui appartenait pourtant à un homme. La seconde, qui lui faisait face, était bien plus petite et plus menue, celle d'une jeune fille à n'en pas douter…

La grande salle parquetée du manoir était éclairée par une multitude de sphères lumineuses suspendues dans les airs sans la moindre attache. Elles flottaient à bonne distance au-dessus des têtes de Frédéric Lombas et d'Emily Delatre qui tenaient chacun leur baguette à la main.

— Professeur ? l'interpella-t-elle en se relevant péniblement après avoir subi un nouveau sort de projection qu'elle n'avait pas réussi à contrer.

— Oui, Emy.

— Ne pourrait-on pas faire une petite pause ? Je suis trop fatiguée pour réussir quoi que ce soit.

En effet, Emy était épuisée, et pas seulement physiquement. Les récents évènements et les révélations faites ces dernières semaines l'avaient ébranlée. Pratiquer un exercice physique l'obligeait à aller puiser dans ses réserves qui s'amenuisaient sérieusement. Refusant de paraître plus fragile qu'elle ne l'était déjà aux yeux de son entourage, Emy préférait cacher ses tracas en prétextant une fatigue physique que nul ne pourrait lui reprocher.

— D'accord, venez vous asseoir un instant, répondit-il en lui indiquant l'un des fauteuils installés devant la cheminée. Il est vrai que nous avons beaucoup travaillé ces dernières semaines.

D'un bref coup de baguette, il fit apparaître un service en porcelaine de style anglais. Un thé fumant et parfumé coula par le petit bec de la théière suspendue à quelques centimètres au-dessus des tasses. La jeune fille, toujours ébahie par ces actes de magie du quotidien, s'installa maladroitement dans l'accueillant fauteuil recouvert d'un tissu rouge de bonne facture. Le professeur prit place face à elle.

— Merci professeur, dit-elle lorsque sa tasse fut remplie.

Les dernières séances de travail avaient effectivement été très intenses. Et bien qu'Emy ne sache toujours pas ce qui avait été la source de leur discorde, Pénélope s'était rapidement réconciliée avec le professeur Lombas, ce qui eut pour effet de la rendre plus active que jamais. Elle lui donnait de plus en plus de livres à étudier, et son inventivité dans le choix des exercices à effectuer était sans limites. Les entraînements au maniement de la baguette étaient devenus si intensifs qu'en fin de journée, le poignet d'Emy la faisait souffrir. Quant aux premiers cours de potions, ils s'étaient révélés presque aussi difficiles que ceux de chimie qu'elle avait abandonnés le plus tôt possible dans son cursus scolaire humain.

Le professeur Lombas apparaissait aussi excellent instructeur que Marguerite Duclos et Alexandre le lui avaient décrit. Au-delà de l'apprentissage de la pratique de la magie, il insistait beaucoup sur les trois règles d'or de l'Alsorvampred. « Règle n°1 : l'anonymat auprès des êtres humains », « Règle n°2 : le respect de l'intégrité physique et psychique des êtres humains » et « Règle n°3 : le soutien indéfectible entre les membres de l'alliance », ce qui laissait penser à la jeune fille qu'il y avait certainement bien plus à en retenir que leur définition littérale.

— La pratique de la magie… commença le professeur avant qu'un bruit aigu attire son attention.

Une majestueuse buse venait de se poser sur le rebord d'une des fenêtres, et donnait des coups de bec sur le carreau. Le professeur se leva instantanément pour aller lui ouvrir.

— Bonsoir, chère amie. Entre, dit-il à l'oiseau comme s'il s'adressait à une vieille connaissance.

La buse s'envola vers l'intérieur de la pièce, mais juste avant qu'elle ait touché le sol, elle se métamorphosa en une magnifique jeune femme à la silhouette élancée qu'Emy reconnut immédiatement comme étant Mathilde Dussy.

— Bonsoir, pardonnez cette intrusion en pleine séance de travail, s'excusa-t-elle en saluant Emy avec l'un de ses plus chaleureux sourires, mais j'ai un message urgent à te transmettre, Frédéric.

— Il n'y a pas de mal, nous venions justement de nous interrompre, répliqua-t-il en jetant un regard en direction d'Emy restée près de la cheminée.

— Pouvons-nous nous entretenir en privé ?

— Bien sûr, répondit le professeur en sortant sa baguette qu'il avait glissée peu de temps auparavant dans l'une de ses poches.

Emy estima que le moment était venu pour elle de les laisser. Elle reposa sa tasse sur la petite table, et tandis qu'elle s'apprêtait à se lever pour quitter la pièce, le professeur l'interpella.

— Ce n'est pas nécessaire, vous pouvez rester.

— Excusez-moi, mais comment comptez-vous rendre cette conversation privée alors que je me tiens juste à côté ?

— Vous n'allez pas tarder à le savoir, lui répondit-il amusé par la précaution qu'elle venait de mettre dans ses paroles.

Quelque peu surprise, elle s'exécuta et se remit à boire son thé tout en les observant. Le professeur dessina alors un cercle invisible autour de Mathilde Dussy et de lui-même, puis il rangea sa baguette et apposa ses mains sur les tempes du doux visage de la splendide vampire qui fit de même sur le sien.

Ils restèrent ainsi pendant plusieurs minutes dans un silence total que seuls les crépitements du feu dans l'âtre venaient déranger. Cet instant dura une éternité pour Emy qui était toujours assise de l'autre côté de la pièce. Elle faillit détourner son attention lorsqu'elle vit le professeur baisser les bras. Il reprit sa baguette pour tracer un nouveau cercle autour d'eux, mais en sens inverse cette fois-ci. La jeune fille crut apercevoir ses lèvres bouger comme s'il marmonnait quelque chose, mais à la distance où elle se trouvait, il lui était impossible d'entendre quoi que ce soit.

— Très bien. Je te remercie, dit-il à Mathilde Dussy en laissant son bras droit retomber le long du corps.

Le professeur Lombas se retourna pour faire face à Emy, et marqua un nouveau silence, plus bref que le précédent, qu'elle interpréta comme un moment de réflexion destiné à trouver la meilleure façon de formuler ce qu'il se préparait à lui dire.

— Nous allons devoir arrêter là pour aujourd'hui.

— D'accord professeur. Y a-t-il un problème ? lui demanda-t-elle quelque peu inquiète par le ton qu'il venait d'employer.

— Rien d'insurmontable, mais j'ai bien peur de devoir interrompre nos séances pendant quelques jours. J'en suis navré.

— Oh…

Mathilde Dussy, restée en retrait, spectatrice attentive de la discussion, prenait bien soin de ne laisser paraître aucune émotion.

— Durant cette période, j'aimerais vous savoir en sécurité.

— Vous savez, nous avons beaucoup de travail à la boutique à l'approche des fêtes, donc je ne sors pas en ce moment, hormis pour me rendre à vos cours, bien sûr.

— Oui, c'est vrai, la boutique, je vais m'en occuper, ajouta-t-il comme s'il réfléchissait à voix haute. Alexandre est en route, il va vous accompagner jusque chez vous afin que vous puissiez prendre toutes les affaires dont vous aurez besoin pour... disons une semaine.

— Mais pourquoi ? l'interrompit-elle, totalement abasourdie par ce qu'elle venait d'entendre.

— Car tant que je ne serai pas revenu, vous ne serez en sécurité que dans cette demeure.

— Et mon travail à la boutique ? s'exclama-t-elle.

— Je vais faire le nécessaire dès à présent pour qu'elle devienne aussi un lieu sûr. Ne vous inquiétez pas, vous pourrez continuer à y travailler.

Emy ne comprenait absolument pas ce qui se passait, mais elle était au moins certaine de deux choses à cet instant. Tout d'abord qu'il serait parfaitement inutile d'assaillir le professeur de questions puisqu'il n'y répondrait pas, et ensuite qu'elle avait une confiance totale en lui. Il lui apparut donc évident qu'elle ferait comme il l'aurait décidé.

Dans un grincement devenu familier à son oreille, la porte de la grande salle s'ouvrit pour laisser entrer la propriétaire des lieux.

— Frédéric ! l'interpella-t-elle à distance. Alexandre vient d'arriver.

— Parfait ! Nous allons donc pouvoir nous mettre en route, lança-t-il à Pénélope.

La majestueuse buse réapparut à l'endroit même où se tenait Mathilde Dussy une seconde auparavant, et elle reprit son envol pour disparaître dans la nuit.

— Emy, je veux être sûr que nous sommes bien d'accord. Les deux seuls lieux où vous êtes en sécurité sont…

— Ici, dans le manoir et à la boutique, termina-t-elle.

— Et pour chacun de vos déplacements, vous devez être accompagnée par Alexandre ou par un membre de la famille Duclos.

— C'est parfaitement clair, professeur !

Il s'empressa de ranger ses affaires et de boucler le loquet de fermeture de Pénélope, après qu'elle ait lâché un petit « À bientôt » sur un ton qui se voulait joyeux. Puis il s'évapora en un instant.

— Viens, lui lança Marguerite Duclos qui était restée sur le pas de la porte.

Dans la chambre de son appartement, Emy se hâta de rassembler les quelques affaires qui lui seraient nécessaires pour son exil qu'elle espérait de courte durée. Alexandre tenta de l'aider comme il le pouvait en s'appliquant à ne pas la gêner, mais il se rendit rapidement compte que ce n'était pas tâche aisée. Ils avaient très peu parlé depuis leur départ du manoir, mais juste assez pour que la jeune fille comprenne qu'elle n'était pas la seule à ignorer la nature de la menace qui rôdait.

En mettant le dernier tour de clé, elle sentit un nœud se former dans son estomac. La main posée sur le bois usé par le temps de la porte de son appartement, elle resta figée, le regard perdu dans le vague. Elle eut à cet instant la désagréable impression qu'elle n'y reviendrait peut-être jamais.

— Nous devons partir, lui chuchota doucement Alexandre au creux de l'oreille.

De retour au manoir, Georges les attendait sur le perron, prêt à réceptionner les bagages. Emy, encore perdue dans ses réflexions, n'avait pas remarqué que la voiture s'était immobilisée. C'est Alexandre qui la sortit de ses pensées en venant lui ouvrir la portière et en lui tendant une main rassurante pour l'accompagner à l'intérieur. Depuis le départ du professeur, elle n'avait prononcé que quelques mots, son esprit était bien trop nébuleux, mais elle fut dans l'obligation de revenir à la réalité lorsqu'elle pénétra dans le vaste hall d'entrée.

— Salut Emy ! entendit-elle en franchissant le seuil de la porte.

Une jeune fille de taille moyenne, les cheveux châtains coiffés en un joli carré très tendance, se tenait face à elle. Elle portait une tenue colorée qui semblait tout droit sortie d'un magazine de mode. Son maquillage, digne d'un de ceux réalisés en institut de beauté, faisait ressortir avec subtilité ses yeux noisette légèrement en amande.

— Je te présente Agathe, ma fille, lui précisa Marguerite Duclos.

— Salut, Agathe, répondit-elle sur un ton faussement enthousiaste.

À peine avait-elle terminé sa phrase que la jeune fille s'était précipitée sur elle pour lui faire la bise, puis dans son élan, elle fit de même avec Alexandre.

— Bonsoir, Agathe, je ne savais pas que tu devais rentrer aujourd'hui, dit-il en jetant un regard en biais à Mme Duclos.

— Eh oui ! Je suis en vacances ! répliqua-t-elle avec toujours autant d'ardeur. Ne t'inquiète pas, Alex, je vais très bien m'occuper d'Emy.

Mais cette dernière constata qu'il n'avait pas du tout l'air convaincu, à tel point qu'elle sentit la prise sur sa main se resserrer. Elle avait également remarqué qu'Agathe l'appelait Alex, et non Alexandre, ce qui déclencha chez elle une once de jalousie.

— Tout va très bien se passer, assura Marguerite Duclos avant de s'adresser à Emy. Sois la bienvenue, et considère cette maison comme la tienne.

— Merci madame Duclos.

— De rien, c'est tout naturel. Agathe, ma chérie, tu lui montres sa chambre, s'il te plaît ?

— Bien sûr, maman, suis-moi ! lança-t-elle en prenant la direction du large escalier en pierre.

— Tu peux les accompagner, indiqua Marguerite Duclos avant même qu'Alexandre n'ait eu à prononcer le moindre mot.

Arrivés au premier étage, ils empruntèrent un long couloir sombre dont les appliques en forme de torches s'allumaient au fur et à mesure qu'ils avançaient. Emy marqua un temps d'arrêt devant l'une d'elles pour constater, à sa grande surprise, qu'il n'y avait ni ampoule ni bougie. Elle pensa donc que la source de cette lumière si particulière devait être la même que les sphères produites par le professeur Lombas.

— Comment ça fonctionne ? demanda-t-elle à Agathe.

— De quoi, les appliques ?

— Oui.

— C'est de l'autoluminescence. Face à l'expression incrédule de son invitée, Agathe comprit qu'elle entendait ce terme pour la première fois. C'est la capacité de créer une source lumineuse par la pensée. Hyper pratique, tu verras. Le professeur Lombas te l'enseignera.

Après ce petit intermède, ils continuèrent d'arpenter le couloir qui sortait peu à peu de l'obscurité. Quelques mètres plus loin, Agathe s'arrêta devant l'une des nombreuses portes et les invita à entrer. Ils entrèrent dans une pièce tellement grande qu'on aurait certainement pu y mettre l'appartement d'Emy au complet.

L'espace se décomposait en trois parties, un bureau, un petit salon et une chambre à coucher. Emy reconnut ses valises déposées juste devant des portes vitrées qui devaient certainement être celles d'un dressing. À l'opposé, une double porte en verre opaque qu'Agathe ouvrit en faisant coulisser l'un des deux panneaux devant l'autre, dévoila une somptueuse salle de bains.

— Voilà ton nouveau chez toi ! s'exclama-t-elle.

Emy resta plantée au milieu de la pièce, les yeux écarquillés, à détailler chaque centimètre carré.

— Je n'sais pas ce que tu en penses, mais moi j'ai toujours adoré cette chambre. En plus, t'as une superbe vue sur le jardin !

— Elle est parfaite. Merci.

— Bon… Bah… j'te laisse t'installer. On dîne dans environ trente minutes, lui précisa-t-elle en regardant un bracelet qui ne ressemblait en rien à une montre. Je repasserai te chercher. Alex ?

— J'aimerais me joindre à vous, si ça ne vous dérange pas, indiqua Alexandre.

— OK, je vais prévenir maman. À tout' ! conclut-elle en refermant la porte.

Le jeune vampred attendit que les bruits de pas d'Agathe se soient évanouis, puis il s'approcha d'Emy. Il posa ses mains marbrées sur ses frêles épaules pour l'inviter à se tourner vers lui, ce qu'elle fit sans la moindre hésitation. En découvrant ses yeux vert émeraude inondés de larmes, il la prit dans ses bras et la serra tendrement dans une longue étreinte silencieuse.

Le dîner eut au moins le mérite de changer quelque peu les idées d'Emy. Comme convenu, Agathe était revenue les chercher une demi-heure plus tard, et ils avaient alors rejoint Marguerite et Antoine Duclos dans la salle à manger que la jeune fille découvrait pour la première fois. Cette pièce ressemblait beaucoup à la grande salle dans laquelle l'existence de l'Alsorvampred lui avait été révélée. Sa surface était nettement plus petite, et des tableaux représentant les ancêtres de la famille Duclos ornaient les murs. Des portraits d'hommes, de femmes et d'enfants vêtus de costumes d'une époque révolue.

Dès son arrivée, les propriétaires des lieux lui avaient exprimé une nouvelle fois leur joie de l'accueillir dans leur foyer. Ils insistèrent beaucoup sur le fait qu'elle devait se sentir ici comme chez elle et qu'elle y demeurerait tout le temps qu'il lui serait nécessaire. Ils avaient ensuite signifié à Alexandre qu'il serait toujours le bienvenu et qu'il pourrait rester en compagnie d'Emy autant qu'elle le souhaiterait.

Mais après cela, ils étaient très vite passés à autre chose. Leur fille avait été absente durant plusieurs mois, ils avaient donc beaucoup de questions à lui poser, et de son côté Agathe avait plein de choses à raconter. Emy comprit rapidement qu'elle était partie étudier en Angleterre dans une grande université, mais elle mit un peu plus de temps à réaliser que la pension dans laquelle elle avait été admise était un lieu réservé aux sorciers, où elle suivait des cours d'entraînement intensif à la pratique de la magie. Agathe se lança dans un long monologue au cours duquel elle expliqua le contenu des principales matières qu'elle avait choisies, en décrivant chaque fois le professeur qui l'enseignait et des anecdotes amusantes sur ses camarades de classe. Puis elle répondit, avec un enthousiasme quelque peu démesuré aux questions de ses parents sur ses résultats scolaires qui s'avéraient être plus que satisfaisants.

Le dîner touchait à sa fin lorsque, sans aucun signe avant-coureur, Agathe changea de sujet.

— Au fait, papa, est-ce que ce sont des dismortèbres qui posent problème ? demanda-t-elle soudain.

L'attention d'Emy se réveilla brusquement. Certes, elle n'avait encore jamais entendu ce terme, mais ce ne serait ni la première ni la dernière fois. Non, ce qui attisa sa curiosité, c'est qu'Agathe avait dit cela d'une façon totalement anodine, comme elle aurait pu demander la bouteille d'eau, mais elle semblait bien être la seule autour de cette table à traiter ce sujet de cette façon.

— Agathe ! Voyons, je t'en prie ! gronda son père, visiblement très contrarié par son intervention.

— Oh là ! Je ne voulais offenser personne, mais je me disais juste que tout ce remue-ménage aurait pu être causé par des dismortèbres.

— Mais non, voyons, les dismortèbres sont sous contrôle. Ce qui se passe aujourd'hui n'a rien à voir avec eux.

— OK. Alors pourquoi le professeur Lombas est parti si précipitamment ?

— Il est allé apporter son aide à des amis en difficulté, et de toute façon cela ne te regarde pas.

— Oh… très bien, très bien… je m'intéressais, c'est tout…

La joie procurée par le retour de leur unique fille était bien loin désormais. Antoine Duclos paraissait assez énervé, et son épouse très mal à l'aise. De son côté, Alexandre restait un spectateur silencieux, quoique Emy crut déceler pendant un bref instant une légère pointe d'amusement.

— Bon, il est tard, je crois que nous ferions bien d'aller tous nous coucher, lança Antoine Duclos qui avait retrouvé son calme.

— Si ça ne vous dérange pas, j'aimerais rester avec Emy pour l'aider à finir de s'installer, intervint Alexandre pendant que tout le monde se levait.

— Du moment qu'elle est d'accord, nous n'y voyons aucun inconvénient.

Emy se tenait debout devant les hautes fenêtres de sa nouvelle chambre dont les vitres anciennes, épaisses et irrégulières, déformaient légèrement ce qu'on voyait à travers. Elle fixait le reflet de la lune que les nuages laissaient apparaître sur le sol recouvert de givre, lorsqu'elle entendit les pas d'Alexandre qui se rapprochaient.

— Est-ce que tout va bien ? lui demanda-t-il avec douceur.

Cette question parvint sans la moindre difficulté jusqu'aux oreilles d'Emy qui sut immédiatement quoi y répondre. Pourtant, elle demeura silencieuse quelques secondes de plus. Son esprit cherchait la meilleure façon de formuler sa réponse, mais il n'en trouva qu'une.

— Non ! Ça ne va pas du tout ! finit-elle par s'exclamer en continuant de regarder vers l'extérieur.

Alexandre semblait s'attendre à une réponse de ce genre. Il ne fit pas un geste et ne dit pas un mot pour lui laisser le champ libre.

— Je ne vois pas comment ça pourrait aller ! ajouta-t-elle en posant ses mains sur le rebord de la fenêtre. On m'oblige à quitter mon appartement pour venir vivre dans une maison, qui est certes très agréable, mais qui n'est pas la mienne ; en compagnie de personnes, chaleureuses et accueillantes, mais que je connais à peine ; et tout cela parce que mon professeur de « magie » craint, pour je ne sais quelle raison, pour ma sécurité !

Elle se retourna avant de continuer.

— Alors, dis-moi, comment est-ce que ça pourrait aller ?

— Écoute, commença-t-il en saisissant délicatement ses mains dans les siennes. Il est tout à fait compréhensible que tu sois perdue et que tu aies besoin d'explications…

— Effectivement ! le coupa-t-elle. J'ai besoin d'explications ! Et d'ailleurs, c'est quoi des dismortèbres ?

Mais il ne répondit pas, il se contenta de la fixer dans les yeux en essayant de contrôler ses émotions afin qu'elle trouve l'apaisement.

— Les dismortèbres sont des opposants de l'Alsorvampred, s'exclama une voix féminine qui la fit sursauter. Des sorciers qui pratiquent la magie noire, le plus souvent à un niveau très élevé, ajouta l'invitée surprise en s'asseyant sur le canapé.

— Agathe ! Pourquoi ne suis-je pas étonné ? soupira Alexandre en se tournant vers elle.

— Des sorciers ? s'étonna Emy en s'approchant d'elle. Mais je croyais que les opposants de l'Alsorvampred étaient…

— Des vampires ! Et ce ne sont pas les seuls. T'en connais beaucoup toi des organisations qui n'ont qu'une seule sorte d'opposant ?

— Agathe, je t'en prie ! Emy a bien d'autres soucis en tête pour le moment, lança Alexandre en s'approchant à son tour.

— Non, ça m'intéresse, laisse-la parler, s'il te plaît, intervint-elle d'une voix redevenue plus posée.

— D'autant que cela la concerne directement, n'est-ce pas, Alex ? précisa Agathe allusivement.

— Qu'est-ce qu'elle veut dire ? le questionna Emy en se retournant vers lui. Alex ? insista-t-elle face à son absence de réaction.

— Je n'en sais rien. Je t'assure, je ne sais pas pourquoi le professeur Lombas s'est absenté, finit-il par lui répondre en la couvrant d'un regard rempli de sincérité. Mes parents ont refusé de me dire quoi que ce soit.

— Et bien moi je sais, glissa Agathe particulièrement fière de détenir une information qu'Emy et Alexandre, maintenant assis avec elle dans le petit salon, ignoraient totalement. Figurez-vous qu'avant de vous rejoindre, j'ai traîné un peu en bas près des cuisines et j'ai entendu mon père et ma mère en parler. Le professeur est parti pour aider l'un de vos pensionnaires qui aurait… dérapé…

— Ça n'a pas de sens. Tu sais très bien que ce n'est pas possible !

— Si j'te l'dis !

— Attendez ! Vous voudriez bien m'expliquer un peu ?

— Eh bien, en fait, reprit-il, elle sous-entend que l'un de nos pensionnaires aurait enfreint l'une des règles d'or de l'Alsorvampred.

— Je ne sous-entends rien du tout, c'est ce que j'ai surpris.

Le jeune homme semblait très agacé par ses dires, voire même blessé.

— Si c'était vrai, qu'est-ce que ça signifierait ? demanda Emy.

— Ça voudrait dire que les vampires opposants à l'alliance recrutent. Les dismortèbres et les vampires se haïssent au plus haut point. Les premiers tentent régulièrement de renverser l'alliance afin de prendre le pouvoir alors que les seconds prônent l'anarchie.

— Je ne comprends pas…

— Les vampires sont des prédateurs, répondit immédiatement Agathe, ils représentent un grand danger pour nous qui sommes leurs proies favorites, ajouta-t-elle en lançant un regard en biais vers Alexandre.

— Des vampires opposants traînent dans les parages. Nous en avons croisé un l'autre soir. Ils doivent tenter de trouver de nouvelles recrues, indiqua-t-il.

— Et rien ne rend plus fort un vampire que le sang de l'un des nôtres, termina Agathe.

— Le professeur Lombas pense donc que je risque moins de me faire attaquer ici que dans mon appartement.

— C'est une certitude ! Le manoir est enchanté, aucun vampire ne peut s'approcher à moins d'un kilomètre des limites de la propriété, et pareil pour les dismortèbres.

Emy écarquilla les yeux et les regarda chacun leur tour. S'apercevant que cette dernière était perdue, Agathe s'empressa d'éclairer sa lanterne.

— Oh, Alex n'est pas un simple vampire… c'est un vampred !

La jeune fille se rappela avoir déjà entendu ce terme quelques jours auparavant.

— C'est le nom d'usage pour les vampires de l'alliance, conclut-il.

— Par contre, je me demande ce que votre pensionnaire a bien pu faire pour que tes parents aient besoin de l'aide du professeur Lombas.

— Et pourquoi ne m'ont-ils rien dit ?

Ils se regardèrent tous les trois successivement et un silence s'installa dans la pièce avant qu'Agathe reprenne la parole.

— Bon, sur ce, je vous laisse, bonne nuit les amis !

Et au lieu de ressortir par la porte, elle se volatilisa.

— Bah ça alors ! Mais où est-elle passée ? s'étonna Emy qui s'était brusquement levée.

— Dans sa chambre, j'imagine, répondit-il tout naturellement. Les sorciers peuvent se déplacer d'un endroit à un autre juste par la pensée, précisa-t-il en voyant l'expression d'incrédulité de la jeune fille. Tu apprendras à le faire.

Emy acquiesça sans poser de question. Entendre ce genre de nouvelles commençait à devenir une habitude.

— Depuis combien de temps la connais-tu ? lui demanda-t-elle en se retournant pour lui faire face.

— Assez longtemps, je dois dire, mais nous n'avons jamais été très proches.

— Tu n'as pas l'air de beaucoup l'apprécier.

— Je ne dirais pas ça, c'est juste… Comment dire ? Regarde ce soir, elle a espionné ses parents et elle est entrée ici sans y avoir été invitée. Je la trouve un peu trop sans gêne à mon goût, c'est tout.

— Je comprends, répondit-elle simplement.

— Et toi, est-ce que ça va mieux ? enchaîna-t-il.

— Un peu, mais…

Emy s'interrompit. Alexandre ne se trouvait plus qu'à quelques centimètres d'elle, et cela la troublait. Elle tentait de contrôler ses émotions et surtout les réactions de son corps. Mais lorsqu'il effleura son visage en replaçant délicatement l'une de ses mèches de cheveux qui avait glissé le long de sa joue, une vague de frissons la submergea.

— Tu peux tout me dire, lui murmura-t-il tendrement pour l'encourager.

Persuadée qu'il lui serait plus facile de s'exprimer si elle ne se trouvait pas aussi proche de lui, elle prit une grande inspiration et se remit à marcher.

— Quand je regarde en arrière, je me dis qu'il y a moins de trois mois, je n'étais encore qu'une jeune fille déçue par la vie et par l'amour. J'avais décidé de tout plaquer pour recommencer à zéro en me raccrochant à la seule valeur sûre que je connaissais : l'amitié. Puis j'ai appris que les limites du monde dans lequel j'évoluais n'étaient pas celles que je croyais et en quelques minutes ma vie a basculé !

— Emy, je comprends ce que tu vis... expira-t-il d'une voix compatissante en s'approchant.

— Si seulement c'était vrai... Mais comment ? Comment pourrais-tu ? Au début, j'ai cru que ça me libèrerait de savoir ce que je suis, et d'où je viens, mais en fait je ne sais plus. Je m'étais juré de ne plus commettre les mêmes erreurs, de sauvegarder mon amitié avec Alice, quoi qu'il arrive, et de me protéger des hommes. Et regarde où j'en suis aujourd'hui. Je suis forcée de mentir à ma seule véritable amie, et je suis tombée amoureuse d'un...

Surprise par ce qu'elle s'apprêtait à dire, elle s'interrompit. Jusqu'à présent, elle n'avait jamais pris conscience du véritable lien qui existait entre eux deux. Elle s'y était refusée, craignant certainement que cela détruise cette complicité dont elle avait tellement besoin. Et maintenant elle avait peur. Qu'allait-il se passer ? Ressentait-il la même chose envers elle ? Et d'abord, les vampires avaient-ils la capacité d'aimer ? Un vampire n'était-il pas dépourvu d'âme ? Comment serait-il possible d'aimer sans âme ? Sa tête bouillonnait, prête à exploser, mais c'était trop tard.

— Je n'ai pas toujours été un vampire, lui dit-il tandis qu'elle se noyait dans ses tergiversations. Je connais la phase que tu traverses actuellement, car j'ai vécu une situation similaire, et je n'ai pas oublié. Ton amie pourra certainement découvrir la vérité un jour. Je suis persuadé qu'elle comprendra et qu'elle ne t'en voudra pas.

La voix et les paroles du jeune vampred venaient de la ramener dans l'instant présent, mais elle retenait son souffle. Alexandre avait de nouveau réduit l'espace qui les séparait en s'approchant pendant qu'il parlait. Et leur proximité n'était pas sans conséquence sur son organisme. Elle resta immobile face à lui, prit une grande inspiration et évita surtout de trop réfléchir avant de reprendre la parole, bien décidée à éclaircir les choses entre eux.

— Alex, est-ce que je te plais ? lui demanda-t-elle soudain.

À peine avait-elle fini de prononcer ces quelques mots qu'elle les regrettait déjà. Elle se demanda ce qui avait bien pu lui passer par la tête pour avoir la bêtise de poser une telle question.

— J'avais espéré que nous n'arriverions pas à cette discussion, déclara-t-il sans pour autant s'éloigner d'elle.

Emy sentit son cœur se déchirer en entendant ces paroles. Elle avait tout gâché. Non seulement elle ne pouvait plus se confier à sa meilleure amie, mais en plus elle ne pourrait plus non plus le faire avec lui étant donné qu'elle venait d'anéantir bêtement leur relation. Il fallait absolument qu'elle trouve un moyen de réparer sa bêtise.

— Oublie ce que je viens de te dire. C'est idiot, nous sommes amis n'est-ce pas ? répliqua-t-elle en désespoir de cause.

— Voyons, Emy, je ne peux pas, dit-il avec une moue qu'elle ne put déchiffrer.

Elle s'apprêtait à rétorquer n'importe quoi pour essayer de rattraper sa terrible erreur, mais Alexandre ne lui en laissa pas l'occasion.

— Tu sais très bien que nous ne sommes pas vraiment des amis, glissa-t-il telle une évidence. Et de toute façon, je ne souhaite pas être ton ami, asséna-t-il.

Ces mots sonnèrent comme la lame d'une faux et coupèrent net tous ses espoirs de bonheur. Comment avait-elle pu être aussi idiote ?

— Je ne peux pas être ton ami. C'est impossible… conclut-il en enfonçant davantage le clou.

Tiraillée entre colère et désespoir, Emy voulait comprendre, savoir ce qu'Alexandre attendait d'elle et de leur relation. Elle s'apprêtait à répliquer, mais il l'en empêcha en posant deux doigts sur ses lèvres. Ils étaient doux et glacés. Un frisson s'empara de tout son être et libéra la première larme que ses yeux ne parvenaient plus à contenir. Les doigts d'Alexandre glissèrent alors le long de sa joue pour en arrêter la course. Leur caresse, qui ressemblait à celle d'une brise d'été, laissa une agréable sensation sur son passage.

Alexandre était tellement proche à présent qu'Emy pouvait sentir son arôme envoûtant. D'une main il lui releva la tête. Son regard rencontra le sien, et ce qu'elle y lut la submergea.

— Suis-je en train de rêver ? s'interrogea-t-elle sans se rendre compte qu'elle prononçait ces mots à voix haute.

— Non, tu ne rêves pas, lui répondit-il dans un murmure. Et moi non plus d'ailleurs...

Leurs bouches se touchaient presque. Les battements de son cœur s'accélèrent et sa respiration s'intensifia. Les lèvres d'Alexandre frôlèrent les siennes, et son souffle glacé l'enveloppa. En une fraction de seconde, il réduisit à néant les quelques millimètres qui les séparaient encore.

Elle avait maintes fois rêvé de ce baiser sans jamais vraiment oser l'espérer, mais la réalité allait bien au-delà de son imagination. Il était doux et passionné à la fois. Il paraissait irréel, et pourtant Emy ne s'était encore jamais sentie aussi vivante qu'à cet instant ! Elle avait l'impression d'être possédée tout en se sentant libre comme un oiseau.

Alexandre resserra son étreinte autour de son buste.

Elle se laissa transporter…

CHAPITRE 9

L'antre d'Agathe

Emy était assise, le nez rivé sur son bol de café qu'elle touillait pour la énième fois. Elle songeait à ce merveilleux moment, celui où ses lèvres avaient rencontré celles d'Alexandre. Elle avait perdu toute notion de temps durant ce baiser qui ne ressemblait à aucun autre. Elle était engourdie par le manque de sommeil, mais inondée d'une immense joie intérieure. Il lui était impossible de trouver les mots pour décrire ce qu'elle avait ressenti, aucun sentiment humain ne convenait à un bonheur aussi intense. Et c'était peut-être ça la clé justement ! Aucun terme qu'elle ne connaissait ne pouvait convenir puisque ni lui ni elle n'étaient humains…

— Salut ! Bien dormi ? lui lança une voix pleine d'entrain.

La fille des Duclos venait d'entrer dans la salle à manger, toute pimpante, visiblement très reposée. Emy se demanda comment il était possible d'avoir une telle énergie dès le matin, elle qui en était presque toujours dépourvue.

— Bonjour, Agathe. Oui, merci, répondit-elle de sa toute petite voix encore endormie.

Elle la regarda ensuite engloutir un copieux petit-déjeuner, tartines, viennoiseries… tandis que son malheureux café qu'elle n'arrivait pas à avaler refroidissait à vue d'œil.

— C'est moi qui t'emmène ce matin, lui dit-elle entre deux bouchées.

— D'accord, eh bien, je vais monter finir de me préparer. Je ne voudrais pas être en retard.

— Alors à tout de suite ! répliqua-t-elle, toujours aussi joyeuse.

Faire la route avec une pipelette telle qu'Agathe se révélerait très probablement difficile pour Emy qui ne rêvait que d'un moment de silence pour se replonger tranquillement dans ses souvenirs de la veille. Elle y avait pourtant cru au début lorsque son accompagnatrice s'était arrêtée de parler pour mettre de la musique. Mais c'était sans compter sur l'incontestable joie de vivre de cette dernière qui s'était mise à chanter. Emy s'était alors consolée en se disant qu'au moins elles avaient les mêmes goûts musicaux. Les séjours prolongés de la jeune fille en Angleterre avaient sans nul doute une part de responsabilité dans sa connaissance des paroles de Muse. Le sourire qui s'était dessiné sur les lèvres d'Emy dès les premières notes de musique s'élargit à mesure que les morceaux défilèrent et, vers la fin du trajet, elle s'était même surprise à chantonner quelques couplets avec elle.

— C'est pas vrai ! s'exclama-t-elle une fois la voiture garée devant la boutique.

— Qu'est-ce qui t'arrive ? Tu as oublié quelque chose ? l'interrogea Agathe visiblement embêtée pour elle.

— Qu'est-ce que je vais bien pouvoir raconter à Alice ?

— Oh ! Si ce n'est que ça, ne t'en fais pas, le professeur Lombas a dû s'occuper de tout.

— Ah bon ! Mais comment ?

— Je n'en ai pas la moindre idée, mais je t'assure que tu peux lui faire confiance. Je t'accompagne si tu veux.

— Ah ! Te voilà enfin ! s'exclama Alice en se précipitant vers son amie qui venait à peine de franchir le seuil de la porte.

Elle regarda machinalement l'horloge de la boutique, des fois que sa montre se soit déréglée, mais elle lui confirma qu'elle n'était pas en retard, bien au contraire.

— Est-ce que tu vas bien ? Pourquoi ne m'as-tu pas appelée ? Mais quelle histoire ! Quelle histoire !

Emy était totalement déstabilisée par l'attitude de son amie qui semblait pratiquement aussi paniquée que si elle avait appris la vérité, ce qui était absolument impossible. Mais alors de quoi pouvait-elle bien parler ?

— Oui, je vais bien, mais comment es-tu…

— Au courant, acheva-t-elle avec toujours autant de précipitation. L'inspecteur Lombas est passé ce matin. Un coup de chance que j'aie décidé de venir plus tôt aujourd'hui pour peaufiner la décoration de la vitrine…

— Si tu veux mon avis, la chance n'a rien à voir là-dedans, lui chuchota ironiquement à l'oreille Agathe qui l'avait suivie de près.

— L'inspecteur Lombas ? s'étonna Emy.

— Eh bien oui, l'inspecteur qui s'occupe de ton affaire, c'est bien ça son nom, Lombas ? Bref, je venais d'arriver lorsqu'un homme a frappé à la porte. Je me suis approchée pour lui dire que nous n'étions pas encore ouverts, et c'est là qu'il m'a présenté sa carte de police en disant qu'il était l'inspecteur Lombas, chargé de l'enquête du cambriolage de ton appartement et qu'il venait pour inspecter ton lieu de travail, alors je l'ai laissé entrer...

Emy n'en revenait pas. Le professeur était passé ici ce matin pour lui fabriquer un alibi auprès de sa meilleure amie.

— Il m'a expliqué que ton appartement avait été cambriolé hier dans la soirée par le gang qui sévit actuellement dans la région, mais qu'heureusement tu étais sortie. Au fait, tu ne m'avais pas dit que tu dînais chez les Duclos !

— Désolée, j'ai dû oublier de…

— Peu importe. En tout cas c'était très bien comme ça puisqu'il a précisé que tu étais en sécurité maintenant. C'est vrai qu'ils ont proposé de t'héberger et que tu as accepté ?

— Heu… oui. D'ailleurs je voudrais…

— Ça alors ! Et tu es bien installée ?

— Oui, mais, Alice, je voudrais…

— Tu es sûre ? Parce qu'en ville on raconte des histoires à propos de leur manoir. Je n'y ai jamais cru, mais j'espère que je ne suis pas dans l'erreur.

— Ne t'inquiète pas, mais écoute-moi…

La jeune fille n'avait pas cessé de parler depuis qu'elles étaient entrées dans la boutique, à tel point qu'Emy n'avait pas encore eu la possibilité de faire les présentations, et vu la tournure que prenait le sujet il était urgent d'y remédier.

— Il s'y passerait…

— Alice ! s'exclama-t-elle avec impatience.

— Ne t'énerve pas, je t'écoute, lui répondit-elle quelque peu surprise par le ton inhabituel de son amie.

— Merci. Je voudrais te présenter Agathe Duclos.

— Bonjour, Alice, enchantée de faire ta connaissance.

Elle les regarda successivement. Visiblement, elle venait de prendre conscience que son amie était intervenue juste à temps pour qu'elle ne se sente pas trop mal à l'aise.

— Bon… bonjour Agathe.

À cet instant, et pour la première fois depuis qu'elles avaient franchi le seuil de la porte, un silence pesant s'installa entre les trois jeunes filles.

— Eh bien, je vais vous laisser, vous devez avoir beaucoup de choses à vous raconter, reprit Agathe en sentant que le moment était venu pour elle de prendre congé. Emy, tu me raccompagnes ?

— Au revoir, lança timidement Alice.

Les deux jeunes filles s'apprêtaient à ressortir de la boutique lorsqu'elles furent interpellées par Alice qui avait brusquement retrouvé tout son enthousiasme.

— Attendez ! Tiens, dit-elle en tendant une petite enveloppe dorée. J'organise une soirée le 31 décembre, si ça te dit !

— C'est pour son anniversaire, précisa discrètement Emy.

— Oh ! Avec plaisir, c'est très gentil.

Elles sortirent alors de la boutique pour rejoindre la voiture. Agathe profita de ce moment pour rassurer Emy sur sa sécurité.

— Le professeur Lombas a fait le nécessaire, tu ne risques rien tant que tu restes à l'intérieur du magasin.

— Comment peux-tu en être sûre ?

— Tu n'as rien senti en entrant dans la boutique ?

— Tu veux parler du courant d'air !

— Ce n'était pas un simple courant d'air, c'est un filtre de protection que seuls les membres de l'alliance peuvent franchir.

— Et les humains ?

— Oh ! Les sortilèges de protection n'ont aucun impact sur les humains.

— Merci pour tout.

— Aucun problème, répondit-elle en ouvrant la portière de sa voiture. Au fait, c'est Alex qui passera te chercher pour te ramener au manoir. Rentre à l'abri maintenant !

Agatha attendit que Emy soit à nouveau en lieu sûr avant de démarrer la voiture et d'enclencher la première.

— Tu n'aurais peut-être pas dû venir travailler aujourd'hui, lui dit Alice qui s'était rapprochée.

— Je t'assure que ça va, et puis ça me changera les idées, lui répondit-elle excessivement satisfaite d'avoir trouvé une formule qui lui permettait de ne pas avoir à lui mentir.

Emy posa une multitude de questions sur la visite du pseudo inspecteur, tandis qu'avec l'aide d'Alice, elle arrangeait les décorations de Noël. Elle réalisa rapidement que le professeur Lombas n'avait négligé aucun détail, ce qui lui facilita grandement la tâche lorsqu'elle se lança dans le récit de sa soirée. Évidemment, elle évita soigneusement de parler de ce qui s'était passé avec Alexandre, d'ailleurs elle n'indiqua même pas sa présence chez les Duclos. De toute façon, il n'y aurait personne pour mettre l'accent sur cette omission.

À la fin de la journée, une fois le flux de clients, particulièrement dense en cette période de fête, apaisé, Alice s'approcha de son amie. Emy était perdue dans le fouillis des guirlandes lumineuses qu'elle tentait de démêler.

— Je suis contente que tu aies trouvé refuge chez les Duclos.

Emy se retourna vers son amie, l'air surprise. Elle s'était plutôt attendue à ce que cette dernière se vexe du fait qu'elle ne soit pas venue s'installer chez elle comme elle l'avait fait auparavant, mais c'était tout le contraire, et elle ne comprenait pas pourquoi.

— Pardon ?

— Eh bien, en fait, je suis contente qu'ils te l'aient proposé parce que moi, cette fois-ci, je n'aurais pas pu...

Les paroles d'Alice étaient hésitantes, comme si elle se sentait gênée, ce qui ne s'était encore jamais produit face à Emy.

— Pas pu quoi ?

— Je n'ai eu la confirmation qu'hier soir, c'est pour ça que je ne t'en avais pas parlé avant.

— Mais de quoi parles-tu ?

— Je pars pour New York samedi.

— New York ! Mais que vas-tu faire à New York ?

— Je vais passer Noël avec mes parents ! s'exclama-t-elle, le visage illuminé.

— Mais c'est génial !

— Oui, je ne les ai pas vus depuis si longtemps...

— Je suis ravie pour toi.

— Alors, tu comprends maintenant...

Emy se sentit tout à coup soulagée, elle avait eu tellement peur de vexer son amie. Mais le plus important à ses yeux était de la voir si heureuse. Alice resplendissait et cela n'était plus arrivé depuis bien longtemps. La jeune fille n'avait que très rarement l'occasion de passer du temps en compagnie de ses parents qui voyageaient aux quatre coins du monde. Ils correspondaient régulièrement avec elle par e-mail ou par téléphone, mais les réunions de famille restaient exceptionnellement rares. Aussi Emy mesurait l'importance de ce séjour.

— Bien sûr que je comprends, ne t'inquiète pas pour moi. Je suis très bien chez les Duclos.

Une fois de retour au manoir, Emy expliqua en détail à Agathe l'histoire hallucinante que le professeur Lombas avait inventée, et grâce à laquelle elle avait pu sans difficulté raconter sa soirée à son amie. Elle lui indiqua aussi qu'elles avaient décidé de fermer la boutique pendant deux semaines à compter du samedi soir. Alice reviendrait à temps pour terminer les préparatifs de sa soirée d'anniversaire.

— Mais alors, tu peux passer Noël avec nous !

— Je ne sais pas si…

— S'il te plaît, ce serait super !

— Si ça ne dérange pas tes parents.

— Tu rigoles, mes parents vont adorer l'idée.

Alexandre, qui se tenait un peu à l'écart, prêtait désormais une oreille attentive à leur conversation.

— Oh ! Attends, j'ai une meilleure idée ! Alex ?

— Oui ?

— Vous organisez toujours votre fameux réveillon de Noël ?

— À ton avis… répliqua-t-il avec une certaine lassitude. Oh… Non ! s'exclama-t-il dès qu'il comprit ce qu'elle sous-entendait.

— Oh que si ! répliqua-t-elle d'un air malicieux.

— Non, il n'en est pas question.

— Allez quoi ! Sois sympa !

— Est-ce que l'un d'entre vous peut m'expliquer de quoi il s'agit ?

— Chaque année, mes parents organisent le réveillon de Noël dans le château avec tous nos pensionnaires, commença-t-il à expliquer sans grand enthousiasme.

— Et c'est une fête extra ! intervint gaiement Agathe.

— Mais c'est une soirée exclusivement réservée aux pensionnaires ! ajouta-t-il sur un ton qui avait du mal à masquer son agacement.

— Alors ça, c'est faux ! C'est quoi le problème exactement ?

— Ce serait trop dangereux pour Emy. Ce n'est pas une sorcière confirmée. Elle n'aurait pas la faculté de se défendre s'il y avait le moindre problème…

— Mais elle ne courra aucun danger puisque nous serons là, et je te rappelle qu'il n'y a jamais eu le moindre incident.

— Je te l'accorde, mais malgré tout, je trouve cela trop dangereux.

Ils se tenaient face à face, comme s'ils se défiaient, et Emy commençait à regretter d'avoir posé sa question. En même temps, elle avait le sentiment que cette soirée devait effectivement valoir le coup étant donné la ferveur avec laquelle Agathe défendait le droit d'y assister. Et puis, elle avait très envie de découvrir le lieu où vivait le jeune vampred.

— Alex ? l'interpella-t-elle.

— Oui Emy, dit-il en se retournant vers elle avec sa voix mélodieuse comme s'il ne s'était jamais énervé.

— De toute façon, tu seras là, avec moi, pour me protéger…

— Évidemment, répondit-il en lui caressant la joue avec douceur.

— Nous pouvons donc espérer fêter Noël ensemble, conclut-elle.

Et Alexandre comprit qu'il venait de perdre le combat et qu'il était inutile de résister plus longtemps.

— Parfait ! Alors, je me charge de convaincre mes parents et toi, Alex, tu te charges de convaincre les tiens.

Le soir même, au cours du dîner, Agathe aborda le sujet du réveillon de Noël avec délicatesse, sous les yeux ébahis d'Emy qui n'en revenait pas de voir avec quelle facilité elle parvenait à les faire aller dans son sens. Alexandre avait dû partir plus tôt – son père l'attendait apparemment pour des affaires urgentes –, mais Agathe n'avait pas oublié de lui rappeler qu'il devait s'atteler au plus vite à leur obtenir l'accès à cette fameuse soirée. Cependant, les talents qu'elle déploya furent tels que ses parents finirent par trouver que ce serait une excellente occasion pour Emy de s'immerger dans le monde de la magie, et que de ce fait, ils prendraient contact avec les Dussy pour arranger ça.

Le lendemain, alors que l'approche des fêtes de fin d'année euphorisait de plus en plus l'air ambiant, Alice et Emy apprirent la disparition de Christine Leroy, la fleuriste, au cours du tragique incendie de son appartement. Elles la connaissaient à peine, mais elles se sentirent particulièrement touchées et terriblement attristées. Elle les avait accueillies à bras ouverts et avait toujours répondu présente lorsqu'elles en avaient eu besoin. La triste nouvelle se répandit très vite dans la petite ville, et les funérailles furent organisées dès le vendredi. En cette froide matinée de décembre, la quasi-totalité des commerçants du quartier ainsi que bon nombre des habitants s'étaient réunis dans le vieux cimetière de Louverville autour de ses proches amis et de sa famille. Après la touchante prise de parole de ses deux amies d'enfance, la sœur de Christine s'approcha à son tour de la sépulture familiale et déposa la première fleur de la couverture destinée à envelopper ses cendres pour l'éternité.

Les récentes mesures de sécurité qui obligeaient Emy à limiter ses déplacements et à être systématiquement accompagnée soit par l'un des membres de la famille Duclos, soit par Alexandre faillirent mettre en péril ses projets d'emmener Alice à l'aéroport. Elle réussit toutefois à convaincre les parents d'Agathe de la laisser faire le trajet sous la protection de leur fille, en argumentant que son refus aurait semblé plus que douteux. Elles prirent donc la route toutes les trois le samedi en fin d'après-midi en direction de la capitale. L'aller fut aussi long que Emy l'avait présagé, la ville était encombrée par son lot d'embouteillages quotidiens. Elles laissèrent Alice à sa porte d'embarquement en lui souhaitant un agréable voyage, puis retournèrent à la voiture qui était garée dans l'un des parkings souterrains. Agathe balaya d'un regard les alentours avant de murmurer une incantation inaudible.

— Parfait, maintenant plus aucun humain ne peut ni nous voir ni nous entendre, dit-elle en jetant un petit sourire à Emy.

— Pourquoi as-tu…

— Lancé un sortilège d'illusion, termina-t-elle. Pour que nous puissions repartir sans nous faire remarquer. Même si les humains ont tendance à ne rien voir, on n'est jamais trop prudent.

— Parce que nous repartons comment ? lui demanda Emy quelque peu inquiète.

— Tu ne crois tout de même pas qu'on allait reprendre la route ! Non merci, nous rentrons à ma manière, conclut-elle avant de s'installer au volant de sa voiture.

Emy prit place en silence sur le siège passager et l'observa se saisir de sa baguette avant d'en tapoter le volant. Le trajet du retour fut bien différent de celui de l'aller. Plongée dans le noir, la jeune fille eut la désagréable sensation d'être perdue au milieu de nulle part. Agathe était toujours à ses côtés, du moins c'est ce qu'elle espérait, car il lui était impossible de tourner la tête pour s'en assurer tellement elle se cramponnait au tableau de bord. Brusquement, les vibrations cessèrent. La voiture s'était immobilisée, mais Emy resta figée, de peur que cette accalmie ne soit que temporaire.

— On est arrivées ! Et en plus, je viens de battre mon record personnel alors que je suis déjà la meilleure de ma promo cette année, s'exclama-t-elle joyeusement.

Emy tourna la tête dans sa direction. Le visage de la jeune sorcière était resplendissant de satisfaction et de fierté. Puis elle regarda à travers le pare-brise pour s'apercevoir que la voiture avait atterri devant le portail du manoir.

— On ne peut pas se téléporter directement dans l'enceinte du parc à cause des sortilèges de protection, expliqua-t-elle avec naturel.

La jeune fille était abasourdie. Il lui faudrait sans doute encore un peu de temps pour accepter que ce genre d'évènements soit bien du domaine du réel. D'une oreille distraite, elle entendit sa voisine réenclencher le contact d'un coup de clé. La petite Clio noire s'élança alors lentement le long du chemin sinueux de la propriété des Duclos.

— Bonsoir, Georges, lança Agathe en franchissant le seuil de la porte d'entrée, aussitôt imitée par Emy.

— Bonsoir, mesdemoiselles, répondit-il posément avant de se retourner vers Agathe. Votre mère vous attend dans le petit salon.

Emy pressa le pas derrière Agathe qui s'éclipsait déjà au fond du hall. Car même si elle commençait à connaître assez bien le manoir, elle préférait ne pas la perdre de vue afin d'éviter de s'égarer bêtement.

— Bonsoir, m'man, lança Agathe en embrassant sa mère qui était confortablement installée dans un des fauteuils.

— Bonsoir, ma chérie. Bonsoir, Emy. Avez-vous fait bonne route ?

— Nickel ! Et tu sais quoi ? J'ai battu mon record de téléportation !

— Félicitations, ma fille, je suis ravie de voir que tes cours de perfectionnement portent leurs fruits. Nous ne dînons que dans une heure, vous avez donc un peu de temps libre devant vous, profitez-en.

— Allez, viens, je vais te montrer quelque chose.

La chambre d'Agathe comportait un espace dans lequel était installé tout un attirail digne d'un savant fou. De nombreuses fioles s'étalaient sur des étagères interminables. Des bocaux remplis de plantes séchées, de cailloux aux formes improbables et de poudres de toutes les couleurs étaient disposés dans des vitrines impeccablement astiquées. De la fumée arc-en-ciel s'échappait d'un récipient qui n'était pourtant posé sur aucune source de chaleur apparente. Ce lieu était incroyable. Emy leva les yeux. Le plafond était presque aussi encombré que les murs, et elle se demanda comment ces objets, qu'elle voyait d'ailleurs pour la plupart pour la première fois, pouvaient se maintenir au-dessus de sa tête.

— Voici mon antre. Ou mon labo, si tu préfères.

— C'est…

Mais Emy ne trouvait pas de mot pour définir ce qu'elle ressentait.

— Stupéfiant ! Oui, je sais. J'ai de la chance. Mes parents ont créé cet endroit lorsque le professeur Lombas leur a annoncé que j'avais hérité des aptitudes de ma grand-mère. Elle était l'une des meilleures spécialistes dans la réalisation des potions, c'est d'ailleurs ce qui a causé sa perte.

— Ah bon, mais que lui est-il arrivé ? lui demanda Emy en s'avançant précautionneusement au milieu de la pièce.

— Une de ses expériences a mal tourné, elle avait déjà cent dix ans, et à cet âge-là on se remet plus difficilement d'une intoxication magique.

— Oh, je suis sincèrement désolée, répondit-elle compatissante.

— C'est gentil à toi, mais tu n'as pas à l'être. Et puis nous savions que ça risquait de lui arriver un jour ou l'autre, expliqua la jeune sorcière en arpentant le plancher vieilli de son atelier.

— Tu es donc spécialiste dans la préparation des potions, reprit-elle pour revenir à un sujet plus léger.

— Ouais, c'est en grande partie grâce à cela que j'ai obtenu une place à Oxarda. C'est la meilleure école supérieure de sorcellerie pour les sorciers qui souhaitent devenir Maître des potions.

— « Maître des potions », c'est quoi ?

— Le titre qui autorise les sorciers à créer de nouvelles potions. Sans cela on doit se contenter de suivre des recettes.

— Et qu'est-ce qu'il se passe si un sorcier en crée une sans avoir ce titre ?

— Il est condamné par le Conseil des sages, c'est un délit très grave !

— « Le Conseil des sages » ! Jamais entendu parler.

— Le professeur Lombas t'apprendra tout ce que tu dois savoir à leur sujet, moi je n'ai pas autorité pour ça. Bon, je te montre sur quoi je travaille en ce moment !

— Avec plaisir.

Agathe passa de longues minutes à lui présenter les différentes potions sur lesquelles elle avait travaillé ces derniers temps, avant de s'attarder sur celle qui était le centre de toutes ses attentions, la Morphinusa. Cette préparation permettait de donner à celui qui la boit la faculté de se métamorphoser en animal, et ce, pour une durée proportionnelle à la quantité ingérée. Elle est d'une complexité rare et de nombreuses tentatives infructueuses avaient été nécessaires à la jeune sorcière avant de la réussir, ce qui semblait être le cas aujourd'hui.

— Comment peux-tu savoir qu'une potion est réussie ? l'interrogea-t-elle.

— Il y a plusieurs indicateurs. La texture, la couleur et l'odeur bien sûr, mais le seul moyen fiable d'en être sûr c'est de la tester.

— La tester, mais comment ?

— Eh bien, il y a longtemps, les sorciers n'avaient d'autre choix que de tester leurs préparations sur eux-mêmes. Autant te dire que le taux d'intoxication et de mort était relativement élevé à cette époque. Mais heureusement, ce n'est plus nécessaire aujourd'hui, nous utilisons des leurres. Ils ont été créés par l'Alsorvampred, il y a environ cinquante ans, l'une de leurs plus brillantes inventions, à mon sens.

— À quoi ressemblent-ils ?

— Tiens, regarde, j'en ai justement un ici, répondit-elle en désignant une espèce de petite figurine posée sur sa paillasse.

Emy eut l'impression de se trouver face à la reproduction miniature d'un être humain.

— Comme tu peux le remarquer, ils sont asexués, et ils reproduisent à la perfection les réactions que nous pourrions observer sur un être vivant. Bien sûr, ce ne sont que des illusions temporaires, il faut donc les commander uniquement lorsque la potion est prête à être testée. D'ailleurs, celui-ci ne devrait pas tarder à disparaître.

Effectivement, à peine Agathe avait-elle terminé sa phrase que le petit être se volatilisa comme la flamme d'une bougie que l'on viendrait de souffler.

— Hallucinant ! s'exclama Emy totalement abasourdie par le phénomène.

— Oh ! Tu as vu l'heure ! Il ne faut pas traîner.

Les deux jeunes filles quittèrent alors cette étrange pièce pour se rendre au rez-de-chaussée dans la salle à manger.

L'homme à la baguette blanche faisait les cent pas devant la cheminée de son bureau dont les fenêtres étaient une nouvelle fois obstruées.

— Voyons monsieur, cela n'existe pas.

— Ah vraiment ! Et moi alors, je n'existe pas peut-être ? Est-il besoin que je te montre à quel point je suis réel ? répondit la voix sinistrement calme qui émanait de la longue silhouette sombre.

— Toutes mes excuses, monsieur, mais vous êtes une exception. Vous êtes le seul à posséder ce pouvoir, monsieur.

— Et je compte bien le rester ! répliqua-t-il sèchement en s'immobilisant devant le foyer dans lequel le feu s'intensifiait. Et en tirer profit dès que l'occasion se présentera.

— C'est une évidence, monsieur, répondit le second homme avec une expression de soumission manifeste.

Un long silence, qui rendit l'ambiance encore plus sinistre, s'imposa entre les deux protagonistes. Le serviteur ne savait que faire. Sortir sans avoir été congédié par son patron serait malvenu, mais en quoi sa présence lui était-elle encore utile ?

— Monsieur ? osa-t-il au bout de quelques minutes. Que souhaitez-vous faire à présent ? ajouta-t-il prudemment.

Mais il n'obtint aucune réponse. L'homme vêtu de noir ne bougea pas d'un millimètre, telle une statue de marbre. Il semblait ailleurs, perdu dans ses pensées. Il songea qu'il était temps pour lui de le laisser seul et de se retirer malgré l'absence de directive, lorsque la voix funeste s'éleva à nouveau.

— J'ai encore besoin d'y réfléchir, répliqua-t-il pensif. Laisse-moi, je veux être seul, asséna-t-il enfin.

Le second homme quitta alors le sombre bureau sans plus attendre.

CHAPITRE 10

Le sauvetage d'Adam

Bien qu'Alice se trouvait à des kilomètres d'ici, de l'autre côté de l'Atlantique, et qu'elle lui manquait beaucoup, Emy passait d'agréables journées. Dès le lendemain, elle avait reçu un mail de sa part, lui indiquant qu'elle était bien arrivée à destination et que l'appartement dans lequel vivaient ses parents était vraiment magnifique. Mais depuis, plus de nouvelles. Malgré un certain vague à l'âme, elle comprenait que son amie profite pleinement de son séjour à New York. Ces derniers jours, elle s'était beaucoup rapprochée d'Agathe. Sa bonne humeur communicative et ses idées de distraction toutes plus amusantes les unes que les autres avaient même eu raison de la réserve d'Alexandre à son égard. Il n'avait cependant à aucun moment été question pour Emy de lui révéler la vérité sur la relation qu'ils entretenaient tous les deux depuis son installation au manoir, et le jeune vampred semblait tout à fait en accord avec cette position.

Le manoir justement, il était devenu somptueux sous le charme des décorations de Noël installées par toute la famille. Un immense sapin orné d'une multitude de guirlandes lumineuses et de boules qui ne cessaient de changer de motifs avait été disposé dans la grande salle. Bastien, le grand frère d'Agathe, et Constance, sa fiancée, qui ressemblait étrangement à Marguerite Duclos, avaient rejoint le clan à cette occasion. La demeure était devenue une véritable fourmilière dans laquelle Emy se sentait à présent comme chez elle.

La réception du 24 décembre était au cœur de toutes les discussions. Marguerite et Antoine Duclos n'avaient eu aucune difficulté à décider les Dussy à convier la famille au grand complet, ainsi qu'Emy, à leur soirée du réveillon. Ils avaient trouvé l'idée tout simplement excellente. Tout le monde, à l'exception d'Alexandre qui restait sur sa réserve, attendait impatiemment cet évènement qui promettait d'être exceptionnel. Ce fut donc dans cette atmosphère de douce euphorie que, deux jours avant le réveillon, Emy se laissa entraîner par Agathe et Constance dans une journée marathon destinée aux achats de leurs tenues pour la soirée. Elles se rendirent dans une boutique d'apparence modeste dans laquelle la jeune fille n'aurait certainement jamais pensé entrer. Elles y découvrirent des robes à foison, toutes plus belles les unes que les autres, et en essayèrent la majeure partie avant de choisir des modèles aussi différents qu'elles l'étaient elles-mêmes. La jeune femme qui tenait le magasin leur prodigua ensuite quelques conseils pour le choix des indispensables accessoires assortis : chaussures, sacs, bijoux. Au bout de plusieurs heures, un rapide coup d'œil au bracelet-montre d'Agathe leur confirma qu'il était grand temps de reprendre la route.

À leur retour au manoir, les bras chargés de paquets divers et variés, elles eurent l'agréable surprise de découvrir que Alexandre, mais également le professeur Lombas étaient présents.

— Agathe ! Comme je suis content de vous voir ! s'exclama-t-il lorsqu'elle franchit le seuil de la porte d'entrée.

— Bonsoir, professeur, répondit-elle visiblement ravie de le trouver là.

— Et en compagnie d'Emy et de Constance. Comment allez-vous, mesdemoiselles ?

— Très bien, professeur, merci, répondit la première.

— Bonsoir, professeur Lombas, répondit à son tour Constance.

— Les filles, allez poser tout ça dans vos chambres et venez nous rejoindre au salon, Frédéric a des tas de choses à nous raconter, expliqua Marguerite Duclos qui les avait rejoints dans l'immense hall.

Emy jeta un bref regard complice à Alexandre avant d'emprunter le grand escalier à la suite des deux autres jeunes filles.

Une fois tous installés dans le salon, le professeur Lombas commença enfin à donner des éclaircissements sur la raison de son absence de ces derniers jours. Agathe, Emy et Alexandre eurent la confirmation officielle que les parents de ce dernier avaient sollicité son aide pour l'un de leurs pensionnaires qui s'était retrouvé malencontreusement en bien fâcheuse posture vis-à-vis de l'Alsorvampred.

C'est Alexandre qui, à la demande du professeur, commença par raconter comment Adam avait fait irruption dans leur vie deux ans auparavant. Il expliqua qu'avec son père, ils l'avaient trouvé dans un vieux hangar désaffecté du port du Havre. Il s'y cachait depuis plusieurs jours. Il était seul, déboussolé, amaigri et réclamait sans cesse une personne prénommée Yvan. Sans trop de difficulté, ils avaient réussi à le convaincre de les suivre et, une fois au château, Mathilde Dussy l'avait soigné et nourri.

Après quelques jours de mutisme, Adam avait repris des forces et commençait à avoir suffisamment confiance en eux pour leur expliquer ce dont il se souvenait. Alors qu'il rentrait d'une soirée bien arrosée en compagnie de son frère, Yvan, ils avaient été attaqués par deux grands gaillards dont il n'avait pas vu les visages. Puis plus rien. Le trou noir, jusqu'à ce qu'il se réveille au petit matin. Allongé sur le bitume humide et froid du quai, il était seul. Son corps envahi de douleurs lui permettait à peine de se déplacer. La lumière de l'aube lui était apparue insupportable, il s'était donc réfugié dans le hangar le plus proche, en nourrissant l'espoir que son frère s'en était mieux sorti que lui, et qu'il reviendrait pour lui porter secours.

Léopold l'avait alors pris à part pour lui dévoiler l'existence des vampires et lui expliquer la transformation qu'il avait subie cette nuit-là. Cette idée lui avait été, à l'évidence, difficile à admettre, et de nouveau, plusieurs jours s'étaient écoulés avant qu'il ne daigne sortir de son isolement. Avec le temps, Adam s'était très bien adapté à la vie au château, et il se révéla même être l'un des plus brillants pensionnaires. Ce qui ne l'empêchait pas de s'inquiéter du sort de son frère.

— C'est sans doute l'une des raisons pour lesquelles tes parents n'y ont pas cru quand ils ont reçu le message de l'Alsorvampred qui accusait Adam d'une attaque sur un sorcier, expliqua Frédéric Lombas à Alexandre.

Le jeune vampred n'était jusqu'à présent informé en rien de toute cette histoire et sa réaction ne se fit pas attendre.

— Pardon ? s'indigna-t-il.

— Tu as bien entendu, Adam a été accusé par l'alliance d'agression sur un sorcier.

— Mais c'est impossible !

— C'est exactement ce que tes parents ont pensé. D'autant qu'au moment des faits, il était au château et en compagnie d'autres élèves qui ont témoigné en sa faveur. Mais les sages du Conseil n'ont rien voulu entendre. Je dois admettre que la vision était très claire. On y reconnaissait nettement le visage d'Adam. Tes parents ont donc souhaité la lui montrer, mais comme vous le savez tous, seuls les sages du Conseil et les détenteurs du savoir ont autorité pour cela…

Emy écoutait, attentive au moindre détail. Elle était, assurément, la seule dans la pièce à découvrir autant d'informations à la fois. Et sans doute aussi la seule à ne pas en mesurer toute la gravité.

— … c'est pourquoi ta mère est venue me trouver l'autre soir. Elle a sollicité mon appui pour obtenir une audience de visionnage. Séance que j'ai obtenue, non sans difficulté au vu des charges qui pesaient contre Adam. Malheureusement, ils nous ont accordé un délai très court et nous n'avons eu que quelques heures pour préparer sa défense, et l'impossibilité de lui montrer la vision avant l'audience ne nous a pas rendu les choses aisées. Mais Léopold a eu une brillante idée, inspirée par les nombreuses discussions qu'il avait eues avec Adam depuis son arrivée. Bien que personne n'ait jamais réussi à trouver la moindre trace de son frère Yvan, il semblait possible que ce soit lui l'agresseur. C'était d'ailleurs la seule explication plausible.

— Comment pouviez-vous en être si sûr ? Ça aurait pu tout aussi bien être une usurpation d'apparence par le biais d'une potion Morphing, indiqua Bastien.

— Mais non, frérot, le seul maître des potions capable de la réaliser a disparu depuis de nombreuses années, répliqua Agathe avec une certaine fierté.

— Effectivement, tu as tout à fait raison. C'est d'ailleurs pour cela que nous sommes partis sur l'hypothèse qu'il devait s'agir de son frère.

— Mais lorsque nous avons recueilli Adam, il n'y avait personne avec lui, et nous avons mené de nombreuses recherches qui se sont avérées infructueuses. S'il avait été lui aussi transformé, nous l'aurions senti et retrouvé, puisqu'ils sont jumeaux.

— C'est partiellement exact. En fait, il existe une théorie selon laquelle certains jumeaux représenteraient les deux extrêmes opposés. Ainsi, Yvan serait aussi mauvais qu'Adam peut être bon.

— Et ça expliquerait pourquoi ceux qui les ont attaqués n'ont emmené qu'Yvan, en laissant Adam pour mort.

— En tout cas, c'est ce que ton père et moi croyons, et ce que nous avons présenté au Conseil lors de l'audience.

— Et ça a fonctionné ? demanda Constance. Je veux dire, Adam a été innocenté ?

— Pas innocenté, mais nous avons réussi à mettre le doute dans l'esprit des sages. Ils nous ont laissé un mois pour en apporter une preuve irréfutable.

— Un mois ! s'exclama Alexandre. Mais c'est beaucoup trop court, comment pourrions-nous localiser Yvan en si peu de temps, alors que nous l'avons déjà cherché durant plusieurs mois sans succès après avoir accueilli son frère ?

— Ce sera effectivement ardu, mais pas impossible, et c'est le seul moyen d'innocenter et donc de sauver Adam.

— Et que lui arrivera-t-il dans le cas contraire ? demanda Emy qui était restée silencieuse jusqu'à présent.

— Il sera exécuté, asséna le professeur.

La jeune fille resta bouche bée. Ainsi donc, le fait d'enfreindre l'une des règles d'or de l'Alsorvampred était sanctionné d'une condamnation à mort. Évidemment, elle se doutait bien qu'un tel acte ne pouvait rester impuni, sinon à quoi bon édicter des règles, mais elle n'avait pas imaginé une seule seconde que le prix à payer en serait la vie. Bien que dans le cas d'Adam, le terme d'existence aurait été plus adéquat étant donné qu'il avait déjà perdu la vie le jour où il était devenu un vampire.

— Professeur, pouvons-nous savoir qui a été la victime de cette terrible agression ? demanda Agathe, visiblement inquiète.

— Christine Leroy, répondit-il distinctement.

— Christine ! La fleuriste ! s'exclama Emy.

Tout le monde resta silencieux et impassible à l'exception d'Agathe qui acquiesça d'un léger hochement de tête.

— C'était une sorcière ! Mais je croyais qu'elle avait péri dans l'incendie de son appartement ?

— C'est effectivement ce que tout le monde croit… à l'exception des membres de l'Alsorvampred, expliqua Frédéric Lombas.

— A-t-elle été… transformée ou bien est-elle… mais la jeune fille ne termina pas sa question, un nœud venait de se former dans sa gorge.

— Il faut que tu saches qu'il n'existe aucun sorcier qui ait survécu à une tentative de transformation. Il semble que cette opération soit impossible, lui expliqua calmement Marguerite Duclos.

— Mais alors, elle est réellement… morte, finit-elle par dire dans un murmure.

Le mince espoir qui avait germé dans son esprit quelques secondes auparavant venait de s'évanouir, et elle ressentit alors une seconde fois la peine de la disparition de la jeune femme.

Marguerite et Antoine Duclos proposèrent leur aide au professeur pour retrouver le coupable de cette atrocité, aide qu'il accepta sans retenue. À l'inverse, les diverses supplications des enfants Duclos, de Constance et d'Emy, ne firent aucunement flancher la position de Frédéric Lombas.

— Il est absolument hors de question que l'un d'entre vous participe aux recherches, conclut-il fermement avant de prendre congé.

Une demi-heure plus tard, Agathe, Bastien, Constance, Alexandre et Emy étaient attablés dans la salle à manger. Marguerite et Antoine Duclos avaient suivi de près le départ du professeur pour commencer les recherches sans plus attendre après avoir longuement insisté sur l'importance qu'ils restent tous les cinq à l'écart de cette histoire.

— Peut-on savoir pourquoi tu ne nous as pas soutenus, tout à l'heure ? demanda Bastien à Alexandre sur un ton qui ne laissait que peu de place à autre chose qu'au reproche.

— Ne sois pas stupide, ça n'aurait rien changé de toute façon, répliqua Agathe calmement dans l'espoir d'apaiser la situation.

— Je le sais très bien, n'empêche que j'aimerais bien savoir pourquoi il nous a lâchés !

Tous les regards se tournèrent alors en direction du jeune vampred qui ne paraissait ni blessé par les propos de Bastien ni intimidé par l'attention dont il faisait l'objet en cet instant.

— Parce que je n'étais pas du même avis que vous, répondit-il sobrement.

Les trois filles semblèrent à la fois stupéfaites et déçues par cette réponse. Comment un être aussi serviable et gentil pouvait-il être en désaccord alors qu'il s'agissait de porter secours à un innocent, l'un des siens qui plus est ?

— J'en étais sûr ! Sous tes grands airs de chevalier blanc, jeune vampred poli et attentionné, se cache tout autre chose. En fait, tu n'es qu'un lâche ! rugit-il maintenant hors de lui.

— Bastien ! répliquèrent Agathe et Constance de concert.

— Tu exagères ! ajouta sa sœur.

Emy n'avait pas réagi. Elle trouvait la situation tellement irréaliste qu'elle avait presque l'impression d'être en plein cauchemar. Comment cet être si parfait qui l'avait sauvée des crocs de Ludovic et qui était toujours prêt à aider son prochain pouvait être en réalité un lâche ? Elle n'y croyait pas. Il y avait forcément une explication et elle était bien résolue à la découvrir.

— Alex, peux-tu nous dire pourquoi tu n'es pas d'accord avec nous ?

L'intervention d'Emy se fit si posée qu'elle donna l'illusion que le temps s'était suspendu dans la pièce.

— Et bien tout simplement, parce que nous sommes trop jeunes pour ça.

— Trop jeunes ! N'importe quoi ! Tu n'as pas trouvé mieux pour te dédouaner ? C'est pathétique, surtout venant de toi. Quel âge as-tu en réalité, cent ans peut-être ? répliqua Bastien qui semblait à présent bien plus dégoûté qu'énervé.

— Non, mais le problème n'est pas là, répondit Alexandre avec une nette fermeté.

— Comment ça ? lui demanda Emy en apercevant là la lueur de l'explication tant attendue.

— Eh bien, si vous aviez été plus attentifs à vos cours d'histoire de la magie, et particulièrement ceux sur l'Alsorvampred, vous sauriez que toute preuve présentée au cours d'une audience auprès du Conseil des sages portant sur le non-respect de l'une des règles d'or de l'alliance n'est recevable que si elle a été trouvée et exposée par un membre confirmé. Ce qui, à ma connaissance, n'est le cas d'aucun d'entre nous.

Tandis que Bastien s'affalait sur le dossier de sa chaise et qu'Agathe et Constance se lançaient un regard à la fois complice et gêné, Emy retrouva le sourire, satisfaite que son intervention ait permis de rétablir la vérité sur son cher et tendre.

— Étant donné que la capture de cet Yvan est le seul moyen de prouver l'innocence d'Adam, si c'était nous qui le retrouvions, nous anéantirions par la même occasion la seule chance de le sauver, expliqua-t-il.

— Je suis désolé, Alex, j'ai cru que… commença Bastien tout penaud.

— N'en parlons plus, conclut-il.

Emy était à présent plus subjuguée que jamais. Non seulement son petit ami était beau comme un dieu, gentil, serviable et courageux, mais en plus il était manifestement nettement plus instruit que toutes les personnes présentes autour de cette table. Malheureusement, cette pensée la ramena subitement à une dure réalité. Elle n'y avait encore jamais réfléchi, mais maintenant la question de l'âge d'Alexandre se révélait à elle. Comment n'y avait-elle pas pensé avant ? Il était pourtant évident, même pour une novice comme elle dans le monde de la magie, que les vampires ne vieillissaient pas. Il resterait donc figé à tout jamais dans cette apparence de jeune adulte de vingt-cinq ans. Cette pensée fit renaître en elle les interrogations auxquelles elle ne trouvait toujours aucune bribe de réponse. Pourquoi était-il donc avec elle ? Que pouvait-il bien lui trouver, à elle qui était si banale comparée à lui ? Et surtout quel avenir existait-il pour leur histoire ? Elle se mit à éprouver un profond mal-être qui ne la quitta plus de toute la soirée.

Lorsque Emy se réveilla le lendemain matin, trempée de sueur et haletante, elle ignorait ce qui avait provoqué cet état. Pourtant, il lui apparaissait comme une certitude qu'elle devait avoir refait son cauchemar, mais il était extrêmement rare qu'elle n'en garde aucun souvenir. Elle se précipita dans la salle de bains pour se rafraîchir avant de descendre dans la salle à manger pour prendre le petit-déjeuner.

La famille Duclos au grand complet était déjà installée lorsqu'elle entra dans la pièce. Marguerite et Antoine, encore habillés des vêtements de la veille, et de légers cernes dessinés sous les yeux, rentraient apparemment tout juste de leur escapade nocturne.

— Bonjour, Emy, lança le patriarche assis en bout de table. Bien dormi ?

— Oui, merci. Bonjour, à tous, répondit-elle avant de prendre place à côté d'Agathe.

— Tu tombes bien, nous étions en train de parler de l'organisation de demain, répliqua Marguerite. Prends donc quelque chose à manger, ma petite, ajouta-t-elle en lui rapprochant plusieurs corbeilles remplies de viennoiseries.

— Merci, madame Duclos, répondit-elle en saisissant un croissant encore tout chaud qu'elle trempa dans le bol de café que Marthe venait de lui servir.

— Bon, vu que nous ne pourrons pas être présents, votre mère et moi insistons bien sur le fait que vous devez faire preuve d'un comportement exemplaire lors de cette soirée. Il ne sera toléré aucun écart. Est-ce bien clair ?

— Oui, papa, répondirent Agathe et Bastien d'un ton un peu las.

— Oui, monsieur Duclos, répondirent à leur tour les deux jeunes filles.

— Mais alors, vous ne l'avez pas trouvé cette nuit ? demanda avidement Emy.

— Malheureusement, non. Mais nous avons encore de nombreuses nuits devant nous, ne t'inquiète pas, nous l'attraperons à temps, répliqua Marguerite, en se voulant rassurante.

Bien qu'elle ne le connaisse pas personnellement, Emy était effectivement soucieuse du sort qui attendait ce jeune vampred. Et elle redoutait également cette menace qui pesait au-dessus de leurs têtes tant qu'un assassin courait en liberté dans les rues de

Louverville. Car après tout, il s'était déjà attaqué à une sorcière, alors pourquoi ne s'en prendrait-il pas à une autre s'il en avait l'occasion ? Peut-être même à elle, qui sait ?

Mais ce qui lui embrumait le plus l'esprit ce matin était sa relation avec Alexandre. Certes, elle avait quelques années devant elle avant que leur différence physique ne pose un réel problème, mais comment pouvait-elle être sereine alors qu'elle avait pris conscience que leur histoire était vouée à l'échec, qu'un jour ou l'autre ils seraient obligés de se séparer ? Cette idée lui était insupportable. Elle ferait peut-être mieux de tout arrêter tant qu'il en était encore temps. Tant qu'elle n'était pas trop attachée à lui. Mais n'était-ce pas déjà trop tard pour cela ?

CHAPITRE 11

Le château du comte

Il était bientôt l'heure de partir. Marguerite et Antoine Duclos avaient quitté le manoir dès que le jour avait commencé à décliner pour rejoindre les équipes de recherche qui s'étaient formées depuis le retour du professeur Lombas. Bastien, vêtu de son costume de cérémonie depuis déjà un long moment, s'impatientait devant l'imposante cheminée de la grande salle. L'attente lui aurait sans doute paru moins pénible si Alexandre avait pu se joindre à lui, mais il devait rester au château pour les derniers préparatifs de la soirée.

— Mais qu'est-ce que vous fabriquez ? s'agaça-t-il du bas de l'escalier en utilisant le sortilège Portovoix pour que les filles, encore enfermées dans la salle de bains du premier étage, puissent l'entendre.

Sa fiancée peaufinait la mise en place de ses cheveux en réalisant une figure artistique avec sa baguette. Sa sœur, assise devant une coiffeuse digne d'une princesse de conte de fées, faisait de même pour son maquillage.

— Qu'est-ce qu'il est énervant quand il s'y met ! grogna-t-elle.

— Ça lui passera dès qu'il nous verra descendre les escaliers, répliqua Constance, très sûre d'elle.

— En même temps, il n'a pas tort. Nous allons finir par être en retard. Pourquoi Emy est aussi longue à se préparer ? Je vais voir ce qu'elle fait.

Elle se leva avec grâce du fauteuil rose bonbon dans lequel elle était assise. Sa somptueuse robe bleu nuit traînant légèrement derrière, elle traversa le couloir qui les séparait de la porte de la chambre de la jeune fille.

— Emy ?

— Oui, répondit une petite voix mal assurée de l'autre côté de l'épaisse porte en bois.

— C'est Agathe, est-ce que je peux entrer ?

— Euh, je ne suis pas tout à fait prête, mais tu peux.

La jeune sorcière traversa la porte comme à son habitude, bien que cette fois-ci elle ait eu la politesse de demander avant, puis chercha Emy du regard. Elle l'aperçut debout dans sa salle de bains face au miroir qui ornait le lavabo.

— Mais qu'est-ce que tu fais ? s'exclama-t-elle visiblement très étonnée de la trouver là.

— Eh bien, comme tu peux le voir, je me maquille, lui répondit-elle légèrement agacée. Je t'avais bien dit que nous aurions dû commencer à nous préparer plus tôt, je ne suis toujours pas coiffée et mes ongles ne sont pas encore vernis.

— Voyons Emy, tu es une sorcière, et tu dois agir comme telle !

— Comment ça ? l'interrogea-t-elle en se retournant. Mais tu es prête ! Alors que tu es montée au moins une demi-heure après moi ! Comment est-ce possible ?

— Eh bien la magie Emy, la magie.

Agathe l'invita à la rejoindre au milieu de la chambre et se mit à tourner autour d'elle en agitant sa baguette et marmonnant des formules telles que « Maquillarto perfecto » et « Capillairmus », ou du moins quelque chose qui s'en approchait. Tout son arsenal de maquillage et de coiffure s'activa alors autour d'elle comme autant de petites mains l'auraient fait dans un institut de beauté, et au bout d'à peine quelques minutes tout s'arrêta et chaque objet retrouva la place qui était la sienne.

— Et voilà ! Regarde et dis-moi ce que tu en penses, s'exclama Agathe visiblement satisfaite.

La jeune fille s'avança en direction des portes vitrées de son dressing et découvrit dans son reflet que ses cheveux étaient coiffés en un magnifique chignon d'où ressortaient négligemment quelques mèches ondulées qui caressaient son visage divinement maquillé.

— Il faudra absolument que tu m'apprennes à faire ça !

— Oh, c'est beaucoup plus facile à réaliser sur une autre personne que sur soi-même, mais je t'apprendrai.

Emy n'en revenait pas. Non seulement elle était fin prête dans les temps, ce qui lui éviterait de se faire remarquer en se présentant la dernière, ce qu'elle redoutait au plus haut point, mais en plus elle se trouvait jolie, et selon elle ce n'était pas une mince affaire. Ce qui la réjouissait le plus dans tout cela, ce n'était pas tant le fait d'être belle pour cette soirée, bien que ce sentiment lui fût agréable, mais c'était surtout le fait que grâce aux talents d'Agathe elle ne se rendrait pas totalement ridicule aux côtés d'Alexandre, qui d'ordinaire était déjà sublime.

— Ah, une dernière chose.

La jeune sorcière lança un ultime coup de baguette en direction d'Emy et prononça d'une voix totalement claire cette fois « Embellissima ». Elle vit alors sa longue robe émeraude, qui laissait apparaître avec distinction ses frêles épaules, se mettre à scintiller de mille feux, comme si chaque centimètre carré du tissu qui le composait était recouvert de diamants.

— Et voilà ! Maintenant tu es prête, conclut-elle.

— Merci.

— Et n'oublie pas ta baguette !

— Mais où vais-je la mettre ?

— Tu es droitière, n'est-ce pas ?

— Oui.

— Alors, ce doit être quelque part par là… Agathe s'était approchée pour scruter le côté droit de sa robe. Ici, s'exclama-t-elle en désignant l'un des plis du tissu qui n'en était pas vraiment un.

— Bon, les filles ! C'est pour aujourd'hui ou pour demain ? s'impatienta Bastien.

— Allez, on y va ma belle ! lui lança Agathe avec un petit clin d'œil complice.

Constance les attendait dans le couloir. La robe rose qu'elle portait lui allait à merveille, tant et si bien qu'Emy se sentit tout à coup nettement moins jolie. Constance s'avança la première en direction des marches en pierre façonnées par le nombre des années, suivie de près par les deux autres jeunes filles.

— Ma chérie, tu es magnifique, s'exclama-t-il un sourire radieux aux lèvres lorsqu'elle commença à descendre.

Son regard ne la quitta pas jusqu'à ce qu'elle se tienne face à lui au pied du grand escalier où il la fit tournoyer avant de l'embrasser tendrement.

Lorsqu'ils relâchèrent leur étreinte, Agathe et Emy se trouvaient déjà à leurs côtés.

— Oh, vous êtes très jolies également, mesdemoiselles. Vous allez en faire tourner des têtes ce soir.

Bastien les invita à le suivre en direction du perron de l'entrée devant lequel les attendait une grande limousine noire aux vitres fumées. Emy, qui n'était encore jamais montée à bord d'une telle voiture, hésita un instant avant de se glisser sur l'une des banquettes arrière aux côtés d'Agathe. En jetant un coup d'œil vers le rétroviseur intérieur, elle reconnut Georges, l'employé de maison des Duclos, qui se tenait au volant. Puis le véhicule s'élança lentement sur le chemin caillouteux en direction de la sortie de la propriété.

Bastien ne prêtait aucune attention ni à sa sœur, assise pourtant juste en face de lui, ni à Emy, il n'avait d'yeux que pour sa fiancée. Le grincement du portail qui se refermait derrière eux vint rompre un silence devenu limite gênant.

— Préparez-vous les enfants, nous allons pouvoir nous téléporter, indiqua Georges en coupant le contact.

Emy eut tout juste le temps de capter un regard rassurant de la part d'Agathe avant que l'habitacle ne soit plongé dans l'obscurité.

Elle avait une nouvelle fois cette désagréable impression d'être suspendue dans le néant, mais elle sentait la main de sa voisine serrer l'une des siennes pour la tranquilliser tandis que l'autre se cramponnait à la poignée de la portière. Comme la dernière fois, les vibrations qu'elle ressentait dans son corps s'arrêtèrent brusquement.

— Ça va ? lui demanda-t-elle après lui avoir libéré la main.

— Oui, merci, répondit-elle fébrilement.

— Tu verras, tu t'y habitueras à la longue.

La jeune fille esquissa un léger sourire avant de se pencher vers la vitre pour regarder où ils avaient bien pu atterrir. Une immense grille en fer, sans doute forgée depuis de nombreuses années, dessinait une ouverture au milieu d'un gigantesque mur d'enceinte en pierre blanche. Au-dessus, agrippée à chacun des deux immenses piliers, une inscription indiquait le nom de « Noctoyard ». Emy entendit le moteur se remettre à ronronner et la voiture se relança en direction de ce qui devait être l'entrée à présent ouverte du château des Dussy.

L'allée sur laquelle glissait la limousine était bordée de gigantesques arbres tortueux qu'elle n'avait encore jamais vus nulle part. En même temps, elle était parfaitement incapable de différencier la moindre espèce l'une de l'autre et donc très loin d'être une experte en matière de botanique. Elle avait d'ailleurs toujours eu de très mauvaises notes en sciences naturelles.

Emy ne prêtait aucune attention à la conversation qu'entretenaient les trois autres passagers. Elle était avide de découvrir ce lieu qu'elle avait imaginé des centaines de fois, et qui n'était autre que celui où vivait Alexandre.

— Qu'en penses-tu ? l'interpella soudain Agathe.

— Excuse-moi, je n'ai pas suivi votre discussion.

— Eh bien, Bastien pense que j'aurais mieux fait d'acheter une robe noire, alors que moi je la préfère nettement en bleu nuit. Quel est ton avis ?

— Je suis d'accord avec toi, elle est bien plus jolie de cette couleur, répondit-elle hâtivement avant de reporter son attention sur l'extérieur.

Derrière les arbres dégarnis, elle pouvait maintenant apercevoir une gigantesque masse sombre. Les contours devinrent plus nets et la couleur plus grise à mesure que la limousine avançait le long du chemin sinueux. Au bout de quelques minutes, le château se dessina enfin. Il se hissait vers le ciel bien plus haut que des bâtisseurs d'aujourd'hui ne pourraient le réaliser. Il était simplement majestueux. Quatre tours se détachaient du reste de l'édifice. Elles ressemblaient à celles que toutes les petites filles ont imaginées en lisant le chapitre où la princesse se fait libérer par le prince charmant. Un fascinant mélange de briques, de poutres et de pierres grisâtres méticuleusement ordonnées et taillées avec une précision millimétrique formait le plus impressionnant château qu'elle n'ait jamais vu. Il faut dire qu'elle n'était guère du genre à faire du tourisme culturel. Elle n'était tout simplement pas du genre à faire du tourisme tout court d'ailleurs. En tout cas, ce n'étaient pas les quelques châteaux qu'elle avait visités à l'occasion de voyages scolaires qui lui faisaient concurrence. Emy n'avait jamais vu une bâtisse aussi monumentale. Elle était presque aussi effrayée que subjuguée par un tel étalage de magnificence. Les ouvertures en forme d'arcades, les gargouilles effrayantes et les sculptures qui ornaient une grande partie de la façade qu'elle apercevait lui donnèrent l'impression de déboucher dans un sanctuaire.

— Magnifique, n'est-ce pas ? lança Bastien qui fut le seul à oser interrompre sa rêverie.

— In-cro-yable ! répliqua-t-elle en prenant soin de détacher chaque syllabe. Mais comment un endroit pareil peut-il être aussi méconnu ?

— Des humains, tu veux dire ?

Elle hocha brièvement la tête pour confirmer.

— Eh bien, ils ne peuvent pas le voir, répliqua Agathe. Il est protégé par les plus puissants sortilèges d'illusion et d'anti-intrusion. Les humains ne voient ici qu'une forêt particulièrement dense dans laquelle ils ne peuvent pas s'aventurer.

— Comment ça, ils ne peuvent pas ?

— Oui, j'ai peut-être mal choisi mes mots. En fait, les humains ressentent une révulsion irréversible pour cet endroit, ce qui les empêche de s'en approcher. Et même si, par le plus grand des hasards, l'un d'eux y pénétrait quand même, il ne verrait rien d'autre qu'une forêt.

— Mais c'est quoi au juste cet endroit ?

Le château de Noctoyard. La légende raconte que c'est le comte Dracula lui-même qui l'aurait fait bâtir. C'est d'ailleurs pour ça que les vampires tentent régulièrement de le récupérer. Ils estiment que les vampreds sont des traîtres, et qu'ils ne méritent pas de posséder ce domaine. Tout à fait entre nous, je ne suis pas certaine qu'il aurait approuvé.

Le château du comte Dracula, se répéta Emy. Bien sûr, elle connaissait le comte, son histoire et sa légende, mais il y avait toujours eu une part en elle qui n'y croyait pas vraiment. Mais là, tout était différent, c'était du concret, elle allait entrer dans l'un de ses châteaux.

— Alors, il a réellement existé.

— Évidemment, et certains disent même qu'il n'a pas vraiment disparu.

La jeune fille ouvrit de grands yeux remplis de stupeur.

— Ne raconte pas n'importe quoi, Agathe, tu vas l'effrayer, intervint son frère.

— Mais c'est vrai que certaines personnes pensent qu'il n'est pas mort !

— Ah oui, et comment expliquerais-tu que les Dussy aient hérité de ce domaine, alors ?

— Je ne dis pas que j'y crois, je dis juste que c'est le cas de certaines personnes.

Tandis qu'ils continuaient de débattre sur le sujet, Emy regarda de nouveau à travers la vitre. La voiture s'avançait maintenant sur un pont en pierre qui enjambait un large cours d'eau dont la surface, lisse comme un miroir, reflétait la clarté de la lune. La façade du château s'élevait de plusieurs mètres à chaque seconde, de telle sorte que la jeune fille devait à présent se tordre le cou pour observer le haut de la tour qui se trouvait sur la droite. Les pneus crissèrent au contact des pavés de la place qui s'étirait devant le château. Puis la limousine s'arrêta dans la traînée de lumière qui se dessinait devant la porte d'entrée. Un jeune homme s'approcha de la portière d'Emy pour lui ouvrir. Elle posa un pied après l'autre sur le dallage grisâtre poli par le nombre des années avant de s'extraire du véhicule.

Le portier, plus petit qu'elle, lui fit signe d'entrer. Elle remarqua plusieurs détails physiques qui lui firent penser qu'il n'était pas un vampire. Sa peau n'avait pas la pâleur caractéristique, ses oreilles étaient particulièrement pointues et son nez joliment retroussé. Elle n'avait jamais croisé quelqu'un ayant ces particularités physiques. Agathe, Constance et Bastien sortirent à leur tour de la limousine et la rejoignirent en haut du grand escalier. Ils franchirent alors tous les quatre le seuil de la grande porte pour déboucher dans un immense hall baigné de lumière. Une jeune femme, vêtue d'une robe particulièrement colorée, vint à leur rencontre pour les inviter à la suivre en direction de la salle de réception.

— Emy ! Tu viens ? l'interpella Agathe.

Elle s'était attardée quelques secondes pour observer l'architecture de la pièce. Les voûtes qui se dessinaient au-dessus de leurs têtes étaient minutieusement sculptées, presque comme de la dentelle.

— J'arrive, lui répondit-elle en pressant le pas pour la rejoindre.

La servante qui les guidait présentait une certaine ressemblance physique avec le jeune homme de l'entrée.

— Agathe, lui chuchota-t-elle à l'oreille une fois qu'elle l'eut rejoint.

— Oui.

— Qui sont ces personnes ? lui demanda-t-elle en hésitant sur le terme à employer.

— Oh, ce sont des elfes. Mais attention, tous les elfes ne sont pas fréquentables, il faut s'en méfier. Ceux-ci sont très gentils, ce sont des elfes de la forêt.

— Des elfes ! s'exclama-t-elle.

— Chut ! Il vaudrait mieux qu'ils ne nous entendent pas parler d'eux derrière leur dos, ils pourraient croire que l'on dit du mal. Ils sont très susceptibles.

— Excuse-moi. *Des sorciers, des vampires et maintenant des elfes, tout est normal*, ironisa-t-elle intérieurement pour se rassurer.

Le couloir semblait interminable. D'immenses toiles ornaient les murs de pierre en alternance avec de grandes torches dont les flammes faisaient danser anarchiquement des ombres sur le sol. Elles représentaient diverses scènes qui allaient du simple portrait au plus beau des paysages, voire à la plus chargée des salles de bal. Puis ils s'arrêtèrent à quelques mètres de l'entrée.

— Je vous souhaite une excellente soirée, lança l'elfe de la forêt avant de s'éclipser dans une autre direction.

Bastien présenta son bras à sa fiancée qui y glissa délicatement le sien puis ils s'avancèrent pour rejoindre les autres invités.

— On y va ! lança Agathe en adressant un sourire complice à Emy.

Elle s'élança à son tour, suivie de près par la jeune fille. La salle de réception dévoilait ses trésors au fur et à mesure qu'elles s'en approchaient. Une fois arrivée dans l'embrasure de la majestueuse porte, Emy s'arrêta pour admirer la vue tandis qu'Agathe continuait sa progression pour rejoindre Bastien et Constance qui les avaient distancés. De grandes tables rondes étaient dressées de part et d'autre d'une allée fictive. Son regard balaya la salle avant de traverser la piste de danse, vide pour le moment, pour s'arrêter sur un gigantesque sapin de Noël. Il était somptueusement décoré et s'élevait pratiquement jusqu'à la plus haute poutre du plafond cathédrale.

— Tu viens, Emy ? l'interpella la jeune sorcière qui l'attendait un plus loin sur la gauche.

Elle commença à s'avancer lentement, observant chaque détail. Les tables et les murs étaient soigneusement parés de rouge et d'or. Elle laissa traîner son regard sur l'une des cheminées dont le bois du tablier était élégamment sculpté.

— Alors ! Comment tu trouves ? l'interrogea Bastien lorsqu'elle arriva à leur niveau.

— C'est magnifique, finit-elle par répondre, les yeux pétillants devant la magie du lieu.

Magnifique, comme ce mot sonnait creux et était bien en deçà de la réalité, mais elle n'avait pas réussi à trouver mieux en cet instant.

— Salut les amis, s'écria une voix qui ne lui était pas totalement inconnue.

— Eh, salut, Emeric ! Comment vas-tu ? lui répliqua Bastien, visiblement ravi de le revoir.

— À merveille, répondit-il en lui assénant une poignée de main qui se voulait particulièrement virile.

— Je suis bien content que tu te joignes à nous, je commençais à me lasser d'être tout seul.

— Tout seul ? s'étonna sa sœur.

— Comme mec ! précisa-t-il.

— N'importe quoi, répliqua sa fiancée.

— Où sont Scarlette et Alex ? s'enquit Agathe.

C'est vrai ! Scarlette ! songea Emy qui avait presque oublié qu'elle rencontrerait ce soir, pour la première fois, la sœur d'Alexandre. Cette jeune fille que son amie lui avait décrite comme étant d'une beauté aussi parfaite que celle du jeune vampred.

— Ils ne devraient plus tarder, tous les invités sont là. Ce sont eux qui ouvrent le bal ce soir, vu que Mathilde et Léopold sont partis en chasse.

L'idée que Mathilde Dussy, cette femme qui paraissait si fragile, puisse chasser le vampire était difficile à accepter pour Emy. En même temps, elle n'était plus à une incohérence près.

Les derniers invités entrèrent précipitamment dans la salle avant que le brouhaha des diverses conversations ne s'évanouisse en laissant la voie à une douce mélodie digne de la plus belle des marches nuptiales. Tous les regards se tournèrent en direction de la haute porte d'entrée quand deux silhouettes apparurent peu à peu dans la lumière.

— N'est-elle pas magnifique, ma princesse ! déclara Emeric à voix basse.

Il semblait tellement heureux, ses yeux brillaient de fierté. Scarlette était, à n'en pas douter, somptueuse. Elle ressemblait tellement à sa mère… Sa longue chevelure blonde faisait corps avec la robe nacrée qui frôlait élégamment le sol.

Deux sœurs, pensa Emy en la regardant approcher. Il était improbable qu'elle soit la fille naturelle de Mathilde Dussy. Elles avaient tout au plus dix ans d'écart, et même si la jeune fille n'avait pas encore étudié les vampires avec le professeur Lombas, elle était quasi certaine qu'il leur était physiologiquement impossible d'enfanter. Il y avait forcément une autre explication, mais elle se refusait à y songer maintenant.

Son attention se tournait à présent sur Alexandre. Il était encore plus beau et élégant qu'elle ne l'avait imaginé. Son costume noir satiné soulignait à la perfection les contours de sa carrure à la fois virile et sexy. En passant devant eux, il lui adressa un petit sourire rempli de tendresse, et tellement craquant. Ils s'éloignèrent peu à peu jusqu'à atteindre le centre de la piste de danse où ils entamèrent une valse majestueuse sous une pluie magique de poudre d'or.

Au bout de quelques minutes, des couples se joignirent à eux, et la piste fut rapidement comble.

— Qu'est-ce que… Mais… mais ils volent ! s'exclama Emy.

Elle venait de remarquer que plusieurs couples s'élevaient à présent au-dessus des autres danseurs. Leurs frêles silhouettes étaient enveloppées d'étoffes vaporeuses aux couleurs pastel qui les rendaient encore plus irréels.

— Ce sont des élunias, répondit simplement Agathe.

— Des quoi ?

— Des élunias, répéta-t-elle en prenant soin d'articuler.

— On dirait des fées.

— En fait, c'en est. Du moins pour les humains. Les élunias sont les fées des contes pour enfants humains.

— Mais les fées ont des ailes, alors que là… ils flottent.

— Les humains leur en ont inventé. L'idée de pouvoir voler sans leur est inconcevable.

— Oh… donc des sorciers, des vampires, des elfes et maintenant des élunia*s*… il existe encore beaucoup d'autres êtres que je vais découvrir ?

— Ce soir non, mais sache qu'il existe à peu près autant d'êtres magiques que de peuples humains, alors…

OK, au moins maintenant je sais à quoi m'attendre ! Enfin presque, songea-t-elle.

— Attends un peu… est-ce pour eux la lune sur le symbole de l'Alsorvampred ?

— Bonne déduction ! s'exclama Emeric qui avait suivi en silence leur échange. Et pour ton information, ce sont des androgynes.

— Des androgynes ! Tu veux dire qu'ils sont…

— Ni mâle ni femelle ! Et oui.

— Et pourquoi se sont-ils ralliés à l'Alsorvampred ?

— Parce qu'ils s'épanouissent uniquement dans un environnement harmonieux, sinon ils dépérissent à petit feu.

— M'accorderez-vous cette danse ? demanda un charmant jeune homme à Agathe, interrompant du même coup la conversation.

La jeune sorcière accepta l'invitation sans hésiter et laissa Emy seule en compagnie d'Emeric, vu que Bastien et Constance étaient partis enflammer la piste quelques minutes auparavant.

CHAPITRE 12

Un Noël pas comme les autres

— Bon, eh bien nous voilà tous les deux à présent, lança Emeric. Alors, dis-moi, comment ça se passe avec Alex ?

— Pardon ?

Elle n'en revenait pas qu'il lui pose une telle question. Normalement, il ne devrait être au courant de rien. Avec Alexandre, ils s'étaient mis d'accord sur le fait que, pour le moment, ils ne dévoileraient à personne la nature de leur relation.

— Eh bien, il est chargé de ta protection désormais. Ce n'est pas vrai ? précisa-t-il.

— Oh, oui bien sûr, répliqua-t-elle soulagée.

— Alors, il n'est pas trop envahissant, j'espère.

— Non, non. Il est parfait.

« Parfait », c'était bien le mot qui le définissait le mieux à ses yeux.

— Ah, les voilà, s'exclama le jeune homme en voyant Scarlette et Alexandre se diriger vers eux.

Alexandre, beau, grand, musclé, l'être parfait par excellence, s'avançait avec une telle fluidité qu'il donnait l'illusion de glisser. Emy sentit ses joues rosir à mesure que l'espace qui les séparait l'un de l'autre s'amoindrissait.

— Tu es merveilleusement belle, lui chuchota-t-il à l'oreille en déposant un délicat baiser sur sa joue. Je te présente ma sœur, Scarlette, ajouta-t-il en reprenant une légère distance.

— Je suis ravie de faire enfin ta connaissance, Emy, dit-elle en l'embrassant délicatement.

Enfin. Est-ce que ça signifie qu'Alex lui a parlé de moi ? Que lui a-t-il dit ? s'interrogea-t-elle avant de répondre simplement :

— Moi aussi.

Scarlette reprit rapidement la direction de la piste de danse en compagnie d'Emeric, laissant à nouveau Emy seule, mais pour sa plus grande joie, avec Alexandre, cette fois.

— M'accorderez-vous cette danse, mademoiselle ? lui demanda-t-il soudain.

— Je... je suis une piètre danseuse, répondit-elle quelque peu honteuse d'avoir à lui avouer l'une de ses plus grandes failles.

— Ça n'a aucune espèce d'importance. Il te suffit de me suivre, répliqua-t-il en lui tendant son bras dont elle se saisit sans attendre.

Ils marchèrent côte à côte jusqu'au cercle parqueté, Alexandre enserra délicatement sa taille, puis ils se mirent à danser les yeux dans les yeux. Emy eut l'impression que tous les regards étaient posés sur eux. Pour s'en assurer, il aurait fallu qu'elle détache le sien de l'abîme dans lequel il était plongé. Ce qu'elle ne ferait pour rien au monde. Ils tournoyaient au milieu des autres couples de danseurs avec une fluidité parfaite. Elle n'avait encore jamais ressenti une telle sensation. L'impression de voler. Ses pas s'accordaient naturellement à ceux du jeune vampred.

Alexandre avait raison. Il me suffit de le suivre, pensa-t-elle.

La fête battait son plein depuis plusieurs heures à présent. L'orchestre avait laissé sa place à un DJ qui n'en finissait pas de faire chauffer la piste. Agathe dansait toujours avec le même jeune homme, Stanislas, un sorcier dont les parents participaient eux aussi aux recherches pour attraper Yvan. Bastien et Constance venaient de s'éclipser pour prendre l'air, selon leurs propres termes. Emeric, quant à lui, était en pleine discussion avec deux autres vampreds. Ils débattaient des meilleures techniques de combat à utiliser pour s'emparer d'un vampire, même si aucun des trois ne pouvait participer à la chasse. Il ne restait donc plus que Scarlette, Alexandre et Emy assis autour de la table sur laquelle ils avaient tous les huit jeté leur dévolu un peu plus tôt dans la soirée, quand ceux qui en ressentaient le besoin avaient eu la possibilité de dîner. En plus d'être extraordinairement belle, Scarlette s'avérait être d'une agréable compagnie. Beaucoup plus réservée qu'Alice ou Agathe, mais très à l'écoute et à première vue assez perspicace.

— Toutes mes félicitations, Alexandre, pour cette magnifique réception, lança une plantureuse brune en ignorant totalement la présence des deux jeunes filles.

— Merci, Mégane, mais c'est plutôt Scarlette que tu devrais féliciter, lui répondit-il incisif.

Elle consentit à jeter un regard en direction de la jeune vampred avant de retourner toute son attention sur Alexandre, ce qui agaça au plus haut point Emy.

— Alors, toujours pas de sym à l'horizon ? reprit-elle plus aguicheuse que jamais.

— Cela ne te concerne en rien, retourne auprès de tes amis, répliqua-t-il sèchement.

Emy mourrait d'envie de l'interroger pour comprendre l'échange dont elle avait été spectatrice, mais Alexandre semblait particulièrement chamboulé par ce qui venait de se passer. Ce n'était à l'évidence pas le bon moment pour cela. Elle devrait une nouvelle fois attendre pour avoir des réponses.

— Ne fais pas attention à ce qu'elle dit, c'est une vraie peste, cette Mégane, lui glissa sa sœur en posant une main apaisante sur la sienne tandis que l'intruse s'éloignait.

— Tu as sans doute raison, sœurette, répondit-il en dégageant discrètement sa main. Je suis désolé que tu aies dû assister à cela, dit-il à Emy d'une voix pleine de tendresse en tortillant l'une de ses mèches autour d'un de ses doigts. J'espère que tu passes une agréable soirée, ajouta-t-il.

— Oh, oui, merveilleuse.

La jeune fille recommençait une longue descente vers l'abîme de ses yeux lorsqu'il brisa subitement la connexion pour répondre à la sollicitation d'Emeric.

— Qu'y a-t-il ? lui demanda-t-il.

Le jeune vampred approcha ses lèvres tellement près de l'oreille d'Alexandre, qu'il fut impossible à Emy d'entendre ce qu'il lui disait.

— Très bien, j'y vais, répondit-il à Emeric avant de s'adresser à Emy. Je t'abandonne quelques minutes. Si tu as besoin de quoi que ce soit, demande à Scarlette, précisa-t-il en jetant un regard complice à sa sœur qui acquiesça. Je ne serai pas long.

Emy esquissa un sourire. Alexandre déposa alors un doux baiser sur son front avant de s'éloigner, puis de disparaître dans la pénombre du couloir par lequel ils étaient entrés quelques heures auparavant. Lorsqu'elle retourna la tête, elle vit Emeric chuchoter quelques mots à l'oreille de Scarlette qui lui firent hausser les sourcils.

— Que se passe-t-il ? leur demanda-t-elle.

— Rien de grave. Ne t'inquiète pas. Alex est parti voir Adam.

— Scarlette ! s'exclama Emeric.

— Voyons, on peut bien le lui dire. Il n'y a rien de secret là-dedans, répliqua-t-elle tranquillement.

Le jeune vampred leva légèrement les mains en signe de reddition.

— Oh, mais j'aurais pu l'accompagner, précisa Emy.

— Malheureusement non.

— Et pourquoi pas ? Nous savons tous qu'il est innocent, rétorqua-t-elle.

— C'est vrai, mais en attendant l'abandon des charges, il est obligé de demeurer avec les novices.

— Les novices ?

— Les jeunes vampires qui sont en phase de devenir des vampreds confirmés.

— Tu veux dire qu'il y a quelque part dans ce château de véritables vampires, enfin je veux dire des vampires qui ne sont pas encore devenus des vampreds ?

— Dans les sous-sols en fait, puisqu'ils ne bénéficient pas encore de la protection de l'Alsorvampred contre le soleil.

— C'est pour ça qu'Alex ne voulait pas que je vienne ce soir ? Ils acquiescèrent tous les deux d'un léger hochement de tête. Et moi qui croyais que c'était parce qu'il ne voulait pas de moi comme cavalière.

— J'espère que tu n'as pas réellement cru ça. Mon frère t'apprécie énormément, il tient beaucoup à toi, il veut seulement te protéger.

Les paroles de Scarlette lui réchauffèrent le cœur et lui rendirent le sourire.

— Je suis épuisée, s'exclama Agathe qui venait de ressurgir en compagnie de Stanislas. On a raté quelque chose ? ajouta-t-elle en dévisageant les deux jeunes filles.

— Rien d'important, répondit Emy en jetant un regard complice à Scarlette.

Agathe et Stanislas prirent place à leurs côtés autour de la table pour reprendre leur souffle et se désaltérer après leurs prouesses artistiques.

— Et si on prenait la relève ? lança Emeric à destination de sa dulcinée.

Scarlette attrapa la main tendue qu'il lui offrait pour partir en direction de la piste de danse le sourire aux lèvres. Agathe entama alors une longue discussion avec Stanislas sur les nombreuses propriétés des différentes plantes aquatiques utilisées pour la préparation des potions destinées à soigner les affections d'origine magique. Au bout de quelques minutes, Emy commençait vraiment à se sentir de trop, et elle décida de s'éclipser discrètement. Elle se dirigeait vers la sortie pour aller prendre un peu l'air lorsqu'elle aperçut Bastien et Constance. Ils étaient assis sur l'un des bancs du couloir, tendrement enlacés. Ne voulant pas risquer de les déranger, elle fit demi-tour et en profita pour demander à une elfe qui passait justement par là où se trouvaient les toilettes.

— Au fond du petit couloir, juste derrière l'escalier, lui répondit-elle. Voulez-vous que je vous accompagne ?

— C’est gentil, mais je vais me débrouiller, merci.

La jeune fille s’avança dans la direction indiquée par l’elfe. Elle contourna l’escalier et trouva non pas un, mais deux couloirs. Ils se ressemblaient étrangement et étaient vides tous les deux. Elle hésita un instant avant de décider d’emprunter celui de gauche. Au bout de quelques pas, elle se trouva face à une voûte dont les contours étaient finement sculptés, à tel point que la pierre ressemblait à de la dentelle. Elle s’attarda devant un instant pour l’admirer.

— Je vous le déconseille, lança une petite voix derrière elle.

Emy se retourna pour tenter de voir qui s’adressait à elle, mais elle était toujours seule dans le couloir. C’est alors qu’un léger souffle lui caressa le dos, elle porta à nouveau son attention sur l’ouverture, mais un rideau d’une substance semblable à de l’eau s’était matérialisé.

— Vraiment, vous ne devriez pas ! insista la petite voix.

La jeune fille se tourna une nouvelle fois, bien décidée à trouver la personne qui s’adressait à elle.

— Qui me parle ? Où êtes-vous ? demanda-t-elle avec une légère inquiétude dans la voix.

— Ici, lui répondit son interlocuteur en sortant de sa cachette à l’autre bout du couloir.

Elle s’avança lentement en direction de la petite créature. Pas plus grande qu’un enfant de trois ans, ses bras et ses jambes étaient tellement courts que ce petit être donnait presque l’impression d’être uniquement formé d’un buste et d’une tête. Cette dernière était d’ailleurs illuminée par des cheveux roux pétants coiffés en une sorte de longue brosse ébouriffée accentuée par des oreilles effilées et pointues. Un long nez fin et deux grands yeux jaunes terminaient le personnage.

— Vous ne devriez pas être ici, mademoiselle Emy !

— Mais qui es-tu ? Et comment connais-tu mon nom ?

— Je suis Vido, et je ne saurais ignorer votre identité.

Ce personnage était décidément bien étrange pour la jeune fille qui resta sans voix.

— Les toilettes sont dans l'autre couloir, mademoiselle Emy, ajouta-t-il.

— Merci, Vido.

Elle rebroussa chemin et prit la direction des toilettes en compagnie du petit être. Au bout de quelques pas, elle osa enfin lui poser la question qui lui trottait dans la tête depuis qu'elle l'avait rencontré.

— Mais dis-moi Vido, qu'es-tu au juste ?

— Un elfe veilleur ! répondit-il fièrement en bombant le torse.

Malheureusement, elle n'eut pas le loisir de l'interroger sur ce qu'était un elfe veilleur.

— Emy ? s'étonna Alexandre qui venait de surgir du couloir qu'elle avait quitté l'instant d'avant. Mais avec qui parles-tu ?

Elle se retourna une seconde avant de lui répondre. Vido était un peu plus loin derrière elle, à demi caché au coin du mur. Il posa un doigt devant sa bouche pour lui demander de garder le silence, puis il s'évapora sous les yeux ébahis de la jeune fille.

— Avec personne, répondit-elle finalement.

— Il m'avait pourtant semblé que…

— J'allais juste faire un tour aux toilettes. J'en ai pour une seconde, tu m'attends ? l'interrogea-t-elle pour détourner la conversation.

Lorsqu'elle ressortit quelques minutes plus tard, ils reprirent la direction de la grande salle pour rejoindre les autres invités. Le brouhaha, composé de musique et de discussions plus ou moins vives, s'accentuait à mesure qu'ils progressaient.

— Emy ? l'interpella Alexandre tandis qu'ils approchaient de l'entrée.

— Oui.

— Je voulais te dire… tu es magnifiquement belle ce soir, murmura-t-il avant de l'embrasser tendrement.

Lorsque leurs lèvres se séparèrent, la jeune fille eut des difficultés à remettre ses idées en ordre. Tout son être venait d'être parcouru par des milliers de picotements, comme chaque fois qu'ils avaient un contact physique. Elle balaya le couloir des yeux, mais à son grand soulagement, personne ne les avait surpris. Être l'officielle petite amie de l'hôte de la soirée, et par la même occasion le centre de toutes les attentions, était bien la dernière chose qu'elle souhaitait.

— Cinq… Quatre... Trois…

Des centaines de voix entonnaient en chœur le décompte des secondes précédant minuit.

— Deux… Un… Zéro…

— Joyeux Noël, souffla-t-il avant de l'embrasser une nouvelle fois tandis que l'horloge sonnait les douze coups.

À leur retour dans la grande salle, des cotillons volaient dans tous les sens. Des centaines, mais pas de ceux que la jeune fille avait déjà vus en papier voltigeant à moitié, non, de véritables serpentins rouge et or qui volaient littéralement dans les airs en compagnie de milliers de confettis tout aussi magiques. Emy était en admiration devant tant de féerie, et ce fut les yeux encore pétillants d'admiration et au bras d'Alexandre qu'elle retourna à la table. Ils y rejoignirent leurs amis qui étaient déjà chacun en train de lever une flûte de champagne et de se souhaiter un joyeux Noël.

— Mais où étiez-vous passés ? s'écria Agathe en les voyant approcher.

— Je me suis… égarée, répondit Emy, penaude.

— Et bien sûr, tu n'as pas pu t'empêcher de jouer les sauveurs, répliqua Emeric.

Alexandre resta silencieux, préférant couper court à cette discussion en attrapant deux flûtes pour en offrir une à Emy et se joindre à la joyeuse troupe.

La musique était redevenue plus calme dans la grande salle qui s'était vidée peu à peu, lorsque Bastien indiqua qu'il était temps d'aller se coucher. Les pensionnaires étaient pratiquement tous montés se reposer, les élunias avaient disparu les uns après les autres et les invités étaient pour ainsi dire tous partis. Agathe protesta, mais sans grande conviction, plus par principe de s'opposer à la décision de son grand frère. Stanislas était déjà rentré chez lui et elle admit rapidement qu'elle aussi était fatiguée. Les trois jeunes vampreds les raccompagnèrent jusqu'à l'entrée du château où la limousine les attendait déjà. Constance et Bastien les saluèrent brièvement avant de s'engouffrer dans la voiture, suivis de près par Agathe. Mais Emy eut plus de difficultés à les quitter, enfin surtout Alexandre qu'elle regarda ensuite disparaître lentement à mesure que le véhicule s'enfonçait dans l'allée.

Au petit matin, les habitants du manoir se retrouvèrent pour partager un petit-déjeuner convivial. Marguerite et Antoine Duclos étaient rentrés peu après leur retour de la soirée, une nouvelle fois bredouilles. L'équipe de recherche à laquelle ils appartenaient avait cependant failli intercepter Yvan.

— Et il n'était pas tout seul, précisa Antoine. Il y avait Ludovic avec lui.

— Vous voulez dire, le vampire que j'ai rencontré avec Alex ?

— Parfaitement, maintenant au moins nous savons qu'ils traînent ensemble.

— Arrête avec ça, veux-tu ! intervint son épouse. C'est Noël aujourd'hui. D'ailleurs, je pense que vous devriez aller faire un tour dans la grande salle, les enfants, précisa-t-elle en esquissant un sourire.

Agathe et Bastien se précipitèrent hors de la salle à manger, alors qu'Emy et Constance s'y rendirent à vitesse mesurée en compagnie de Marguerite et Antoine. Au pied du grand sapin étaient déposés plusieurs paquets à côté desquels se trouvaient déjà le frère et la sœur agenouillés, presque aussi hystériques que des enfants.

— Allez-y, les filles, leur dit doucement Marguerite. Il y en a aussi pour vous.

Agathe était folle de joie d'avoir reçu en cadeau de nombreux accessoires destinés à la préparation de ses potions.

— Des flacons-mélangeurs ! Génial ! s'écria-t-elle.

Bastien, lui, était un peu plus réservé dans sa manière de l'exprimer, mais tout aussi content de découvrir l'encyclopédie des loups-garous.

— Mais c'est l'édition premium ! Merci maman, merci papa, dit-il en les serrant dans ses bras.

Constance avait découvert une jolie robe d'été qu'elle avait tout de suite adorée.

— Oh, merci beaucoup. Elle est très jolie. J'ai hâte de pouvoir la porter.

Puis ce fut au tour d'Emy d'ouvrir le sien, elle retira délicatement le ruban doré et le papier rouge brillant. Ils entouraient un petit livre relié dont la couverture en cuir était abîmée par endroits.

— C'était l'un des livres préférés de ta mère, lui précisa Marguerite Duclos. Je ne sais d'ailleurs pas pourquoi elle ne l'avait pas emporté lorsqu'elle a quitté la ville. Elle l'a sûrement simplement oublié.

La jeune fille se sentit submergée par une gigantesque vague d'émotion. C'était la première fois qu'elle ressentait une telle fierté, la première fois qu'elle tenait entre ses mains quelque chose ayant appartenu à sa mère. Sur la couverture rouge élimée, elle parvint à déchiffrer sans trop de difficulté le titre de l'ouvrage qui y était gravé : « Le manuel des sorts et enchantements ».

— Tu verras qu'elle avait pour habitude d'écrire des annotations dans la marge, ajouta-t-elle.

Avec en plus des inscriptions écrites de la main de sa mère, ce livre valait de l'or pour Emy. Elle le serra fermement contre elle puis réussit à dire ces quelques mots.

— Merci, de tout mon cœur.

Ils avaient également tous reçu une boîte de chocolats suisses, réputés pour être les meilleurs, et Agathe avait offert à chacun un sachet de berlingots qu'elle avait elle-même améliorés, comme elle disait. En fait, elle les avait ensorcelés de telle manière que les parfums étaient mélangés et qu'ils avaient parfois des réactions surprenantes lorsqu'on les mettait dans la bouche. Ainsi, le jaune que Bastien enfourna à une vitesse éclair en pensant qu'il était parfumé au citron s'avéra être à la fraise pétillante.

Alexandre se présenta au moment où les Duclos s'apprêtaient à ressortir pour rejoindre le groupe de recherche. Il les salua et leur souhaita un joyeux Noël avant de leur faire part de ses encouragements pour la nuit qui les attendait. Sur les conseils de Georges, il se rendit directement dans le couloir du premier étage pour frapper à la porte de la chambre d'Emy.

— Entrez ! répondit-elle aux deux coups qu'elle venait d'entendre.

— Bonsoir, expira-t-il doucement en pénétrant dans la pièce.

— Alex ! s'exclama-t-elle en se redressant de son lit sur lequel elle était affalée. Je ne t'attendais pas si tôt.

— Tu me manquais trop, lui susurra-t-il à l'oreille après avoir traversé la pièce en une fraction de seconde.

Les joues d'Emy devinrent immédiatement écarlates et elle fut dans l'incapacité de répliquer.

— J'adore te voir rougir, c'est tellement mignon, dit-il en lui effleurant la joue du bout des doigts.

Elle était proche de la défaillance, les pulsations de son cœur s'étaient subitement accélérées. Sans doute s'évanouirait-elle s'il l'embrassait maintenant.

— J'ai un cadeau pour toi, ajouta-t-il en glissant un petit paquet argenté dans l'infime espace qui les séparait.

— Pou… pour moi, balbutia-t-elle. Mais il ne fallait pas.

— Ouvre-le, souffla-t-il.

Un nœud se forma dans son estomac lorsqu'elle découvrit un petit écrin bleu nuit. Elle prit une grande inspiration avant d'en soulever délicatement la partie supérieure.

— C'est un porte-bonheur, précisa-t-il.

— Merci, il est…

Mais, submergée par l'émotion, la jeune fille ne pouvait plus à prononcer le moindre mot. Elle fit tournoyer le petit pendentif argenté entre ses doigts tremblants pendant qu'elle tentait de retrouver son calme.

— C'est un hibou, chuchota-t-elle.

Les larmes, contenues, s'étaient accumulées et troublaient sa vision au point qu'elle ne le remarquait que maintenant.

— Oui, c'est moi, répondit-il en caressant ses mains. Je peux ? lui demanda-t-il en se saisissant de la chaînette.

La jeune fille hocha subrepticement la tête en signe d'acceptation, elle était encore bouleversée. Puis elle pivota pour lui présenter sa nuque qu'elle dégagea en relevant ses cheveux d'une main. Le pendentif se posa sur le haut de sa poitrine, ce qui lui déclencha un frissonnement. Puis, tel un serpent, la chaîne se positionna autour de son cou.

— Merci, il est magnifique, lança-t-elle dans un soupir.

Emy sentit les mains glacées d'Alexandre courir le long de son cou. Quelques secondes plus tard, elles s'échouèrent sur ses épaules, protégées d'une unique et fine bretelle, et la fraîcheur du métal fut anéantie. Ce contact direct avec sa peau lui déclencha une vague de frissons qui descendit tout du long de sa colonne vertébrale pour terminer sa course au creux de ses reins. Le souffle polaire du jeune vampred lui caressait langoureusement la nuque. Sa respiration était lente, cadencée, précise. Inconsciemment, la sienne s'était calée dessus. Ses larmes ne coulèrent finalement pas et le nœud dans son estomac s'évapora.

Alexandre avait les yeux fixés sur son cou. Le grain de sa peau, son odeur, sa respiration, tout l'attirait chez elle. Depuis leur toute première rencontre, il avait la plus grande des difficultés à se retenir. Il le devait pourtant. Emy n'était pas des siens, il le savait. Son père avait bien insisté, il devait se contrôler, c'était le prix à payer. Et jusqu'à aujourd'hui il s'en était plutôt très bien sorti, mais contrairement à ce qu'il avait pensé au début, cela s'avérait être de plus en plus difficile. Son désir de la posséder tournait à l'obsession.

Emy sentit les mains d'Alexandre se crisper sur ses épaules. Quelque chose avait changé. Sa respiration… il ne respirait plus. À présent, elle ne percevait que la sienne. Il s'écarta brutalement.

— Alex ? s'enquit-elle en le voyant se précipiter à l'une des fenêtres et fixer son regard vers l'extérieur.

— Oui, finit-il par répondre calmement.

— Est-ce que tout va bien ?

— Parfaitement bien.

— J'ai cru, l'espace d'un instant que tu avais arrêté de respirer.

Le jeune vampred retourna s'asseoir à ses côtés avant de lui répondre, les yeux dans les yeux :

— Ça m'arrive parfois, mais tu n'as pas à t'inquiéter… Je suis content que mon cadeau te plaise, ajouta-t-il en le frôlant du bout des doigts.

— Tu as l'air si triste, lui dit-elle en esquissant un sourire.

— C'est parce que je ne peux pas rester ce soir, soupira-t-il.

— Es-tu vraiment sûr qu'il n'y a que ça ?

— Évidemment, répliqua-t-il en lui caressant la joue.

— J'ai pourtant l'impression que tu me caches quelque chose.

Alexandre baissa les yeux en direction de ses mains qu'il serra dans les siennes.

— Rien dont tu doives t'inquiéter en tout cas, lui dit-il en plongeant son regard dans le sien. Fais-moi confiance.

— Je te fais confiance.

Un manteau neigeux recouvrait déjà le sol, et la nuit sans étoiles n'augurait pas de changement de temps dans les heures à venir.

— Elle est inapprochable, monsieur. Il y a toujours ce vampred avec elle ou l'un des membres de la famille Duclos.

— Il faut que je trouve le moyen... murmura l'homme à la baguette blanche.

Immobile, il contemplait la neige qui voltigeait dans la nuit à travers l'une des hautes fenêtres de son bureau.

— J'ai trop faim pour réussir à réfléchir correctement ! s'exclama-t-il en s'asseyant dans son grand fauteuil près de la cheminée.

— Oh, mais je vous ai fait apporter votre mets favori, monsieur.

— Personne n'y a goûté avant moi, j'espère.

— Bien sûr que non, monsieur. J'y ai veillé.

— Parfait, alors faites-la venir.

Le serviteur se dirigea vers la porte derrière laquelle il disparut presque aussitôt.

La silhouette sombre de l'hôte de ce lieu s'éleva lentement face à la lueur de l'âtre. On pouvait à présent deviner qu'il était vêtu de noir comme à son habitude. Il glissa sa baguette dans l'étui qui lui était destiné, et s'accouda négligemment au manteau de la cheminée.

— Entrez, répondit-il d'une voix calme et posée aux coups qui venaient d'être timidement frappés.

La porte s'ouvrit pour laisser pénétrer une jolie jeune fille aux longs cheveux blonds et au teint légèrement hâlé.

— Approchez, mademoiselle, que nous puissions faire plus ample connaissance, susurra-t-il, d'une voix devenue étonnamment suave.

Un large sourire inonda le visage de l'invitée.

CHAPITRE 13

Une nouvelle clé

Emy se débattait tant bien que mal avec son corsage. Le costume qu'elle avait choisi pour la soirée « Versailles » de l'anniversaire de son amie était certes très joli, mais aussi extrêmement difficile à mettre.

Après les fêtes de Noël, le manoir était redevenu beaucoup plus calme. Bastien et sa fiancée étaient partis en Haute-Savoie pour passer le réveillon du jour de l'an avec la famille de Constance. Quant aux Duclos, ils étaient de sortie tous les soirs à la recherche d'Yvan. Il ne restait donc souvent qu'Agathe, qui passait la majorité de son temps fourrée dans son labo avec Stanislas, lui aussi passionné de potions. Elle avait toutefois trouvé le temps d'emmener Emy récupérer Alice à l'aéroport le mercredi.

La soirée devait débuter dans à peine une petite heure. Emy tenta donc un sortilège Portovoix pour faire sortir la jeune sorcière de son antre.

— Agathe ! S'il te plaît, tu peux venir m'aider ? s'écria-t-elle avec une puissance vocale qu'elle ne s'était jamais imaginée.

— J'arrive tout de suite, lui répondit-elle joyeusement.

Et une seconde plus tard, elle se tenait derrière elle dans la salle de bains.

— Mais comment tu fais ! s'exclama-t-elle découragée de la voir déjà prête.

— La magie ma cocotte, la magie.

— J'ai essayé figure-toi, mais regarde le résultat.

Le lacet de fermeture du corsage de sa robe était tout emmêlé.

— Ce n'est rien, je vais t'arranger ça en deux coups de baguette.

Et c'est littéralement ce qui se produisit.

— Et voilà, souffla-t-elle. Tu vois, elle te va très bien. À croire que tu n'es pas née à la bonne époque.

Ce qu'elle venait de dire était tout à fait juste, la tenue et la coiffure d'Emy lui allaient à merveille. Elle ressemblait comme deux gouttes d'eau à la plus charmante des dames de la cour de Versailles.

Elles entendirent alors le bruit d'une voiture qui s'avançait lentement dans l'allée.

— C'est sûrement Stan ! s'écria Agathe en se précipitant vers le couloir.

Emy l'entendit dévaler les escaliers à toute vitesse, elle songea que si elle était elle-même descendue à cette allure-là avec une telle robe, elle aurait sans nul doute atteint le rez-de-chaussée bien plus tôt que prévu. Les cris et les rires de la jeune sorcière lui parvenaient assourdis depuis le hall. Sans y prêter attention, elle fixa son collier à la place de la chaîne et du pendentif que lui avait offert Alexandre. Mais n'ayant pas le cœur de l'abandonner, elle prit soin de le mettre à l'un de ses poignets en guise de bracelet.

— Alex !

Cette exclamation, en revanche, avait été perçue par Emy aussi clairement que si elle s'était trouvée en bas aux côtés d'Agathe. Son cœur se mit à battre la chamade à l'idée de savoir Alexandre aussi près. Elle déposa quelques gouttes du parfum qu'il préférait juste en dessous de chacune de ses oreilles puis à la naissance de son décolleté, avant de sortir dans le couloir.

Le jeune vampred attendait en bas du grand escalier, impatient de la voir. La tenue d'époque qu'il portait lui seyait également à merveille. Ils formeraient certainement le plus beau couple de la soirée. Alexandre feignait de s'intéresser à la discussion lancée par Stanislas, mais son attention se portait ailleurs. Son regard se posa régulièrement sur la plus haute marche jusqu'à ce qu'il voit

Emy s'approcher. Là, tous ses sens s'immobilisèrent. Il sentit son parfum l'envahir. Elle s'avança lentement vers lui, sa robe poudrée léchant négligemment chacune des marches qu'elle descendait. Il scruta chaque parcelle de sa peau nacrée avant de plonger son regard dans ses yeux divins.

Emy eut l'impression de voler jusqu'au bras qu'il lui offrait. Elle ne voyait que lui, plus envoûtant que jamais.

— Puisque tout le monde est prêt, nous pouvons y aller, lança subitement Agathe en les sortant de leur rêverie.

En arrivant devant la villa des Montrouge, un homme d'une société de surveillance privée leur indiqua une place de parking. Alexandre déposa ses trois passagers devant l'entrée avant de se diriger vers l'emplacement désigné. En un temps record, il réussit à garer la grosse berline noire aux vitres fumées prêtée par son père pour l'occasion.

Lorsque Alice aperçut son amie entrer au bras du jeune homme, elle fut incapable de contenir sa joie.

— Oh mon Dieu ! s'exclama-t-elle. Qu'est-ce que vous êtes beaux tous les deux ! Et elle les serra si fort dans ses bras qu'Emy en eut presque le souffle coupé.

Elle accueillit ensuite très chaleureusement Agathe, ainsi que Stanislas qu'elle rencontrait pour la première fois.

Le décor de la salle où se déroulait la fête était très réussi. Cependant, après la magie du réveillon de Noël auquel la jeune fille venait d'assister à Noctoyard, elle eut plus de difficultés pour s'en enthousiasmer. Heureusement, son amie ne remarqua rien d'inhabituel dans son comportement.

Tout au long de la soirée, Alice alla d'un groupe d'invités à l'autre sans réellement avoir le temps d'en profiter, mais Emy, qui la connaissait si bien, savait qu'elle y prenait un immense plaisir. Aurélie et Claire étaient présentes également, aux prises avec deux charmants jeunes hommes rencontrés quelques jours auparavant lors d'un concert de rock à L'Éclipse. Quant à Agathe et Stanislas, ils remportèrent un immense succès sur la piste de danse où ils furent même acclamés à plusieurs reprises par la majorité des invités. Toute cette agitation laissait Emy et Alexandre totalement indifférents. Isolés dans un petit recoin au fond de la salle, ils ne cessaient de se regarder, les mots étant devenus superflus.

C'est seulement lorsque le décompte des dix dernières secondes de l'année commença qu'ils furent extraits de ce rêve éveillé par une Agathe survoltée.

— Allez ! Venez ! s'écria-t-elle en sautillant devant eux.

Ils descendirent alors, un peu à contrecœur, de leur petit nuage pour aller partager ce moment de joie avec leurs amis.

Cette fois-ci, personne n'eut besoin de convaincre Agathe de rentrer au manoir. L'effet des nombreuses coupes de bulles qu'elle avait avalées durant la soirée l'ayant brusquement fait passer de la surexcitation à la somnolence.

Alexandre commença par déposer Stanislas directement devant chez lui. Il n'était pas en état de conduire et il était convenu qu'il récupérerait sa voiture laissée chez les Duclos le lendemain. Une fois rentré au manoir, Alex eut la délicatesse de porter Agathe jusqu'à son lit. Emy se chargea de l'aider à ôter ses chaussures et à retirer les parties les plus inconfortables de son costume avant qu'elle ne sombre dans un profond sommeil.

— Est-ce que ça va aller ? lui demanda-t-il lorsqu'elle le rejoignit dans le couloir où il l'avait attendue patiemment.

— Elle vient de s'endormir, lui répondit-elle après avoir refermé la porte de la chambre sans faire de bruit. Elle aura certainement un sérieux mal de tête demain, mais à part ça tout ira bien, ajouta-t-elle.

La journée du lendemain ressembla à tous ces lendemains de fête qu'Emy avait connus dans le monde des humains. Sans surprise, Agathe se montra relativement tard, et encore ensuquée, à la table du petit-déjeuner. Marthe avait eu la gentillesse de lui préparer un petit remède de sa composition, une mixture à base de plantes qu'elle tenait de sa mère, dont l'odeur et la couleur n'avaient rien d'attrayant, mais qui s'avéra d'une redoutable efficacité. Emy ne put s'empêcher de sourire devant la mine écœurée que la jeune sorcière arbora en avalant difficilement la préparation.

En début d'après-midi, Stanilas vint récupérer sa voiture, puis il décida de rester pour passer encore un peu de temps avec Agathe.

Finalement, il était encore là lorsque la voiture d'Alexandre se gara devant l'entrée du manoir à la nuit tombée. Pour Emy, qui avait passé la journée le nez dans ses manuels de magie, cette arrivée fut un véritable rayon de soleil. Elle se précipita au rez-de-chaussée pour l'accueillir.

Comme la fin des vacances approchait à grands pas et qu'Agathe devait repartir le lendemain pour Londres, ses parents prirent la décision de ne pas participer aux recherches de la nuit. Ils désiraient profiter de la dernière soirée en présence de leur fille. De l'apéritif jusqu'au digestif, ils passèrent tous les six un agréable moment dans une ambiance conviviale et joyeuse en laissant de côté leurs soucis. Et Emy se surprit à songer qu'elle avait peut-être retrouvé une famille.

Le rythme quotidien avait repris ses droits depuis une semaine maintenant. Les clients étaient au rendez-vous, et Alexandre passait chercher Emy tous les soirs à la fermeture de la boutique. Alice se délectait de voir son amie, qu'elle avait récupérée quasiment anéantie quelques mois auparavant, si heureuse aujourd'hui. Il leur avait semblé sans danger et beaucoup plus simple de lui avouer leur idylle. Bien sûr, ils lui avaient demandé de garder cela pour elle. La jeune fille n'avait pas bien saisi l'intérêt de garder cela secret, mais elle s'y était pliée de bonne grâce. Seuls les cours du professeur Lombas n'avaient pas encore pu reprendre. Les équipes de recherche étaient sur le pont chaque nuit, et malgré les multiples traces qu'il laissait derrière lui, Yvan courait toujours.

Alice avait beaucoup insisté pour qu'Emy et Alexandre viennent dîner chez elle. Elle voulait leur raconter ses quelques jours passés à New York avec ses parents, et leur montrer les photos qu'elle avait prises durant son séjour. Mais le jeune vampred avait de plus en plus de difficulté à contrôler les manifestations de ses instincts naturels en présence d'Emy. Ses brusques changements d'attitude n'étaient pas un souci lorsqu'ils n'étaient que tous les deux, mais Alice risquait de poser des questions si elle s'apercevait, par exemple, que parfois il ne respirait plus. Cependant, ils finirent par accepter. Et leurs craintes ne furent finalement pas confirmées. Du début à la fin du repas, aucune manifestation d'un quelconque comportement étrange ne se produisit. La soirée s'acheva assez tôt comme prévu, à l'arrivée de Claire et Aurélie. Elles venaient chercher Alice pour aller boire un verre à L'Éclipse. Emy avait indiqué dès le début à son amie qu'ils ne les suivraient pas dans cette sortie.

Le jour suivant, lorsque la jeune fille descendit dans la salle à manger au petit matin, elle eut la surprise d'y trouver Marguerite et Antoine Duclos en train de boire un café avec le professeur Lombas. Malgré leurs visages tuméfiés et leurs vêtements partiellement déchirés, ils arboraient un large sourire, quoiqu'un peu en biais pour celui du professeur.

— Bonjour, Emy ! s'exclama-t-il de bon cœur en l'apercevant dans l'embrasure de la porte.

— Bonjour, professeur, répondit-elle légèrement abasourdie. Mais qu'avez-vous au visage, et vos vêtements ? Et vous aussi, madame Duclos ! Et vous, monsieur… enchaîna-t-elle dans un flot de balbutiements à la limite du compréhensible.

— Calme-toi, tout va bien, la rassura Marguerite qui s'était levée pour la guider jusqu'à une chaise.

— Nous n'avons rien de grave, tout juste quelques égratignures qui ne résisteront pas longtemps à un sortilège Pansomal, ajouta le professeur.

— Est-ce que vous… commença-t-elle à demander tandis que Marthe inondait déjà son assiette de brioche et autres viennoiseries.

— Oui, nous l'avons enfin attrapé, répondit fièrement Antoine. Et ce ne fut pas une mince affaire, précisa-t-il en jetant un regard complice au professeur.

— Antoine ! le réprima son épouse. Tu vas inquiéter cette petite. Personne n'a été blessé, tout le monde va bien, expliqua-t-elle.

— Alors, Adam va être innocenté, lança la jeune fille entre deux gorgées de café.

— Il faut encore attendre la décision officielle du Conseil qui devrait tomber dans quelques heures. Mais oui, il devrait l'être.

Un large sourire de soulagement et de satisfaction se dessina alors sur le visage d'Emy, accompagnant ceux du professeur et des Duclos.

Ils se tenaient tous les quatre dans le hall d'entrée du manoir. Frédéric Lombas s'apprêtait à disparaître, car son statut lui permettait, entre autres, de se téléporter même dans un lieu sous protection magique.

— Emy, cela signifie également que nous allons pouvoir reprendre le cours de nos séances de travail, lui indiqua-t-il.

— Quand vous voudrez, professeur, répliqua-t-elle joyeusement.

— Eh bien, disons vendredi. J'ai bien besoin de quelques jours de repos.

— Bien sûr, conclut-elle en souriant. J'imagine que ça signifie aussi que je peux réintégrer mon appartement, dit-elle avec moins d'entrain.

— À vrai dire, nous en avons déjà discuté avec Marguerite et Antoine, répliqua le professeur en jetant un bref regard aux deux intéressés. Et il nous semble plus sûr, si vous êtes d'accord, que vous demeuriez ici désormais, expliqua-t-il.

— Vous voulez dire définitivement ? s'exclama-t-elle.

— Si cela te convient, précisa Marguerite sur un ton maternel.

— Il peut difficilement en être autrement. Mais j'avoue qu'au-delà de l'aspect sécuritaire, je ne comprends pas bien pourquoi vous me faites une telle offre ?

— Ta mère était mon amie la plus proche et la plus fidèle. Avant qu'elle ne quitte définitivement Louverville, Éléonore m'a fait promettre une chose dont je n'ai compris le sens réel que tout dernièrement. Elle m'a demandé de prendre soin des siens comme de ma propre famille, quoiqu'il advienne. À l'époque j'ai cru qu'elle parlait uniquement de ses parents, que je n'ai malheureusement pas pu protéger. Mais aujourd'hui, je sais qu'ils n'étaient pas les seuls concernés. Ta mère était déjà enceinte à ce moment-là.

— J'accepte avec grand plaisir, lui répondit-elle la voix tremblante d'émotions.

— Merci, Emy, lui dit-elle en la serrant dans ses bras.

— Alors, c'est décidé. Alexandre t'emmènera récupérer le reste de tes affaires dès ce soir, déclara Antoine visiblement satisfait de cette décision. Oh, et à présent, il faudra que tu nous appelles par nos prénoms, conclut-il en souriant.

La jeune fille se retrouva envahie d'une immense joie à l'idée de se sentir enfin chez elle quelque part et au cœur d'une famille qui, bien qu'elle ne fût pas vraiment la sienne, était ce qui s'en approchait le plus, elle en était certaine.

— Mais comment vais-je faire pour l'appartement et pour Alice ? s'interrogea-t-elle, subitement de retour dans la réalité.

— Aucun problème, répondit le professeur. Je m'en occupe. À l'instant même où vous refermerez la porte de cet appartement derrière vous, plus aucun humain ne se rappellera que vous y avez vécu.

— Comment ça ?

— Eh bien, voyez-vous Emy, reprit-il. L'avantage avec la mémoire des êtres humains, c'est qu'elle est très malléable, termina-t-il sans plus d'explication. À bientôt mes amis, s'exclama-t-il avant de se volatiliser dans un nuage de fumée blanche.

Évidemment, tout se déroula comme l'avait prédit le professeur. Le jour même, en fin d'après-midi, Emy récupéra la totalité de ses affaires, avec l'aide d'Alexandre. Lorsqu'elle mit le dernier tour de clé dans la serrure de la porte de son appartement, celle-ci s'évapora en ne laissant qu'un anneau vide accroché à son porte-clés. Ce dernier, argenté, lui avait été offert par sa tante Rose le jour de ses seize ans, il était alors agrémenté des clés d'un scooter. Cela lui semblait tellement loin aujourd'hui. L'intervention du professeur fut confirmée dès le surlendemain quand elle entra dans la boutique quelques minutes seulement après son amie.

— Bonjour, Alice, lança-t-elle en accompagnant ses paroles d'une bise.

— Bonjour, comment vas-tu et comment va la famille ?

— La famille ? s'étonna-t-elle.

— Bah, les Duclos, ils sont comme ta famille après tout, répliqua-t-elle en haussant les épaules.

— Oui, bien sûr, marmonna Emy qui venait de comprendre. Tout le monde va bien, merci. Ils te passent le bonjour d'ailleurs, renchérit-elle pour effacer sa maladresse.

— Avez-vous eu des nouvelles d'Agathe ? Est-ce que sa rentrée s'est bien passée ?

— Oui, tout s'est parfaitement déroulé, elle est ravie. Stanislas lui manque un peu, bien sûr, mais il a promis qu'il irait la voir régulièrement à Londres.

— C'est trop mignon, soupira-t-elle. J'espère que ce sera aussi beau avec mon Yann, ajouta-t-elle rêveuse.

— Ton Yann ?

— Oh, je ne t'ai pas encore raconté, mais j'ai rencontré un mec l'autre soir à L'Éclipse.

— Et comment est-il ? l'interrogea-t-elle sur un ton suspicieux.

— Tu n'as pas à t'inquiéter, il a l'air d'un jeune homme tout ce qu'il y a de plus respectable. Il s'est très bien conduit l'autre soir, un véritable gentleman.

Les propos d'Alice ne la rassuraient pas forcément. Emy ne savait que trop bien que les vampires étaient capables de passer pour des êtres particulièrement courtois et bien élevés. Elle craignait tellement que son amie ne fasse une mauvaise rencontre, qu'elle parvint même à lui gâcher son plaisir à force de lui poser des questions.

— C'est bon Emy ! s'énerva-t-elle. Je suis une grande fille.

— Excuse-moi, c'est juste que je me fais du souci. Je ne voudrais pas que tu tombes amoureuse d'un garçon qui ne te conviendrait pas, expliqua-t-elle.

— Ne t'en fais pas. Yann est charmant, tu vas l'adorer. Il doit justement passer me chercher tout à l'heure, il m'invite à déjeuner. Je te le présenterai.

Apparemment, il ne craignait pas la lumière du jour puisqu'il l'avait invitée ce midi, ce qui permettait déjà à Emy d'écarter l'hypothèse du vampire. Il ne restait plus que le risque qu'il s'agisse d'un sorcier adepte de magie noire, autrement dit un dismortèbre et ça, elle ne savait pas comment le déceler.

Au douzième coup de midi, un petit cri perçant parvint brusquement aux oreilles d'Emy et la fit sortir de la réserve où elle était en train de ranger les articles livrés plus tôt dans la matinée.

— C'est lui ! C'est Yann !

C'était de la bouche d'Alice que provenait ce son incommodant à souhait. Le manteau rapidement enfilé et le sac à main à peine posé sur son épaule, elle se remit à parler, mais d'une manière un peu plus normale cette fois.

— Viens ! Viens que je te le présente !

— Cours le rejoindre, j'arrive, lui répondit-elle calmement.

Son amie se précipita de l'autre côté de la rue, en prenant tout de même soin de regarder avant de traverser. Elle observait la scène depuis la boutique en s'habillant de son long manteau noir et de sa plus chaude écharpe qui lui permettaient d'affronter la brise glaciale de ce mois de janvier. Entre deux embrassades passionnées, elle distingua la chevelure châtain clair du jeune homme maintenant ébouriffée par les doigts d'Alice. Une fois face à lui, son teint hâlé et sa tenue sportswear lui firent immédiatement penser aux beaux gosses des magazines de glisse que son amie s'achetait juste pour les admirer.

— Salut, lança-t-elle pour faire remarquer sa présence.

— Ah oui. Alors, Yann, je te présente Emy, ma meilleure amie et associée par la même occasion, et Emy, je te présente Yann, mon petit ami, gloussa-t-elle en s'agrippant de plus belle à son bras visiblement musclé.

— Bonjour, ravi de faire ta connaissance Emy, répondit-il en se recoiffant légèrement d'une main.

— Moi aussi, répliqua-t-elle avec assurance. Je crois qu'on peut se faire la bise, ajouta-t-elle en joignant les actes à la parole sous le regard enchanté de son amie.

En fait, elle était maintenant persuadée que Yann n'était pas un vampire. Car bien que le soleil soit aux abonnés absents aujourd'hui encore, il était parfaitement impossible qu'un vampire puisse avoir le teint aussi hâlé. Par contre, elle avait imaginé que si Yann était un sorcier, ce qui était sa seconde crainte, elle pourrait peut-être le ressentir en ayant un contact physique avec lui, d'où la bise. Mais il ne se passa absolument rien, et à bien y regarder, il avait tout d'un humain. Emy s'était certainement monté la tête inutilement. Elle les abandonna, rassurée, après avoir refusé gentiment leur invitation de se joindre à eux. Il était évident que deux jeunes tourtereaux comme eux préféraient rester en tête à tête, et que ce n'était en réalité rien d'autre qu'une forme de politesse de leur part.

CHAPITRE 14

Les symbiozas

Emy venait de se rafraîchir après une journée chargée. Alice, qui semblait sur son petit nuage depuis le début de la semaine, n'était pas très efficace à la boutique, ce qui lui donnait deux fois plus de travail. Mais elle l'acceptait tout naturellement, car ce qui lui importait le plus était que sa meilleure amie soit enfin heureuse. Et puis, elle n'avait pas non plus oublié le soutien qu'elle lui avait apporté quand elle-même n'assurait plus tout à fait et qu'elle s'occupait presque seule de leur petit commerce.

Emy se présenta donc avec quelques minutes de retard dans la grande salle où l'attendaient déjà Pénélope et le professeur Lombas. Elle les salua, avant de présenter ses excuses pour son retard. Le professeur les accepta rapidement. Puis, d'un geste du bras, il l'invita à s'asseoir dans un fauteuil.

— Bien, reprit-il en s'éclaircissant la voix. Aujourd'hui nous allons étudier une espèce fascinante, quoique un peu effrayante.

La jeune fille le regardait avec attention, ce serait la première fois qu'ils détailleraient une espèce du monde de la magie, et elle était très impatiente de découvrir de laquelle il s'agissait. Elle avait sorti le livre qui traitait du sujet, quand le professeur lui indiqua de le ranger.

— Ce manuel, bien que très utile pour démarrer l'apprentissage des espèces magiques, ne sera pas suffisamment précis pour la leçon que je vais vous faire aujourd'hui. Pénélope, s'il te plaît, peux-tu lui donner celui des Corners père et fils ?

La magiette se dandina, comme chaque fois qu'elle cherchait à extraire quelque chose du fond d'elle-même. Elle projeta dans les airs un petit livret format poche qui vint se poser doucement dans les mains d'Emy. Cette dernière ne put s'empêcher de remarquer qu'il était très différent des livres qu'elle sortait habituellement.

— Tout ce qu'il est nécessaire de savoir sur les vampires et les vampreds ! s'exclama Frédéric Lombas à haute et intelligible voix.

C'était le titre qu'Emy pouvait lire sur la couverture. Un nœud se forma alors dans sa gorge à l'idée que le professeur ait pu deviner la nature de la relation qu'elle entretenait avec Alexandre, et surtout qu'elle allait peut-être découvrir des éléments qui l'obligeraient à y renoncer.

— J'ai pensé qu'au vu des récents évènements, il était important que vous connaissiez mieux l'étendue de la menace que peuvent représenter les vampires pour nous autres sorciers. Et surtout, que vous ayez bien à l'esprit que grâce à l'alliance que nous avons conclue, les vampreds sont quasiment devenus une espèce à part.

Le professeur se lança alors dans un long exposé basé sur les chapitres du livre dont la jeune fille tournait les pages au fur et à mesure.

Il commença par balayer d'un revers de manche les croyances humaines les plus répandues, telles que les facultés répulsives de l'ail, de l'eau bénite, des crucifix ; tout comme les armes utilisables pour les combattre, type arbalètes ou pieux enfoncés dans le cœur ; leur soi-disant absence de reflet ; et même cette fameuse incapacité d'entrer dans un lieu saint. Rien de tout cela n'était réel, et il précisa d'un ton grave qu'il était pratiquement impossible pour un être humain de détruire un vampire. En effet, la seule façon de les faire périr était de les brûler, mais pour cela encore fallait-il être en mesure de les attraper et de les immobiliser, ce qui n'était pas à la portée des humains.

Il aborda ensuite les points communs entre les vampires et les vampreds. La jeunesse éternelle, vu qu'ils restaient figés dans l'apparence qu'ils avaient lors de leur transformation ; la pâleur de la peau systématiquement rendue marbrée par le réseau veineux ; la température du corps toujours glacée ; l'inutilité de dormir ou même de se reposer, bien qu'ils puissent y recourir s'ils le souhaitaient, tout comme le fait de respirer ; l'agilité, la rapidité et la force physique phénoménale, ainsi que les pouvoirs psychiques, tels que l'hypnose ou la télépathie. Puis, il marqua un temps d'arrêt à l'évocation de ces facultés.

— Je vais faire appel à votre mémoire, reprit-il en arpentant la salle. À la fin de notre première séance de travail, ici même, il y a maintenant plusieurs semaines, je vous ai fait part d'une requête à propos de la prédiction par contact que vous aviez eue. Vous rappelez-vous du souhait que j'ai émis ? finit-il par lui demander en se retournant pour la regarder.

— Que nous reparlions, au cours d'une autre séance, de la vision que je venais d'avoir, récita-t-elle studieusement.

Le professeur hocha la tête en signe d'approbation, puis il reprit la parole.

— Les vampires et les vampreds ont, comme d'autres espèces du monde magique, la capacité de sonder les esprits. Cependant, seul un autre être de la même espèce peut percer les barrières mentales de l'un d'entre eux, expliqua-t-il.

— Excusez-moi, professeur, mais je ne vois pas quel est le rapport avec ma prédiction ? demanda-t-elle.

— Eh bien, voyez-vous, les visions ou les prédictions ne sont en fait qu'une connexion, dans un futur plus ou moins proche, avec l'esprit d'un autre être vivant. Or, jusqu'à preuve du contraire, celui d'un vampire ou, dans le cas qui nous intéresse, d'un vampred, est hermétique aux tentatives d'intrusion d'une personne qui n'appartiendrait pas à son espèce, comme un sorcier.

— Vous voulez dire que la prédiction que j'ai eue ce jour-là n'est en principe pas possible, résuma-t-elle.

— En effet, acquiesça-t-il. Des vampires ou des vampreds peuvent apparaître dans une vision tirée de l'esprit d'une tierce personne, mais elle ne provient jamais du leur.

— Alors comment expliquez-vous que j'aie eu celle-ci ? s'inquiéta la jeune fille.

— Eh bien, je ne l'explique pas, conclut-il. Pas pour le moment, en tout cas.

Emy n'était pas en mesure de comprendre ce que cela signifiait, mais en analysant l'expression du visage du professeur et le ton de sa voix, elle était en revanche persuadée que cela l'inquiétait. Elle respecta le long silence qu'il laissa volontairement s'installer entre eux durant plusieurs minutes, puis il reprit le fil de ses explications.

Les vampires et les vampreds avaient également la possibilité de boire ou manger ce qu'ils voulaient, bien que la seule vraie nourriture dont ils aient besoin fût du sang. Ils étaient par contre soumis à une intolérance au soleil, dont les rayons étaient une arme mortelle, et enfin, il leur était impossible de se reproduire entre eux et d'enfanter.

Mais ces trois dernières similitudes étaient également les bases de leurs plus importantes différences. Les vampires s'abreuvaient de sang humain et d'autres espèces magiques, telles que les sorciers lorsqu'ils en avaient l'opportunité, en épargnant leurs victimes qu'en de très rares occasions. Les vampreds, quant à eux, se nourrissaient exclusivement de sang animal. Les petits mammifères succombaient au bout de quelques gorgées à peine. Ils s'attaquaient donc en général à de grandes proies pour éviter de donner la mort. S'agissant du soleil, la différence était évidente, chaque vampred bénéficiait d'une immunité, ce qui toutefois ne les empêchait pas d'être affaiblis par une exposition trop longue ou trop intense, alors que les vampires y étaient totalement intolérants. Le professeur Lombas en profita pour préciser à Emy que la protection dont les vampreds bénéficiaient était accordée par le Conseil des sages de l'Alsorvampred le jour de l'obtention de leur titre de vampred. Ce titre sanctionnait la réussite de la première année d'un novice à Noctoyard.

Jusque-là, la jeune fille n'avait pratiquement eu que des confirmations ou des précisions d'informations qu'elle avait déjà, mais son intérêt pour ce sujet et son attention n'en étaient pas pour autant amoindris. Et elle attendait avec impatience le moment où elle réussirait à poser les questions qu'elle n'avait jamais osé formuler auprès d'Alexandre, de peur de lui paraître trop indiscrète, ou pire encore, de le blesser. Frédéric Lombas arriva alors à leur impossibilité de se reproduire entre eux et d'enfanter, en précisant que c'était sans doute la caractéristique la plus problématique puisqu'elle remettait en cause la pérennité de l'espèce. Ce point lui semblait aussi être celui qui faisait d'eux deux espèces quasiment distinctes.

Pour les vampires, c'était très simple en fait, ils avaient pris le parti bien connu de transformer des êtres humains en pratiquant le mélange du sang. Ils avaient cependant pour habitude de s'attaquer seulement à ceux qui, selon eux, avaient le plus de chance de devenir un puissant prédateur. Ils choisissaient donc des humains en bonne santé et forme physique, généralement entre vingt et quarante ans, même s'ils n'étaient pas toujours très regardants.

Pour les vampreds, il en était tout autrement. Il y avait bien sûr des situations comme celle d'Adam, un humain transformé par un vampire, mais non enrôlé, souvent parce qu'il était trop faible ou avec une âme difficile à noircir, abandonné à son triste sort, puis récupéré par les Dussy pour intégrer Noctoyard. Mais les vampreds pouvaient également, dans des cas d'urgence strictement définis par le Conseil des sages de l'Alsorvampred, transformer des êtres humains qui seraient ensuite pris en charge de la même manière que les autres. Le professeur indiqua à Emy que les vampreds confirmés pouvaient ensuite déposer des demandes d'adoptions pour ces jeunes, le but recherché étant de former une famille. C'était d'ailleurs de cette manière qu'Alexandre était devenu un Dussy. Mais les vampreds avaient surtout la faculté de s'unir et de créer un autre être vivant.

L'écoute d'Emy devint à cet instant bien plus aiguisée, car elle n'avait encore jamais entendu parler de cette faculté, et elle entrevoyait le début d'une explication de cette stupéfiante ressemblance entre Scarlette et Mathilde.

— Il existe un endroit, dont l'emplacement n'est connu que des élunias, où l'union de deux vampreds engendre l'apparition d'un nouveau vampred.

— Vous voulez dire qu'ils peuvent avoir des enfants ! s'exclama-t-elle.

— Non, ce n'est pas exactement ça. Le nouveau vampred est créé par une sorte de fusion. Comment l'expliquer…

— Un peu comme le clonage que tentent de réussir les humains, osa-t-elle.

— Oui, un peu. Sauf que le nouveau vampred est un être à part entière, avec sa personnalité et ses caractéristiques physiques.

— C'est comme un enfant qui naîtrait déjà adulte.

— Voilà. Un peu réducteur sans doute, mais c'est l'idée.

— Et ce nouveau vampred, il est déjà immunisé contre le soleil ou bien…

— Oh, non. Il est considéré comme un novice. Il doit donc faire ses preuves au sein de Noctoyard pour obtenir son titre officiel et son immunité.

Emy n'en revenait pas. Ainsi donc, les vampreds avaient une possibilité de se reproduire sans avoir recours à la transformation d'humains.

— Mais professeur, comment peuvent-ils se rendre à cet endroit si seuls les élunias en connaissent l'emplacement ? demanda-t-elle après quelques secondes de réflexion.

— Très bonne question, Emy. Et bien voyez-vous, les vampreds doivent passer une seconde étape appelée « la confirmation », quelques années après l'obtention de leur titre.

— La confirmation, reformula-t-elle à voix basse. *J'ai déjà entendu ce terme…* songea-t-elle sans réussir à se rappeler ni où ni quand.

— Elle a deux vocations. La première est celle de rendre la parole d'un vampred ou d'un sorcier, puisque nous sommes nous aussi concernés par cette étape, recevable devant le Conseil des sages…

Alexandre ! C'est Alexandre qui nous en avait parlé le soir où les recherches pour capturer Yvan ont commencé, se souvint-elle subitement.

— … et la seconde est de permettre au vampred de découvrir sa symbioza, termina-t-il.

— Sa quoi ?

— Sa symbioza, répéta-t-il en insistant bien sur son articulation. La symbioza est l'être avec lequel un vampred va s'unir puis fusionner.

— Vous utilisez des verbes qui ne laissent pas de place à une autre issue…

— Effectivement, chaque vampred est destiné à s'unir puis à fusionner avec sa symbioza. Parfois ils se reconnaissent avant, comme Scarlette et Emeric, mais leur symbiose ne pourra se concrétiser qu'une fois leur confirmation effectuée.

— Mais que se passe-t-il si le choix ne se porte pas sur l'être aimé ?

— Ce n'est pas un choix, Emy. C'est une évidence.

— Des âmes sœurs, chuchota-t-elle.

Allongée sur sa couette, les yeux rivés vers le plafond qu'elle ne voyait plus désormais, Emy réfléchissait depuis des heures. La révélation de l'existence des symbiozas l'avait tout d'abord surprise, à tel point qu'elle avait laissé filer le professeur sans même avoir tenté d'obtenir les réponses qu'elle souhaitait. Puis, au cours du dîner, où elle était restée spectatrice des discussions entre les Duclos, cet effet s'était peu à peu transformé. À présent, elle ressentait un profond mal-être.

Devenir mère. Emy n'y avait encore jamais réfléchi, mais il lui semblait pourtant que ce devait être la plus belle des aventures. Elle imaginait la joie qu'avaient dû ressentir les Dussy en découvrant leur fille, le fruit de leur fusion. L'idée qu'il existe un phénomène aussi merveilleux dans ce monde lui paraissait extraordinaire. Les images de Mathilde et Léopold, et de Scarlette et Emeric, s'imposèrent à ses yeux comme les parfaites représentations de l'osmose entre un vampred et sa symbioza. Malheureusement, elles la renvoyèrent aussi à la réalité. Cette réalité qu'elle avait tenté de fuir depuis des semaines. Et maintenant, elle en avait la preuve. Une preuve irréfutable. Le souvenir des propos de Mégane, la brune pulpeuse du réveillon de Noël, ne firent que confirmer qu'elle ne serait jamais la sym d'Alexandre. Et pire encore, dans un an, un mois, peut-être moins, une autre aurait un jour cette chance, c'était une certitude. Une autre l'attendait, là, quelque part. Il ne tarderait pas à croiser son chemin. Une autre lui était destinée. Une autre vivrait à ses côtés pour l'éternité.

C'était l'une des rares soirées qu'elle ne partagerait pas avec Alexandre. Cette perspective ne l'avait pas particulièrement enchantée au cours de la journée. Elle savait que leurs échanges de texto ne combleraient pas l'absence et le manque de proximité. Mais elle n'avait plus répondu à aucun de ses messages ni aucun de ses nombreux appels depuis qu'elle s'était isolée dans sa chambre. Son portable vibrait à intervalles de plus en plus rapprochés, et cela ne faisait qu'amplifier la rage qu'elle ressentait. Cette rage remplaçait lentement mais sûrement la profonde tristesse qui l'avait dévorée à l'instant même où elle avait enfin admis que leur histoire n'était plus.

Alex joue avec moi ! ressassait-elle avec colère. Elle avait bien tenté de lui trouver des excuses qui expliqueraient son comportement vis-à-vis d'elle, mais rien n'y faisait, elle parvenait toujours aux mêmes conclusions : *Alex le sait depuis le début. Il sait qu'un jour il rencontrera sa symbioza, il sait que ça ne peut pas être moi. Il le sait et il ne m'a rien dit. Il le sait et il me l'a caché.*

Ils étaient différents. Elle l'avait réalisé depuis peu, mais au fond elle l'avait toujours su, et cela ne l'avait jamais empêchée de croire en leur histoire, du moins jusqu'à ce soir. Elle était infiniment malheureuse à présent. Ses sanglots devenaient incontrôlables. Elle ne percevait plus la moindre étincelle d'espoir. Un gigantesque vide, un trou béant venait de se creuser… Le néant l'avait engloutie.

Plongée dans le noir, les joues humides, les muscles engourdis, Emy reprenait lentement sa respiration. Elle songea que la source s'était tarie, que ses yeux avaient versé toutes les larmes qu'ils étaient capables de produire. Ils étaient secs et la brûlaient même, maintenant. Mais cette douleur n'était rien comparée à celle qui redoublait d'intensité au creux de son estomac.

— Emy ! lui chuchota une petite voix.

Douce et apaisante, elle lui semblait familière, mais tellement lointaine. Un rêve… un souvenir peut-être ?

— Emy ! répéta-t-elle maintenant plus proche.

Maman ? s'imagina la jeune fille qui aurait tellement voulu que cette voix féminine qui possédait l'assurance et la bienveillance de celle d'une mère inquiète pour sa petite fille chérie ne soit autre que celle de la sienne. Elle savait que c'était impossible et elle trouva alors le courage d'ouvrir les yeux.

— Emy ? Est-ce que ça va, ma chérie ? lui demanda Marguerite, agenouillée au bord du lit.

Emy entreprit de rassembler ses esprits, non pas qu'elle eût oublié ce qui était à l'origine de cette blessure à vif qui la lançait sans interruption, mais parce que ne pouvant lui révéler la vérité, elle devait trouver la meilleure façon de justifier son état.

— Oui, murmura-t-elle avec difficulté.

— J'ai frappé à plusieurs reprises, mais tu ne répondais pas. Je me suis permis d'entrer quand je t'ai entendue crier, expliqua-t-elle d'un air gêné.

Emy ne pouvait lui prêter qu'une oreille peu attentive, ses entrailles la faisant souffrir le martyre.

— Je t'ai trouvée étendue sur ton lit, dans un état second. Tu étais en transe. J'imagine que tu as dû avoir une vision, continua-t-elle en lui replaçant une mèche de cheveux qui avait glissé devant ses yeux.

— Une vision, reformula-t-elle pour s'en persuader elle-même.

— Tu as l'air épuisée, une bonne nuit de sommeil te fera le plus grand bien.

Emy tourna les yeux en direction du radio-réveil, elle avait l'impression qu'une éternité s'était écoulée depuis ses premiers sanglots, mais il n'en était rien. L'écran n'affichait en réalité qu'une heure de plus que lorsqu'elle l'avait regardé pour la dernière fois.

— Je vais dire à Alexandre de ne pas rester trop longtemps, reprit-elle. C'est lui qui nous a alertés, expliqua-t-elle en voyant l'expression d'incrédulité sur le visage de la jeune fille. Il s'inquiétait que tu ne répondes plus à ton portable. Il attend en bas que je lui donne le feu vert, conclut-elle.

Il était là. Elle avait presque oublié qu'elle aurait à l'affronter. Elle souffrait déjà tellement. Comment pourrait-elle supporter un face à face avec son tortionnaire ? Mais cette rencontre, aussi difficile et douloureuse soit-elle, devait avoir lieu. C'était inévitable. Et comment aurait-elle pu justifier auprès de Marguerite qu'elle refusait de le voir ? Elle réalisa soudain que repousser l'échange ne diminuerait en rien sa souffrance vu qu'elle était déjà anéantie.

— Laissez-moi juste quelques minutes que j'aille me passer un peu d'eau fraîche sur le visage, répliqua Emy sans grande assurance.

— Bien sûr, ma belle ! lui répondit-elle avant de déposer une bise sur son front, et de prendre la direction de la sortie.

— Marguerite ? l'interpella Emy à l'instant où elle posait une main sur la poignée de la porte de sa chambre.

— Oui ?

— Merci, lui dit-elle en esquissant un timide sourire.

La main droite de la jeune fille s'abattit péniblement sur le mitigeur, ce qui mit fin instantanément au seul bruit qui masquait quelque peu le cri atroce de sa propre souffrance. Elle tendit alors le bras en direction du sèche-serviettes pour en saisir une avec laquelle elle s'épongea le visage.

Toc ! Toc !

Deux coups secs venaient de retentir. Emy posa la serviette sur le rebord du lavabo avant de relever la tête vers le miroir. Son visage était bien plus pâle que d'habitude et ses yeux encore rouges, mais elle ne pouvait pas espérer mieux pour le moment. Elle prit une grande inspiration.

— J'arrive ! soupira-t-elle pour gagner encore quelques secondes.

Juste à côté de sa blessure, la bête qui avait rugi quelques minutes avant qu'elle ne s'effondre en sanglots était en train de s'éveiller lentement. Elle sortit de la salle de bains bien décidée à ne pas fléchir. Elle ne retourna pas s'allonger sur son lit où paradoxalement elle se sentait tant en sécurité que vulnérable. Elle se posta devant l'une des hautes fenêtres à travers lesquelles les arbres du parc, recouverts d'un fin manteau blanc, prenaient des formes fantomatiques. Elle reprit une grande inspiration et souffla cette fois le fatal :

— Entre !

Alexandre pénétra si rapidement dans la pièce que la porte pivota à peine. Il se précipita vers cette frêle silhouette qui l'attendait à l'autre extrémité de la chambre.

— Emy ! soupira-t-il en l'enlaçant sans retenue.

La jeune fille dut lutter à la fois contre son irrésistible envie de répondre à son étreinte en faisant comme si ces dernières heures n'avaient pas existé, et celle de le repousser aussi loin que ses muscles courbaturés le lui permettaient. C'est l'immobilisme qui remporta finalement la partie et qui provoqua également le retrait de l'assaillant.

— Est-ce que tu vas bien ? s'inquiéta-t-il en constatant son absence de réaction.

Pour toute réponse, elle se dégagea de ses bras, non sans provoquer une nouvelle entaille au plus profond de son estomac, et se dirigea vers le milieu de la pièce en prenant soin de ne pas croiser son regard. Elle savait pertinemment qu'elle ne pourrait pas éviter plus longtemps la confrontation, mais elle avait besoin d'un peu plus de temps.

— Qu'est-ce qui se passe ? lui demanda-t-il, visiblement très désireux de connaître la réponse.

La bête manqua alors de peu de surgir férocement pour s'abattre sans ménagement sur son adversaire. Emy puisa au plus profond de son âme afin de réussir à l'apaiser suffisamment pour qu'elle retourne se tapir au bord du précipice du désespoir dans lequel elle ne tarderait pas à replonger.

— J'ai appris beaucoup sur ton espèce ce soir, finit-elle par dire sur un ton qui se voulait détaché. Vous êtes des êtres pleins de surprises, renchérit-elle.

— Emy, je ne… commença-t-il en tentant une approche.

— Les vampreds, une espèce à part, n'est-ce pas ? l'interrompit-elle. L'alliance vous apporte finalement bien plus qu'une protection, bien plus que je ne le pensais, en fait.

Le visage d'Alexandre se para soudain d'un masque impénétrable. Emy aurait sans nul doute remarqué ce changement brutal d'expression si elle avait osé un regard dans sa direction. Mais elle reprit la parole sans s'en préoccuper.

— La confirmation, j'imagine que la tienne ne devrait plus tarder maintenant.

— Au début de l'été, lui répondit-il sur un ton amer qui indiquait qu'il avait deviné où elle voulait en venir.

Elle fut parcourue d'une sensation aussi douloureuse que soudaine en entendant sa réponse. Pour autant, elle ne se laissa pas détourner de son objectif, elle devait aller jusqu'au bout.

— Et puis-je savoir qui est l'heureuse élue ? osa-t-elle après avoir ravalé sa salive.

— Emy, je… tenta-t-il en vain.

— Non, je préfère ne pas savoir, coupa-t-elle fermement. De toute façon, ça ne changera rien, finit-elle par lâcher.

— Emy, je t'assure que… commença-t-il en posant une main qui se voulait apaisante sur son épaule.

— Comment as-tu pu ? Comment as-tu pu me faire une chose pareille ? s'écria-t-elle emportée par la colère qu'elle retenait depuis bien trop longtemps.

— Mais Emy, je t'assure que… répéta-t-il sans plus de succès.

— Pourquoi m'as-tu fait ça ? Pourquoi m'as-tu fait croire que c'était possible ? s'emporta-t-elle, folle de rage, maintenant.

— Emy, s'il te plaît, laisse-moi t'expliquer, la supplia-t-il.

— Je ne vois pas ce qu'il y a à expliquer, mais si tu y tiens… Vas-y ! Je t'écoute, trancha-t-elle.

— Il est vrai que je n'ignore pas que chaque vampred est destiné à s'unir à sa symbioza, dit-il avec prudence. Et il est aussi vrai que je ne pourrais sans doute pas aller contre si elle se dévoilait à moi, ajouta-t-il.

— Si ! s'exclama-t-elle piquée au vif. Tu sais pertinemment que cette rencontre est inévitable !

— Tu as raison, mais laisse-moi finir, s'il te plaît, reprit-il calmement. Donc je ne pourrais sans doute pas y faire grand-chose lorsqu'elle se dévoilera, reformula-t-il pour tenter de faire redescendre la tension d'un cran. Mais j'ai cru qu'il pouvait en être autrement. Ce que je ressens pour toi, Emy, est si fort, précisa-t-il en s'approchant doucement. J'ai été aveuglé par mes sentiments. J'ai cru qu'ils avaient le pouvoir de changer les choses, de me rendre différent. Depuis le début, j'ai cru que notre histoire était possible.

Elle baissa les armes et se laissa aller dans le creux de l'épaule accueillante qu'il lui offrait.

— Et malgré l'évidence, il y a au fond de moi, une part qui l'espère encore, lui susurra-t-il à l'oreille.

Les larmes s'étaient remises à couler, lentement, silencieusement, le long de ses joues blafardes.

— C'est une erreur, Alex, et tu le sais, souffla-t-elle.

— J'ignore si cette étincelle d'espoir est une erreur, mais je m'aperçois que j'ai été égoïste. Je n'aurais pas dû t'emmener avec moi dans cette douce illusion, car je t'ai fait souffrir.

Je t'ai fait souffrir, se répéta-t-elle. *C'est faux ! Il ne m'a pas fait souffrir, mais il me fait souffrir en ce moment même*, réalisa-t-elle.

— Va-t'en, dit-elle tristement.

— Mais Emy, je ne peux pas te laisser, s'indigna-t-il.

— Ce n'est pas le bourreau qui panse les plaies de sa victime, asséna-t-elle froidement. Alors, va-t'en, répéta-t-elle en s'écartant de ce corps parfait qui avait été son refuge si souvent durant ces dernières semaines.

CHAPITRE 15

La partie de chasse

Un peu plus de deux semaines venaient de s'écouler. Le mois de janvier touchait à sa fin et les quelques oiseaux qui ne partaient pas pendant l'hiver profitaient pleinement des boules de graisse et de graines que Georges déposait généreusement dans les mangeoires dispersées un peu partout dans le parc du manoir des Duclos.

La mine décomposée d'Emy et son absence quasi permanente de joie de vivre ne passaient inaperçues aux yeux de personne. Elle dut s'enfoncer un peu plus encore dans le mensonge, puisqu'il était inconcevable de raconter la vérité à qui que ce soit. À son amie, elle avait simplement dit qu'elle s'était fâchée avec Alexandre. Alice était tellement envoûtée par son Yann que cette explication devrait lui suffire au moins pour quelques semaines. Concernant Marguerite et Antoine Duclos, c'était une autre histoire. Ils n'avaient jamais rien su de sa véritable relation avec le jeune vampred, et l'un des inconvénients, lorsqu'on est une sorcière, c'est qu'on ne peut pas prétexter de migraines ou autres maux de ventre, et partir s'isoler dans sa chambre pour pleurer toutes les larmes de son corps, la jeune fille était bien forcée de trouver autre chose. Elle leur avait donc raconté qu'elle avait eu une vision qui l'avait profondément chamboulée et dont les seules images qu'elle gardait en mémoire étaient les visages de ses parents.

Elle s'était ensuite plongée à corps perdu dans son travail à la boutique et dans ses cours de magie en essayant tant bien que mal de combler le trou béant qui s'était creusé ce soir-là. Elle ne s'était jamais sentie aussi seule que depuis sa rupture avec Alexandre. Il avait scrupuleusement respecté son souhait. Il avait disparu de son quotidien. Quoique parfois, elle avait le sentiment d'être observée lorsqu'elle allait se coucher. Comme ce soir. Elle s'avança jusqu'à la fenêtre pour scruter les environs. L'immensité obscure qui s'étirait à ses pieds l'attirait autant qu'elle l'effrayait. Elle resta là plusieurs minutes à scruter le moindre petit mouvement qui pourrait trahir sa présence. Mais rien. Elle ne vit qu'un grand hibou perché sur l'une des plus hautes branches d'un des nombreux arbres centenaires du parc. Mais il s'envola rapidement et s'éloigna à tire-d'aile. Elle ferma donc les rideaux avant d'aller se glisser sous la couette.

Le lendemain, alors qu'il n'était que deux heures de l'après-midi la jeune fille aurait déjà voulu que cette journée soit terminée. Non pas qu'elle était pressée d'aller se coucher, bien au contraire, vu que la fréquence de ses cauchemars n'avait jamais été aussi rapprochée et que leur intensité s'était accrue. La nuit dernière avait d'ailleurs été particulièrement éprouvante, mais les jours où la boutique demeurait fermée étaient interminables et pesaient davantage sur son moral.

Au moins, il y aura le cours du professeur Lombas en fin d'après-midi, pensa-t-elle pour se réconforter.

Elle feuilletait le petit livre qu'elle avait reçu en cadeau à Noël et qui n'était autre que l'un des anciens manuels scolaires de sa mère. Pour preuve, elle pouvait lire dans la marge, à côté des formules classiques de sorcellerie, des petites annotations manuscrites, dont l'écriture toute en rondeur ressemblait étrangement à la sienne. Il y avait aussi des petits dessins, griffonnés à la hâte, une fleur par ici, un cœur par-là. Les parcelles de vie d'une jeune adolescente qui était devenue quelques années plus tard… sa mère.

— Entrez ! lui répondit-on aux coups qu'elle frappa à la porte de la bibliothèque.

— Marguerite, excusez-moi de vous déranger, dit-elle d'une toute petite voix en pénétrant dans la pièce.

— Emy ! Tu ne me déranges pas du tout. Entre, ma jolie, répondit-elle, visiblement ravie de la recevoir.

Rassurée, la jeune fille referma la porte et s'avança jusqu'à son niveau. C'était la seconde fois qu'elle pénétrait dans ce lieu si particulier. L'éventail de couleurs, allant du marron clair des couvertures de livres les plus usées au brun foncé des boiseries, en passant par des pointes de rouge et d'or, était de toute beauté. La lumière, orangée, plutôt tamisée, bien que plus vive au niveau des tables de lecture, était douce et apaisante. Le parfum, alliant l'odeur de la cire nourricière des meubles anciens à celle du cuir des fauteuils Club et du feu de bois qui crépitait dans la cheminée, rendait l'atmosphère encore plus chaleureuse. Emy s'y sentait bien.

— Je t'en prie, assieds-toi ! lui dit-elle en désignant le fauteuil qui se trouvait face à elle. Qu'est-ce que je peux faire pour toi ? l'interrogea-t-elle une fois qu'elle fut installée.

— Je me demandais si vous auriez un peu de temps à m'accorder pour me parler de ma mère, lança-t-elle sans vraiment quitter des yeux le petit livret rouge qu'elle tenait précieusement entre les mains.

— Qu'aimerais-tu savoir ?

— Eh bien, je ne sais pas trop, en fait. Je crois surtout que je n'ai plus envie qu'elle reste une inconnue.

— Je ne pourrais rien te dire de sa vie de jeune femme, car lorsqu'elle a quitté Louverville elle devait avoir à peu près ton âge, et je n'ai plus jamais eu de ses nouvelles, malheureusement. Mais je peux te conter nos années d'enfance et d'adolescence.

Marguerite se mit à lui expliquer quelle joyeuse compagne de jeu était Éléonore, et comment elles riaient toutes les deux à gorge déployée à la moindre bêtise de l'autre. Emy se délectait de ce récit aux arômes d'innocence et d'insouciance que la vie lui avait fait oublier trop tôt. De son côté, Marguerite semblait prendre du plaisir à raconter ces moments de complicité, elle avait le sourire aux lèvres et les yeux pétillants de joie, bien que chargés de nostalgie. Avec Éléonore, elles avaient partagé la majeure partie de leur enfance et adolescence, ici même, dans le manoir des Duclos, leurs parents respectifs étant des amis de longue date.

— Mes grands-parents… je ne les ai jamais connus, eux non plus, constata Emy à demi-voix entre deux phrases.

— France et Claude Laqueras. Des personnes d'une grande sagesse, confia Marguerite dont les pensées devaient s'évader très loin de là où elle se trouvait. Et des sorciers d'un grand talent, tous les deux. Ils seraient sûrement très fiers de leur petite-fille, ajouta-t-elle.

— Merci, c'est gentil, lui répondit-elle en retenant les larmes qui commençaient déjà à s'amonceler dans ses yeux. Savez-vous ce qui leur est arrivé ?

— Une histoire terrible, ma pauvre enfant, répliqua-t-elle la voix chargée d'émotion. Mais si le Révium n'a pas jugé bon de te le révéler, ce n'est pas à moi de le faire.

Marthe, arrivée une fois de plus sans se faire remarquer, s'approcha de sa patronne pour lui parler discrètement à l'oreille.

— Merci, lui répondit Mme Duclos avant de s'adresser à Emy. Je vais devoir te laisser, s'excusa-t-elle avec un sourire chargé de tendresse.

Emy la remercia avant de quitter à son tour la pièce pour remonter jusqu'à sa chambre. En traversant le hall d'entrée pour rejoindre le grand escalier, elle entendit une voiture rouler sur l'allée gravillonnée, mais bien trop préoccupée par les derniers propos de Marguerite Duclos, elle n'eut pas la curiosité de regarder dehors.

Attablée à son bureau, Emy ruminait depuis des heures tout en feuilletant chaque livre que Pénélope lui avait confié, à la recherche de la plus petite information sur la disparition de ses grands-parents. Mais elle n'avait rien trouvé, pas même le moindre indice. Elle s'apprêtait à abandonner lorsqu'elle s'arrêta sur une page qui retint toute son attention. Dans l'ouvrage sur les créatures magiques, un chapitre était consacré aux elfes veilleurs. Vido, le petit être qui l'avait interpellée dans l'un des couloirs du château de Noctoyard le soir du réveillon de Noël, lui avait dit être un de ces elfes. Elle commença à le lire et ce qu'elle y découvrit la surprit, et surtout l'enfonça encore un peu plus dans l'incompréhension. Ces elfes seraient missionnés par le Conseil des sages. Il était alors chargé de veiller sur ses maîtres et de leur apporter une sorte de protection. Mais le rôle de ces petits êtres n'était pas vraiment détaillé. Si Emy avait bien compris, Vido était l'elfe veilleur dédié à sa famille, et vu où cette dernière en était rendue aujourd'hui, il ne devait pas avoir rempli correctement son rôle.

Soudain, on frappa à la porte de sa chambre.

— Qui est-ce ? demanda-t-elle, surprise.

— Scarlette ! Est-ce que je peux entrer ?

Quelque peu abasourdie, la jeune fille prit soin de marquer la page et de refermer le livre avant d'aller lui ouvrir.

— Bonjour, Scarlette, je t'en prie, entre.

La jeune vampred se glissa en silence en lui adressant l'un de ces sourires typiques des Dussy, et s'avança jusqu'au milieu de la pièce pendant qu'Emy refermait lentement la porte.

— Alors, c'est ta chambre. Elle est très jolie, lança-t-elle maladroitement.

— Merci, mais j'imagine que tu n'es pas venue jusqu'ici pour parler déco.

— En effet. Est-ce qu'on peut discuter un moment ?

— Bien sûr, on s'assoit ! dit-elle en désignant le canapé du petit salon.

— Tu n'as pas l'air très en forme, je te trouve bien pâle. Est-ce que ça va ? s'inquiéta son invitée en prenant place à ses côtés.

— Oui, je suis juste un peu fatiguée, esquiva-t-elle alors qu'elle se sentait particulièrement faible depuis le matin. Dis-moi ce qui t'amène !

— Eh bien… vois-tu… je… je m'inquiète pour Alex, souffla-t-elle.

Emy se sentit tout à coup encore plus mal. Elle ne s'était pas préparée à être confrontée à une telle discussion. Rien que le fait d'entendre son prénom la bouleversait, son estomac et sa gorge se nouèrent davantage.

— Je me suis dit que tu pourrais peut-être m'aider, ajouta-t-elle en fixant ses grands yeux bleus aux siens.

— Je… je ne vois pas comment, balbutia-t-elle.

— J'ai l'impression qu'il ne va vraiment pas bien, reprit Scarlette. Il semble si malheureux. Tu sais…

— C'est lui qui t'envoie ? l'interrompit-elle soudain.

— Pardon ?

— Écoute. Je t'apprécie énormément et je ne voudrais surtout pas te paraître désagréable, mais si tu es venue pour lui trouver des excuses, autant que tu repartes tout de suite, enchaîna-t-elle sans prendre la peine de respirer.

— Mais, Emy…

— S'il te plaît, je souffre déjà suffisamment, termina-t-elle en sanglotant.

— Viens là, ma belle, murmura-t-elle en la prenant dans ses bras.

Pour la première fois depuis sa rupture avec Alexandre, elle se laissait aller face à une autre personne. Le refuge glacé que lui offrait Scarlette lui rappelait tant celui du jeune vampred. Elle s'y sentait en sécurité, à tel point qu'elle eut le sentiment de pouvoir se confier à elle sans retenue.

— Mais que s'est-il passé ? lui demanda-t-elle au bout d'un moment.

— Il ne t'a pas raconté ? s'étonna Emy en se redressant.

— C'est ce que j'essaie de t'expliquer depuis tout à l'heure. Je m'inquiète pour lui, il va de plus en plus mal depuis quelques jours, et il ne veut rien me dire.

La jeune fille prit alors conscience de la confusion qui venait de s'installer dans son esprit. Scarlette n'avait en réalité aucune idée de la relation qui s'était instaurée entre elle et son frère, et elle n'était pas venue pour défendre sa cause auprès d'Emy, mais bien parce qu'elle s'inquiétait de son état.

— Est-ce qu'Alex sait que tu es là ?

— Non, et je ne crois pas qu'il serait d'accord.

Emy acquiesça, la jeune vampred n'avait pas tort, il était en effet fort probable qu'Alexandre n'approuverait pas sa démarche, et il vaudrait d'ailleurs certainement mieux qu'il ne l'apprenne jamais.

— Il n'en saura rien, ajouta-t-elle. Il est parti chasser loin d'ici.

Alexandre avait quitté Louverville. Emy se rappelait de la seule fois où il s'était autant éloigné d'elle. Ils venaient tout juste de se rencontrer et il avait accompagné son père jusqu'à Paris. Elle s'en souvenait parfaitement, car elle avait été terriblement malade pendant ce week-end. Malgré les circonstances, l'idée de le savoir si loin d'elle lui était insupportable.

— Alors, dis-moi. Que s'est-il passé ?

— Nous nous sommes disputés, répondit-elle simplement.

— Vous vous êtes disputés, répéta Scarlette. Et c'est pour ça que tu éclates en sanglots dans mes bras et qu'il quitte la ville sur un coup de tête.

C'est sûr que vu sous cet angle là, ce n'était pas très convaincant. En même temps, ce n'était que la pure vérité, un peu écourtée certes, mais la pure vérité. Emy resta muette, elle ne trouvait rien à ajouter, et rien à répondre.

— Je pourrais y croire si vous aviez été amants, mais là, franchement !

La jeune fille se mura dans un profond silence en ne laissant rien paraître. Sans le savoir, Scarlette venait de viser juste et la situation risquait de lui échapper à tout moment.

— Ce n'est pas vrai ! Ne me dis pas que vous…

Emy ne comprenait pas ce qui avait pu la trahir, mais visiblement la jeune vampred n'avait plus aucun doute sur la nature de leur relation.

— Scarlette, ce n'est pas ce que tu crois, répliqua-t-elle dans une tentative désespérée.

— Ah bon ! Et c'est quoi alors ? l'interrogea-t-elle, visiblement agacée.

— Euh…

Sa réflexion ne l'avait pas encore amenée jusqu'ici, et surtout elle n'avait pas imaginé que cette révélation mettrait Scarlette dans cet état d'énervement. Elle se retrouvait donc bloquée, dos au mur.

— Emy, je comprends tout à fait que tu aies succombé au charme d'Alex, c'est le contraire qui aurait été surprenant. Nous autres vampreds avons, comme n'importe quel vampire, un pouvoir hypnotique sur les représentants des autres espèces, et tout particulièrement sur les humains et les sorciers.

— Mais ce qui nous lie l'un à l'autre est bien plus puissant qu'un simple enchantement, répliqua-t-elle piquée au vif.

— Je n'en doute pas, car dans le cas contraire il ne serait pas dans cet état aujourd'hui. La jeune vampred marqua un temps d'arrêt avant de continuer sur un ton nettement plus inquiétant. Emy, il faut que tu saches que cette relation peut avoir des effets catastrophiques sur lui, enchaîna-t-elle.

Et moi alors ? songea la jeune fille, désarçonnée par de tels propos.

Elle avait envie de lui crier dessus qu'elle était sans aucun doute bien plus mal que ne pouvait l'être Alexandre en cet instant. Mais la réalité c'est qu'elle n'en avait pas la moindre idée. C'est vrai qu'elle était malheureuse, qu'elle avait cet immense sentiment de vide intérieur et ces nœuds dans l'estomac et dans la gorge. Mais comment pouvait-elle avoir la certitude d'être la seule anéantie de la sorte ? Rien ne lui prouvait qu'Alexandre n'était pas dans le même état, voir pire.

— Qu'est-ce que tu veux dire ? lui demanda-t-elle gagnée par l'inquiétude.

— Ce que je veux dire, c'est que s'il t'aime autant que je le crains, il pourrait faire une énorme bêtise.

— Tu peux préciser ta pensée ?

— Il serait sans doute prêt à renoncer à son statut de vampred pour être à tes côtés.

Emy n'avait pas pensé une seule seconde à cette hypothèse, et elle s'en mordait les doigts. L'obstacle majeur qui se dressait devant eux était effectivement issu de son statut de vampred, y renoncer l'abattrait instantanément.

— Mais pour cela il lui faudrait enfreindre une des règles de l'Alsorvampred, et il risquerait alors la peine de mort ! s'indigna Emy.

— Pas forcément. S'il s'attaque à un être humain sans le transformer et sans le tuer, il serait certainement banni de l'alliance et redeviendrait un simple vampire.

— Il faut l'en empêcher ! Il faut le retrouver ! s'emporta-t-elle en gesticulant.

— Du calme, Emy. Il ne fera rien tant qu'il ne sera pas seul.

— Mais tout à l'heure, tu as dit qu'il était parti chasser.

— C'est vrai, mais il est parti avec Adam et Emeric. L'audience s'est parfaitement déroulée, Adam a été innocenté et il a réintégré nos rangs. Cette partie de chasse est une façon de fêter sa libération.

Provisoirement rassurée, Emy retrouva son calme. Elle expliqua brièvement de quelle manière leur histoire avait commencé, et surtout comment elle s'était terminée. Scarlette avait à présent la quasi-certitude que son frère serait prêt à renoncer à son mode de vie pour pouvoir la garder auprès de lui. Si ses doutes se confirmaient, seule Emy serait en mesure de le faire changer d'avis. Elles s'étaient mises d'accord, Scarlette attendrait son frère au château, et dès qu'il serait de retour, elle lui demanderait de rejoindre Emy au plus vite. En parallèle, Scarlette informerait la jeune fille par le biais d'un texto.

Emy trépignait d'impatience dans sa chambre, toutes les trente secondes elle jetait des regards pleins d'espoir vers son téléphone portable. La jeune vampred l'avait pourtant avertie que la partie de chasse des garçons s'étirerait certainement jusqu'à l'aube, mais elle avait tellement hâte que toute cette histoire soit derrière elle… Ce n'est que lorsque Georges vint l'informer que le professeur Lombas l'attendait dans la grande salle qu'elle remarqua que la journée tirait à sa fin. Avec toute cette histoire, elle avait même oublié sa séance de travail, et vu la mine blafarde qu'elle avait aujourd'hui, il lui fallait absolument trouver une explication plausible.

— Bonsoir, professeur, dit-elle en franchissant la grande porte en bois.

— Bonsoir, Emy ! Comment allez…

Mais il s'interrompit avant d'enchaîner par une autre question.

— Que vous arrive-t-il ?

— Je ne suis pas au mieux de ma forme aujourd'hui, professeur.

— Je le vois bien. Asseyez-vous, répliqua-t-il en l'invitant à prendre place dans l'un des deux fauteuils installés devant la cheminée, et dites-moi ce qui ne va pas.

— Simple manque de sommeil, professeur, et je ne voudrais pas vous embêter avec mes histoires. Pénélope n'est pas là aujourd'hui ? s'enquit-elle.

— Nous nous sommes disputés. Rien de grave, ne vous en faites pas. Mais revenons à vous. Racontez-moi ce qui se passe.

— Eh bien, en fait je fais des cauchemars, précisa-t-elle.

— Des cauchemars, reprit-il. Quelles sortes de cauchemars ?

Emy s'apprêtait à suivre le conseil qu'Alexandre lui avait donné après qu'il ait été témoin de l'un de ces fameux songes. Se confier au professeur Lombas. Mais la simple évocation du prénom du jeune vampred la renvoyait à la douloureuse réalité. Il n'était pas à ses côtés. Il était loin, et elle ignorait où il se trouvait. La douleur se raviva.

* * *

À l'exception du vent qui chahutait les branches nues à cette époque de l'année, la forêt paraissait opaque, froide et silencieuse pour le commun des mortels. Mais pour les trois jeunes hommes qui se tenaient au beau milieu de la clairière, tout était différent. Dès le crépuscule, leur vision s'était peu à peu adaptée, ce qui leur permettrait de se déplacer dans l'obscurité sans le moindre problème. De plus, tous leurs sens étaient en éveil. Immobile et silencieux, chacun était à l'affût de sa prochaine proie. Adam bondit le premier et disparut en une fraction de seconde, avalé par la forêt. Puis ce fut au tour d'Emeric de s'évaporer dans l'obscurité, laissant Alexandre seul. Les bois qui l'entouraient regorgeaient de nourriture, il le savait, mais il cherchait un mets très particulier. Le mouvement d'une patte sur sa droite attira son attention, il tendit l'oreille pour capter les battements du cœur de l'animal qui rythmaient l'afflux du savoureux nectar qu'il convoitait. Il s'engouffra à son tour dans le néant, tirant tout droit à travers les arbres à une vitesse fulgurante sans en effleurer un seul. Il fendait l'air comme un rapace plongeant sur sa proie. En un éclair, ses canines aiguisées se plantèrent avec une précision millimétrique dans le cou du chevreuil qui venait tout juste de relever la tête. Il sentit cette source de vie abonder dans ses propres veines, et sa douce chaleur l'envahir peu à peu.

Au bout de quelques minutes, rassasié, habituellement Alexandre aurait lâché prise, mais il n'en fit rien. Au contraire, il se laissa submerger par l'ivresse de la profusion, dans le seul et unique but, illusoire, d'anesthésier cette douleur qui le rongeait depuis plus de deux semaines. Il ne s'arracha de sa victime que lorsqu'il en eut ôté la dernière goutte de sang.

— Alex ! Te voilà enfin ! s'écria Emeric en le voyant déboucher dans la clairière. On commençait à s'inquiéter. Une minute de plus et on se lançait à ta recherche, ajouta-t-il en jetant un regard à Adam qui confirma d'un signe de tête.

Alexandre savait bien qu'il s'était absenté beaucoup trop longtemps. En fait, il avait hésité à revenir après son festin qui n'avait finalement en rien amoindri la souffrance qui le torturait.

D'ailleurs, il ne se faisait pas d'illusion, aucune partie de chasse n'aurait le pouvoir de guérir sa blessure. Il y avait longuement songé et il était parvenu à une conclusion. Il n'y avait qu'un seul moyen, mais il n'était pas sans conséquence.

— Désolé, je n'ai pas vu le temps passer, répondit-il simplement.

— Ce n'est rien. On y va !

Après quelques minutes d'une course effrénée à travers bois, ils se retrouvèrent à la barrière du chemin forestier derrière laquelle ils avaient laissé leur véhicule.

— En route ! s'exclama Emeric avant d'ouvrir la portière et de s'installer au volant. Alex, tu viens ? ajouta-t-il en se penchant du côté passager.

Le jeune vampred s'apprêtait à monter, mais un bruit attira son attention. Il se figea et scruta les arbres alentour à la recherche du voyeur.

— Est-ce qu'il y a un problème ?

— Non, c'était juste deux corbeaux qui se chamaillaient, répondit-il.

Emeric démarra, enclencha la marche arrière, et la voiture s'éloigna lentement sur le chemin de terre, sous les yeux brillants des deux corbeaux à présent calmés.

* * *

Emy avait rejoint sa chambre depuis plusieurs heures, mais avec cette douleur qui ne cessait de croître, il lui était impossible de trouver le sommeil. Le professeur Lombas avait écouté avec attention ses explications, et il avait conclu que son cauchemar pouvait effectivement être soit une prédiction, soit un souvenir. Cependant, tant qu'elle n'aurait pas réussi à ouvrir les yeux pour étudier le lieu où elle se trouvait et identifier la ou les personnes qui l'entouraient, il serait périlleux de tenter d'en faire une interprétation. Elle avait tout de même remarqué que le professeur semblait inquiet, ou tout du moins soucieux de ce songe auquel elle s'était presque habituée avec le temps.

En voyant que la jeune fille allait de plus en plus mal, le professeur avait conclu qu'elle était extrêmement perturbée par ce cauchemar. Il s'était donc engagé à faire le maximum pour l'aider à le décrypter le plus rapidement possible afin de l'en débarrasser. Pour cela, elle devait d'abord réussir à prendre le contrôle sur cette vision nocturne afin d'en apprendre davantage. Ils s'étaient donc mis d'accord pour en reparler lors d'une prochaine rencontre, dès qu'elle aurait de nouveaux éléments à lui apporter, et le professeur avait mis fin prématurément à leur séance de travail sur cet objectif.

Les heures défilaient lentement sur l'écran du radio-réveil, pendant que les entrailles d'Emy se consumaient, et que son esprit était totalement occupé par le souvenir d'Alexandre. Dans trois heures, elle devait faire l'ouverture de la boutique, mais à ce rythme-là, ce serait impossible.

L'aube pointait à l'horizon quand la berline noire qui ramenait les trois jeunes hommes passa le panneau d'entrée de la ville. Alexandre était resté silencieux durant tout le trajet. Adam et Emeric avaient respecté son isolement, bien qu'ils n'en connaissent pas la raison. Le jeune vampred se comportait comme ça depuis déjà plusieurs semaines et ils s'inquiétaient pour lui. Mais à l'exception de cette partie de chasse, il avait rejeté toutes leurs tentatives de soutien.

Alex ! l'appela une voix dans son esprit. *Emy a besoin de te voir !* ajouta-t-elle.

Il reconnut instantanément la voix de sa sœur et, bien trop content qu'une telle occasion se présente, il n'hésita pas une seconde.

— Emeric ! lança-t-il. Dépose-moi au manoir des Duclos.

Sa prise de parole fut brutale, et Alexandre ne réalisa que dans un second temps qu'il la coupait aux deux autres occupants du véhicule.

— Excusez-moi les gars, se reprit-il. Emeric, est-ce que tu peux me déposer au manoir s'il te plaît ? reformula-t-il lentement.

— Bien sûr, lui répondit le jeune homme quelque peu surpris. Est-ce qu'il y a un problème ? lui demanda-t-il en prenant la direction de la propriété des Duclos.

— Je ne sais pas. Scarlette m'a juste dit que je devais rejoindre Emy.

CHAPITRE 16

Le plan d'Emy

Bip bip !

Un message venait d'apparaître sur le portable d'Emy. Elle ouvrit les yeux sur les chiffres rouges de son réveil qui lui indiquèrent qu'elle s'était assoupie une petite heure. Elle prit quelques secondes pour remettre ses idées en ordre. La douleur avait finalement faibli, même si elle conservait ce trou béant au creux de l'estomac, et qu'elle se sentait extrêmement faible. Elle attrapa son téléphone. « Il arrive ». La lecture de ce minuscule texto lui réchauffa le cœur, les jambes encore tremblantes, elle se précipita jusqu'à la salle de bains pour se rafraîchir un peu. Emy espérait avoir le temps de se changer, mais elle entendit frapper au carreau d'une des fenêtres de sa chambre. Elle se contenta donc d'enfiler en vitesse son long cardigan beige en jersey. Son cœur se mit à battre la chamade en apercevant son visage. Il était légèrement déformé par la vitre ancienne, mais cela n'enlevait rien à la perfection de ses traits. Encore ensommeillée, elle s'avança tant bien que mal pour aller lui ouvrir, en prenant soin de ne pas trébucher. Alexandre se glissa en silence dans la pièce, juste devant la jeune fille qui se jeta à son cou.

— Emy ! murmura-t-il en lui rendant son étreinte.

Ils restèrent de longues minutes agrippés l'un à l'autre sans prononcer le moindre mot. Ils savouraient tous les deux cet instant de pur plaisir. Elle se laissa envahir par son parfum envoûtant, et profita de cette parenthèse où son vide intérieur semblait à nouveau posséder une contenance. Le jeune vampred, récemment repu, avait encore tous les sens en éveil et vivait ce moment d'une manière bien différente en la découvrant pleinement pour la toute première fois. Il percevait les battements de son cœur et le rythme de sa respiration. Il humait l'odeur sucrée de sa peau et celle plus douce de ses cheveux. Ils savaient tous les deux que ce moment ne durerait pas éternellement, mais ils refusaient d'y penser. Emy se délectait de sentir sa présence à ses côtés, et redoutait l'instant de la séparation où la douleur se raviverait. Alexandre, qui n'avait aucune intention de relâcher son étreinte de peur que ce ne soit la dernière, se mit à caresser sa longue chevelure cuivrée d'une main. Au deuxième passage, il frôla par inadvertance son cou du bout des doigts, il s'y arrêta et le dégagea des quelques mèches qui le masquaient. Emy se sentit défaillir. Son corps tout entier était envahi de frissons et ses jambes la soutenaient à peine. Elle retint son souffle et resserra sa prise. À cet endroit précis, il remarqua que sa peau y était d'une douceur sans pareil et que sa finesse la rendait presque transparente. Ses yeux se posèrent alors sur cette merveilleuse veine dont la couleur et le dessin frôlaient la perfection. Il songea que ses crocs n'en avaient plus transpercé de semblable depuis de nombreuses années. Mais il en avait si souvent rêvé ces derniers jours. Son esprit s'égara, ce serait si facile, tellement agréable et libérateur pour lui de s'y abreuver.

— Je t'aime, lui souffla-t-elle.

Le jeune vampred reprit instantanément pied dans la réalité. Ses lèvres s'étaient instinctivement retroussées, découvrant ses canines aiguisées devenues plus sensibles que jamais. *Non, mais je deviens fou*, pensa-t-il lorsqu'il se rendit compte de ce qu'il était sur le point de faire. Il prit une grande inspiration pour se ressaisir avant de lui répondre.

— Moi aussi, je t'aime.

Puis, il déposa un délicat baiser de ses lèvres glacées sur son épaule dénudée, et s'écarta douloureusement.

— Raconte-moi, ajouta-t-il en l'invitant à s'asseoir sur le lit.

— Ta sœur est passée me voir, dit-elle posément. Elle s'inquiète énormément pour toi.

— Il ne faut pas. Je serai bientôt le plus heureux des hommes, déclara-t-il en lui caressant l'ovale du visage.

Il avait plongé son regard dans celui d'Emy qui avait maintenant encore plus de difficultés à se concentrer. Cependant, elle n'oubliait pas l'importance de lui parler et de lui faire entendre raison.

— Qu'entends-tu par là ? lui demanda-t-elle, tout en imaginant déjà la réponse.

— J'ai trouvé le moyen pour que nous soyons réunis, affirma-t-il en recouvrant tendrement l'épaule qu'il avait embrassée quelques secondes auparavant.

— En renonçant à ton statut de vampred.

— Il n'a plus aucune utilité s'il m'empêche de vivre à tes côtés. J'ai déjà vécu dans l'obscurité et je saurai m'y adapter de nouveau, asséna-t-il froidement.

— Alex, tu sais parfaitement que ce n'est pas seulement ça. Pense à tes parents, à ta sœur, ils ne le supporteront pas.

— Ils finiront par l'accepter. De toute façon, je n'ai pas le choix, je suis incapable de vivre sans toi, avoua-t-il.

Emy se sentit défaillir une nouvelle fois en entendant ces paroles, mais elle ne devait pas se laisser envoûter. Il fallait qu'elle garde les idées claires. Elle avait donné sa parole à Scarlette, et il était hors de question qu'elle ne la tienne pas. Pourtant, il aurait été tellement plus simple pour elle d'abdiquer.

— Moi aussi, je ne suis plus capable de vivre loin de toi, avoua-t-elle à son tour d'une voix tremblante.

— Alors, laisse-moi faire, dit-il en plongeant davantage son regard dans le sien.

— Je ne peux pas, répondit-elle au bord des larmes.

Alexandre était perdu. Emy venait de lui confirmer qu'elle avait autant besoin de lui qu'il avait besoin d'elle. Son statut de vampred représentait l'unique obstacle à abattre, et il savait comment procéder pour y renoncer. Mais là, il se heurtait à une tout autre difficulté. Emy refusait totalement cette idée.

— Il y a un autre moyen, lança-t-elle brusquement d'une voix mal assurée.

Le jeune vampred resta perplexe, il avait longuement réfléchi à la question depuis leur séparation, et aucune autre solution ne lui était apparue.

— J'ai lu beaucoup d'ouvrages sur les vampires et les vampreds après mon cours sur le sujet, et je crois qu'il existe un autre moyen, expliqua-t-elle.

Le cerveau d'Alexandre entra en ébullition : lui aussi n'avait pas cessé de chercher, mais il n'avait rien trouvé d'autre que sa renonciation. Il observa alors attentivement le visage d'Emy et se concentra afin de pénétrer son esprit pour la toute première fois.

— Il n'en est pas question ! s'exclama-t-il furieux.

— Tu ne redeviendrais pas un simple vampire et nous serions liés, asséna-t-elle.

— Je refuse que tu prennes un tel risque, continua-t-il sur le même ton.

— Alex, lui dit-elle doucement pour apaiser sa colère. C'est la meilleure solution, tu le sais aussi bien que moi, enchaîna-t-elle.

— Tu pourrais ne jamais t'en remettre.

— Tout comme le fait de vivre sans toi.

— Alors, laisse-moi faire à ma façon. S'il te plaît.

Alexandre sentait déjà qu'il était en train de perdre la bataille. Emy était décidée, il l'avait clairement lu dans son esprit. Toutes ses tentatives pour la faire renoncer à son idée seraient vaines. Il le savait.

— Je serai très prudente, reprit-elle. Et puis, tu seras là pour me protéger, termina-t-elle.

Il l'accueillit contre son torse de marbre et l'enlaça de ses bras glacés pour une nouvelle étreinte pleine de tendresse et d'amour. Elle avait réussi. Le projet d'Alexandre n'était plus. Il ne perdrait pas son statut de vampred. Elle venait de lui faire admettre son plan avec une facilité déroutante. Il ne leur restait plus qu'à le mettre à exécution.

Ayant très peu dormi, Emy arriva épuisée à la table du petit-déjeuner, et il lui fallut plusieurs minutes pour remarquer que l'ambiance n'était pas au beau fixe. Le visage des Duclos était fermé et leur expression particulièrement grave.

— Que se passe-t-il ? risqua-t-elle timidement.

Marguerite lança un regard entendu à son époux avant de s'aventurer à lui répondre.

— Eh bien, nous venons d'apprendre qu'Yvan s'est échappé.

La jeune fille fut à la fois étonnée et interloquée. Face à cette réaction, Antoine prit la parole.

— Après l'audience devant le Conseil des sages, Yvan a été incarcéré dans l'attente de son jugement. Cependant, il semble que les gardiens aient sous-estimé ses capacités, car il a réussi à s'échapper hier en fin de journée.

— Cela ne remet pas en cause l'acquittement d'Adam, j'espère, répliqua-t-elle, visiblement inquiète du sort du jeune homme.

— Absolument pas, et il n'est pas non plus soupçonné de l'avoir aidé à s'évader, précisa-t-il.

— Encore heureux, s'exclama-t-elle choquée qu'une telle hypothèse ait pu être envisagée. Il était avec Emeric et Alex au moment des faits.

— Effectivement, acquiesça Antoine. Comment le sais-tu ?

Emy se sentit légèrement mal à l'aise. Elle avait cru bon de soutenir son intervention avec des faits, mais elle ne s'était pas rendu compte qu'ils pourraient la mettre en porte à faux. La visite d'Alexandre avait été clandestine et il était primordial qu'elle le reste. Ne serait-ce que pour le bon déroulement de leur plan. Heureusement, elle se souvint qu'elle avait une autre branche à laquelle se raccrocher.

— C'est Scarlette qui m'en a parlé quand elle est passée me voir hier.

— Ah oui. Bref, nous te demandons d'être prudente. Une vigilance accrue semble être de mise maintenant qu'il est de nouveau en liberté.

— Cependant, avec la garde à ses trousses, il essaiera certainement de se faire oublier, ajouta Marguerite.

— La garde ? reprit-elle.

— Il s'agit d'un groupe de mages surentraînés, lui expliqua Antoine. L'équivalent de l'armée chez les humains, lui précisa-t-il.

— Eh bien, j'espère qu'ils finiront par l'attraper.

Emy s'en était bien sortie, mais elle réalisa qu'il serait de bon ton à l'avenir de faire plus attention à ce qu'elle disait. Surtout tant que leur projet n'aurait pas abouti.

Alexandre était passé voir Emy tous les soirs de la semaine, à la tombée de la nuit. Il entrait discrètement par l'une des fenêtres de sa chambre. Ils passaient des heures à discuter et à se regarder, tentant à la fois de rattraper le temps perdu et de préparer l'avenir. Le moment approchait. Le jeune vampred était inquiet, et les derniers évènements n'avaient rien arrangé. Il avait bien essayé de la faire changer d'avis, mais elle était plus que décidée.

Aux yeux d'Alice, son amie était toujours envahie par le chagrin de sa séparation d'avec Alexandre, bien que depuis le début de la semaine, elle la trouvait mieux. Elle l'invita donc le samedi soir à assister au concert des Papillons de nuit, un petit groupe montant de la scène rock. Elle avait prévu de commencer la soirée avec Yann, elles se donnèrent donc rendez-vous directement à L'Éclipse vers vingt heures trente.

Emy n'eut aucune difficulté à obtenir la voiture d'Agathe pour sortir, en revanche, elle dut faire preuve d'une grande force de persuasion auprès des Duclos pour qu'ils acceptent l'idée qu'elle sorte sans la protection d'un autre être magique. Il faut dire que sa brillante prestation lors de la dernière séance de travail avec le professeur Lombas sur les techniques de défense l'y aida beaucoup.

Lorsqu'elle gara la petite Clio noire sur le parking, déjà au trois quarts rempli, elle aperçut Alice et Yann qui l'attendaient devant l'entrée. Ils pénétrèrent donc ensemble dans le pub surchauffé. Dans le sillon de la serveuse qui les accompagnait jusqu'à leur table, ils traversèrent la foule sans trop de difficulté pour rejoindre Aurélie et Claire. Cette dernière était accompagnée par le même jeune homme que lors de l'anniversaire d'Alice, mais Emy ne se souvenait pas de son prénom.

Une bonne demi-heure après les incontournables accolades, Emy, absorbée par ses pensées, jouait avec la cerise de son cocktail. D'une magnifique couleur rouge rubis, elle n'avait pas pu résister, et ce, malgré la quantité astronomique de sucre qu'il contenait. Spectatrice presque invisible de la scène qui se déroulait à ses côtés, elle n'avait pas souhaité se joindre à ses compagnons de soirée dans le grand débat qu'ils avaient lancé sur l'interprétation des paroles d'une des chansons qu'ils n'allaient certainement plus tarder à entendre. La discussion battait son plein lorsqu'ils furent interrompus.

— Bonsoir les mélomanes ! lança une voix masculine qu'Emy ne connaissait pas.

— Eh ! Salut, Luc ! répliqua Yann avec un large sourire.

Emy tourna la tête en direction du nouvel arrivant et découvrit un ténébreux jeune homme. Il était grand, de carrure moyenne, avec une silhouette élancée et harmonieuse. Des boots jusqu'à la veste à col relevé qui semblait provenir d'une autre époque, son total look noir lui donnait un style bien différent des autres. De ses cheveux particulièrement lisses et ébène, savamment ébouriffés, s'échappaient quelques petites mèches qui glissaient jusqu'à ses yeux couleur d'encre. Ce monochrome accentuait la pâleur de son teint et la jeune fille réalisa qu'elle n'était peut-être pas la seule dans cette salle à ne pas être humaine.

— Tu t'installes avec nous ? lui demanda Yann toujours aussi enjoué.

— Si ça ne dérange personne, répliqua-t-il en fixant Emy.

Ses joues devinrent instantanément rosées. Elle ne l'avait pas quitté des yeux depuis son arrivée et il paraissait maintenant évident que cela n'avait pas été aussi discret qu'elle l'espérait.

— Bien sûr que non ! renchérit Yann. Il reste justement une chaise libre entre Aurélie et Emy, précisa-t-il en les désignant.

L'instant ne dura que quelques secondes, mais il fut intense et surprenant. Emy, gênée par sa propre attitude et perturbée par l'idée qui tournait dans son esprit, s'était remise à triturer le petit fruit qui flottait à la surface de son verre. Aurélie, célibataire depuis peu, était ravie de cette visite imprévue et regardait avec une certaine avidité le jeune homme. Luc gagna la place qui venait de lui être attribuée sans cesser d'observer Emy. L'odeur boisée qu'il dégageait avait quelque chose d'apaisant, et elle ne put faire autrement que de la remarquer.

Après les traditionnelles présentations, Yann fit signe à la serveuse qui rappliqua dans la foulée.

— Remettez-nous la même chose, dit-il en cherchant l'approbation de chacun.

— Pas pour moi, merci, précisa Emy dont le verre était encore au trois quarts plein.

— Et toi, Luc ? lui demanda-t-il.

Le jeune homme balaya la table des yeux avant de répondre.

— La même chose, s'il vous plaît, en désignant le verre d'Emy.

— C'est un cocktail sans alcool, lui précisa Yann, visiblement étonné par son choix.

— C'est parfait, affirma-t-il.

La jeune fille ne savait pas trop comment réagir. Elle trouvait bizarre que Luc ait commandé une boisson dont il ne connaissait apparemment ni le nom ni la composition. Le fait que son choix se soit porté sur ce qu'elle avait elle-même pris la troublait énormément, et elle n'était pas la seule à avoir remarqué cette étrange coïncidence vu les regards que lui jetait Aurélie. Elle se retint pourtant de lui poser la moindre question et resta sagement concentrée sur la cerise.

Lorsque la serveuse apporta les boissons, le flot des conversations avait repris son cours entre les jeunes gens, et Emy se faisait encore plus petite qu'avant l'arrivée de Luc. Aurélie usait de tous ses charmes pour attirer l'attention du jeune homme qui lui répondait poliment tout en gardant ses distances. Le claquement du verre de son voisin sur le plateau de la table sortit Emy de ses pensées.

— J'espère que c'est aussi bon que ça en a l'air, lui dit-il.

Elle leva les yeux dans sa direction et esquissa un sourire. Elle cherchait le moyen de s'assurer qu'elle était bien en compagnie d'un être humain, mais ses connaissances étaient sans nul doute encore trop justes pour cela.

— Tu connais Yann depuis longtemps ? finit-elle par lui demander.

Après tout, il fallait bien qu'elle commence par quelque chose, alors pourquoi pas cela ?

— Absolument pas. Nous nous sommes rencontrés la semaine dernière, lui répondit-il en se rapprochant en prétextant qu'ainsi ils n'auraient pas besoin de parler trop fort.

Ce n'était pas la réponse qu'Emy espérait, bien au contraire. Depuis sa rencontre avec Ludovic, elle était particulièrement suspicieuse envers les inconnus. Elle se sentait comme piégée, car en lui posant cette question, elle n'avait finalement fait qu'attraper la perche qu'il lui tendait. De plus, elle ne pouvait plus compter sur Aurélie pour détourner son attention, puisque cette dernière avait parfaitement compris qu'il ne s'intéressait nullement à elle. D'ailleurs, elle avait réorienté son intérêt sur la scène où le concert ne tarderait pas à commencer.

— C'est bizarre quand on y pense, songea-t-il à haute voix.

— Pourquoi ça ?

— Eh bien, je vis à Louverville depuis de nombreuses années et je ne l'avais encore jamais croisé. Tout comme toi d'ailleurs, conclut-il en la fixant.

Son regard était à la fois flatteur et inquiétant, sans doute que la noirceur de ses prunelles y était pour quelque chose.

— Pour moi c'est normal, je ne suis ici que depuis quelques mois, répliqua-t-elle avant de porter la paille de son verre à sa bouche.

— Délicieux, susurra-t-il à son oreille.

— P… Pardon ! balbutia-t-elle en manquant de peu de s'étouffer.

— Ce cocktail… il est délicieux, précisa-t-il avec un regard amusé.

Quelle idiote ! pensa-t-elle. *Je deviens complètement parano.*

À force de baigner dans le monde de la magie, elle croyait voir des êtres surnaturels partout. Luc n'était sûrement qu'un beau gosse, dragueur, tout comme Yann qu'elle avait également soupçonné au début. Le patron du pub monta sur la scène pour annoncer les Papillons de nuit, et la musique inonda la salle, rendant toute discussion impossible, au grand soulagement d'Emy.

Le concert avait remporté un franc succès, et après le dernier rappel, la salle s'était rapidement vidée de la majorité de ses occupants. Le petit groupe d'amis s'attardait près des voitures. Ils s'accordaient à dire qu'ils avaient passé une agréable soirée, et même Emy fut forcée de reconnaître les bienfaits de ce moment de détente. Elle avait laissé tomber ses idées saugrenues sur la nature de Luc qui s'était montré d'agréable compagnie, charmant et prévenant tout en gardant ses distances.

Un petit vent glacial soufflait sur le parking, et rendait la nuit particulièrement froide. Alice proposa de finir la soirée tranquille chez elle. À l'exception d'Emy, tout le monde accepta l'invitation avec enthousiasme. Elle avait écarté Alice du groupe afin de la remercier pour cette agréable soirée et de lui préciser qu'elle préférait rentrer chez elle pour se reposer, ce que son amie comprit tout à fait. Les deux jeunes filles retournèrent près des autres, et Alice lança vigoureusement le signal du départ. Chacun leur tour ils saluèrent Emy, sans tenter de la faire changer d'avis. Seul Luc s'y essaya, en vain.

— Quel dommage que tu ne viennes pas, nous aurions pu faire plus ample connaissance ! murmura-t-il avant de s'éloigner pour rejoindre les autres.

La petite Clio noire s'immobilisa sur les graviers. Emy prit soin de bien se couvrir avant de descendre du véhicule, il n'était pas question qu'elle tremble de froid. Avant même de quitter le manoir ce soir-là, elle avait décidé de faire un crochet par ici en rentrant. Elle n'en avait, bien sûr, pas touché mot aux Duclos, qui auraient été contre cette idée. Elle s'avança vers le portillon en fer. Par chance, il n'était pas fermé à clé, et de toute façon cela n'aurait rien changé puisqu'il pouvait être facilement enjambé.

Parcourir un cimetière de nuit ne faisait pas partie de ses habitudes et elle n'était pas très rassurée. En même temps, peu de personnes l'auraient été. Les semelles antidérapantes des bottines noires qu'elle avait choisi de porter s'avéraient indispensables sur les gravillons gelés. Elle sortit sa baguette pour l'utiliser comme lampe torche, et arpenta les allées à la recherche de la sépulture décrite par Marguerite. La surface à couvrir était étendue, et les possibilités multiples, elle décida donc de procéder méthodiquement, et débuta par celles situées sur sa gauche. Au bout de plusieurs minutes de recherche infructueuse, ses doigts de pied commençaient à s'engourdir, le bout de son nez et ses oreilles étaient glacés. Elle s'arrêta un instant pour réfléchir. En tant que sorcière, il devait certainement exister un moyen plus rapide de trouver ce qu'elle cherchait. Elle ferma les yeux et se concentra sur son objectif. L'image d'une pierre tombale apparut brusquement dans son esprit. Elle rouvrit les paupières, puis machinalement leva sa baguette en se focalisant sur la vision qu'elle venait d'avoir et qui demeurait imprimée dans un coin de sa tête. Elle sentit une attraction, comme si la baguette lui montrait le chemin à suivre. Docile, elle s'exécuta.

Quelques mètres plus loin, elle s'arrêta devant une tombe blanche usée par le nombre des années et recouverte d'une fine couche de lichen. Elle approcha le bout de sa baguette pour éclairer les gravures : « Claude et France Laqueras », ses grands-parents maternels. Seulement deux dates y figuraient. Elle frotta légèrement avec sa main la mousse qui les recouvrait, et comprit immédiatement qu'ils avaient tous deux quitté ce monde comme ils l'avaient découvert… le même jour. Elle se sentit libérée d'avoir enfin un lieu où se recueillir, et maintenant qu'elle pouvait lire ces noms gravés dans la pierre, ses origines lui apparaissaient enfin comme une réalité. Des larmes montèrent lentement avant de glisser le long de ses joues glacées. Elles représentaient l'amalgame des différentes émotions que Emy ressentait à cet instant précis. La joie, la tristesse, l'espoir et la peur.

Le craquement d'une brindille se brisant sous le poids d'un pas résonna dans la nuit. Elle essuya son visage d'un revers de manche avant de faire volte-face.

— Bonsoir Emy.

Cette voix masculine et cette silhouette que l'on distinguait à peine dans l'obscurité ne lui étaient pas inconnues. Elle s'attendait à ce qu'il vienne.

CHAPITRE 17

Le cimetière

Alexandre patientait depuis déjà plus d'une demi-heure. Sous sa forme animale favorite, il se tenait sur une des branches du grand chêne. Sa présence était indétectable, et son point de vue sur le site inégalable. Emy n'était pas encore en retard, mais plus l'heure fatidique approchait, plus il regrettait de s'être laissé convaincre. Même si l'issue semblait probable, ce plan n'en demeurait pas moins totalement fou. Elle prendrait beaucoup trop de risques. Malheureusement, il ne pouvait plus revenir en arrière. À force de tergiverser, le moment était venu et aucun signe de la petite Clio noire à l'horizon. L'inquiétude d'Alexandre atteignait son paroxysme. Les minutes s'égrainaient bien trop lentement, cette attente devenait insupportable. Il s'apprêtait même à abandonner son poste pour aller à sa rencontre, lorsque le bruit d'un moteur au loin attira son attention. L'obscurité était dense et la distance trop grande pour le moment, il devait attendre que le véhicule se rapproche afin d'être sûr qu'il s'agissait bien d'elle. Les pneus crissèrent sur les graviers. Serait-il bientôt soulagé de la voir ?

* * *

— Bonsoir, Ludovic, répondit Emy en brandissant sa baguette.
— Quelle bonne surprise ! s'exclama-t-il, tout sourire.

Préparée à cette rencontre, elle resta impassible et muette.

— Qu'as-tu l'intention de me faire avec ta brindille ? lui demanda-t-il moqueur.

— J'ai appris à me défendre, lui répondit-elle avec assurance en resserrant sa poigne.

Le vampire partit dans un immense éclat de rire théâtral.

— Pauvre petite sorcière, dit-il en commençant à lui tourner autour. Ton professeur ne t'a-t-il donc pas appris que cette chose, précisa-t-il d'un air dédaigneux en désignant la baguette d'un doigt, ne peut nous faire aucun mal ? Ou peut-être n'as-tu pas été suffisamment attentive ? ajouta-t-il dans un murmure lugubre.

— Tes sarcasmes sont inutiles. Je sais parfaitement ce que je fais !

— Vraiment ? Tu viens seule, en pleine nuit, dans un lieu où tu es quasiment sûre de rencontrer l'un des nôtres. Que cherches-tu exactement ?

Emy ne souhaitait pas répondre à cette question. Et après réflexion, elle n'était plus vraiment certaine de ce qu'elle faisait ici ce soir. Mais de toute façon, bonne ou mauvaise idée, elle ne pouvait plus reculer. Elle le défia du regard en prenant soin de fermer son esprit à toute tentative d'intrusion de sa part.

— Je vois que ton professeur t'a au moins appris cela, dit-il en s'en apercevant. Ce n'est pas plus mal ! Ce sera plus drôle pour moi.

Le diamètre du cercle qu'il décrivait autour d'elle se réduisait un peu plus chaque seconde, de telle sorte que son odeur envahissait maintenant l'atmosphère de la jeune fille.

— Qu'on en finisse ! lâcha-t-elle soudain.

— Suicidaire ? s'étonna-t-il. Non, ton sauveur ne doit pas être loin.

— Je suis seule. Tu n'as qu'à sonder les environs pour vérifier.

— De toute façon, je n'ai pas l'intention de te tuer.

— Vraiment, et je devrais te croire ?

— Je me fiche totalement que tu me croies ou non. Mais le fait est que je ne suis pas venu pour ça.

— Pourquoi es-tu là alors ?

— Voyons ! Ton odeur est irrésistible. Ne me fais pas croire que tu l'ignores !

Emy était totalement perdue. Elle ne connaissait visiblement pas les vampires aussi bien qu'elle l'aurait cru. Était-il possible que Ludovic soit ici uniquement parce que son odorat aiguisé de prédateur l'avait attiré jusqu'à elle ? Et si tel était le cas pourquoi ne l'attaquerait-il pas ? Incrédule, elle préféra garder le silence.

— J'ai dit que je ne te tuerais pas, pas que je ne t'attaquerais pas ! lui susurra-t-il à l'oreille.

Emy avait baissé sa garde l'espace d'un instant, elle corrigea immédiatement cette erreur, mais il était déjà trop tard, il en avait profité pour lire dans sa tête comme dans un livre ouvert.

— Je n'ai plus très faim, mais je ne dirais pas non à une petite douceur. Je devine que tu dois avoir un goût exquis, souffla-t-il en lui caressant les cheveux.

Le corps parcouru de frissons, et les jambes en coton, elle avait vraiment peur à présent. Le vampire se tenait juste derrière elle. Elle sentait son souffle glacé couler le long de sa nuque. L'issue semblait inévitable. Même si l'esprit d'Emy était à nouveau fermé, il connaissait le combat qui s'y déroulait en cet instant. Identique à celui que vivent toutes les proies juste avant de recevoir l'assaut de leur prédateur. Elle aurait pu tenter de s'enfuir, de lui échapper, telle la souris prise au piège entre les pattes du chat. Mais, où qu'elle aille, il la rattraperait, il se déplaçait beaucoup trop vite.

Ludovic était maintenant face à Emy, il tenait son visage entre ses mains glacées. Elle avait baissé sa baguette. À quel moment ? Pourquoi ? Ces deux interrogations resteraient sans réponse. Elle restait immobile, les yeux rivés aux siens. Les lèvres du vampire bougeaient sans que le moindre son n'en sorte pourtant. C'est alors que, telle une marionnette, elle déplaça sa chevelure cuivrée d'un mouvement de bras digne de celui d'une danseuse d'opéra, avant d'incliner légèrement la tête sur son épaule, et de s'offrir à lui. Les canines aiguisées du prédateur n'eurent aucune difficulté à traverser la fine couche de peau du cou de la jeune fille qui n'opposait pas la moindre résistance. Elle était comme hypnotisée. Son sang s'avéra être aussi savoureux qu'il l'avait imaginé. La température était parfaite, l'arôme incomparable et la consistance d'une agréable douceur. Quoi qu'il se produise ensuite, il ne regretterait pas d'y avoir goûté.

Cela faisait déjà de longues minutes que le vampire se délectait de ce savoureux nectar lorsque le corps de sa proie commença à montrer des signes de faiblesse. Son visage inexpressif était devenu d'une pâleur extrême, et ses jambes ne la soutenaient plus. Seuls les bras de son assaillant l'empêchaient de s'écrouler.

La douleur ne s'avérait pas aussi intense qu'Emy l'avait envisagé. La soumission dont elle faisait preuve face à son agresseur y était sans doute pour quelque chose. Et puis cet arôme qu'elle avait respiré à grandes bouffées l'avait peu à peu anesthésiée. Elle se laissait aller dans ce demi-sommeil artificiel qui ne pourrait lui offrir aucun rêve. Elle concentra ses bribes de lucidité dans un recoin de son esprit pour tenter de communiquer avec celui d'Alexandre. Il était la seule personne susceptible de l'aider. Elle s'accrocha à cet unique espoir de survie… Mais le temps s'écoulait au rythme de ses veines qui se vidaient inlassablement comme le sable qui quitte la partie supérieure d'un sablier. Chaque parcelle de son corps s'éteignait peu à peu, tandis que ses appels au secours silencieux n'obtenaient visiblement aucune réponse. Emy se sentit partir…

C'est à cet instant précis que la bulle dans laquelle Ludovic les avait isolés vola en éclats. Tout se passa très rapidement. Un chien-loup se jeta sur le dos du vampire qui, distrait par son festin, ne l'avait pas entendu approcher. Prendre un tel être par surprise n'était pas une mince affaire. Pour repousser l'animal, le vampire fut forcé de s'arracher brutalement du cou de la jeune fille. Cet acte déclencha chez elle une foudroyante douleur qui s'empara instantanément de chacun de ses organes. La chute de son corps inerte se trouva étonnamment amortie juste avant qu'il ne s'écrase sur le sol. Deux bras, d'une force au moins égale à leur douceur, s'étaient glissés sous ses épaules pour la faire atterrir délicatement… ceux d'Alexandre qui venait de reprendre forme humaine.

Un combat sans relâche, et d'une rare violence, s'engagea alors entre les deux jeunes hommes. À part leur apparence, il n'y avait plus rien d'humain, ni dans l'expression de leur visage ni dans leur comportement. Des cris qui ressemblaient davantage à des rugissements résonnaient dans la nuit. Les coups portés étaient d'une force incroyable et atteignaient leur objectif à chaque fois. Ludovic et Alexandre détenaient une puissance égale, les blessures infligées laissaient des traces impressionnantes, et nul n'aurait pu prédire lequel des deux en sortirait vainqueur. Si toutefois l'un des deux s'en tirait. Les échanges de coups étaient incessants, de telle sorte que les deux combattants n'avaient pas une seconde de répit. Les entailles cicatrisaient au fur et à mesure et les commotions disparaissaient les unes après les autres, faisant place nette pour de nouvelles attaques chaque fois plus puissantes que la précédente. La bataille semblait partie pour durer, rien ne pourrait les interrompre en dehors de l'aube qui forcerait Ludovic à abandonner.

Pendant ce temps, l'état d'Emy empirait à une vitesse fulgurante, elle ne tiendrait sans doute pas jusqu'au petit matin. Alexandre n'avait pas le choix, s'il voulait qu'elle ait une chance de survivre, il devait terrasser son adversaire le plus rapidement possible.

Heureusement, l'affrontement tourna court bien plus tôt que prévu lorsqu'un hurlement sinistre en provenance de plusieurs kilomètres de là figea les deux vampires. Ils se regardèrent un bref instant et sans même prononcer le moindre mot ils avaient compris. Le combat était passé au second plan.

Ludovic renonça à son apparence humaine et disparut au loin en quelques battements d'ailes.

Alexandre se précipita genoux à terre aux côtés d'Emy, abandonnée inerte sur le sol gelé. Elle était couverte de son propre sang. Il avait continué de couler à flots pendant un moment après que son agresseur se soit arraché à elle. Ce qui n'aurait dû être que deux petits trous s'était transformé en deux profondes entailles qui témoignaient de la souffrance qu'elle venait de subir. À cette vision, le jeune vampred fut gagné par la culpabilité.

J'aurais dû lui éviter ça, pensa-t-il.

D'un bras, il releva son buste en prenant soin de lui maintenir la tête afin qu'elle ne bascule pas vers l'arrière. Son visage de poupée était tout proche du sien maintenant et il constata avec un certain soulagement que son expression était sereine, apaisée même.

Plus le moindre mouvement n'animait son corps, sa poitrine paraissait immobile, et aucun souffle ne s'échappait de la mince ouverture entre ses lèvres qui avaient perdu leur couleur rosée. Aux yeux de n'importe quel être humain, cette jeune femme au teint livide serait apparue vidée de toute étincelle de vie. Mais Alexandre n'était plus humain depuis déjà bien longtemps et, aussi infime soit-elle, il percevait la moindre trace de survie chez un être vivant. Emy avait encore une chance, il le savait, encore fallait-il faire vite.

Son cerveau entra en ébullition, il devait s'occuper d'elle, mais pas ici. L'endroit était devenu beaucoup trop dangereux, même pour lui. Il était indispensable de quitter les lieux au plus vite. Son regard se posa sur la petite Clio garée à quelques mètres de là. Emy y serait plus au chaud et mieux installée, mais ce moyen de transport n'était pas assez rapide. Il restait peu de temps à Alexandre pour la conduire en lieu sûr et tenter de la soigner avant qu'elle ne succombe à ses blessures.

Arrête de tergiverser ! Agis ! se réprimanda-t-il.

Son second bras se glissa sous les genoux de la frêle silhouette meurtrie pour l'amener délicatement contre son torse. À ce contact, le jeune vampred se sentit plus proche d'Emy qu'il ne l'avait jamais été auparavant. Sa peau marbrée et glacée ressemblait étrangement à la sienne. Son pouls et sa respiration étaient si faibles que pendant une fraction de seconde, il se surprit à imaginer qu'elle était comme lui… morte.

Une évidence le ramena instantanément à la réalité. Il était irrémédiablement attiré par l'effluve qui se dégageait du liquide répandu sur son corps. Sa nature de prédateur reprenait le dessus. Tous ses sens s'éveillaient. Ses crocs étaient dégagés et prêts à se planter dans cette chair qui s'offrait à lui. N'importe quel vampire se serait jeté sans hésiter sur cette proie irrésistible. Heureusement pour Emy, Alexandre n'était pas n'importe quel vampire. Il n'en était d'ailleurs plus vraiment un. Ses yeux plongèrent dans les siens, la raison l'emporta sans trop de difficulté, et il l'emmena dans une course effrénée dont il était le seul à connaître la destination.

Le rugissement avait cessé depuis peu lorsque le serviteur ouvrit la porte du sombre bureau.

— Quel est l'idiot qui a osé ? rugit l'homme à la baguette blanche.

Les jointures de ses mains blafardes agrippées aux accoudoirs du fauteuil dans lequel il était toujours installé trahissaient son profond agacement.

— Ludovic, monsieur, lui répondit son interlocuteur tapi dans l'ombre.

— Mes consignes étaient pourtant limpides, ajouta-t-il.

— Certes, monsieur. Mais elle est tellement…

— Unique, termina l'hôte des lieux avec une légère pointe d'admiration dans la voix, ou d'envie.

Il se leva lentement et se dirigea vers la vitrine, laissant un silence pesant s'installer. Puis il caressa de ses longs doigts rachitiques le carreau de verre avant de reprendre la parole.

— Faites-lui savoir qu'il ne sera pas châtié, lança-t-il immobile devant l'étalage de baguettes.

— P… pardon, monsieur, ai-je bien entendu ? bégaya le serviteur.

— Tout à fait, mon cher. Mais ce vampire m'est à présent redevable.

— Quel service doit-il vous rendre, monsieur ?

L'homme à la baguette blanche se tourna, mais son visage resta masqué par l'obscurité ambiante.

— Qu'il mène à bien ce dont nous avons parlé.

— Êtes-vous sûr qu'il sera à la hauteur, monsieur ?

— Sans aucun doute.

CHAPITRE 18

Le réveil

Emy était repartie dans son cauchemar et pour la première fois elle en avait conscience. Elle vivait ce moment de souffrance avec toujours autant d'intensité, mais d'une façon différente, presque détachée. Son corps fébrile était trempé de sueur. L'étau invisible dans lequel reposait sa tête resserrait peu à peu son étreinte. Son front était brûlant de fièvre, et ses tempes martelaient au rythme d'une cadence infernale. Ses poumons en feu rendaient sa respiration difficile et hésitante. Et malgré tout cela, elle réussissait à réfléchir posément à la situation.

Emy savait qu'elle n'était pas seule et qu'il lui fallait trouver la force d'ouvrir les yeux pour découvrir ce qui l'entourait. Au plus profond de son être, elle mesurait l'importance de ne pas laisser passer cette chance. Elle concentra toute son énergie sur cette action, si naturelle dans le monde réel et pourtant si difficile dans celui-ci. Au bout de quelques secondes d'effort qui lui semblèrent durer bien plus, ses yeux finirent par s'ouvrir lentement, au prix d'une intense douleur. Sa vision était masquée par une sorte de voile opaque qui ne lui laissa entrevoir qu'un endroit sombre et lugubre. Elle patienta un instant que sa vue s'améliore. À une faible distance, deux silhouettes émergèrent de l'obscurité. En se concentrant davantage, elle perçut un léger murmure incompréhensible pour ses oreilles ensommeillées. Peut-être s'agissait-il d'une conversation entre deux hommes, mais elle ne pouvait en être certaine.

— Je crois qu'il s'est réveillé ! lança, enfin distinctement, une voix aiguë.

Les couleurs et les contours des masses que la jeune fille percevait à peine jusqu'à présent commencèrent à se définir. En se rapprochant, les deux silhouettes s'allongèrent et un sentiment de délivrance s'empara d'Emy. L'espoir d'obtenir des réponses après toutes ces années d'incertitudes. Elle ne tarderait plus à savoir où elle se tenait et qui l'entourait.

— Grég ! Est-ce que tu nous entends ? s'exclama une autre voix, plus grave que la première.

Perdant totalement le contrôle de son corps, la jeune fille se jeta au cou de la personne qui se trouvait à sa portée.

En sortant brusquement de son sommeil, Emy quitta ce songe perturbant. Elle se retrouva allongée sur un lit qui n'était pas le sien, dans une chambre qu'elle ne connaissait pas. Elle s'accorda quelques secondes pour reprendre ses esprits, puis elle scruta son environnement proche. Son corps était caressé par des draps noirs d'une douceur incomparable. Des tentures rouge rubis somptueusement brodées avec du fil doré pendaient depuis le baldaquin. Ces dernières l'auraient totalement isolée du reste de la pièce si elles n'avaient pas été retenues par des embrasses savamment tressées. Le lieu dans lequel Emy s'éveillait baignait dans une quasi-obscurité. Seules les flammes vacillantes des quelques bougies à demi consumées des candélabres disposés un peu partout apportaient un peu de lumière. L'endroit était spacieux, et surtout d'une impressionnante hauteur sous plafond, mais de là où elle se trouvait, elle ne pouvait pas réellement l'apprécier. Elle entreprit de se redresser. Mais son corps n'était visiblement pas prêt à faire le moindre effort. Après plusieurs tentatives infructueuses et éreintantes, elle se résigna à attendre, confortablement installée parmi la multitude d'oreillers.

Dans l'ensemble, Emy se sentait bien dans cette chambre qui lui était pourtant totalement inconnue. L'ambiance générale, apaisante et réconfortante, lui semblait familière, mais un détail la perturbait et retenait toute son attention. Il manquait quelque chose. Mais quoi ? Elle scrutait chaque centimètre carré à portée de vue sans réussir à trouver. Et pourtant, ce sentiment étrange ne la quittait pas.

Un grincement métallique l'extirpa de ses réflexions. Une porte qu'elle situa, à l'oreille, sur sa gauche, venait de s'ouvrir. Puis une personne s'avança à pas feutrés.

— Scarlette ? s'étonna-t-elle en l'apercevant du coin de l'œil.

— Bonjour, Emy, lui répondit calmement la jeune vampred en déposant un bouquet de roses sur le guéridon disposé au pied du lit. Ravie de te voir réveillée.

Les interrogations fusèrent dans son esprit. Où se trouvait-elle ? Que faisait Scarlette à ses côtés ? Depuis combien de temps dormait-elle ? Pourquoi son corps refusait-il de bouger alors qu'elle ne souffrait pas ?

— Comment te sens-tu ?

Cette simple question pouvait susciter bien des réponses, mais Emy réalisa qu'il lui était impossible d'en choisir une plutôt qu'une autre, alors elle se contenta de dire :

— Je ne sais pas.

— Ne t'inquiète pas, c'est tout à fait normal après ce que tu as subi, lui précisa Scarlette en s'installant dans le fauteuil situé à la droite du baldaquin.

Après ce que j'ai subi ! se répéta-t-elle en réalisant qu'elle ne se souvenait plus de ce qui s'était passé.

— J'ai dormi longtemps ?

— Le temps nécessaire pour que tu reprennes des forces. As-tu mal quelque part ?

— Non, mais je n'arrive pas à bouger.

— C'est parce que tu es sous l'effet du bouclier.

— Du bouclier ?

Scarlette approcha sa main. Mais cette dernière s'arrêta net à quelques centimètres d'Emy.

— Il crée une barrière de protection invisible autour de toi, et bloque une partie de tes mouvements. Alex t'expliquera tout ça mieux que moi. Les fleurs te plaisent ? enchaîna-t-elle habilement.

— Elles sont très jolies, merci.

— Ce n'est pas moi qu'il faut remercier, répliqua-t-elle accompagné d'un petit clin d'œil.

La jeune vampred était là, juste à ses côtés, certainement en mesure de lui apporter tout ou partie des réponses aux questions qui se bousculaient dans sa tête. Cependant, Emy espérait n'en obtenir qu'une seule pour le moment, primordiale à ses yeux.

— Où est-il ?

Malgré sa brusquerie et son imprécision, il n'y eut aucune ambiguïté, et Scarlette n'hésita pas une seconde.

— Il sera là d'un instant à l'autre. Il t'a veillée sans relâche, et c'est lui que tu aurais trouvé à ton réveil si nous ne l'avions pas poussé à s'absenter. Il était grand temps qu'il aille chasser, crut-elle bon de préciser.

* * *

Quelques minutes plus tôt, au cœur de la forêt, masqué par les arbres pourtant nus en cette saison, la silhouette d'un être humain se dessinait dans l'obscurité. Il était posté derrière un vieux chêne dans une immobilité qui le confondait au décor. Attitude typique du parfait prédateur qu'il était. À quelques pas devant lui, coincé entre deux bosquets, un chevreuil dont la taille serait plus que suffisante pour qu'il s'y abreuve sans trop l'affaiblir. Le jeune vampred n'aurait pas besoin de lui prendre beaucoup de sang, ses proies précédentes l'avaient quasiment rassasié, et celle-ci serait sans doute la dernière de la nuit. Il se préparait à bondir comme un chat sur le point d'attaquer le mulot qui ne se doute pas de ce que l'avenir lui réserve, quand une petite voix familière résonna dans sa tête : *Emy est réveillée !*

La réaction d'Alexandre au message envoyé par sa sœur ne se fit pas attendre. Il laissa sur place ses instincts de prédateur et entama la traversée de la forêt en empruntant le chemin le plus rapide. Il regrettait déjà de l'avoir abandonnée, et savoir qu'elle s'était réveillée sans qu'il soit à ses côtés lui était insupportable. Il devait la rejoindre au plus vite. Les troncs défilèrent les uns après les autres. Son agilité lui permettait de couper à travers bois sans risquer la moindre collision, même à cette vitesse. Il atteindrait sa destination dans très peu de temps, il pourrait alors tout lui expliquer, et surtout la rassurer, car il se doutait qu'elle en aurait besoin.

Sur sa route, les lapins se précipitèrent dans leur terrier. Les écureuils grimpèrent aussi vite qu'ils le pouvaient jusqu'à leur refuge. Chaque habitant des lieux se cacha sur son passage, dérangé et surtout effrayé par tant de remue-ménage.

Quelques minutes à peine s'étaient écoulées lorsque Alexandre reconnut le paysage, et ce bien qu'il n'ait pas beaucoup changé, du moins pour le commun des mortels. L'environnement lui devenait peu à peu familier. Il approchait… une courbe se dessina à l'horizon… il arrivait… enfin !

* * *

Emy n'avait plus tenté de bouger. Elle avait bien compris que son corps n'était pas prêt à coopérer et qu'elle devait attendre. Elle ne s'interrogeait pas sur la façon dont elle s'était retrouvée dans ce joli petit ensemble en satin assorti aux draps dans lesquels elle était allongée. Elle s'y refusait pour le moment, trop occupée à tenter de se remémorer les évènements qui l'avaient amenée jusqu'ici.

— Scarlette ?

— Oui.

— Où sommes-nous ? lui demanda-t-elle tout en ayant une petite idée de la réponse.

— À Noctoyard, bien sûr.

La réponse coulait de source. En fait, ce qu'elle aurait dû demander, c'était pourquoi elle était ici et non dans sa chambre au manoir. Mais d'instinct et sans en comprendre la raison, elle ne s'y risqua pas.

— Tu ne te souviens donc pas de ton arrivée ici ?

L'expression de la jeune fille à cet instant la dispensa de réponse.

— Quel est ton dernier souvenir ?

— La soirée à L'Éclipse avec Alice.

— D'accord.

En fait, Emy ne jouait pas franc-jeu. Son dernier souvenir était sa visite au cimetière, mais vu qu'elle ne savait vraiment plus ce qui s'était passé ensuite et qu'elle ignorait également le degré d'information de Scarlette sur ce sujet, elle préféra se cantonner à cette réponse, et en retour elle ne la questionna pas davantage.

Le silence s'était installé depuis peu entre les deux jeunes femmes lorsqu'on frappa à la porte de la chambre.

— Entre ! lança Scarlette avant même que le dernier coup ait fini de résonner.

Le battant s'ouvrit en douceur pour laisser pénétrer le visiteur tant espéré. Il se précipita à travers la pièce pour rejoindre Emy, mais à mi-parcours il fut stoppé net. Leur regard rivé l'un à l'autre, ils n'avaient pas remarqué que Scarlette avait quitté le fauteuil dans lequel elle était encore installée une seconde avant pour devancer son frère.

— Attends ! lança-t-elle avec une douce fermeté.

Malgré une contrariété manifeste, le jeune vampred n'opposa pas de résistance, et détourna son regard pour le poser sur elle.

— Je n'ai constaté aucun signe d'alerte, mais sa mémoire lui fait défaut, lui expliqua-t-elle.

— Très bien, est-ce tout ?

— Non, le bouclier…

— Eh bien ?

— Il est toujours actif, conclut-elle.

— Je te remercie d'avoir veillé sur elle en mon absence. Va te reposer, tu l'as bien mérité, termina-t-il en déposant un baiser sur son front.

— À bientôt, Emy ! lança-t-elle en se dirigeant vers la sortie.

— Au revoir, Scarlette, et merci.

La porte tout juste refermée, Alexandre se tenait déjà à son chevet. Machinalement, elle essaya de se redresser, mais une force invisible l'en empêchait toujours.

— C'est pas vrai ! s'écria-t-elle agacée.

— Tu sembles aller plutôt bien, répliqua-t-il en souriant.

— C'est pas très gentil de te moquer !

— Je ne me moque pas du tout, je suis sincèrement ravi de voir que tu vas mieux. Et ne t'inquiète pas pour le bouclier, il devrait bientôt se désactiver.

— J'espère, soupira-t-elle. Parce que j'ai grand besoin de tes bras pour me réconforter.

— Ça ne devrait plus être long maintenant, et je vais rester à tes côtés.

— J'ai des milliers de questions à te poser.

— J'imagine. Mais pour le moment tu dois te reposer, murmura-t-il en lui adressant un regard plein de tendresse.

Elle ne s'en était pas rendu compte avant qu'il n'en parle, mais effectivement elle avait les yeux qui piquaient, et la fréquence de ses bâillements s'accroissait. Il posa l'une de ses mains sur la cloison invisible qui les séparait, et pour la première fois depuis son réveil Emy réussit à faire un mouvement. La paume de sa main droite glissa jusqu'à la sienne et elle eut presque la sensation qu'elles se touchaient. Ses paupières devinrent nettement plus lourdes, mais elle n'essaya pas de lutter. Avec Alexandre à ses côtés, elle se sentait en sécurité, et se laissa aller. Le visage de son ange disparut peu à peu de son champ de vision, signe que le sommeil l'emportait de nouveau loin de lui.

Installé dans le fauteuil occupé par sa sœur quelques minutes auparavant, le jeune vampred n'avait pas bougé d'un millimètre.

Emy dormait profondément à présent. Il la regardait intensément, comme s'il avait eu peur qu'elle ne se réveille plus jamais.

La main d'Emy était retombée depuis un bon moment déjà lorsque Alexandre se décida à faire de même avec la sienne. Il s'enfonça dans le fauteuil en prenant soin de ne pas faire trop de bruit avant de s'abandonner dans ses pensées…

* * *

À l'autre extrémité du château, le reste des membres de la famille Dussy s'était réuni dans l'un des petits salons. Contrairement à la chambre où se trouvait Emy, ce lieu était baigné par la lumière de l'aube et, sans surprise, décoré avec beaucoup de goût. L'œuvre de Mathilde, à n'en pas douter. Elle était assise dans l'un des charmants fauteuils disposés face au grand canapé. Ce dernier, en cuir d'un marron presque noir, fournissait de la place pour au moins trois personnes, et malgré cela Scarlette était blottie tout contre Emeric, qui appréciait à l'évidence cette proximité. De son côté, Léopold faisait les cent pas devant les hautes fenêtres qui offraient une vue imprenable sur le parc du château.

— Viens t'asseoir avec nous, lui glissa son épouse de sa voix douce et mélodieuse.

— Je ne parviens pas à rester en place, répliqua-t-il avec une anxiété qui ne lui ressemblait pas.

— Calme-toi, tout se passera bien, il n'a rien à se reprocher.

— Ce n'est pas pour Alex que je m'inquiète, mais pour Emy.

— Je t'assure qu'elle va bien, intervint Scarlette.

— Ah oui, alors comment expliques-tu que le bouclier soit toujours actif ? répliqua-t-il en se tournant dans sa direction.

Mais la jeune vampred ne répondit rien, forcée d'admettre que son père avait raison. Ce n'était pas logique. Les boucliers étaient automatiquement activés par le Conseil de l'Alsorvampred lorsqu'un danger hypothétique était détecté dans l'enceinte du château, et automatiquement désactivés dès que ce dernier était écarté. Qu'il se soit déclenché autour d'Emy n'avait surpris personne, mais qu'il soit encore actif à cet instant ne répondait à aucune logique. Elle n'était plus en danger. Et la seule autre explication serait qu'elle en soit à l'origine. Mais quelle menace pourrait-elle bien représenter ?

— Ils attendent peut-être qu'elle ait totalement récupéré, proposa Mathilde.

— Je ne crois pas. Ils savent qu'elle est en sécurité maintenant, répliqua-t-il songeur.

— Avez-vous une autre idée ? demanda Emeric demeuré silencieux jusqu'à présent.

— J'en ai bien une, mais…

Tous les regards se tournèrent dans sa direction.

— … elle est plus qu'improbable. Vous avez sans doute raison, conclut-il en déposant un baiser sur le front de sa tendre épouse.

* * *

Quelques heures plus tard, Emy rouvrit les yeux. Alexandre était toujours à ses côtés et pour leur plus grand plaisir à tous les deux, ils constatèrent que le bouclier était désactivé. Ils s'enlacèrent longuement dans un silence de cathédrale, ne cherchant qu'à apprécier le contact charnel qui leur était enfin à nouveau permis. Ce n'est que lorsque les larmes de la jeune fille s'échouèrent sur l'une des épaules du jeune vampred qu'il comprit que le moment était venu pour lui de la rassurer.

Sans rentrer dans des détails sordides et inquiétants, il lui expliqua ce qu'elle avait subi. Ainsi il lui confirma que, pendant et après l'attaque de Ludovic, elle avait perdu beaucoup de sang. Mais qu'heureusement, il l'avait amenée immédiatement au château, et il lui avait fait boire de son propre sang en quantité suffisante pour la sauver. Enfin il lui précisa que le rôle du bouclier était de la protéger d'éventuelles agressions extérieures.

— Mais je croyais que j'étais sortie d'affaire dès mon premier réveil ! s'étonna-t-elle.

— Tout à fait, mon ange, la rassura-t-il en lui caressant tendrement la joue.

— Alors pourquoi était-il encore actif ?

Alexandre esquissa une expression à la limite de la gêne qu'elle ne lui connaissait pas.

— Alex ! insista-t-elle.

— Le bouclier est également conçu pour empêcher la victime de s'attaquer à autrui si elle se transformait.

— C'est ridicule puisqu'il est impossible que je me transforme, répliqua-t-elle légèrement amusée.

Le jeune vampred paraissait un peu ennuyé par la réplique d'Emy. Et avant que le silence qui s'installait ne devienne pesant, il le rompit d'une voix douce.

— Tu ne peux pas t'en souvenir, mais tu avais perdu beaucoup plus de sang que ce que nous aurions pu prévoir, et tes blessures étaient importantes. J'ai dû te faire boire une grande quantité du mien pour que tu aies une chance de te rétablir, mais cela n'était pas sans risque. Une transformation n'était pas à exclure.

— Mais je croyais que nous, sorciers, ne pouvions pas nous transformer.

— En théorie si, mais à ma connaissance personne n'y a jamais survécu.

— Tu veux dire que j'aurais pu…

— Je me suis refusé à y penser, mais oui, effectivement, tu aurais pu mourir.

Prenant toute la mesure de ces paroles, la jeune fille se précipita dans ses bras, seul endroit où elle se sentait vraiment en sécurité. Ils restèrent de longues minutes ainsi, blottis l'un contre l'autre et sans prononcer le moindre mot. Des larmes qu'elle ne pouvait contrôler perlaient le long de ses joues pour finir leur course sur l'épaule réconfortante d'Alexandre. Il s'était passé tant de choses dans son petit monde, qu'elle avait besoin que ses angoisses se matérialisent et s'extériorisent d'une façon ou d'une autre. Et puis, elle avait eu tellement peur au moment de l'attaque de Ludovic. Soudain, Emy réalisa qu'elle ne savait toujours pas combien de temps s'était écoulé.

— Alex ? l'interpella-t-elle en s'écartant lentement de lui.

— Oui.

— Combien de temps suis-je restée inconsciente ?

— Plusieurs jours, répondit-il comme s'il s'en excusait.

— Plusieurs jours ! répéta-t-elle désarçonnée.

— Mais il n'y a rien d'étonnant à cela, ne t'inquiète pas.

— Quel jour sommes-nous ?

— Nous sommes lundi. Le 15 février.

— Je suis donc ici depuis dix jours, reformula-t-elle.

— Nous nous sommes occupés de tout avec les Duclos pour que ton absence passe inaperçue. Même pour Alice, expliqua-t-il pour la rassurer avant de la serrer à nouveau contre lui.

Lorsque Emy se leva le lendemain, elle balaya la chambre du regard.

— Il n'y a aucune fenêtre, ici, songea-t-elle à voix haute.

C'était cela qui lui avait semblé tellement étrange à son réveil. Elle avait eu l'impression qu'il manquait quelque chose. Des fenêtres ! Voilà ce qu'il manquait dans cette pièce.

Une fois cette troublante prise de conscience digérée, elle décida d'aller prendre une douche pour se rafraîchir les idées. Elle n'était bien sûr pas au mieux de sa forme, mais après les évènements de ces derniers jours, rien n'était plus normal.

La salle de bainss attenante à la chambre était elle aussi dépourvue d'ouvertures sur l'extérieur. Spacieuse et d'un blanc immaculé, elle était tout aussi somptueuse que tous les autres lieux qu'elle avait eu l'occasion de découvrir jusqu'à présent dans ce château. Emy se demanda alors si cette perfection matérielle ferait à présent partie de son quotidien. Elle n'avait jamais été habituée à cela. Le monde dans lequel elle évoluait aujourd'hui était tellement éloigné de celui où elle avait grandi. Évidemment, il y avait la magie, les vampreds… mais bizarrement ce n'était pas ce qui l'effrayait le plus. Non, ce qu'elle craignait c'était tout ce luxe, tout cet apparat dans lequel elle baignait désormais. Elle avait toujours pris soin de rester loin de toutes ces personnes issues de milieux aisés pour lesquels les apparences comptaient souvent bien trop. À une exception près toutefois… Alice. Son amie était si différente de toutes les autres jeunes filles auxquelles elle aurait pourtant dû ressembler. Sans doute était-ce aussi pour cela qu'elles s'étaient tant rapprochées. Et voilà qu'aujourd'hui Emy se retrouvait immergée dans un environnement encore plus luxueux que celui qu'elle avait fui pendant toutes ces années.

Quelle ironie ! pensa-t-elle tandis que l'eau tiède glissait sur sa peau nacrée.

Elle ferma l'arrivée d'eau et essora ses cheveux avant de s'extraire de la cabine de douche. D'une main, elle attrapa l'un des draps de bain laissés à sa disposition et s'enveloppa dedans. Un gigantesque miroir trônait au-dessus du lavabo devant lequel elle se posta. Après avoir succinctement essuyé la buée qui s'y était formée pendant qu'elle se douchait, Emy s'observa comme si elle se découvrait pour la première fois. Il lui sembla que son teint était devenu plus pâle et ses traits plus fins, mais peut-être n'était-ce que le fruit de son imagination… Elle ne connaissait pas tous les détails de ce qui s'était produit depuis son arrivée ici, en revanche elle était sûre d'avoir ingéré suffisamment du sang d'Alexandre pour que certaines de ses composantes se modifient. Certes, pas au point de provoquer une transformation, et heureusement, car jusqu'à maintenant aucun de ses semblables n'y avait survécu, mais le jeune vampred avait été très clair sur ce sujet, des changements s'opéreraient dans son organisme, elle se sentirait différente, et surtout, ils seraient liés l'un à l'autre. Cette dernière révélation l'avait remplie de joie d'autant plus renforcée par le fait qu'Alexandre la partageait lui aussi. Comment ce lien se manifesterait-il ? Elle l'ignorait, et ce n'était pas ce qui importait pour le moment. Leur plan avait fonctionné, elle en avait l'intime conviction.

De retour dans la chambre, elle enfila les vêtements laissés à son intention sur l'un des fauteuils. Un jean bleu nuit, un petit haut et un pull noir, d'une simplicité et d'une élégance qui ressemblaient tant à Alexandre. L'idée qu'il les ait choisis pour elle lui fut particulièrement agréable.

De sa main droite, Emy s'empara, non sans une certaine émotion, de sa baguette. Elle avait bien conscience qu'avec davantage d'entraînement et d'expérience, elle lui aurait permis de se libérer de Ludovic. Elle songea au professeur Lombas ainsi qu'à Pénélope. Elle ignorait quand pourrait avoir lieu son prochain cours, mais elle savait qu'à force de travail, ce petit bout de bois deviendrait son meilleur allié et qu'un jour il finirait par être le prolongement d'elle-même.

CHAPITRE 19

L'appel au secours

Au retour d'Emy au manoir, Marthe et Georges étaient bien sûr à l'entrée pour l'accueillir. Marguerite et Antoine Duclos l'attendaient avec une impatience palpable. Après quelques effusions bien agréables, elle monta dans sa chambre et fut ravie d'y retrouver ses affaires.

En fin de soirée, après avoir dégusté le dîner préparé par Marthe, délicieux évidemment, Emy avait regagné son nid. Elle s'apprêtait à se coucher lorsqu'elle entendit frapper à la fenêtre. Elle espérait la visite d'Alexandre, mais le petit être qui se trouvait à l'extérieur était en tous points différent de lui, tant sous sa forme humaine qu'animale. Poussée par la curiosité, elle n'hésita pas à aller ouvrir. Quelle ne fut pas sa surprise quand elle posa son regard sur le petit visiteur…

— Agathe ! s'exclama-t-elle.

Mais la jeune femme ne l'entendit pas. Haute d'à peine quelques centimètres, elle était cependant la copie conforme de la jeune sorcière. Telle une petite fée dépourvue d'ailes, elle voltigea jusqu'au guéridon où elle se posa délicatement. Emy, estomaquée, referma la fenêtre et s'approcha de ce petit bout de femme. Elle comprit rapidement qu'il s'agissait en réalité du produit d'un enchantement venu pour lui transmettre un message.

— Hello ma belle ! Mes parents viennent de m'apprendre la bonne nouvelle de ton rétablissement et de ton retour à la maison.

J'espère que tu vas mieux. Je suis tellement désolée de n'avoir pas pu être à tes côtés. Tu devrais demander au professeur Lombas de t'apprendre cet enchantement, le Mirageur, ça te permettrait de me donner de tes nouvelles.

Quel drôle de moyen de communication, pensa Emy un petit sourire aux lèvres, mais elle savait que les mails et les appels téléphoniques n'étaient pas monnaie courante dans le monde auquel elle appartenait désormais. Ils manquaient nettement de discrétion.

La petite créature s'évapora alors en une multitude de minuscules étoiles sous les yeux émerveillés de la jeune fille.

Après quelques jours de repos supplémentaires, la routine du quotidien avait repris son cours. Emy eut le sentiment qu'aucun être humain ne s'était aperçu de son absence. C'était certes très pratique, mais quelque peu déstabilisant, il fallait bien l'admettre. Le travail à la boutique se déroulait paisiblement. Alice, qui était plus amoureuse que jamais de Yann, débordait de joie de vivre, à tel point que même Aurélie et Claire avaient bien du mal à suivre son rythme.

Les cours du professeur Lombas avaient repris eux aussi, et à ses dires, Emy faisait d'immenses progrès tant dans le maniement de la baguette que dans la préparation des potions. Étonnement, la seule matière qui lui faisait défaut était la prédiction. Mais le professeur avait une théorie pour expliquer cette surprenante faiblesse. Son cauchemar. Il pensait que tant qu'ils n'auraient pas réussi à interpréter ce rêve, les facultés de la jeune fille ne seraient pas disponibles pour d'autres prédictions. Pénélope était d'accord avec lui. Ce type de blocage s'était déjà vu chez certains prédicteurs, et d'ailleurs, cette théorie expliquait aussi pourquoi elle n'avait eu aucun signe de ses pouvoirs de sorcière avant son installation à Louverville.

Les visites d'Alexandre avaient également repris leur rythme quasi quotidien, et ce, sans qu'il leur soit nécessaire de se cacher.

Après son intervention pour la sauver, un rapprochement apparaissait comme naturel à tout le monde. Cet évènement fut finalement la source de bien plus de conséquences qu'Emy l'avait envisagé. Elle se rendit rapidement compte que ses sens étaient bien plus aiguisés. Surtout son odorat et son ouïe. Elle percevait à présent des effluves et des sons qui lui étaient totalement inconnus jusqu'à aujourd'hui. Dans un premier temps, elle avait été déstabilisée par cette nouveauté, mais maintenant elle trouvait cela plutôt amusant et même assez pratique en vérité.

Lorsqu'elle ouvrit les rideaux ce matin-là, une légère brume dessinait un splendide voile blanchâtre sur le tapis vert qui se déroulait sous sa fenêtre et qui était à présent parsemé de crocus. Le printemps ne tarderait plus à s'installer. Alexandre devait aller chasser ce soir, il ne pourrait donc pas passer la voir. Mais c'était le prix à payer, Emy le savait bien. C'est avec un petit pincement au cœur qu'elle se prépara pour affronter cette journée un peu particulière.

Les clients s'enchaînèrent comme chaque samedi, faisant s'écouler les heures à grande vitesse. L'arrivée de Yann marqua la fin de l'après-midi. Il était un peu en avance, et Emy proposa donc à son amie de s'occuper de la fermeture afin qu'elle puisse profiter pleinement de sa soirée en tête à tête. Elle accepta sans trop se faire prier et ils quittèrent les lieux dans la foulée.

Une demi-heure plus tard, Emy fit de même en mettant un tour de clé juste après avoir retourné la petite pancarte qui indiquait que maintenant la boutique était fermée. Les lumières éteintes, la caisse soigneusement rangée dans le coffre-fort de l'arrière-boutique et le rideau de fer baissé, elle sortit par la porte de la réserve. Elle s'avançait sur le trottoir, en direction de la petite Clio noire qui l'avait menée jusqu'ici le matin même, quand son regard fut attiré par une silhouette familière. Adossé au lampadaire, vêtu de noir de la tête aux pieds, elle le reconnut instantanément.

— Bonsoir, Emy ! lança-t-il lorsqu'elle arriva à sa hauteur.

— Bonsoir, Luc, lui répondit-elle, quelque peu étonnée.

Bien que leur dernière et unique rencontre remonte déjà à plus d'un mois, elle n'avait pas oublié son visage et surtout ses yeux, qui avaient toujours ce pouvoir d'attraction inexplicable.

— J'espère que je ne te dérange pas, s'enquit-il.

— Euh… non, répliqua-t-elle légèrement troublée.

— Aurais-tu un moment à m'accorder ?

— Oui, bien sûr.

À sa grande surprise, Emy réalisa qu'elle avait répondu sans même y réfléchir. Lors de leur première rencontre, elle s'était imaginé tout un tas de choses sur ce jeune homme énigmatique qui ne s'intéressait qu'à elle, mais aujourd'hui tout lui paraissait différent. Et sans qu'elle puisse l'expliquer, elle lui faisait confiance.

— Je t'emmène ! lui indiqua-t-il en lui tendant un casque.

Le ciel était dégagé, le crépuscule commençait tout juste, un tableau parfait. Assis côte à côte sur un petit banc installé là pour admirer le point de vue, Emy et Luc se délectaient du spectacle.

— Tu n'étais jamais venue ici auparavant ? l'interrogea-t-il d'une voix douce qui s'harmonisait parfaitement avec l'ambiance.

— Non, c'est la première fois. C'est magnifique… soupira-t-elle, contemplative.

— N'est-ce pas…

Durant quelques minutes, ils admirèrent en silence le panorama qui s'offrait devant eux. Emy se sentait étonnamment bien en compagnie de ce jeune homme qu'elle connaissait pourtant à peine.

— Tu vis ici depuis longtemps ? lui demanda-t-elle.

— C'est ici que tout a commencé pour moi, lui répondit-il, pensif.

— Tes parents sont donc originaires de la région ? poursuivit-elle pour relancer la conversation.

— En effet, mais ils ne sont plus aujourd'hui.

— Oh… je suis désolée…

Emy se sentit affreusement gênée, mais surtout peinée pour Luc qui apparaissait maintenant tellement fragile à ses yeux.

— Tu n'as pas à l'être, tu ne pouvais pas savoir, et puis cela remonte à de nombreuses années.

— J'ai moi aussi perdu mes parents, lui avoua-t-elle à demi-mot.

— Nous nous comprenons alors… murmura-t-il en approchant légèrement son visage de celui de la jeune fille.

L'espace de quelques secondes, elle eut le sentiment que ses paroles ne portaient pas seulement sur ce point.

— Dis-moi, pourquoi es-tu venue t'installer à Louverville ?

— Oh, c'est une longue histoire !

— Mais j'ai tout mon temps, répliqua-t-il en la dévorant des yeux.

Elle n'avait pas le cœur à parler de ce qu'elle appelait à présent sa vie d'avant. Et puis, elle était partagée entre cette étrange confiance qu'elle avait en lui et sa méfiance instinctive qui s'était particulièrement accentuée depuis la découverte de l'existence du monde auquel elle appartenait. Elle se lança alors dans une brève explication. Pour lui, elle était venue s'installer chez son oncle et sa tante afin d'ouvrir la boutique de décoration avec sa meilleure amie. Évidemment, elle ne s'étala pas sur ses histoires de cœur, mais afin d'éviter tout quiproquo, elle lui fit habilement comprendre que le sien était déjà pris.

— J'espère que tout se passera bien pour toi. Il commence à se faire tard, je vais te raccompagner à ta voiture, conclut-il avant de l'inviter à se relever.

Une fois de retour sur la petite place du centre-ville, Emy réalisa qu'elle trouvait la compagnie de Luc vraiment très agréable. Était-ce raisonnable ? Avait-elle la force de s'impliquer dans une histoire d'amitié qui s'avérerait sans doute compliquée à gérer ? C'était surtout ça le problème, il n'appartenait visiblement pas à son monde et elle n'était pas certaine que se lier d'amitié avec lui soit une si bonne idée. Mais avait-elle vraiment le choix ? Il existait déjà un lien entre eux… elle le savait. Elle n'avait pas cherché à le revoir, mais il était pourtant là ce soir, à ses côtés, et elle n'avait aucune envie que ce soit la dernière fois.

Debout, à côté de la voiture d'Agathe, elle le regarda s'éloigner puis disparaître dans la nuit. Un petit nœud se forma dans son estomac lorsqu'elle songea qu'elle ne savait pas quand elle le reverrait.

* * *

Le cri d'une femme résonna au loin et réveilla brusquement Emy. En ouvrant les yeux, au lieu de se retrouver dans sa chambre où elle se souvenait s'être endormie, elle observa un environnement totalement différent. Elle était dehors. Il faisait nuit noire. Face à elle, une bâtisse qui lui parut familière : des murs en brique restaurés récemment qui ne possédaient que peu d'ouvertures, l'absence d'habitation à proximité, et une enseigne en néon rouge lui confirmèrent qu'elle se trouvait bien devant L'Éclipse. Un bruit sourd tentait de s'en échapper, et la jeune fille se rendit compte qu'en tendant l'oreille elle pouvait même deviner le morceau qui se jouait à l'intérieur, un des avantages à ses nouvelles aptitudes. La porte en bois, qui était aussi petite que robuste, commença à pivoter lentement en libérant pendant un bref instant un mélange de musique et de bavardage. Emy protégea immédiatement ses oreilles agressées par ce terrible brouhaha. Un couple venait de sortir dans la ruelle, mais l'obscurité était telle qu'elle ne pouvait pas distinguer leurs visages à cette distance. Ils ne semblaient pas avoir remarqué sa présence. Enlacés tendrement, ils s'avançaient dans sa direction. Lorsqu'ils passèrent sous la luminosité du seul lampadaire qui se trouvait sur leur route, elle les reconnut instantanément.

— Eh ! Bonsoir les amoureux, leur lança-t-elle joyeusement.

Mais à sa grande surprise, ils n'eurent aucune réaction. Abasourdie par la situation, elle regarda Alice et Yann passer à seulement quelques centimètres sans lui porter le moindre intérêt. Emy n'avait pourtant pas le sentiment d'être invisible. À moins que… Elle s'examina... Ses pieds étaient nus, une grande partie de sa peau l'était également puisqu'elle se rendit compte qu'elle n'était vêtue que d'une simple nuisette bleu nuit satinée. Malgré cela, force était de constater que ni le froid ni l'humidité ne l'affectaient. Elle s'observa à l'affût d'une quelconque blessure : ses jambes, ses bras… mais rien. Son sang ne fit qu'un tour, et instinctivement elle passa la main sur son cou. Contrairement à ce qu'elle avait envisagé, elle n'y détecta pas les deux petites marques laissées par la morsure de Ludovic. Cela n'était pas normal. Elles n'auraient pas pu disparaître en si peu de temps. Que s'était-il passé ? Que lui était-il arrivé ? Était-elle morte ? Peut-être… Si elle était un fantôme à présent, tout ceci trouverait un sens. Mais dans ce cas, cela signifiait qu'elle n'était plus d'aucun monde. Et surtout, qu'elle ne reverrait sans doute plus jamais Alexandre. Une puissante angoisse monta en elle. Emy ne s'était pas préparée à cela. Comment pourrait-elle accepter ce nouvel état ? Perdue dans son profond désarroi, elle en avait presque oublié la situation qui l'entourait, jusqu'à ce qu'elle entende à nouveau le cri de cette femme, bien plus proche à présent. À vrai dire, tellement proche qu'elle aurait juré qu'il provenait du parking juste à côté, vers lequel ses amis se dirigeaient quelques instants auparavant.

— Alice ! s'exclama-t-elle lorsqu'elle réalisa que c'était elle qui criait.

Abandonnant sur place toutes ses angoisses, Emy accourut. Elle remarqua à peine l'absence de douleur que ses pieds nus auraient dû ressentir sur le vieux bitume râpé.

Une fois à proximité, elle discerna d'abord une masse sombre étendue sur le sol trempé. Son amie a priori. Elle se précipita sur le corps de la jeune femme. Elle respirait encore, mais elle était inconsciente. Aucune trace de morsure sur les parties visibles de sa peau. C'est alors qu'un autre cri détourna son attention, plus grave cette fois-ci. Elle leva les yeux et vit un peu plus loin deux silhouettes. L'une d'elles était Yann, à n'en pas douter, et l'autre ne lui était pas inconnue non plus bien qu'elle ne parvint pas tout de suite à l'identifier.

Ludovic ! réalisa-t-elle au bout de quelques secondes.

Elle ne connaissait que trop bien l'issue d'une telle attaque. Il était indispensable qu'elle trouve un moyen de lui venir en aide, mais que pouvait-elle faire ? N'ayant pas sa baguette, elle chercha autour d'elle quelque chose qui pourrait tenir lieu d'arme de défense, non pas qu'elle eut la prétention de combattre le vampire, mais au moins de détourner son attention le temps que Yann échappe à son emprise. Malheureusement, tout ce qu'elle tentait d'attraper passait au travers de ses mains. Elle assistait, impuissante, à la mise à mort du jeune homme. Totalement démunie, elle décida d'une dernière tentative, toute vaine soit-elle, et se mit à hurler de toutes ses forces.

— Emy ! Emy ! Réveille-toi ! s'écria une voix angoissée.

Sans comprendre ni comment ni pourquoi, elle se retrouva dans son lit.

— Je dois y retourner ! lança-t-elle encore paniquée par l'attaque à laquelle elle venait d'assister. Ils ont besoin d'aide !

— Mais de quoi parles-tu ? lui demanda Marguerite assise à ses côtés.

— Je dois retourner sur le parking pour les aider. S'il vous plaît, renvoyez-moi là-bas !

— Voyons ma chérie, je peux t'assurer que tu n'as pas quitté ce lit.

— Mais alors… que m'est-il arrivé ?

— Tu as sans doute rêvé, lui répondit-elle d'une douce voix apaisante.

— Non, ce n'était pas un simple rêve. C'était bien réel, je vous assure. Je les ai vus se faire attaquer. J'étais sur le parking avec eux, mais… je n'ai rien pu faire pour les aider, termina-t-elle dans un murmure.

— De qui parles-tu ?

— Alice et Yann, répondit-elle, les larmes aux yeux.

— Ne sois pas triste. Alice va bien, et je suis sûre que Yann aussi.

— Comment pouvez-vous en être sûre ?

— Avec Yvan qui s'est échappé et ton agression récente, nous gardons un œil sur ton amie. Juste pour nous assurer qu'il ne lui arrive rien de mal, précisa-t-elle pour ne pas l'inquiéter davantage. Et je te promets qu'elle va très bien. Tu es rassurée ?

— Oui, merci.

— Parfait, alors maintenant raconte-moi ce que tu as vu.

Emy se lança dans un récit détaillé de la vision qu'elle venait d'avoir. Marguerite écouta avec attention en prenant bien soin de ne pas l'interrompre.

— Croyez-vous qu'il puisse s'agir d'une prédiction ? lui demanda-t-elle, l'air préoccupé.

— Cela y ressemble fort, je le crains ! As-tu le moindre souvenir qui pourrait nous aider à définir le moment où cette attaque devrait avoir lieu ?

Emy fouilla dans sa mémoire à la recherche d'un détail qu'elle aurait laissé passer.

— Il y avait une affiche à l'entrée de L'Éclipse. Elle indiquait une date… le 7 mars ! Oui c'est ça, le 7 mars ! Elle marqua un temps d'arrêt avant de continuer. Mais c'est aujourd'hui ! s'exclama-t-elle soudain. Nous sommes le 7 mars !

— Calme-toi ! lui dit Marguerite en posant ses mains sur les épaules agitées de la jeune fille. Paniquer ne nous aidera pas pour leur porter secours. Essaie de te rappeler, as-tu vu quelque chose qui pourrait nous aider à définir l'heure de l'attaque ?

— Je… je n'crois pas… enfin, il faisait nuit, mais… balbutia-t-elle, désespérée de ne pas pouvoir la renseigner.

— Ce n'est pas grave, lui dit-elle en prenant son visage entre ses mains. Il n'est pas très tard, et il y a de fortes chances pour que nous puissions nous y rendre à temps. Je vais demander de l'aide aux Dussy. Je reviens tout de suite. Est-ce que ça va aller ?

— Oui. Je crois.

Emy profita de l'absence de Marguerite pour remettre ses idées en place. Elle avait passé la majeure partie de ce dimanche à réviser, principalement ses cours de potions qui demandaient beaucoup de concentration et des heures de travail. Puis elle se souvenait avoir ressenti une grande fatigue, soudainement, un peu comme si elle avait avalé un somnifère. Elle avait alors juste eu le temps de se diriger jusqu'à son lit avant de sombrer dans un profond sommeil. Ses livres encore ouverts et éparpillés sur son bureau témoignaient de la véracité de sa théorie. Ainsi donc, elle venait d'avoir sa toute première prédiction spontanée. Ou du moins, c'est ce qu'elle en déduisait de l'enseignement qu'elle avait reçu sur le sujet. Certes le cauchemar qu'elle faisait depuis sa plus tendre enfance était susceptible, lui aussi, d'être une prédiction, mais il pouvait tout aussi bien être un souvenir.

Elle porta son regard vers la fenêtre, l'obscurité extérieure était dense et après les images qu'elle avait encore à l'esprit, cette nuit lui semblait particulièrement inquiétante et lui donnait des frissons. Elle se rendit alors dans la salle de bains, non sans avoir pris soin d'attraper quelques vêtements plus appropriés pour se changer.

Emy venait tout juste de terminer de s'habiller quand Marguerite entra de nouveau dans sa chambre.

— Antoine, Léopold et Mathilde sont partis à L'Éclipse. Rejoins-moi en bas dès que tu es prête, nous allons les attendre à Noctoyard, lui précisa-t-elle.

CHAPITRE 20

L'assaut

En franchissant le seuil de la monumentale porte en bois à la suite de Marguerite Duclos, Emy aperçut Alexandre et Scarlette qui se tenaient dans le hall, prêts à les accueillir. Elle embrassa la jeune vampred pendant qu'Alexandre saluait Marguerite comme il se doit. Puis, elle s'avança vers lui, il la prit tendrement dans ses bras, et sans qu'elle puisse contrôler quoi que ce soit, elle s'effondra en larmes. Marguerite s'apprêtait à intervenir pour la réconforter elle aussi, mais Scarlette l'invita habilement à la suivre. Le jeune vampred entraîna alors Emy vers le banc le plus proche, et dès qu'ils furent installés, il l'enlaça de plus belle. C'est à cet instant précis qu'elle le sentit… tel un fluide incolore, inodore et impalpable. Il lui était transmis par Alexandre. Elle en avait la certitude. Perdue dans sa souffrance, elle prit cependant conscience de cette nouvelle faculté. Était-ce dû au fait qu'elle ait, à présent, une grande partie de son sang en elle ? Cela était-il la preuve que leur plan avait fonctionné comme ils le souhaitaient ? Seul l'avenir le leur confirmerait. Car, elle le savait, Alexandre avait lui aussi conscience de cette nouveauté. Il faisait passer cette indéfinissable matière qui détenait le pouvoir de l'apaiser rapidement, quasi instantanément en fait. Ses larmes s'asséchèrent peu à peu et sa respiration reprit son rythme normal. Alexandre lui releva délicatement le visage d'une main, toujours aussi glacée, et sans même se préoccuper de qui pourrait les surprendre, il déposa un doux baiser sur ses lèvres encore tremblantes.

Elle ignorait combien de temps avait duré ce moment. Mais il leur appartenait, et il avait été d'une telle intensité qu'elle n'imaginait pas qu'il n'ait duré qu'un bref instant, et pourtant… lorsqu'ils rejoignirent Marguerite et Scarlette dans le petit salon, il apparut comme évident qu'elles s'y trouvaient depuis peu.

— Ça va mieux ma chérie ? s'inquiéta la première en s'avançant vers elle.

— Oui, merci.

Alexandre adressa un regard chargé de sous-entendus à sa sœur, elle n'eut aucune difficulté à l'interpréter.

— Eh bien, nous n'avons plus qu'à attendre, lança-t-elle calmement.

Plusieurs heures s'étaient écoulées lorsque Léopold Dussy et Antoine Duclos apparurent dans l'embrasure de la porte. Ils leur annoncèrent qu'Alice était seine et sauve, puis les emmenèrent tous les quatre à l'infirmerie pour se rendre à son chevet. Emy découvrait ce lieu pour la première fois. Bien qu'en réalité elle y ait séjourné auparavant afin de recevoir des soins, elle n'en conservait aucun souvenir. Les sages du Conseil avaient demandé à ce qu'elle soit isolée dans l'une des chambres de Noctoyard avant de reprendre conscience au cas où un processus de transformation se serait déclenché. En avançant, la jeune fille observa quelques lits qui accueillaient de jeunes vampreds soignés pour des blessures qui auraient été considérées comme graves pour le commun des mortels, mais qui pour eux n'étaient que superficielles. Certains arboraient de profondes entailles, d'autres se trouvaient partiellement démembrés. Visiblement, le dernier cours dispensé par Emeric avait été relativement mouvementé. Emy suivit le petit groupe jusqu'au fond de la salle où ils rejoignirent Mathilde Dussy, ainsi qu'un homme qu'elle ne connaissait pas. De grande taille, les cheveux cuivrés, la peau marbrée comme les Dussy, il s'agissait d'un vampred. Et à en croire la blouse blanche qu'il portait, il devait être médecin.

— Emy ! Comment te sens-tu ? lui demanda gentiment Mathilde lorsqu'ils arrivèrent à leur hauteur.

— Bien, merci.

— Je te présente le Docteur Eugène Sennac, intervint Léopold. C'est lui qui a pris soin de toi, avec Alex bien sûr.

— Enchantée, Docteur, et merci pour tout.

— Voyons, ce n'était rien, d'autant qu'en ce qui te concerne c'est Alexandre qui a fait quasiment tout le travail.

Elle resserra sa main sur celle du jeune vampred, trop consciente que, sans lui, elle ne serait sans doute plus de ce monde aujourd'hui.

— Puis-je voir mon amie ? demanda-t-elle en désignant la silhouette étendue sur le lit situé juste derrière ses trois interlocuteurs.

— Bien sûr, vas-y, répondit-il. Elle va très bien, ajouta le médecin.

Emy s'avança lentement vers Alice qui paraissait calme et apaisée.

— Elle a été plongée dans un sommeil artificiel, précisa le docteur.

— Je ne vois aucune marque… Est-ce que ça veut dire…

— Effectivement, Mathilde, Léopold et Antoine sont arrivés juste à temps, et ton amie n'a pas été mordue.

Soulagée par cette merveilleuse nouvelle, Emy en aurait presque oublié de s'enquérir de l'état de santé de Yann, qu'elle n'apercevait pas, d'ailleurs.

— Et Yann ? interrogea-t-elle.

Les Dussy et le Docteur Sennac se dévisagèrent comme pour décider de celui ou celle qui allait prendre la responsabilité de lui répondre.

— Emy, commença Alexandre qui s'était détaché du reste du groupe en s'avançant vers elle. Il y a plusieurs choses dont nous devons te parler, continua-t-il.

Emy tentait de comprendre ce qui était en train de se passer, mais elle ne parvenait pas à avoir les idées claires.

— Alex… où est Yann ?

— Comme je viens de te le dire, il y a plusieurs choses dont nous devons parler tous ensemble, répéta-t-il calmement avant de saisir sa main restée libre. Viens avec nous.

Elle jeta un regard rempli de peine et de compassion à son amie.

— Ne t'inquiète pas, l'infirmière va bien s'occuper d'elle. De plus, elle ne risque pas de se réveiller avant un long moment. Suis-moi.

Après avoir emprunté des couloirs et des escaliers qu'Emy ne connaissait pas, ils atteignirent une sorte de hall dont la seule issue possible était celle d'où ils venaient. Face à eux se trouvait une arche similaire à celle que la jeune fille avait vue le soir du réveillon, à la différence que celle-ci était adossée à un mur. Emy n'en comprit pas tout de suite la fonction. Et ce n'est que lorsqu'elle vit le patriarche de Noctoyard s'y engager puis disparaître qu'elle réalisa que cette arche ouvrait un passage à travers les pierres. Mathilde Dussy, le Docteur Sennac puis Marguerite et Antoine Duclos le suivirent de près. Emy se retrouva alors seule avec Alexandre. Il lui jeta un regard complice qui l'invitait à lui faire confiance, et resserra légèrement sa main autour de la sienne avant de l'entraîner dans son sillage. Une étrange sensation la traversa de part en part. Elle n'eut ni froid ni peur, mais malgré cela sa peau était parcourue de frissons. Ce phénomène ne dura que quelques secondes. Lorsqu'elle rouvrit les yeux, Alexandre était toujours à ses côtés. Elle se retourna. Le mur se trouvait derrière eux.

Emy fit volte-face et découvrit une vaste pièce circulaire au centre de laquelle flottait une sorte de grosse sphère lumineuse. Un peu plus loin, surélevé par une estrade, trônait un grand bureau en bois verni derrière lequel Léopold s'apprêtait à s'installer. Alexandre extirpa la jeune fille de sa contemplation pour l'emmener un peu plus en avant. Une fois assise dans l'un des fauteuils à disposition, elle remarqua le départ d'un escalier juste derrière le patriarche. Ses yeux en suivirent le cheminement. Il desservait plusieurs niveaux en mezzanine jusqu'au plafond qui culminait à une hauteur impressionnante. Emy en conclut qu'ils devaient se trouver dans l'une des tours du château, et que cet endroit n'était autre que le bureau du père d'Alexandre.

— Très bien, lança ce dernier pour attirer l'attention de tous. Nous sommes ici pour décider ensemble de la suite des évènements. Et pour cela, nous allons avoir besoin de toi, Emy.

Elle ne comprenait absolument pas ce qui se passait, et encore moins en quoi elle pourrait aider.

— Comme tu as pu le constater, ton amie se porte bien. Elle a subi un choc à la tête, mais elle n'aura aucune séquelle lorsqu'elle reprendra conscience, reprit-il.

Tandis que le charismatique vampred réfléchissait à la meilleure façon d'amener les choses, un silence que personne n'osa rompre s'installa.

— Ludovic n'était pas seul, avoua-t-il. Un second vampire, dont nous ne connaissons pas l'identité, était déjà en train d'emmener Yann lorsque nous sommes intervenus.

— Alors, il faut aller le chercher ! s'exclama Emy avec précipitation.

— C'est bien ce que nous avons l'intention de faire, répliqua-t-il sans attendre pour apaiser son ardeur. D'ailleurs, telle que tu la vois, Mathilde est en ce moment même en train de le localiser, lui précisa-t-il en jetant un regard admiratif vers son épouse.

Emy tourna la tête dans la même direction. Mathilde était assise en tailleur, à même le sol, les bras délicatement posés sur ses cuisses. Ses yeux étaient clos et ses lèvres à peine entrouvertes. Une sorte d'aura mauve se dégageait de la splendide vampred. Emy resta sans voix face à une telle beauté.

— Dans peu de temps, nous connaîtrons le lieu où ils l'ont emmené, nous pourrons alors aller le libérer et le ramener ici au château.

— Je viens avec vous ! lança brusquement la jeune fille.

— Voyons Emy, tu n'y penses pas sérieusement, répliqua Marguerite visiblement très inquiète pour sa petite protégée.

— Si ! Après ce que m'a fait Ludovic, je veux lui rendre la monnaie de sa pièce !

Emy ne se reconnaissait pas elle-même, et tout son entourage était stupéfait par sa réaction, à l'exception de Léopold.

— Ce n'est peut-être pas une si mauvaise idée, dit-il d'une voix calme et posée.

— Papa ! s'exclama Alexandre, indigné par cette éventualité.

— Merci, répliqua Emy fière de son idée.

— Attends… je ne parlais pas de venir te battre à nos côtés, je pensais à une autre forme d'aide…

Une fois la position de Yann localisée et le plan d'action défini, ils ressortirent tous du grand bureau circulaire. Le temps leur était compté, car bien que les nuits fussent encore longues à cette époque de l'année, celle-ci était déjà bien avancée et si, comme ils l'envisageaient, le jeune homme avait été mordu en vue d'une transformation, elle ne tarderait plus à commencer.

Le professeur Lombas venait d'être appelé en renfort, tout comme Marthe et Georges, pour garder un œil sur les jeunes vampreds durant l'absence des Dussy. Scarlette et Emeric faisaient eux aussi partie de l'expédition. Mathilde avait évalué le nombre d'ennemis à une dizaine, il devenait donc indispensable de constituer une force de frappe impressionnante pour avoir une chance de récupérer Yann.

* * *

La nuit était glacée. Un petit vent soufflait à travers les arbres décharnés qui entouraient la vieille chaumière délabrée. Mathilde était sûre d'elle, le jeune homme était quelque part dans cette maison, et maintenant qu'elle était plus près, elle pouvait affirmer qu'il y avait sept vampires à ses côtés. Rien d'étonnant à cela, ils vivaient souvent en clans d'une dizaine d'individus, rarement plus. Cette vie en communauté leur était indispensable, malgré leur difficulté innée à se supporter les uns les autres. En se concentrant davantage, elle réussit à distinguer qu'il y avait quatre femelles. Elle courut alors rejoindre le reste du groupe posté dans la clairière à quelques kilomètres de là pour leur faire son rapport. Les membres de l'Alsorvampred en déduisirent aussitôt que cette inégalité entre les deux sexes expliquait le choix de Yann plutôt que celui d'Alice. Ils avaient besoin d'un mâle supplémentaire pour rétablir l'équilibre dans le clan.

— Tout le monde en place, lança Léopold qui conduisait les opérations.

Les trois sorciers les plus expérimentés, Marguerite et Antoine Duclos ainsi que le professeur Lombas, se dirigèrent baguette à la main vers le poste qui leur avait été attribué. Ils avaient pris soin de s'appliquer à chacun deux sortilèges. Le premier, Occultodeurum, pour masquer leur odeur qui aurait sans aucun doute trahi leur présence bien trop tôt, en anéantissant tout espoir d'effet de surprise. Et le second, Noctumus, leur permettait de bénéficier d'une vision nocturne, indispensable pour se battre dans de telles conditions.

Scarlette et Emeric se métamorphosèrent en deux magnifiques buses et s'envolèrent pour se percher à la cime d'un arbre, guettant le moindre mouvement de l'adversaire. Ils avaient été nommés sentinelles, et potentiellement combattants si le besoin d'un soutien se faisait sentir.

Mathilde et Léopold se laissèrent aspirer par le sombre sous-bois, bientôt suivis par leur fils qui retardait autant que possible l'inévitable.

Emy resta seule, plantée au beau milieu de la clairière qui avait retrouvé un calme et une plénitude somme toute relative. Le moment était venu… Elle pointa le bout de sa baguette vers elle, et prononça d'une voix à peine audible.

— Désoccultodeurum.

Seule et plongée dans l'obscurité, elle sentit la peur gagner peu à peu du terrain. Elle devait se ressaisir, et vite. Elle focalisa son attention sur Yann. Son but était de lui venir en aide, voilà la seule et unique pensée qui devait envahir son esprit. Et tandis qu'elle se concentrait sur cet objectif, le souffle du vent glacial lui caressa le visage. Elle frissonna. Le sort en était jeté…

L'attente fut de courte durée. Scarlette et Emeric donnèrent l'alerte. L'ennemi était en approche. L'effluve de la jeune fille était rapidement parvenu jusqu'aux glandes olfactives de ces terribles prédateurs. Elle était la proie parfaite… isolée… vulnérable… L'appât idéal.

Le cœur d'Emy se mit à battre la chamade lorsque quatre silhouettes se dessinèrent à l'orée du bois. Elle savait que les autres se tenaient à une faible distance, prêts à intervenir. Malgré cela, il lui était impossible de contrôler les réactions de son organisme. Sa respiration ne cessait de s'accélérer. Ses veines gonflaient et cognaient ses tempes sous l'afflux de sang de plus en plus brutal. Tout en gardant son esprit concentré sur Yann, elle tendit sa baguette afin de lancer une sphère lumineuse pour éclairer ses assaillants. Ludovic ouvrait la marche, avec à ses côtés une magnifique brunette dont l'expression ne révélait rien d'autre qu'un appétit bestial. Juste derrière, un second couple s'avançait. Emy ne les avait jamais croisés. Ils semblaient aussi dangereux l'un que l'autre. Ils étaient bien en position de prédateur, et non pas en mode séduction. Cependant, elle fut une nouvelle fois frappée par tant de beauté et par cette atmosphère inquiétante qui se dégageait d'eux.

Ainsi, c'était bien vrai… Tous les vampires déclenchent cette dangereuse fascination, songea-t-elle un bref instant avant de réorienter ses pensées sur Yann.

— Tiens… Tiens… Comme on se retrouve ! lança Ludovic en s'approchant lentement.

— Bonsoir, rétorqua-t-elle avec assurance.

— Laissons de côté les bavardages inutiles et déclenchons les festivités sans attendre ! Que ton chien de garde sorte de sa cachette !

railla-t-il en haussant la voix sous le regard amusé de ses compagnons.

Emy bouillait intérieurement, mais elle devait se contrôler pour empêcher Ludovic de pénétrer son esprit.

— Je constate que tu as travaillé depuis notre dernière rencontre, ajouta-t-il à l'échec de sa tentative d'intrusion.

— Laisse-la ! lança Alexandre d'une voix ferme et déterminée en apparaissant dans la clairière.

À partir de cet instant, tout se passa très vite. Simultanément, Emy reçut un jet de lumière bleutée qui forma une immense bulle de protection autour d'elle ; les quatre vampires écopèrent chacun d'une déflagration rouge vif visiblement suffisamment puissante pour les affaiblir et les rendre vulnérables ; les vampreds se précipitèrent alors sur eux pour tenter de les maîtriser. Spectatrice, prisonnière, la jeune fille ne put qu'assister, démunie, à ce qui se passait autour d'elle. Elle rageait de ne pouvoir se jeter dans la bataille aux côtés de ses amis… de sa famille. Il ne faisait aucun doute à présent que les membres de l'Alsorvampred finiraient par venir à bout de leurs ennemis. La puissance de frappe des vampreds associée à la maîtrise des sorciers était imparable. Emy sentait l'issue funeste se dessiner peu à peu. Postée dans les fourrés, Marguerite dut lire la colère, la peur et la panique sur son visage. Alors, comme elle l'aurait fait pour son propre enfant, elle lui lança un sortilège d'aveuglement. Emy se retrouva plongée dans l'obscurité la plus totale, des sons terribles lui parvenaient, des cris et des rugissements qui n'appartenaient pas à des êtres humains. Puis, brusquement plus rien…

Le sortilège s'estompa progressivement, inondant ses yeux d'une lueur rougeoyante. Les silhouettes de ses compagnons se dessinèrent, cinq se trouvaient autour d'un immense brasier dans lequel se consumaient les restes des quatre vampires. Lorsque sa vue se précisa et qu'elle put distinguer les visages, elle s'aperçut qu'il manquait deux personnes. Emeric, qu'elle imagina parti rejoindre Scarlette aux abords de la chaumière, et Alexandre… Elle fut alors submergée par une incommensurable panique. Pendant une fraction de seconde, la plus douloureuse des pensées, la disparition de l'être aimé, traversa son esprit, mais elle la rejeta instantanément. Cette idée était tout bonnement inacceptable pour elle qui n'imaginait plus sa vie sans le jeune vampred à ses côtés. Heureusement, elle n'eut pas à subir ce supplice plus de quelques secondes. Alexandre apparut auprès d'elle. Il s'approcha lentement, réduisant sensiblement l'espace qui les séparait. Son regard tendre et bienveillant se posa sur son visage telle la plus délicate des caresses, et il n'eut nul besoin de prononcer le moindre mot pour qu'elle comprenne combien il était désolé qu'elle ait dû assister à ce sinistre spectacle.

Pour la seconde fois, Scarlette et Emeric se firent entendre, mais la réaction du petit groupe ne fut absolument pas la même que précédemment. Ils prirent tous la direction de la chaumière. Alexandre et Emy furent quasiment les derniers à se mettre en route, suivis de près par le professeur Lombas qui jeta un dernier sort pour isoler le feu du reste de la forêt.

Une fois réunis sur place, ils observèrent le lieu de détention du jeune homme. Une très faible lumière transpirait de l'une des multiples fenêtres aux minuscules carreaux encrassés.

— Les autres se sont enfuis, les informa Emeric.

Il avait recouvré forme humaine, tout comme Scarlette qui se tenait à ses côtés.

— Allons-y, mon fils ! lança Léopold plus déterminé que jamais.

Alexandre jeta un dernier regard empli d'apaisement à Emy, avant de disparaître dans l'obscurité de l'habitation.

Guettant leur sortie, ils se postèrent tous les six à l'orée des bois, observant le moindre signe d'agitation. Seuls les bruits de la forêt et de ses habitants venaient rompre le silence pesant qui régnait et rendaient l'instant encore plus grave qu'il ne l'était déjà. Les quelques minutes qui séparèrent l'entrée et la sortie des deux vampreds semblèrent durer des heures. Léopold ressortit le premier, suivi de près par Alexandre qui tenait Yann, inconscient, dans ses bras.

CHAPITRE 21

La décision d'Emy

Le retour à Noctoyard s'effectua sans encombre et à une rapidité impressionnante. Yann était très mal-en-point. Le processus de transformation était déjà trop avancé pour être stoppé, et l'aube ne tarderait plus à apparaître. Alexandre et son père l'accompagnèrent auprès des autres novices. Attendre que sa part d'humain disparaisse totalement devenait la seule chose à faire.

Sur l'invitation de Mathilde, Marguerite, Antoine et le professeur Lombas se dirigèrent vers l'un des nombreux salons pour y prendre un thé et quelques biscuits bien mérités. Cette scène, bien que très naturelle pour le plus grand nombre, était particulièrement cocasse si on tenait compte du fait que les Dussy n'avaient aucun besoin physiologique de se restaurer de la sorte, mais ils étaient très à l'aise, et prenaient même un plaisir non feint à ce petit jeu. De son côté, Emy refusa poliment l'invitation en précisant qu'elle souhaitait tout d'abord rendre visite à son amie. Mais la jeune fille n'était pas vraiment dans son élément dans cet immense château qu'elle connaissait à peine et aux couloirs tous semblables. Mathilde appela donc un des elfes de la forêt pour qu'elle la guide jusqu'à l'infirmerie.

La petite créature prénommée Tanis était très mignonne. Elle mesurait environ un mètre quarante, possédait une magnifique chevelure rougeoyante interminable qu'elle avait glissée derrière ses deux grandes oreilles pointues, et un petit nez en trompette planté au milieu de son joli minois souriant qui lui donnait un air espiègle. Emy lui emboîta le pas en se rappelant que, outre leur gentillesse, l'un des traits de caractère qui prédominait chez eux était la susceptibilité. Elle fut donc particulièrement prudente quant aux mots qu'elle employait et à l'attitude qu'elle adoptait envers son guide durant tout le trajet. Une fois parvenue à destination, elle la remercia comme il se doit avant de la voir se volatiliser sous ses yeux.

Emy traversa alors pour la seconde fois la longue pièce. Peu de lits étaient occupés à présent, les vampreds guérissaient vite, mais son regard se porta sur un couple à quelques mètres de là où elle se tenait. Le jeune vampred contemplait sa moitié qui était alitée. De toute évidence, il s'agissait de sa symbioza. Il se dégageait d'eux la même harmonie que de Mathilde et Léopold ou de Scarlette et Emeric. N'importe qui en les observant aurait su qu'ils formaient un couple parfait. Les yeux d'Emy ne pouvaient plus se détacher de cette manifestation concrète de la fusion entre deux êtres. Des âmes sœurs. Une évidence. Son esprit s'égara... Elle se sentait si différente... Sa relation avec Alexandre était contre nature, elle le savait depuis longtemps, mais elle n'en prenait réellement conscience qu'à cet instant. Et l'égoïsme dont elle avait fait preuve en mettant son plan à exécution, en s'abreuvant de son sang et en le privant de toute chance de vivre une telle fusion venait de lui éclater en pleine figure.

— C'est beau, n'est-ce pas ?

Le Docteur Sennac venait de prononcer ces quelques mots avec une infinie douceur.

Surprise par son arrivée, Emy n'eut pas le loisir de lui répondre avant qu'il reprenne la parole.

— Alexandre savait à quoi il renonçait en t'offrant une telle quantité de son sang. C'est un sacrifice rare pour un vampred, ajouta-t-il. Et pourtant, il n'a pas hésité une seconde. Il doit énormément tenir à toi.

Elle était bouleversée tant par le sens des mots qu'il utilisait que par la clairvoyance dont il faisait preuve. Consciente de cette réalité, elle se sentait profondément coupable, mais tellement heureuse aussi. Partagée entre ces deux sentiments aussi puissants l'un que l'autre, elle trouva la force de lui répondre.

— Autant que je tiens à lui, et je lui serai éternellement reconnaissante, finit-elle par soupirer.

— J'en suis persuadé, Emy. Tu ressembles tellement à ta mère, ajouta-t-il avec beaucoup de tendresse dans la voix.

— Vous l'avez connue ! s'étonna-t-elle.

— Effectivement. Ainsi que ton père, précisa-t-il en se tournant vers elle. Il était l'un des rares humains garants du secret qu'il m'ait été donné de rencontrer.

La surprise qui se dessina sur le visage d'Emy l'incita à s'expliquer.

— Je vois que personne ne t'a parlé de lui en ces termes. Eh bien, sache que dans de très rares cas, l'existence de notre monde est dévoilée à certains humains. Ils deviennent donc, au même titre que chacun d'entre nous, garants du secret. C'était le cas de ton père. C'est d'ailleurs la question qui va se poser dans très peu de temps pour ton amie, précisa-t-il en couvant Alice du regard.

Emy fixa le docteur et réalisa soudain qu'il connaissait sans doute beaucoup de choses sur ses parents et sa famille. Il en savait peut-être même bien plus sur elle que ce qu'elle pouvait imaginer. Cependant, ses questions existentielles devraient attendre. Elle voulait passer un peu de temps auprès de son amie et malheureusement, elle n'en disposait que de très peu avant de devoir rejoindre les autres au rez-de-chaussée.

Avant qu'ils ne se séparent, le Docteur Sennac lui indiqua qu'une des infirmières devait lui faire une prise de sang. « Simple contrôle » crut-il bon de préciser avant de prendre congé.

Sur le trajet du retour, au beau milieu de l'un des interminables couloirs, l'attention d'Emy, qui était jusque-là totalement portée sur le chemin à suivre, fut brusquement détournée.

— Psssst !

Elle se retourna, balaya l'espace d'un regard. Personne. Cette situation avait un air de déjà-vu…

— Sors de ta cachette, Vido ! lança-t-elle à voix basse.

Le petit elfe veilleur apparut de derrière une splendide statue de pierre blanche qui représentait une jeune femme tenant un nouveau-né dans les bras. Emy aurait pu la confondre avec une représentation de la vierge à l'enfant si toutefois elle n'avait pas porté le médaillon de l'alliance autour du cou.

— Bonjour, mademoiselle Emy ! murmura le petit être en s'avançant prudemment.

— Que fais-tu ici, Vido ? Pourquoi as-tu disparu aussi vite la dernière fois ? De quoi as-tu peur ?

— Oh ! Mademoiselle Emy est en colère après Vido, répliqua-t-il la voix chargée d'émotion.

— Bien sûr que non, Vido ! Excuse-moi. Vas-y, je t'écoute.

— Vido est venu pour vous prévenir, mademoiselle Emy.

— Me prévenir de quoi ? Et pourquoi ne t'approches-tu pas plus ?

— Vido ne doit pas être vu… il est trop tôt !

— Trop tôt ! répéta-t-elle incrédule. Je ne comprends rien, ne peux-tu pas être plus clair ?

— Bientôt, mademoiselle Emy, très bientôt, car la révélation est proche, répliqua-t-il en caressant le bas de la robe de la statue. Vido est venu pour cela.

La jeune fille ne comprenait absolument rien à ce que le petit elfe veilleur venait de lui dire, et avant même qu'elle ait pu le questionner, il avait disparu… Comment ? Par où ? Elle n'en avait pas la moindre idée. Elle n'avait détourné son regard qu'une fraction de seconde, mais cela lui avait suffi pour s'évaporer.

Quelques minutes plus tard, Emy entrait dans le petit salon où elle rejoignit Mathilde, Marguerite, Antoine, le professeur Lombas ainsi que Léopold qui était certainement remonté des sous-sols depuis peu. Elle s'étonna d'avoir su trouver son chemin jusqu'ici sans encombre et surtout sans l'aide de personne. Peut-être commençait-elle à s'habituer aux lieux, finalement. Ils étaient tous visiblement ravis de la voir franchir le seuil de la porte. Emy fut alors emportée dans un tourbillon d'interrogations. Comment se sentait-elle ? Avait-elle faim ? Soif ? Chaud ? Froid ? Et sans qu'elle comprenne ni comment ni pourquoi, elle se retrouva installée sur le petit canapé tapissé d'un agréable tissu bleu roi, une tasse de thé fumant entre les mains. Ce dernier faisait face au foyer de la cheminée dans lequel un feu déjà très soutenu reprenait de plus belle sous les assauts de la baguette d'Antoine. Peu habituée à être le point de mire d'autant d'attention, quoique dernièrement ce genre de situation commençait sérieusement à se répéter, Emy ne sut pas trop comment réagir et mit un certain temps avant de lâcher un tout petit :

— Merci.

Une fois tous rassurés sur son état, ils prirent des nouvelles de son amie qu'elle venait de visiter. Léopold précisa également que Scarlette, Emeric et Alexandre étaient retournés auprès des novices et autres jeunes vampreds, ce qui expliquait leur absence. Emy s'en était bien doutée, mais l'entendre dire de sa bouche avait quelque chose de rassurant. Ce fut le professeur Lombas, resté légèrement à l'écart du reste du groupe depuis le début, qui mit le sujet que tout le monde savait inévitable sur le tapis.

— Maintenant que nous sommes tous réunis, nous allons pouvoir décider du sort d'Alice, asséna-t-il d'un air grave.

Emy repensa aux paroles prononcées par le Docteur Sennac peu de temps auparavant lorsqu'elle s'était rendue au chevet de son amie. Le moment était venu !

— Ne pourrions-nous pas attendre qu'elle se réveille et voir comment elle réagit à la nouvelle ? demanda-t-elle naïvement.

Les Duclos et les Dussy se regardèrent, forcés de constater que la jeune fille avait encore beaucoup de chemin à parcourir afin de comprendre le fonctionnement de ce monde devenu le sien depuis peu, ainsi que celui de l'alliance, de ses règles, de ses devoirs et de ses obligations.

— Malheureusement, ce n'est pas aussi simple, lui répondit le professeur. J'ai dû pratiquer un sort d'amnésie collectif sans attendre pour expliquer la disparition de Yann qui aurait rapidement pris une trop grande ampleur dans une petite ville comme la nôtre. Avec les récents évènements, nous n'avions pas besoin de cela en sus. J'ai plongé votre amie dans cet état de coma artificiel afin de lui éviter ça, sa mémoire est donc intacte. Pour le moment, je peux encore intervenir, mais si nous la réveillons, plus aucun retour en arrière ne sera possible. À vous de décider ! asséna-t-il abruptement.

Avec une certaine anxiété, Emy acquiesça à l'information que le professeur venait de lui fournir. Elle avala lentement une gorgée du thé encore fumant qu'elle tenait entre ses mains en prenant le temps de bien assimiler tous les sous-entendus compris dans ces mots. C'était à elle que revenait la dure responsabilité de décider de l'avenir de son amie. La laisserait-elle dans cette douce ignorance qu'elle avait elle-même connue durant toutes ces années ? Ou bien l'emmènerait-elle dans la certes fantastique, mais non moins dure réalité qui était devenue la sienne depuis quelques mois ? Son dilemme était énorme, cruel et à la hauteur des conséquences que son choix engendrerait. Elle n'avait aucune certitude… que des doutes.

— Quels sont les souvenirs qui lui seront effacés ? finit-elle par demander timidement.

— En fait, ses souvenirs ne seront pas vraiment effacés, ils seront juste modifiés afin qu'il ne reste plus aucun indice qui permettrait de trahir l'existence de notre monde.

Juste modifiés, se répéta mentalement Emy. *Comme si le fait de pénétrer dans l'esprit d'un être humain pour en changer le contenu n'était qu'une simple formalité*, réalisa-t-elle amèrement.

Elle se remémora ce qu'elle avait ressenti lorsqu'elle avait découvert la vérité. Le doute d'abord et l'incrédulité face à une réalité qui n'appartenait auparavant qu'à l'imaginaire. Ensuite, la peur de se plonger dans l'inconnu et de se sentir vulnérable face à des êtres dotés de pouvoirs qui dépassaient tout ce qu'elle avait pu concevoir. Puis, elle avait fini par accepter cette nouvelle réalité et à présent elle apprenait à reconstruire sa vie. Ce qu'elle avait pris pour acquis durant toutes ces années ne l'était plus… ou plutôt ne l'avait jamais été.

Alice avait sa place auprès d'elle, dans sa vie, c'était une certitude. Mais avait-elle sa place dans son monde ? Après tout, elle n'était qu'une humaine. Cette idée la révulsait au plus haut point, mais Emy était bien forcée de l'accepter. Son amie n'était pas destinée à faire partie du même univers. Elle sentait son cœur se diviser à mesure qu'elle avançait dans ce raisonnement qui, bien qu'elle en trace elle-même le chemin, lui laissait un arrière-goût amer… car finalement, était-elle réellement libre de sa décision ? Avait-elle vraiment le choix ? C'est donc après un combat intérieur acharné contre sa part d'égoïsme qui l'aurait naturellement poussée à garder son amie au plus près d'elle que, la mort dans l'âme, elle choisit l'inévitable…

— Très bien… mais à une condition ! répliqua-t-elle visiblement sûre d'elle.

— Dites toujours, rétorqua le professeur quelque peu surpris.

— Qu'elle ne garde aucun souvenir de Yann, répondit-elle avec aplomb.

Le jeune homme était en phase de devenir l'un des leurs, il n'appartenait déjà plus au monde des humains. Novice tout d'abord, et vampred ensuite. Alice ne serait plus jamais à ses côtés comme elle l'avait été auparavant. Puis, un jour il rencontrerait sa symbioza, et Emy ne savait que trop bien les souffrances que cela représenterait. Il lui était inconcevable de laisser son amie endurer cela si elle avait le pouvoir de l'en prémunir !

— Mais nous pouvons lui créer le souvenir de leur rupture…

— Évitons-lui cette souffrance, l'interrompit-elle avant d'ajouter doucement : S'il vous plaît.

Quelques minutes plus tard, le professeur Lombas et Emy pénétraient déjà dans l'immense infirmerie. Il était à l'évidence exclu que le sortilège d'amnésie soit pratiqué par la jeune sorcière qui ne possédait encore aucune expérience dans ce domaine. Cependant, le professeur avait trouvé là une occasion remarquable de lui donner un cours pratique, et Emy y avait vu la chance de pouvoir rester aux côtés de son amie pendant cette épreuve. Alitée, Alice était plongée dans un profond sommeil articiel, et son visage arborait toujours une expression de plénitude. Frédéric Lombas s'avança jusqu'au bord du lit en métal dont la peinture blanchâtre commençait à s'écailler à certains endroits. Il lui fit signe de s'approcher et lui expliqua à voix basse la méthode qu'il allait utiliser.

— Un sortilège d'amnésie se décompose en plusieurs étapes, indiqua-t-il calmement. Je vais commencer par m'introduire dans son esprit, puis une fois la connexion stabilisée, j'irai chercher le point de départ du souvenir que je souhaite modifier. Dans son cas, la sortie de L'Éclipse.

— N'oubliez pas d'effacer Yann également, l'interrompit doucement Emy bien décidée à obtenir satisfaction.

— Ne vous inquiétez pas. Je n'oubliais pas, répondit-il posément. Dans le cadre d'un exercice pratique, l'inconvénient de ce sortilège est qu'il ne peut s'effectuer que dans le plus strict silence, ce qui signifie que nous allons devoir communiquer par télépathie, ajouta-t-il.

Emy ne l'avait encore jamais pratiquée, ou du moins pas volontairement. En théorie, elle devait savoir le faire, mais là c'était du concret que lui demandait le professeur.

— Êtes-vous prête ?

— Une dernière question, professeur…

— Oui, je vous écoute.

— Combien de temps cela va-t-il durer ?

— Oh… et bien je vais tenter de faire durer un peu les choses afin que vous puissiez bien analyser la façon de procéder, mais dans un contexte disons « normal », cela ne prend pas plus de quelques secondes, répondit-il le plus simplement du monde.

Quelques secondes. Quelques secondes pour pénétrer l'esprit d'un être humain et en modifier les souvenirs, songea-t-elle, et cette pensée l'effraya.

Le professeur Lombas sortit sa baguette. Contrairement à celle d'Emy, elle était sculptée dans un bois très foncé, pratiquement noir. Il en approcha délicatement l'extrémité à quelques millimètres de la tempe d'Alice, de l'autre main il se saisit de celle d'Emy, et en une fraction de seconde, ils basculèrent dans un lieu surréaliste. Il n'existait rien de matériel ou de palpable. La jeune sorcière avait l'étrange impression de flotter dans une immensité bleu nuit et étoilée.

Les sphères lumineuses qui nous entourent et qui ressemblent à des étoiles sont en fait les souvenirs de votre amie, lui indiqua le professeur directement dans son esprit.

Nous ne devons communiquer que par la pensée, se rappela alors Emy. Elle se concentra sur sa réplique quand un petit rire résonna dans sa tête.

La connexion est déjà faite Emy, il vous suffit de penser à ce que vous souhaitez me dire, lui précisa le professeur visiblement amusé par ses tourments. *Et pour répondre à votre question, il ne s'agit là que des souvenirs que nous allons modifier ou totalement effacer… si tel est toujours votre souhait.*

Alors, allons-y, répondit-elle sans relever l'allusion qu'il venait de faire.

Le professeur pointa sa baguette sur la sphère la plus proche. Elle s'étira alors comme une bulle de savon dans laquelle l'air s'engouffre. Un instant plus tard, devenue une surface plane bien plus haute qu'eux, le souvenir d'Alice s'y déroula devant leurs yeux tel un film. Il s'agissait de sa rencontre avec Yann. Emy se sentait quelque peu mal à l'aise.

Ce que nous sommes en train de faire n'est ni plus ni moins que du voyeurisme, pensait-elle, mais le professeur, qui avait à l'évidence perçu cette réflexion, la reprit aussitôt en lui rappelant qu'ils ne faisaient cela que dans le souci du bien-être futur de son amie.

Ce souvenir fut purement et simplement effacé, ce qui fit instantanément disparaître une multitude de petites sphères autour d'eux. Le professeur Lombas prit soin de combler les moments de vide qui en résultèrent par d'autres activités afin qu'Alice n'ait pas de sentiment désagréable de trou noir dans sa mémoire. Ils passèrent ensuite en revue chacun des souvenirs reliant la vie de la jeune fille à leur monde afin de les modifier.

Lorsqu'ils en eurent terminé avec la dernière étoile, ils furent renvoyés dans la réalité. Rien n'avait changé dans l'infirmerie et personne ne semblait avoir remarqué leur absence.

— C'est parce que nous n'avons pas bougé d'ici, lui répondit le professeur à haute voix cette fois-ci.

Étonnée, mais confiante, elle enregistra cette information puis remercia le professeur tant pour l'aide qu'il venait d'apporter à son amie que pour l'enseignement qu'il venait de lui inculquer. Frédéric Lombas indiqua alors à l'une des infirmières que dès que le Docteur Sennac jugerait que son état le lui permettait, Alice pourrait être raccompagnée chez elle. Suite à l'intervention du professeur, elle se réveillerait paisiblement et ne garderait en mémoire que le souvenir d'avoir fait une sieste reposante.

La porte du bureau grinça et le petit homme trapu entra dans la pièce.

— Alors ? l'interpella le propriétaire du lieu sans même prendre la peine de formuler une phrase.

— Tout s'est déroulé selon le plan établi…

— Pourquoi cette mine déconfite si tout s'est aussi bien passé ? demanda-t-il en se tournant en direction de son interlocuteur.

— C'est une fois à la chaumière… Il y a eu…

— Et bien quoi ? Parle ! s'impatienta-t-il.

— Nous ne savons ni comment ni pourquoi… mais les Duclos et les Dussy ont réussi à localiser nos vampires et ils sont venus chercher le jeune homme qui avait été capturé. Ils ont organisé une sorte d'embuscade, expliqua le serviteur. Et nous avons essuyé des pertes… ajouta-t-il avec prudence.

— Beaucoup ?

— Trois, monsieur, dont Ludovic.

— Ce n'est pas plus mal, il devenait trop curieux, répondit l'homme à la baguette blanche avant d'ajouter après un court silence. Autrement, est-ce que ce que j'avais exigé a été exécuté ?

— À la lettre, monsieur.

— Parfait ! conclut-il. Mais en voyant que son visiteur ne semblait pas prêt à quitter la pièce, il ajouta.

— Autre chose ?

— Eh bien, voyez-vous… des bruits circulent…

— Je n’ai que faire des commérages. Tu ne suggères tout de même pas que je me justifie !

— Absolument pas, monsieur. Je me disais juste qu’un petit discours de ralliement serait, peut-être, le bienvenu.

— Je vais y songer…

CHAPITRE 22

La révélation

La lumière du jour s'était maintenant imposée depuis plusieurs heures. Après une nuit blanche aussi agitée que celle-ci, Emy aurait dû se sentir épuisée, mais étrangement elle ne l'était pas. Chacun des participants au sauvetage d'Alice et de Yann était peu à peu retourné vaquer à ses occupations. Marthe et Georges tout d'abord, qui avaient les premiers rejoint le manoir, suivis peu de temps après par les Duclos. Ils avaient accepté et peut-être même compris qu'elle préfère rester encore quelques heures au château. Mathilde quant à elle était retournée auprès de sa fille et d'Emeric pour s'occuper des pensionnaires. Aux côtés d'Emy, il ne restait donc plus que le professeur Lombas qui ne tarderait pas à disparaître à son tour, et Léopold.

Ils se sentaient déjà tous les deux un peu coupables au plus profond de leur être de ne pas s'être occupés de la jeune fille plus tôt, et ce, bien qu'ils n'eurent fait sa connaissance qu'à son arrivée à Louverville. Mais ils ignoraient encore à cet instant qu'ils n'allaient pas tarder à découvrir quelque chose qui bouleverserait le cours de leur vie à tous et que les coups frappés fermement sur la porte du petit salon resteraient gravés dans leur mémoire comme le moment où tout avait basculé.

Le Docteur Sennac entra dans la pièce. Son visage, grave aurait dû les alerter sur l'importance de sa visite. Mais les derniers évènements brouillaient sans doute leur jugement à tous. Il resserra son emprise sur la mince feuille de papier qu'il tenait dans sa main droite, ce qui fit blanchir davantage les jointures de ses doigts. Le regard d'Emy ne se posa pourtant pas sur ce nouveau venu, mais sur un tout autre être : Vido, qui était à moitié caché derrière les jambes du docteur. La scène parut surréaliste… Emy entendit les mots prononcés par le docteur, mais comme elle refusait d'y croire, ils se perdirent dans l'air qui l'entourait et l'oppressait presque maintenant. Elle se précipita dans le couloir sans prendre la peine de s'excuser d'avoir bousculé tout le monde sur son passage, et laissa les deux hommes totalement abasourdis par la nouvelle qu'ils venaient d'apprendre.

Courant sans but précis, les pieds endoloris par les coups portés sur le dallage en pierre, les larmes coulant inexorablement sur ses joues rougies de colère, son esprit martelé… Emy cherchait à fuir… partir loin… oublier… retourner dans l'ignorance… cet état si confortable…

Ses analyses de sang, voilà ce que le Docteur Sennac venait de leur apporter. Les tests avaient été faits et refaits… et cependant les résultats n'avaient pas changé.

— Aucune trace de sang humain ! avait-il articulé.

La conclusion était rapide et inévitablement claire. L'homme qu'Emy avait cru être son père depuis sa naissance, celui qui avait participé à ce qu'elle était aujourd'hui – mi-sorcière, mi-humaine –, n'était plus. N'était pas. N'avait jamais été, en réalité. Mais alors qu'était-elle ? Et qui était son père ? Perdue, furieuse, elle ne s'arrêta que lorsqu'un obstacle se mit en travers de sa route…

Solide. Froid. Doux. Elle leva les yeux pour découvrir, le regard brouillé par les larmes, le visage angélique de son chimérique petit ami. Elle était dans un état de panique tel, qu'Alexandre comprit instantanément qu'il ne pourrait obtenir aucune explication claire de sa part. Le jeune vampred ne la questionna donc pas et se contenta de l'enlacer tendrement.

Il récupéra les informations qui expliquaient son état en communiquant par la pensée avec son père resté à l'autre extrémité du château. Puis, il se connecta à celui d'Emy pour lui souffler des mots de réconfort et d'apaisement avant de porter sa frêle silhouette contre son torse solide.

Emy venait à peine de se rendre compte que ses pieds ne touchaient plus le sol que déjà Alexandre la déposait délicatement. Elle se retrouva étendue sur une couette moelleuse d'une infinie douceur. Un parfum subtil et délicat embaumait l'air qui l'entourait. Elle connaissait cet arôme fruité au pouvoir envoûtant, et elle savait d'où il émanait. Ou plutôt de qui il émanait.

Alexandre était assis juste à ses côtés, son regard aimant et bienveillant rivé sur elle. La profondeur de ses yeux, bleu glacier à cet instant, lui sembla infinie et elle se surprit à ne souhaiter qu'une seule chose. S'y engouffrer au risque de s'y perdre à tout jamais. Il lui caressa alors doucement le visage d'une main, et remit en place les mèches de cheveux égarées. Bien que sa peau fut glacée, son contact n'en était pas moins agréable et d'une douceur incomparable. Et c'est à cet instant précis qu'elle sentit pour la seconde fois ce lien si particulier se tisser entre eux. Le jeune vampred en avait pris conscience lui aussi et elle le savait…

— Tes larmes ont cessé, mon amour, lui susurra-t-il à l'oreille avec un évident soulagement.

C'était un fait indiscutable. À quel moment ? Depuis combien de temps ? Elle l'ignorait et cela lui était égal. Alexandre était là, à ses côtés. Plus rien d'autre ne comptait. D'un geste quasi instinctif, elle lui emprisonna fermement la nuque de ses mains encore tremblantes. Il approcha alors lentement son somptueux visage jusqu'à échouer ses lèvres glacées sur les siennes, brûlantes et humidifiées par les dernières perles de tristesse. Leur baiser était tendre et langoureux, doux et ferme, hésitant et déterminé… Ils savaient tous les deux qu'ils s'aventuraient là bien au-delà du raisonnable. Leur désir réciproque était tel qu'ils pouvaient, à tout moment, perdre le contrôle.

Le geste encore un peu hésitant, elle glissa ses mains sous le coton du vêtement qui masquait l'objet de son désir. Ses paumes s'embrasèrent au contact de ce dos musclé à la texture du marbre.

Elle sentit le corps du jeune vampred tressaillir, puis se raidir avant de s'écarter brusquement.

— E… Emy… je ne crois pas que… balbutia-t-il, hésitant.

Les paroles qu'il venait de lâcher, mais surtout la façon dont il les avait prononcées, contrastaient tellement avec le désir qu'Emy pouvait lire dans ses yeux en cet instant, qu'elle se surprit elle-même à être submergée par une audace démesurée.

— Chuttt… souffla-t-elle en posant un doigt assuré sur sa bouche outrageusement délicieuse.

Alors elle couvrit ce visage si parfait de baisers d'une infinie douceur. Ses pommettes, sa mâchoire, son menton… Elle arpentait lentement chaque parcelle de peau. Sa respiration était saccadée, presque forcée, les battements de son cœur irréguliers et incertains. Ils savaient tous les deux que son absence d'humanité donnait une nouvelle dimension à leur relation. Elle leur permettait de s'aventurer encore un peu plus loin, sans pour autant annihiler le risque qu'ils prenaient en s'abandonnant l'un à l'autre.

Le corps de la jeune fille ne désirait plus qu'une seule chose tandis que son esprit vacillait encore entre la raison et la passion. Mais la douceur des mains du jeune vampred lorsqu'elles glissèrent de part et d'autre de son buste sur sa peau envahie de frissons la fit basculer définitivement…

Il lui ôta délicatement ses vêtements, dernier rempart à un contact charnel absolu. Perdue dans l'abîme de ses yeux, elle reproduisit les mêmes gestes sur lui. Totalement dénudés à présent, ils s'allongèrent doucement sur le lit. D'une main il redessina l'ovale de son visage tandis que l'autre se perdait dans ses cheveux. Elle frémit. Il déposa un baiser délicieux sur ses lèvres tremblantes. Elle ferma les yeux... et s'abandonna à lui. De l'extrémité de ses doigts, il entama une ballade tactile tout au long de sa frêle silhouette déclenchant une abondance de sensations exquises. Elle frissonna davantage lorsque ses mains se posèrent sur son bas-ventre. Puis, dans une lente précipitation et ivres de désir, leurs corps se mirent à se mouvoir à l'unisson en une danse sensuellement endiablée…

La peau brûlante, ruisselante de sueur, et le souffle court encore incertain, Emy rouvrit lentement les yeux. Tous ses muscles étaient détendus à présent, elle était là, allongée au milieu des draps froissés. Mais cette fois, ce n'était pas de l'un de ses cauchemars qu'elle venait de sortir, mais plutôt d'un rêve. Oui, d'un long et intense rêve… d'un merveilleux rêve éveillé… Elle fit glisser son regard le long de cette harmonieuse courbe qui se dessinait à ses côtés. Il était là, tel un ange descendu des cieux pour la combler. Ses yeux étaient inlassablement fixés sur elle depuis des heures, tandis que sa main glacée caressait sa peau devenue brûlante. Alexandre se tenait à ses côtés, plus réel que jamais. Ils venaient de vivre ensemble un moment magique qui l'avait amenée à ressentir un bonheur intérieur indescriptible. Inhumain. Comblée, sereine, elle était tout simplement heureuse...

Et alors que son esprit aurait dû se perdre dans les mille et une façons de revivre ce moment de pur plaisir, une multitude de questions et de pensées l'envahirent et la ramenèrent à la réalité. Que s'était-il réellement passé ? Combien de temps s'était-il écoulé ? Avait-elle rêvé de cet instant avec son ange ? Elle ne se souvenait d'aucun détail, mais seulement d'un merveilleux moment de fusion et d'une jouissance immensément puissante. Puis sa réflexion s'orienta vers les évènements qui avaient précédé, ou du moins qu'elle croyait qui avaient précédé, car elle n'était plus sûre de rien. Qu'est-ce qui était du domaine du rêve ou de la réalité ? La frontière n'était plus aussi nette, aussi concrète. Elle était devenue floue et quasiment fictive.

Comment avait-elle quitté le petit salon ? Et où était-elle à présent ? Sa panique dut se dessiner peu à peu sur son visage puisque Alexandre ne mit pas longtemps avant de s'en apercevoir.

— Que se passe-t-il, mon amour ? lui demanda-t-il la voix et les traits chargés d'inquiétude.

Emy se sentit instantanément mal à l'aise, gênée même. Était-elle transparente à ce point ?

— Je… je m'inquiète… balbutia-t-elle.

— Ils savent que tu es avec moi, répliqua-t-il placidement.

D'accord, donc tout cela est bien réel, se formula-t-elle mentalement. Puis elle s'accorda quelques secondes pour reprendre son souffle afin de réussir à prononcer une phrase d'une façon « normale » cette fois-ci.

— Donc, ils savent que je suis en sécurité, souffla-t-elle soulagée en se redressant dans le lit.

Elle balaya la pièce du regard. L'endroit était inondé d'une lumière qui déversait un dégradé de couleurs allant du jaune pâle au rouge vif avec ici et là des touches de bleu et de vert. Elle était émerveillée par cet arc-en-ciel artificiel. Ses yeux se posèrent sur la responsable de cette magie visuelle. Une immense rosace placée au centre de l'un des murs.

— En sécurité ? Tu plaisantes, j'espère. J'aurais pu te tuer !

La puissance vocale et la force des mots d'Alexandre arrachèrent Emy à sa contemplation et la plongèrent dans l'incrédulité la plus complète. Certes, leurs ébats avaient dû être fougueux étant donné l'état du lit et les objets éparpillés un peu partout dans la pièce, mais de là à imaginer que sa vie avait été menacée !

— J'ai failli te mordre, Emy ! Tu ne t'en souviens donc pas ?

Malheureusement, non, elle ne se souvenait pas, mais surtout elle ne comprenait pas la violence de sa réaction. Elle s'apprêtait d'ailleurs à l'interroger pour tenter de la comprendre lorsqu'il reprit la parole sur un ton plus apaisé.

— Mon ange, nous savons à présent que tu n'as rien d'humain en toi. Tu ne comprends donc pas ce que cela signifie ?

En dehors du fait que tu ne risques plus de me briser en deux en me faisant l'amour, non je ne vois pas, songea-t-elle à lui répondre avant de se raviser.

Face à son silence et à l'expression d'incrédulité qu'elle affichait, Alexandre enchaîna.

— La morsure des vampreds est toxique pour les sorciers. À haute dose, elle peut même s'avérer mortelle ! lâcha-t-il comme une évidence.

— Pardon ? s'indigna Emy qui n'en croyait pas ses oreilles.

— Le professeur Lombas t'en a forcément parlé !

Il l'avait sans doute fait lors de son cours sur les vampreds et les vampires, mais l'esprit d'Emy avait décroché juste après la révélation de l'existence des symbiozas et de ce qu'elles représentaient.

— C'est un des effets secondaires de notre protection contre le soleil.

— Mais c'est totalement aberrant ! Tu es en train de me dire qu'en vous offrant le remède à votre plus grande faiblesse, pour ne pas dire la seule, les sorciers vous ont rendus plus dangereux pour eux ?

— Pas du tout en fait.

— Comment ça ?

— Eh bien nous ne pouvons pas mordre un sorcier, car cet élixir provoque un autre effet secondaire. Nos canines demeurent rétractées.

— Comme quoi la nature est bien faite ! lança-t-elle sur un ton enjoué pour détendre l'atmosphère.

— La nature n'a rien à voir là-dedans. Ce sont les sages de l'alliance qui ont ajouté cet effet secondaire lorsqu'ils ont découvert le premier, afin d'éviter tout accident.

— Mais alors pourquoi dis-tu que tu as failli me mordre ? C'est impossible.

— En théorie… Mais en pratique…

Alexandre releva sa lèvre supérieure juste assez pour qu'Emy aperçoive la naissance de sa gencive encore rouge et légèrement gonflée. Elle avait déjà observé ce phénomène lorsqu'il rentrait d'une partie de chasse, mais elle n'avait jamais osé le questionner à ce sujet de peur de le mettre mal à l'aise. Aujourd'hui, c'était lui qui l'abordait.

— Est-ce que ça te fait mal ? s'enquit-elle en tendant une main timide vers sa bouche.

— Absolument pas, lui répondit-il en stoppant son geste. Au contraire, ajouta-t-il en déposant un baiser dans le creux de sa main. La morsure nous permet de nous nourrir évidemment, mais elle est bien plus que cela. Dans un autre contexte, elle change totalement de fonction, déclara-t-il en rivant son regard au sien. Lorsque nous faisons l'amour, elle décuple notre plaisir ainsi que celui de notre partenaire, lui expliqua-t-il.

La réponse d'Alexandre ébranla quelque peu Emy, mais pas au point de lui faire perdre le fil de leur conversation.

— Comment est-ce possible ?

— Tu m'aurais posé cette question il y a encore une heure, je t'aurais répondu que c'était à cause de ta part d'humanité, mais à présent je ne sais pas quoi te répondre, reconnut-il. D'ailleurs, je dois te présenter des excuses.

— Pourquoi ça ?

— Parce que ce n'était pas la première fois, avoua-t-il à demi-mot.

— Je ne comprends pas.

— Tout à l'heure, avec la révélation que nous venions d'avoir, mon esprit a simplement enregistré que nous pouvions enfin nous abandonner l'un à l'autre. J'étais tellement obnubilé par mon désir que j'ai totalement fait abstraction d'un évènement pourtant crucial : mes canines étaient déjà sorties en ta présence. J'ai été stupide ! Égoïste et stupide !

— Je ne peux pas te laisser dire une chose pareille.

— Mon attirance pour ton sang a été si forte pendant que nous faisions l'amour, reprit-il comme s'il n'avait pas entendu son intervention. J'ai eu envie de te mordre tant de fois !

— Mais tu ne l'as pas fait, donc le sujet est clos, conclut-elle en déposant un baiser furtif sur ses lèvres parfaites.

Ce qui venait de se produire ainsi que les révélations du jeune vampred soulevaient bon nombre de questions. Cependant, vu l'état dans lequel se trouvait Alexandre, Emy estima qu'il était préférable de laisser ce sujet de côté pour le moment et elle passa à autre chose.

— C'est quoi cet endroit ?

— Ma chambre, répondit-il simplement, visiblement contrarié.

— Je m'en doute, mais c'était quoi avant ? lui demanda-t-elle en accompagnant sa question d'un signe de tête en direction de la rosace.

— Une chapelle, mais personne ne sait pourquoi elle fut érigée dans un lieu comme celui-ci.

— C'est magnifique ! expira-t-elle, les yeux pétillants.

Alexandre ne fit qu'acquiescer d'un signe de tête avant de reprendre la parole en changeant totalement de sujet.

— J'ai besoin d'une douche, soupira-t-il.

Il s'extirpa du lit, non sans avoir pris soin d'enfiler son boxer noir, et se trouva en une fraction de seconde à l'autre bout de la chambre. Il s'apprêtait à quitter la pièce, mais gagné par le remords suite à son comportement de ces dernières minutes, il se retourna vers Emy.

— Je serai revenu plus vite que tu ne peux l'imaginer, déclara-t-il accompagné d'un sourire ravageur avant de disparaître derrière une petite porte en chêne.

Emy se rallongea et une expression de béatitude inonda son visage. Elle ferma les yeux et se repassa au ralenti les dernières images imprimées dans son esprit… Alexandre, de dos, ses muscles impeccablement dessinés se mouvant au rythme de son pas félin. Puis son regard glissa un peu plus bas pour se fixer sur une autre partie de son anatomie, ses fessiers fermes moulés dans le petit morceau de coton. Elle se sentit rougir. Ce corps d'une perfection surréaliste, qu'elle avait espéré toucher un nombre incalculable de fois tant en rêve qu'en certaines occasions pas forcément opportunes, s'était confondu au sien durant ces dernières heures, et cette pensée la comblait autant qu'elle lui paraissait irréelle.

C'est alors qu'un parfum envoûtant inonda l'air ambiant et qu'une fraîcheur sensuellement familière s'approcha de son visage. Elle ouvrit lentement les yeux… Il était, comme promis, déjà à ses côtés.

— À ton tour… lui chuchota-t-il à l'oreille.

De retour dans le petit salon, Alexandre et Emy, qui se sentait encore mal à l'aise vis-à-vis de sa sortie théâtrale quelques heures auparavant, retrouvèrent Léopold Dussy assis dans l'un des fauteuils, et le professeur Lombas accoudé au manteau de la cheminée. Tous les deux manifestement préoccupés. Loin d'être surpris, Léopold l'invita à s'asseoir, mais elle déclina courtoisement son offre.

— Je viens vous présenter mes excuses pour mon attitude de tout à l'heure, dit-elle d'une voix mal assurée.

— Voyons, Emy ! Vous n'avez pas à vous excuser. Votre réaction a été à la hauteur de la nouvelle, répondit instantanément le professeur, inhibant toute objection de sa part.

Emy observa qu'il venait d'employer un ton paternel qu'elle ne lui connaissait pas encore.

— Veux-tu que nous en parlions ? proposa gentiment Léopold Dussy.

— Je vous remercie, mais je… je ne préfère… je ne veux rien savoir de plus… pour le moment, répondit-elle hésitante.

— Comme tu voudras, mais si tu changes d'avis… répliqua-t-il en laissant volontairement la fin de sa phrase en suspens.

— Merci, conclut-elle avant de quitter le château quelques minutes plus tard.

La situation perturbait davantage Frédéric Lombas que Léopold Dussy, mais peut-être n'était-ce dû qu'à leur différence de personnalité.

— Nous devons absolument lui faire part de notre théorie au plus vite, lança-t-il le regard toujours perdu dans les méandres des flammes.

Léopold se leva et commença à arpenter le petit salon de long en large avant de lui répondre.

— Je crois qu'il serait prématuré de lui parler de cela, nous n'avons aucune certitude de ce que nous avançons, à moins que tu aies connaissance d'éléments que j'ignore, rétorqua-t-il paisiblement.

Le professeur s'était retourné de telle sorte qu'il faisait maintenant face à son interlocuteur. Ses longs cheveux noirs de jais encadraient son visage dont le regard était toujours aussi sombre. Il semblait à présent perdu à des années-lumière du lieu dans lequel il se tenait. Et pourtant…

— Je ne sais rien de plus, mais je crains fort que nous soyons dans le vrai… et dans ce cas, tu imagines les conséquences ! Elle a le droit de savoir, asséna-t-il en fixant Léopold dans les yeux.

Le vampred ne cilla pas, loin d'être impressionné par l'intimidant sorcier.

— Je suis d'accord avec toi, mais tu as entendu ce qu'elle a dit aussi bien que moi, donc ceci restera entre nous… pour le moment. Nous lui en parlerons en temps voulu, c'est-à-dire lorsque nous serons sûrs de nous, et qu'elle se sentira prête.

— Très bien, consentit le professeur. Cependant, nous ne pourrons pas attendre très longtemps avant de faire part de nos doutes au Conseil.

— Je sais bien Frédéric. Je sais bien, répliqua le vampred, pensif.

Ils savaient tous les deux que la discussion ne pourrait aller plus en avant aujourd'hui. Frédéric Lombas salua alors le maître des lieux et s'évapora sous son regard imperturbable.

Emy avait une nouvelle fois été accueillie pratiquement comme le messie au manoir, ce qui devenait un peu trop récurrent à son goût. À l'évidence, les Duclos avaient été informés de la révélation qu'elle avait prise de plein fouet quelques heures auparavant. La jeune fille avait encore quelques difficultés à s'habituer à ce manque de confidentialité. Cependant, dans le cas présent, elle fut soulagée de ne pas avoir à l'expliquer elle-même. Alexandre avait quitté la propriété peu de temps après leur arrivée. Selon lui, elle devait se reposer… Certes, elle n'avait pas beaucoup dormi ces derniers jours, mais se retrouver éloignée de lui était bien l'ultime chose dont elle avait envie. Néanmoins, face à son entêtement, elle n'avait pas eu d'autre choix que celui de se résigner. Elle avait tout de même osé interroger l'amie d'enfance de sa mère. Cette question qui la taraudait depuis déjà un moment. Était-elle au courant que Grégory Delatre n'était en réalité pas son père biologique ? Ce à quoi Marguerite avait répondu sans la moindre hésitation par la négative.

À présent, Emy se retrouvait seule dans sa chambre, attendant l'heure du dîner qui sonnerait le retour à un rythme de vie, disons… normal. Si ce terme était toujours employable pour qualifier tout ou partie de son existence. Cet endroit qui était rapidement devenu son refuge lui apparaissait comme un élément stable et inébranlable de sa vie. Pourtant, les récents évènements lui avaient démontré que rien ne pouvait être considéré comme acquis, ni dans le monde des humains ni dans le sien. Emy n'avait jamais vraiment ressenti de chagrin ou de tristesse concernant la perte de ses parents. Elle ne les avait jamais connus… et c'était plus cet état de fait qu'elle avait eu grand-peine à accepter. En y repensant, la disparition de sa tante Rose, qui l'avait élevée comme l'aurait fait une mère, avait été une terrible épreuve… sans doute l'une des plus difficiles jusqu'à aujourd'hui…

Elle prit connaissance du gentil message qu'Agathe lui avait fait parvenir par enchantement. Et vu que le professeur Lombas lui avait enseigné comment procéder, elle lui répondit pour la toute première fois par le même biais. Puis, épuisée, elle s'étendit sur son lit et laissa ses pensées vagabonder à leur guise…

* * *

Au même moment, à quelques kilomètres de là, Alice se réveilla enfin de sa torpeur. Comme à son habitude, elle s'activa à la seconde où son pied nu toucha le sol parqueté de sa chambre à coucher. Elle n'était ni ensommeillée ni engourdie. Visiblement la mise en coma artificiel et la modification de sa mémoire n'avaient aucun effet secondaire, ou du moins pour le moment. Elle se rendit dans sa salle de bains pour se rafraîchir un peu avant de descendre, répondant à l'appel de son estomac qui criait famine. Cette immense maison moderne, lumineuse et vaste, pouvait sembler impersonnelle, voire inquiétante pour beaucoup, mais pas pour Alice qui l'avait choisie pour foyer depuis déjà quelques années. Elle était devenue son point de repère, son port d'attache dans cette vie de globe-trotter que lui faisaient subir ses parents. Les Montrouge avaient toujours fait en sorte qu'elle ne manque de rien et qu'elle soit la plus heureuse possible, dans la limite où ils n'avaient pas à changer leur mode de vie. Ainsi donc, c'était Madeleine, la gouvernante, qui s'occupait d'elle depuis sa plus tendre enfance, et ce lundi ne faisait pas exception. Alice sentit la bonne odeur de crêpes en provenance de la cuisine tandis qu'elle s'en approchait.

— Je me suis dit que tu aurais une petite faim après cette sieste outrancière, lui dit-elle en esquissant un sourire narquois.

— Ohhh… merci, Mady ! s'exclama la jeune fille en l'embrassant.

— Allez… assieds-toi que je puisse te servir avant qu'elles ne refroidissent totalement, répliqua-t-elle légèrement embarrassée.

Voir cette femme d'âge mûr qui donnait toujours une image d'elle stricte et sévère, fondre devant la spontanéité et la tendresse qui qualifiait Alice, tout en tentant de sauver les apparences… était à chaque fois un délice. Les années avaient fait leur travail à son insu et aujourd'hui elle la considérait, sans se l'avouer pourtant, comme l'enfant qu'elle n'avait jamais pu avoir…

Rassasiée et habillée, Alice était de nouveau dans sa chambre, le son de son album favori de Muse à fond, une brosse à cheveux dans la main en guise de micro, elle était déchaînée. Elle s'arrêta momentanément de chanter pour s'emparer de son téléphone portable, bien décidée à faire la fête ce soir. Elle n'eut évidemment aucune difficulté à convaincre Aurélie et Claire, toujours partantes pour ce genre de plan. Satisfaite et enthousiaste à l'idée de s'amuser avec ses copines alors qu'elle avait l'étrange impression d'avoir oublié de vivre pendant des semaines, elle repartit de plus belle dans son activité de karaoké.

Le calme reprit possession des lieux, puis de son être dès les premières notes de « Black-out ». Elle s'approcha alors du miroir en pied dont le contour gris anthracite était d'une extrême finesse, pour enfin utiliser la brosse à bon escient. Mais son attention fut rapidement détournée. Elle crut voir un reflet dans la glace. Elle se retourna pour vérifier. Elle était pourtant bien seule dans la pièce. De nouveau face à son image, elle s'approcha lentement, attirée par un étrange éclat, à moins que ce ne soit qu'un défaut du verre. Alice n'était qu'à quelques millimètres de la surface réfléchissante quand elle s'immobilisa telle une statue de cire. Une fumée blanchâtre l'entoura à la façon d'une cape qui se voulait protectrice, et ne laissa net que son visage. Ses yeux se mirent à étinceler avant de s'unifier d'un noir intense. On aurait dit que ses pupilles s'étaient dilatées à l'extrême au même titre que celles des chats en pleine obscurité.

Cinq secondes plus tard, tout était redevenu normal et Alice avait repris ses activités comme s'il ne s'était absolument rien produit.

— J'avais pourtant demandé à ne pas être dérangé ! s'exclama l'homme à la baguette blanche.

— En effet monsieur, je suis confus, mais il ne m'a… commença-t-il sans pouvoir terminer.

— Bonsoir, Grégoire !

Frédéric Lombas venait de pénétrer dans la sombre et inquiétante pièce dont les rideaux étaient toujours tirés. Il ne paraissait ni impressionné ni mal à l'aise dans cet environnement pourtant sinistre.

— Tiens, quelle étonnante surprise ! répliqua le propriétaire du lieu avec un sourire forcé qui cachait difficilement son agacement. C'est bon, vous pouvez nous laisser, indiqua-t-il à son homme de confiance. Alors, voyons, reprit-il en s'avançant lentement en direction du professeur, ça fait quoi… vingt ans peut-être ?

— Peu importe, ce ne sera jamais assez long à mon goût.

— Allons, allons, ne sois pas amer, après tout nous avons partagé de bons moments aussi, répliqua-t-il sur un ton exagérément sarcastique.

— Je ne suis pas venu jusqu'ici pour discuter avec toi, mais pour t'avertir.

— Vraiment ! Et de quoi devrais-je être averti ? lui demanda-t-il faussement intéressé.

— Ne t'approche pas d'elle ! lança fermement le professeur sans quitter les yeux de son interlocuteur.

— Serait-ce une menace ? l'interrogea-t-il sans pour autant attendre une réponse. Ne t'en fais donc pas… je n'en avais pas l'intention, enchaîna-t-il d'un ton las.

— Je n'ai aucune confiance ni en ce que tu dis ni en toi. Sache juste que je serai là…

Sur cette phrase laissée en suspens, il quitta précipitamment le bureau sans prendre la peine de saluer son hôte.

— Ce ne sera pas nécessaire. C'est elle qui viendra à moi… murmura ce dernier.

ÉPILOGUE

Le soleil n'était levé que depuis quelques heures, et la brume matinale n'avait pas encore tiré sa révérence. Le moteur de la petite Clio noire s'arrêta de ronronner, et la portière du conducteur s'ouvrit lentement sur la chaussée. Une jeune femme à la silhouette frêle et sombre s'en extirpa avant de s'adosser contre la carrosserie. Son contact, qui devait pourtant être glacé, ne l'incommoda pas et ne la fit même pas frissonner.

Emy, entièrement vêtue de noir, repensa à son arrivée à Louverville quelques mois auparavant. Elle leva les yeux vers l'enseigne du commerce situé de l'autre côté de la rue… la boutique de décoration de son amie… leur boutique. À travers la vitrine, elle la voyait s'activer comme toujours. Alice semblait heureuse, et Emy pensa qu'elle y était peut-être un peu pour quelque chose. Elle avait des doutes… parfois même des remords, quant à la décision qu'elle avait prise la concernant, mais Emy finissait toujours par se dire qu'elle avait fait le bon choix. Après tout, comment pourrait-on regretter d'avoir perdu quelque chose que nous n'avons jamais possédé ? La jeune fille tentait de s'appliquer cette philosophie depuis plusieurs jours, sans succès. Mais son cas était en fait bien différent de celui de son amie… Emy avait eu un père. Certes, elle ne l'avait pas connu, mais il avait eu un nom et un visage. Il avait eu une enfance, une adolescence, une vie en somme, que sa tante Rose lui avait contée régulièrement. Donc, même s'il s'était éteint sans l'avoir tenue dans ses bras, et même si elle n'avait aucun souvenir effectivement partagé avec lui, il avait été durant toutes ses années bien réel à ses yeux, dans son esprit et dans son cœur surtout.

À présent, elle savait… ou plutôt elle ne savait plus qui était son père.

En s'installant ici, elle avait l'espoir de redémarrer une nouvelle vie où elle trouverait sa place. Elle avait décidé de laisser son passé derrière elle pour repartir à zéro. Mais cela était-il réellement possible ? Abandonner… oublier… effacer… Pour d'autres peut-être, pas pour Emy.

Son passé l'avait rattrapée, et elle avait finalement découvert une partie de ses origines… au détriment d'une autre.

Il lui fallait l'accepter ou partir à sa recherche…

REMERCIEMENTS

Pour cette nouvelle édition, je voudrais remercier en premier lieu les lecteurs de la précédente. C'est en grande partie grâce à votre enthousiasme et votre soutien que l'aventure Alsorvampred prend un nouveau départ.

Ensuite, comme rien n'est possible sans certaines personnes en particulier, je dis merci à…

Coco et Nini, mes bêta-lectrices qui ont passé de longues heures à décortiquer mon texte pour m'aider à le faire grandir, mûrir, bref à l'améliorer. Ne changez rien les filles, vous êtes au top !

Magali, ma correctrice, patiente, disponible et terriblement efficace !

Sylvie Veyres, alias Miesis Illustration, pour cette superbe couverture. Ton talent m'épate toujours autant.

Astrid, mon éditrice qui a suffisamment cru en moi pour m'offrir de rejoindre la famille Rebelle.

J'ajoute un merci collectif à toute l'équipe de Rebelle éditions. Vous faites un travail formidable !

Impossible d'oublier, les fidèles de la bulle - « Tessie-cops » et « Twi-cops » du blog « Dans notre petite bulle » - ou encore mes amis et ma famille. Vous me soutenez sans relâche depuis le début. Merci d'être toujours là.

Pour finir, je voudrais remercier mon mari, pour sa patience et sa présence au quotidien. J'imagine que ça ne doit pas être tous les jours facile de vivre aux côtés d'une femme qui passe beaucoup (trop ?) de temps dans son univers…

Merci donc à vous tous, ainsi qu'à toutes les autres personnes qui m'ont encouragé de quelque manière que ce soit.

Chloé DELALANDRE

Chloé Delalandre est née le 25 juin 1979 en France dans cette belle région qu'est la Normandie et où elle vit toujours aujourd'hui. Elle est bercée dès son plus jeune âge par les contes de Perrault, Andersen, Grimm – pour ne citer qu'eux – et les nombreuses légendes bretonnes, son héritage paternel. Elle développe un goût certain pour l'imaginaire qui ne fera que s'accentuer au fil des années. Mais ce n'est qu'en octobre 2009, à la suite d'un évènement personnel, qu'elle prendra la plume dans l'idée de s'évader davantage. Un an plus tard elle se lancera à la recherche d'une maison d'édition pour sa trilogie.

Chloé Delalandre - page officielle

chloedelalandre

Ce roman vous a plu ?

C'est grâce à vous, *lectrices et lecteurs*, que les auteurs se font connaître ! Alors si vous avez **AIMÉ** ce roman, n'hésitez pas à en **PARLER** autour de vous ou à en parler sur les sites tels que

Amazon, Fnac, Chapitre, Apple Store, Google Play, Babelio, Booknode...

Imprimé en France le 28 avril 2023
Par imprimervoslivres.com - Typo'Libris

N° impression : 839 393